젊은 예술가의 초상

부클래식
060

젊은 예술가의 초상

제임스 조이스

이영욱 옮김

부북스

일러두기

* 번역 원전은 James Joyce, *A Portrait of the Artist as a Young Man* (1916)이다.

그리고 그는 새로운 기술에 마음을 쏟았다.
Et ignotas animum dimittit in artes.

오비디우스, 《변신》 제8권 18행

차 례

제1장

옛날 옛날 한 옛날하고도 아주 평화로운 어느 날 음메 한 마리가 길을 따라 터벅터벅 내려가고, 길을 따라 내려가는 그 음메는 착한 꼬마 터쿠와 마주쳤단다……

아버지가 그에게 그 이야기를 들려주었다. 아버지는 외 알 안경을 통해서 그를 바라보았다. 아버지 얼굴엔 수염이 덥수룩하였다.

그가 바로 꼬마 터쿠였다. 음메가 걸어오던 그 길에서 베티 번이 살았다. 그 여자는 레몬 과자를 팔았다.

> 아주 작은 잔디밭에
>
> 들장미 활짝 피었어요.[1]

꼬마는 그 노래를 불렀다. 이게 그 아이의 노래다.

---

[1] 노래의 제목은 "Lilly Dale"이다.

그 파아란 꼬치 하얄짝 피어쩌요.

잠자리에서 오줌을 싸면 처음에는 따뜻하지만 이내 차가워진다. 어머니가 기름종이를 깔았다. 거기서 고약한 냄새가 났다.

어머니의 몸 내음은 아버지의 것보다 훨씬 좋았다. 어머니는 아버지에게 춤을 추라며 선원들의 혼파이프 춤곡을 피아노로 연주했다. 그는 춤을 추었다.

> 트라랄라 랄라,
>
> 트라랄라 트랄랄라디,
>
> 트랄랄라 랄라,
>
> 트랄랄라 랄라.

찰스 아저씨와 단티[2]가 손뼉을 쳤다. 그 두 사람은 꼬마의 아버지와 어머니보다 나이가 많았지만, 찰스 아저씨는 단티 고모보다 나이가 많았다.

단티 고모는 옷장 안에 브러쉬 두 개를 넣어 두었다. 밤색 벨벳으로 뒤쪽을 감싼 솔은 마이클 대빗[3]을 상징하고 녹색 벨벳으로 감싼

---

2 원래는 고모를 의미하는 안티(auntie)인데 어린아이가 잘못 발음한 것.

3 아일랜드의 정치가이자 독립투사.

솔은 파넬[4]을 상징했다. 단티는 티슈 한 장을 가져올 때마다 꼬마에게 구강 청결용 캔디를 한 알씩 주었다.

밴스네 가족은 7번지에 살았다. 그 집 아이들에게는 제각기 다른 부모가 있었다. 그들은 아일린의 부모였다. 어른이 되면 꼬마는 아일린과 결혼할 생각이었다. 꼬마는 테이블 아래 숨었다. 그의 어머니가 말했다.

"스티븐이 사과할 거예요."

단티가 말했다.

"아, 그렇게 하지 않으면, 독수리가 날아와 눈알을 파버릴 테죠."

눈알을 파버려라,

사과해,

사과해,

눈알을 파버려라.

사과해,

눈알을 파버려라,

눈알을 파버려라,

사과해.

4 찰스 파넬: 아일랜드 독립당 당수.

* * *

드넓은 운동장이 소년들로 가득 찼다. 모두 소리를 질러댔고 반장들은 더 큰 소리로 그들을 격려했다. 저녁 공기는 창백하고 서늘하였고 축구선수들이 육탄전을 벌이며 돌진할 때마다 기름으로 번들거리는 가죽공은 육중한 새처럼 회색 하늘을 가르며 날아갔다. 그는 가장자리에, 반장의 눈길이 닿지 않는 곳에, 거친 발놀림이 미치지 않는 곳에 서 있으면서, 가끔 뛰는 시늉을 했다. 그는 자신이 운동하는 소년들 속에서는 몸집이 작은 데다 약하다는 것을 알고 있었고, 시력이 나쁜 눈에 눈물이 고였다. 로디 키컴은 달랐다. 아이들은 그가 하급반의 주장이 될 거라고 입을 모았다.

로디 키컴은 예의 바른 녀석이었으나 심술꾸러기 로시는 고약스러웠다. 로디 키컴은 자기 사물함에 정강이 보호대가 있고 구내식당에 가면 전용 음식 바구니도 있었다. 심술꾸러기 로시는 손이 컸다. 그는 금요일마다 나오는 푸딩을 '담요를 둘러쓴 개'라고 불렀다. 그러던 어느 날, 로시가 물었다.

"이름이 뭐야?"

스티븐이 대답했다.

"스티븐 디덜러스야."

그러자 심술꾸러기 로시가 말했다.

"뭔 놈의 이름이 그래?"

스티븐이 아무런 대꾸도 못 하자 심술꾸러기 로시가 물었다.

"아버지는 뭘 하셔?"

스티븐이 대답했다.

"귀족 양반[5]"

그러자 심술꾸러기 로시가 물었다.

"치안판사니?"

그는 서 있던 가장자리의 이곳저곳 주변을 살금살금 다니면서 이따금 뛰기도 했다. 그러나 너무 추운 나머지 손이 새파랗게 되었다. 그는 허리띠가 달린 회색 옷의 옆주머니에 손을 집어넣었다. 주머니 옆으로 둘러진 허리띠였다. 허리띠는 다른 아이를 한 대 때릴 때 사용하기도 했다. 어느 날 어떤 아이가 캔트웰에게 말했다.

"허리띠로 당장 한 대 쳐줄 테다."

캔트웰이 대꾸했다.

"저리 가서 네게 맞는 상대를 찾아봐. 세실 선더란 놈이나 한 대 때려보지 그래. 네 꼴을 보고 싶구나. 그가 네 엉덩이를 걷어차 버릴 테니까."

절대로 상냥한 말투가 아니었다. 어머니는 학교에서 거친 소년들과 어울리지 말라고 그에게 당부했다. 좋은 어머니! 처음 학교에 왔던 날 성의 현관에서 어머니는 머리에 쓴 베일을 코까지 접어 올린 뒤 그에게 키스를 해주었는데, 어머니의 눈과 코가 발갛게 물들어 있었다. 그러나 그는 곧 울음을 터뜨릴 것 같은 어머니의 모습을 못 본 척했

---

5 원문은 a gentlemen으로, 토지나 다른 수입원이 있어 노동하지 않아도 되는 직업을 의미하는 것 같다.

다. 어머니는 좋은 분이었지만 울고 있을 때는 그다지 좋게 보이지 않았다. 아버지는 오 실링짜리 동전 두 개를 용돈으로 주면서 필요한 것이 있으면 집으로 편지를 보내고, 어떤 일이 생겨도 절대로 친구를 고자질하지 말라고 말했다. 그런 다음 성문 앞에서 가톨릭 성직자인 교장 선생이 그의 부모님과 악수를 하는 동안, 신부의 검은 사제복 자락은 바람에 휘날렸다. 그리고 아버지와 어머니를 태운 마차는 떠나갔다. 부모님은 마차에서 그를 향해 손을 흔들며 소리쳤다.

"잘 있어라, 스티븐! 잘 있어!"
"잘 있어라, 스티븐! 잘 있어!"

그는 난투극이라도 벌이는 듯 뒤엉킨 소년들의 무리 속으로 휩쓸려 들어갔고, 번뜩이는 눈동자와 진흙이 잔뜩 묻은 장화에 겁을 먹은 채, 몸을 수그려 다리들 사이로 상황을 엿보았다. 소년들은 몸싸움을 벌이며 으르렁댔고, 다리들이 서로 밀치고 차고 밟아댔다. 다음 순간 잭 로턴의 노란 장화가 공을 휙 낚아채자 다른 모든 장화와 다리가 그 뒤를 우르르 쫓아갔다. 그는 그들을 조금 따라가는 척하다가 멈춰 섰다. 계속 뛰어봤자 소용없는 짓이었다. 이제 곧 소년들은 방학을 맞아 집으로 돌아가게 된다. 저녁을 먹은 후 학습실에 들어가면 그는 책상 안쪽에 풀로 붙여놓은 숫자를 77에서 76으로[6] 바꾸어 놓을 것이다.

이런 추위라면 바깥보다는 학습실에 있는 편이 나을 테지. 하늘

---

6 크리스마스 휴일이 통상 12월 20일에 시작하니, 이 날은 1888년 10월 4일이다.

은 창백하고 냉랭했지만, 성안에는 불빛이 있었다. 해밀턴 로완[7]이 어느 창문에 숨은 채 담[8] 위로 모자를 던졌는지, 그 시절 창문 아래에 꽃밭이 있었는지 그는 궁금했다. 성안으로 불려갔던 어느 날, 집사가 그에게 병사들의 총알 자국이 남은 나무 문짝을 보여주었고 공동체 사람들이 먹는 과자 한 조각을 주었다. 성의 불빛을 보면 기분이 좋아졌고 따스함이 느껴졌다. 책에 묘사된 광경과 비슷했다. 아마도 레스터 수도원이 그러했을 것이다. 콘웰 박사의 철자법 책에는 멋들어진 글이 여러 개 적혀 있었다. 시처럼 보이기도 했지만, 철자를 공부하기 위한 문장일 뿐이었다.

> 울시[9]는 레스터 수도원에서 사망했고
> 수도원장은 그를 그곳에 묻었다네.
> '캔커'는 식물의 병인 동고병,
> '캔서'는 동물의 병인 암이라네.

벽난로 앞 작은 카펫 위에서 팔베개하고 누운 채 이런 문장에 대해 생각하는 건 정말 멋진 일이겠지. 그는 차갑고 끈적거리는 액체가

---

7 아일랜드의 애국자. 과거에 그가 스티븐의 학교로 사용되는 클롱고우즈 성으로 피신했을 때 창문에서 모자를 던져 적을 유인하고 도망쳤음.

8 숨은 담(the ha-ha): 전망에 방해받지 않고, 소나 양이 집 안으로 들어오지 못하게 평지보다 낮게 파고 담을 쌓은 곳.

9 1530년에 수도원에서 죽었다.

피부에 닿기라도 한 듯 몸서리를 쳤다. 웰스가 그를 어깨로 밀어 네모난 배수구로 처박았고, 그 이유가 알밤 치기 경기에서 웰스가 마흔 번 승리한 자신의 잘 마르고 잘 버틴 밤알과 스티븐의 조그만 코담배 상자를 바꾸자고 제안했다가 거절당했기 때문이었는데 그건 비열한 행동이었다. 그 물이 얼마나 차갑고 끈적거렸는지! 어떤 아이는 커다란 들쥐가 더러운 거품 속으로 뛰어든 걸 본 적이 있다고 말했다. 어머니는 단티와 함께 벽난로 앞에 앉아 브리지드가 홍차를 가져오길 기다리는 중이었다. 그녀는 난로 망에 발을 대었고 구슬 달린 슬리퍼가 열에 뜨겁게 달궈지자 사랑스럽고 따뜻한 냄새가 스며나왔다! 단티는 아는 것이 많았다. 그녀는 그에게 모잠비크 해협이 어디에 있으며 미국에서 가장 긴 강이 무엇이고 달에서 가장 높은 산이 무엇인지 알려주었다. 아놀 신부는 성직자이기 때문에 단티보다 더 박식했으나 아버지와 찰스 아저씨는 단티가 매우 영리하며 책을 많이 읽은 여자라고 말했다. 그리고 단티는 저녁 식사 후 이상한 소리를 내며 손으로 입을 막았는데, 그건 속 쓰림 때문이었다.

운동장 저 멀리에서 누군가 소리를 질렀다.

"모두 들어와!"

또 다른 누군가가 중급반과 하급반 쪽에서 소리쳤다.

"모두 들어와! 들어오라고!"

진흙투성이 선수들이 상기된 얼굴로 모여들었고, 그는 다른 소년들 사이에 뒤섞여 실내로 들어가게 되어 다행이라고 생각했다. 로디 키컴은 공에 달린 끈적거리는 끈을 손으로 잡고 있었다. 한 소년이 그에게 마지막으로 공을 차보라고 했지만, 그는 대답 없이 걸어가 버렸다. 사이먼 무넌은 사감 선생이 보고 있으니 그만 하라고 말했다. 그 소년이 사이먼 무넌을 향해 몸을 돌려 말했다.

"우린 네 녀석이 그렇게 말하는 이유를 알고 있어. 넌 맥글레이드의 '썩'[10]이니까."

'썩'은 기묘한 단어였다. 그 소년이 사이먼 무넌을 그렇게 부른 이유는 사이먼이 사감 선생 등 뒤에서 선생의 늘어진 소맷자락을 묶어주곤 했는데 선생님은 화를 내는 시늉을 했기 때문이다. 하지만 그 단어의 발음이 불쾌하게 들렸다. 언젠가 그가 위클로 호텔 화장실에서 손을 씻었을 때 아버지가 사슬 달린 배수구 마개를 잡아당기자 더러운 물이 세면대 구멍으로 흘러나갔다. 천천히 구멍으로 빠져나가는 물에서 그와 비슷하게 '써억' 소리가 났다. 그저 약간 더 크게 울렸을 뿐이다.

그 소리와 하얀 화장실을 떠올리자 그는 차가움과 뜨거움을 연달아 느꼈다. 거기에는 냉수와 온수용 수도꼭지 두 개가 있었다. 그는 차가움을 느낀 다음 약간 뜨거움을 느꼈고, 그제야 그는 꼭지 위에 선명하게 쓰인 이름을 볼 수 있었다. 그건 정말 기묘한 일이었다.

복도의 공기 역시 냉랭한 한기를 선사했다. 기묘하고 눅눅한 공기였다. 그러나 곧 가스등에 불이 밝혀질 것이고 불길이 타오르는 소리가 희미한 노래처럼 들려올 것이다. 언제나 똑같다. 오락실에서 노는

---

10 Suck: 부하 혹은 아첨꾼이라는 의미.

소년들의 수다가 멈추면 그 소리를 들을 수 있었다.

산수 시간이었다. 아놀 신부는 칠판에 어려운 산수 문제를 적고 나서 물었다.

"자, 이제 누가 풀 수 있을까? 요크 파일까, 랭카스터 파[11]일까?"

스티븐은 최선을 다했지만, 문제는 너무 어려웠고 그는 혼란스러웠다. 요크 가문의 상징이자 비단으로 만든 조그만 하얀 장미 배지를 윗옷 가슴 부위에 달아놓았는데, 그 배지가 바르르 떨리기 시작했다. 그는 산수를 잘하는 편이 아니었으나 요크파가 지지 않게 하려고 최선을 다했다. 아놀 신부의 얼굴은 아주 어두웠지만, 화가 난 것은 아니었다. 그는 사실 웃고 있었다. 다음 순간 잭 로턴이 손가락을 통겨 딱 소리를 냈고 아놀 신부가 그의 공책을 보고 말했다.

"좋아, 브라보, 랭카스터 파! 붉은 장미가 승리했군. 자, 요크파도 분발해야지!"

잭 로턴이 그의 편 쪽에서 이쪽을 바라보았다. 조그만 붉은 장미 비단 배지가 그가 입은 선원 상의의 푸른색과 대비되어 매우 화사하게 보였다. 스티븐은 자신과 잭 로턴 가운데 누가 반 일등을 차지할지를 두고 학생들이 내기 중이라는 사실을 떠올렸고 얼굴이 발갛게 상기되는 것을 느꼈다. 몇 주일은 잭 로턴이 일등 카드를 받았지만, 몇

---

11 1455~1485년 장미전쟁에서 요크 가문과 랭카스터 가문이 왕위 계승권을 놓고 싸웠다. 요크 가문의 상징은 하얀 장미, 랭카스터 가문은 붉은 장미였다. 여기서는 학습 경쟁심을 유도하기 위해 학생들을 반으로 나누고 그 이름을 따서 붙여준 것. 스티븐은 하얀 장미의 요크 파였다.

주일은 그가 받았다. 다음 문제를 풀 때 그의 하얀 장미 비단 배지가 바르르 떨리고 또 떨렸고, 아놀 신부의 목소리가 들려왔다. 다음 순간 그의 모든 열망이 사그라지고 상기된 얼굴도 가라앉았다. 사실 너무 식어버린 나머지 창백하게 보일지도 모른다고 생각했다. 그는 정답을 알아낼 수 없을지 모르나 그런 건 아무 문제도 되지 않았다. 하얀 장미와 붉은 장미라, 생각만 해도 대단히 아름다운 색깔이었다. 그리고 일등과 이등과 삼등 카드의 색깔 또한 무척이나 예쁜 분홍색과 크림색과 연보라색이었다. 이런 색깔의 장미는 상상만으로도 대단히 아름다웠다. 들장미가 그런 색이려나. 그는 작고 푸른 잔디밭에 활짝 핀 들장미에 대한 노래를 기억했다. 하지만 파란 장미꽃은 찾을 수 없을 것이다. 하지만 세상 어딘가에서는 볼 수 있을지 모른다.

종이 울리자 학생들은 교실에서 줄을 지어 나가기 시작했고 복도를 따라 식당으로 향했다. 그는 자리에 앉아 접시 위에 놓인 버터 두 쪽을 바라보았으나 눅눅한 그 빵을 먹을 수가 없었다. 식탁보는 축축하고 흐물거렸다. 하지만 손이 서툴고 하얀 앞치마를 두른 하녀가 컵에 부어준 뜨겁고 묽은 홍차는 모두 마셨다. 그는 하녀의 앞치마도 축축한지 혹은 세상의 모든 하얀 물건은 모두 차갑고 축축한지 궁금했다. 심술꾸러기 로시와 소린은 자기 집에서 깡통에 담아 보낸 코코아를 마셨다. 그 애들은 그런 형편없는 홍차를 마실 수 없다고 말했다. 그 애들 아버지는 치안판사라고 친구들이 말했다.

소년들이 모두 낯설게 느껴졌다. 그들에게는 각각 다른 아버지와 어머니가 있었고, 다른 옷을 입었고, 목소리도 달랐다. 그는 집으로 돌아가 어머니 무릎을 베고 누웠으면 하고 간절히 바랐다. 하지만 그럴 수 없었기에 얼른 놀이와 공부와 기도문 외우기를 끝낸 다음 잠자리에 들고 싶었다.

그가 뜨거운 홍차를 또 한 잔 마셨을 때 플레밍이 물었다.

"무슨 일이야? 어디 아픈 거니 혹은 무슨 일이 있는 거니?"

"몰라." 스티븐이 말했다.

"배탈이 났나 보네, 얼굴이 백지장 같은걸. 곧 괜찮아질 거야." 플레밍이 말했다.

"그래." 스티븐이 말했다.

그러나 그는 거기가 아픈 게 아니었다. 만약 그곳이 아픈 것이라면, 마음에 병이 난 것으로 생각했다. 아프냐고 묻는 것으로 짐작건대 플레밍은 상당히 괜찮은 녀석이었다. 울고 싶었다. 팔꿈치를 식탁에 올려놓고 손으로 귓바퀴를 닫았다가 열기를 반복했다. 귓바퀴를 열 때마다 들려오는 식당의 소음은 밤거리에 울려 퍼지는 기차의 굉음 같았다. 귓바퀴를 닫으면 마치 기차가 터널 속으로 들어간 듯 소리가 뚝 끊겼다. 달키[12]에서 그날 밤 기차 소리도 그렇게 소란스러웠는데, 기차가 터널 속으로 들어가면 소리가 멈췄다. 그가 눈을 감자 기차가 달리고, 요란한 소리가 들려오다가 멈추고 또다시 들려오다가 멈추었다. 요란한 소리가 들려오다가 멈추는 것과 다시 커다란 그 소리가 터널을 빠져나왔다가 또다시 멈추는 것을 듣고 있는 것이 근사

---

12 더블린 남쪽의 소도시.

하게 여겨졌다.

다음 순간 상급반 학생들이 카펫을 따라 식당 한가운데로 걸어들어오기 시작했으니, 그들은 패디 로스와 지미 매기와 시가 흡연을 허락받은 스페인 학생과 털모자를 쓴 조그만 포르투갈 학생이었다. 그다음은 중급반 테이블과 하급반 테이블에 앉은 학생들이었다. 학생들의 걸음걸이는 제각각 모두 달랐다.

그는 오락실 구석에 앉아 도미노 게임을 보는 척했고, 가스 등불의 희미한 노랫소리를 한두 번쯤 아주 잠깐씩 들을 수 있었다. 사감 선생이 몇몇 소년들과 문앞에 서 있었으며 사이먼 무넌은 그의 늘어진 소맷자락을 묶는 중이었다. 선생님은 그들에게 한때 예수회 학교가 있던 툴라벡이라는 마을에 관해 이야기를 해주었다.

그런 다음 선생님은 문에서 멀리 가버리고 웰스가 스티븐에게 다가와 말을 걸었다.

"말해봐, 디덜러스, 넌 잠자리에 들기 전에 엄마에게 키스했니?"

스티븐이 대답했다.

"응."

웰스는 다른 소년들을 향해 말했다.

"오, 들어봐, 잠자기 전 매일 밤 엄마에게 키스하는 녀석이 여기 있어."

나머지 소년들은 게임을 멈추고 고개를 돌리더니 웃음을 터뜨렸다. 스티븐은 아이들의 시선을 느끼고 얼굴을 붉히면서 말했다.

"아냐, 안 해."

웰스가 말했다.

"오, 들어봐, 잠자기 전 매일 밤 엄마에게 키스하지 않는 녀석이 여기 있어."

아이들은 모두 또다시 웃음을 터뜨렸다. 스티븐은 같이 웃으려고 노력했다. 그는 몸 전체가 후끈 달아오르는 것을 느꼈고 순간적으로 혼란스러웠다. 이런 질문에 딱 맞는 대답은 무엇일까? 두 가지로 대답했지만, 웰스는 그래도 놀려대었다. 그러나 같은 하급 반이긴 했어도 웰스는 문법반 학생이기 때문에 틀림없이 정답을 알고 있을 것이다. 그는 웰스의 엄마를 떠올려보려고 노력했지만 감히 눈을 들어 웰스의 얼굴을 보려 하지 않았다. 그는 웰스가 싫었다. 알밤 치기 경기에서 마흔 번 승리한 웰스의 낡은 밤알을 스티븐의 조그만 코담배 상자와 바꾸자고 했다가 거절당했다는 이유로 그 전날 그를 어깨로 밀어 네모난 배수구에 처박은 것이 바로 웰스였다. 그건 정말 비열한 짓이었고, 다른 아이들도 모두 그렇게 말했다. 그리고 그 물이 얼마나 차고 끈적거렸는지! 한 아이는 그 지저분한 거품 속으로 뛰어드는 커다란 들쥐를 본 적이 있다고 했다.

배수구에 고여있던 차갑고 끈적거리는 액체가 온몸을 뒤덮었다. 종이 울리고 그 반 아이들이 줄을 지어 오락실에서 나갔을 때, 그는 복도와 층계의 차가운 공기가 옷 속으로 파고드는 것을 느꼈다. 아직도 아까의 질문에 딱 맞는 대답이 무엇인지 생각하고 있었다. 어머니에게 키스하는 것이 옳은 일일까 혹은 그른 일일까? 키스를 한다, 그건 무슨 의미였을까? 고개를 들고서 안녕히 주무시라는 말을 하고 어머니는 고개를 수그렸다. 그게 키스다. 어머니의 입술이 뺨에 닿았다. 그 입술은 부드럽고 촉촉했으며 작은 소리를 냈다. 그게 키스다. 사람들이 얼굴을 가지고 그런 행동을 하는 이유는 무엇일까?

학습실에 앉은 그는 책상 뚜껑을 열고 풀로 붙여놓은 숫자를 77에서 76으로 바꾸었다. 그러나 크리스마스 방학은 아직도 멀었다. 그러나 언젠가 그날은 오겠지. 지구는 항상 빙글빙글 돌고 있으니까.

지리책의 첫 페이지에는 지구 그림이 있다. 구름으로 둘러싸인 커다란 공이었다. 플레밍은 크레용 상자를 가지고 있었는데 어느 날 밤 자율학습 시간에 지구는 녹색으로, 구름은 고동색으로 색칠했다. 그건 마치 단티의 옷장 속 브러쉬 두 개처럼 보였다. 파넬을 위한 녹색 벨벳 브러쉬와 마이클 데빗을 위한 고동색 벨벳 브러쉬 말이다. 그러나 그는 플레밍에게 그 색들로 칠해달라고 말하지 않았다. 플레밍은 스스로 그렇게 했다.

그는 공부하려고 지리책을 폈으나 미국의 수많은 지명을 익힐 수 없었다. 그것은 아직도 다른 이름을 가진 다른 장소일 뿐이었다. 장소들은 모두 다른 나라에 있고 그 다른 나라들은 모두 다른 대륙에 있으며 그 대륙들은 지구 안에 있고 그 지구는 우주 안에 있다.

지리책 표지 여백에 써놓은 내용을 읽어 보았다. 자신에 대한 것, 그의 이름과 그가 있는 장소였다.

스티븐 디덜러스

기초반

클롱고우즈 우드 칼리지

살린스

킬데어 카운티

아일랜드

유럽

세계

우주

그가 적어놓은 내용이었다. 그리고 어느 날 밤 플레밍은 장난삼아 그 반대 페이지에 이렇게 적어놓았다.

스티븐 디덜러스는 나의 이름,

아일랜드는 나의 조국이며

클롱고우즈는 내가 살아가는 곳,

그리고 천국은 내가 희망하는 장소라네.

그는 운문을 거꾸로 읽어보았지만, 그것은 시가 아니었다. 그런 다음 책표지 여백을 아래부터 위까지, 자신의 이름이 나올 때까지 읽었다. 그것은 그의 이름이었다. 그 페이지를 다시 아래로 읽어 내려갔다. 우주 다음에는 무엇이 있을까? 아무것도 없다. 그러나 우주 둘레에 무엇인가가 있어서 그 아무것도 아닌 장소가 시작하기 전에 우주가 어디서 끝났는지를 보여 주어야 하지 않을까? 벽처럼 생긴 것은 아닐

테지. 그러나 가늘고 또 가는 선이 그 모든 것을 둘러싸고 있을 수 있다. 모든 만물과 모든 장소에 대해 생각하는 것은 너무나 엄청난 일이었다. 오직 하느님만이 그렇게 할 수 있다. 그 엄청난 것이 무엇이어야만 하는가에 대해 생각하려고 애썼으나 머릿속에 떠오르는 건 하느님뿐이었다. 그의 이름이 스티븐인 것처럼 하느님의 이름은 'god 하느님'이었다. 불어로 'dieu 디외' 역시 하느님의 이름이었다. 만약 누군가 하느님께 기도하면서 '디외'라고 불렀다면 하느님은 기도하는 이가 프랑스 인이라고 즉시 알아차릴 것이다. 그러나 세상의 모든 언어마다 하느님을 다른 이름으로 불렀고 하느님은 다른 언어로 하는 사람들의 기도를 이해했지만, 하느님은 항상 똑같은 하느님으로 남아 있고 하느님의 진짜 이름은 '하느님'이었다.

이런 생각을 하면 정말로 피곤해진다. 그는 자신의 머리가 대단히 커버린 기분이 들었다. 그는 면지(面紙)를 넘겼고 고동색 구름으로 둘러싸인 둥근 녹색 지구를 지친 듯 바라보았다. 녹색과 고동색 중 어느 것을 지지하는 것이 옳을지 궁금했는데, 그 이유는 어느 날 단티가 '파넬 브러쉬'의 녹색 벨벳을 가위로 잘라내면서 그에게 파넬은 나쁜 사람이라고 말했기 때문이었다. 그는 그들이 집에서 그런 문제에 대해 논쟁을 벌였는지 알고 싶었다. 그것은 정치라고 불렸다. 거기에는 두 개의 편이 있었다. 단티가 한 편이고 그의 아버지와 케이시 씨가 다른 한 편이었으나 그의 어머니와 찰스 아저씨는 누구의 편도 아니었다. 신문에는 정치에 관한 무언가가 매일 실렸다.

정치의 의미가 무엇인지 혹은 우주의 끝이 어디인지 모른다는 사실이 고통스럽게 다가왔다. 자신이 아주 작고 허약한 존재 같았다. 언제쯤 시와 수사학 반 학생들처럼 될 수 있을까? 그들은 목소리도 컸고 커다란 장화를 신었고 삼각 함수를 공부했다. 아직은 멀고도 먼 일이었다. 우선 방학을 보내야 하고, 그런 다음 다음 학기를, 그런 다음 다시 방학을, 다시 또 한 번의 학기를, 다시 또 한 번의 방학을 보내야 한다. 마치 터널을 들락거리는 기차처럼, 식당에서 귓바퀴를 여닫기를 반복하면서 들었던 식사시간 아이들의 소음처럼 여겨졌다. 학기와 방학, 터널과 빠져나옴, 소음과 멈춤. 얼마나 까마득히 먼일인가! 잠이나 자러 가는 편이 나았다. 기도실에서 기도를 올린 다음에 침대로 가야지. 그는 몸을 바르르 떨면서 하품을 했다. 침대 시트가 약간 따뜻해진 다음 잠자리에 들면 정말 좋을 텐데. 몸을 눕히기에는 시트가 너무 차가 왔다. 처음 누웠을 때 그것이 얼마나 차가울지 생각하자 몸이 떨려왔다. 그러나 시트는 이내 따뜻해질 것이고 그는 잠을 잘 수 있을 것이다. 피곤하다는 것도 좋은 일이다. 그는 다시 하품했다. 밤 기도 다음에 침대로. 그는 몸을 떨었고 하품하길 원했다. 몇 분이면 근사한 기분이 들 테지. 몸서리를 칠만큼 차가운 시트에서 서서히 올라오는 온기를 느낄 것이며 점점 더 따뜻해져서 따스함이 몸 전체로 퍼져나갈 것이고 그 어느 때보다 따뜻할 것이지만 그런데도 그는 약간 한기를 느꼈고 아직도 하품을 하고 싶었다.

저녁 기도를 알리는 종이 울리고 그는 학습실에서 열을 지어 나가는 학생들을 좇아 층계를 내려가 복도를 지나 기도실로 향했다. 복도의 불빛이 어슴푸레 빛났고 기도실도 어둑했다. 얼마 안 가 모든 것이 깜깜해지고 잠이 들 것이다. 차가운 밤공기가 머무른 기도실의 대리석 색깔은 밤바다처럼 어두웠다. 바다는 밤이나 낮이나 항상 차가웠지만, 밤에는 더욱 차가웠다. 아버지 집 옆 방파제 아래쪽은 차갑고 어두웠다. 그러나 주전자는 따뜻한 과일 음료를 만들기 위해 요리판 위에서 끓고 있을 것이다.

기도실 선생님이 그의 머리 위쪽에서 기도를 올렸고 그의 기억은 기도에 대한 응답문을 알고 있었다.

> 주님, 저희의 입술을 열어주소서
> 저희의 입으로 당신을 찬미할지니.
> 저희를 도우소서, 오 하느님!
> 주님, 어서 저희를 도우소서!

기도실에서는 차가운 밤 냄새가 났으나 그것은 거룩한 향기였다. 일요일 미사에서 제일 뒤쪽에 무릎을 꿇고 앉은 늙은 농부들에게서 나는 냄새와는 달랐다. 그건 공기와 비와 토탄과 코듀로이 작업복의 냄새였다. 그러나 그 농부들은 신앙심이 깊었다. 바로 뒤에 서 있던 그들의 숨결이 그의 목에 닿았고 기도하면서 내쉬는 한숨 소리도 들려왔다. 한 아이가 그들은 작은 마을인 클레인에 산다고 말했다. 거기에는 조그만 농가들이 있는데 한 여인이 어떤 농가의 반쪽짜리 문 앞에서, 팔에 아이를 안은 채 서서 샐린스에서 출발한 마차들을 보고 있었다고 했다. 그런 농가에서 하룻밤 묵을 수 있다면 정말 멋질 텐데. 집 앞쪽으로 연기가 피어오르는 토탄의 불빛이 밤을 밝히고 농부들의 체취와 공기와 비와 토탄과 코듀로이 냄새를 맡을 수 있다면 말이다. 그러나 오, 나무들 사이로 이어진 길은 칠흑처럼 어두웠다! 넌 그 어둠 속에서 길을 잃어버릴 거야. 그게 어떤 것인지 생각하자 그는 겁이 덜컥 났다.

마지막 기도문을 읽는 선생님의 목소리가 들려왔다. 그는 바깥 나무들 아래 깔린 어둠에 대항하는 기도를 했다.

청하옵건대 주여, 저희에게 오소서. 저희의 집으로 오셔서 적의 덫을 모두 몰아내어 주소서. 당신의 거룩한 천사들을 이곳에 머물게 하시어 저희를 평화롭게 하시고, 우리 주 예수 그리스도를 통해 당신의 은총이 항상 저희에게 내려지길 비옵니다. 아멘.

그가 기숙사에서 옷을 갈아입을 때 손가락이 바르르 떨렸다. 자신의 손가락에 어서 서두르라고 주문을 걸었다. 옷을 갈아입어야만 했고, 그런 다음 무릎을 꿇고 혼자만의 기도를 하고 가스등이 꺼지기 전에 잠자리에 들어야만 했는데 그렇게 해야 죽은 후 지옥으로 떨어지지 않게 될 것이다. 긴 양말을 둘둘 말아 벗고 재빨리 잠옷을 걸친 뒤 덜덜 떨면서 침대 옆에 무릎을 꿇은 다음 등불이 꺼질까 봐 두려워하며 얼른 기도문을 되뇌었다.

하느님, 아버지와 어머니께 은총을 내리시고 저와 함께 지내게 해주소서!

하느님, 동생들에게 은총을 내리시고 함께 지내게 해주소서!

하느님, 단티와 찰스 아저씨에게 은총을 내리시고 함께 지내게 해주소서!

그는 자신을 위해 은총을 빌고 나서 재빨리 침대 속으로 기어 올라가 잠옷을 발끝까지 잡아당기고 덜덜 떨면서 차가운 하얀 시트 아래 몸을 웅크렸다. 그러나 그는 죽은 뒤에 지옥에 가지 않을 것이고 이러한 떨림도 멈출 될 것이다. 기숙사의 소년들에게 잘 자라고 인사하는 누군가의 목소리가 들렸다. 침대 덮개 바깥을 슬쩍 내다본 그의 눈엔 자신을 사방과 고립시킨 채 침대 주변에 둘러쳐진 노란 커튼이 들어왔다. 등불이 서서히 꺼졌다.

사감 선생의 구둣발 소리가 멀어졌다. 어디로 갔을까? 층계를 내려가 복도를 따라 걸어갔나 아니면 그 끝에 있는 자기 방으로 간 것일까? 어둠이 보였다. 밤이 되면 마차 등불만큼 커다란 눈을 지닌 검은 개가 어슬렁거린다는 게 사실일까? 사람들은 그 개가 살인자의 유령이라고 했다. 두려움의 긴 파동이 온몸으로 번져갔다. 어둠에 둘러싸인 성의 현관이 보였다. 구식 옷을 입은 늙은 하인들이 층계참 위쪽 다림질 방에 있었다. 아주 오래전의 일이었다. 늙은 하인들은 조용했다. 그곳에는 등불이 있었으나 그래도 현관은 어두웠다. 누군가가 현관에서 계단으로 올라갔다. 그는 대장을 의미하는 하얀 망토를 걸쳤다. 그의 얼굴은 창백하고 이상했다. 한 손을 들어 옆구리를 부여잡은 채 기묘한 눈길로 늙은 하인들을 바라보았다. 하인들은 그를 보았고, 주인의 얼굴과 망토가 보였고, 그가 치명상을 입었다는 사실을 알았다. 그러나 그들이 본 곳엔 어둠만이 있었다. 어둡고 고요한 허공만이. 그들의 주인은 바다 건너 저 멀리 프라하 전투에서 치명상을 입었다. 그는 들판에 서 있었다. 한 손으로 옆구리를 부여잡았다. 그는 창백하고 이상한 표정이었고 대장을 상징하는 하얀 망토를 입고 있었다.

오, 그 얼마나 오싹하고 이상한 생각이란 말인가! 그 모든 어둠이 차갑고 낯설었다. 거기에는 창백하고 낯선 얼굴들이 있고, 거기에는 마차 등불처럼 커다란 눈이 있었다. 그건 살인자의 유령들이었고 바다 건너 머나먼 전투지에서 치명상을 입은 대장들이었다. 하고 싶은 말이 대체 무엇이길래 그토록 기묘한 표정을 짓고 있을까?

청하옵건대 주여, 저희에게 오소서. 저희의 거처로 오셔서 적의 덫을 모두 몰아내어 주소서 ⋯⋯.

방학을 맞아 집으로 돌아간다! 그건 정말 근사한 일이겠지, 친구들이 그에게 말했다. 초겨울 아침 성의 문밖에서 마차에 올라탄다. 바퀴가 자갈 위를 굴러간다. 교장을 위한 환호성이 울린다!

만세! 만세! 만만세!

마차들이 기도실 건물 앞을 지나갔고 모두 모자를 치켜들었다. 그들은 시골 도로를 따라 즐겁게 달려갔다. 마부들은 채찍을 들어 보덴스타운을 가리켰다. 소년들은 환호했다. '쾌활한 농부'라는 농가 앞을 지나갔다. 환호성이 울리고, 울리고, 또 울렸다. 작은 마을인 클레인을 통과하면서 그들은 환호성을 질렀고 환호를 받았다. 반쪽 문 앞에 서 있는 농가의 여인들, 여기저기 서 있는 농부들. 그 사랑스러운 향기가 겨울 허공 속에 머물렀다. 클레인의 향기. 비와 초겨울 공기와 그을린 토탄과 코듀로이 천 내음.

기차는 소년들로 꽉 찼다. 초콜릿 색깔 몸체에 크림색으로 장식한 길고 긴 기차였다. 차장들이 앞뒤로 오가며 문을 여닫고 잠그고 풀었다. 검푸른 색과 은색 제복 차림을 한 그들은 은색 호루라기를 지녔고 열쇠들이 부딪치며 즉흥곡을 연주했다. 찰그랑, 찰그랑, 찰그랑.

열차는 평평한 들판을 달려 앨런 언덕을 지났다. 전봇대도 여럿 지나갔다. 기차는 달리고 또 달려나갔다. 기차는 알고 있었다. 아버지 집 현관에 그리고 녹색 나뭇가지에 수많은 전등이 있었다. 벽에 걸린 커다란 거울을 둘러싼 호랑가시나무잎과 담쟁이덩굴 그리고 샹들리에 둘레를 휘감은 호랑가시나무잎과 담쟁이덩굴, 녹색과 빨간색이 있었다. 벽에 걸린 오래된 초상화를 감싼 빨간 호랑가시나무 잎과 녹색 담쟁이덩굴이 있었다. 그를 위하고 크리스마스를 위한 호랑가시나무와 담쟁이덩굴.

사랑스러워 ……

그 모든 사람. 어서 오렴, 스티븐! 환영의 소음. 어머니는 그에게 키스했다. 괜찮니, 얘야? 그의 아버지는 지금 원수(元帥)다. 치안판사보다 더 높았다. 환영한단다, 스티븐!

뒤섞인 소음 ……

커튼 봉을 따라 움직이는 고리의 소음이 났고, 세면기에 닿은 다음 튕겨 나가는 물 소음이 났다. 기숙사에서 일어나고 옷 입고 세수하는 소음이 났다. 사감 선생이 위아래로 오르내리며 소년들에게 서두르라고 말하면서 탁탁 치는 손뼉의 소음. 연한 햇살에 젖혀진 노란 커튼과 흐트러진 침대가 드러났다. 그의 침대는 대단히 뜨거웠고 그의 얼굴과 몸도 대단히 뜨거웠다.

그는 일어나 침대 옆에 앉았다. 힘이 하나도 없었다. 스타킹을 신으려고 해보았다. 지독스럽게 거친 느낌이 들었다. 햇살이 기묘하고 차가왔다.

플레밍이 말했다.

"괜찮니?"

그는 무슨 말을 해야 할지 몰랐고, 플레밍이 말했다.

"다시 침대에 누워. 네가 아프다고 맥글레이드 선생님에게 말할게."

"저 애가 아파."

"누구?"

"맥글레이드에게 말해."

"침대로 돌아가."

"아픈 거야?"

한 소년이 그의 팔을 잡아주는 동안에 그는 발에 매달린 양말을 떼고 다시 침대로 기어 올라갔다.

시트 사이에서 몸을 웅크리면서 거기에 온기가 남아있어서 다행이라고 생각했다. 미사에 참석하기 위해 옷을 갈아입는 소년들이 그에 대해 수군대는 소리가 들려왔다. 저 애를 밀어 배수구에 처박다니 그건 정말 비열한 짓이었어, 아이들은 그렇게 말했다.

다음 순간 소리가 뚝 그쳤다. 소년들은 가버렸다. 그의 침대 옆에서 누군가가 말했다.

"디덜러스, 우리를 일러바치는 건 아니지, 절대로 그렇게 하지 않을 거지?"

웰스의 얼굴이 거기 있었다. 그는 얼굴을 보았고 웰스가 겁을 먹었다는 사실을 알았다.

"그럴 생각은 아니었어. 일러바치지 않을 거지?"

아버지는 그에게 무슨 일이 있든 절대로 친구를 고자질하지 말라고 말했다. 그는 고개를 가로저으며 아니라고 대답했다. 기분이 좋았다.

웰스가 말했다.

"일부러 그런 게 아니었어. 맹세해. 그냥 시늉만 하려고 했을 뿐이야. 미안해."

그 얼굴과 목소리가 사라졌다. 그가 겁을 먹은 것은 좀 안됐다. 자신이 병이 들었다는 사실에 겁이 났다. 줄기마름병은 식물의 질병이고 암은 동물의 질병 혹은 또 다른 것이다. 아주 오래전이었다. 그때 저녁 불빛이 켜진 가운데 운동장으로 나갔고, 같은 반 아이들 주변에서 이리저리 살금살금 다녔고, 커다란 새가 잿빛 하늘을 가로지르며 날아갔다. 레스터 수도원에 불이 켜졌다. 울시는 그곳에서 죽었다. 수도원장들은 그를 거기에 묻었다.

그건 웰스의 얼굴이 아니라 사감 선생의 얼굴이었다. 그는 꾀병을 부리는 게 아니었다. 아니, 아니었다. 그는 정말 아팠다. 꾀병이 아니었다. 그는 선생의 손이 이마에 닿는 것을 느꼈다. 사감 선생의 차갑고 눅눅한 손에 자신의 뜨겁고 축축한 이마가 느껴졌다. 들쥐도 그렇게 느껴졌겠지, 끈적거리고 축축하고 차갑게 말이다. 모든 들쥐에게는 세상을 살필 수 있는 두 개의 눈이 있다. 미끈하고 끈적이는 가죽, 뛰어오르기 직전 잔뜩 움츠린 작디작은 발, 주변을 살필 검고 반짝이는 눈동자가 있다. 쥐들은 어떻게 뛰어오르는지 이해하고 있다. 그러나 쥐의 정신으로는 삼각 함수를 이해할 수 없을 것이다. 그들이 죽으면 옆으로 누웠다. 그런 다음 가죽이 말라 갔다. 그들은 그저 죽어 버린 '물체'일 뿐이다.

사감 선생이 다시 그곳으로 왔고 그에게 일어나라고 말하는 목소리가 들렸다. 부교장은 그에게 일어나 옷을 갈아입고 양호실로 가라고 말했다. 할 수 있는 한 가장 빨리 옷을 갈아입는 동안 사감 선생이 말했다.

"마이클 수사에게 보내야만 합니다. '부글부글하는' 복통이거든요!"

그렇게 표현하다니, 그는 정말로 괜찮은 사람이었다. 그 모든 것이 그에게 웃음을 선사하기 위해 한 말이었다. 하지만 웃을 수 없었는데, 뺨과 입술이 모두 떨렸기 때문이었다. 사감 선생은 혼자 웃어야만 했다.

사감 선생이 소리쳤다.

"얼른 걸으렴! 하나! 둘! 하나! 둘!"

그들은 함께 층계를 내려갔고 복도를 따라 욕실을 지나갔다. 그 문 앞을 지날 때 막연한 두려움과 함께 시커먼 배수구 물과 미지근하고 축축한 공기, 첨벙거림, 수건 냄새, 약 냄새 같은 것을 떠올렸다.

마이클 수사가 의무실 문 앞에 서 있었고 오른편에 놓인 검은 캐비닛 문에서 약 냄새가 새어 나왔다. 선반 위에 놓인 병들에서 그 냄새가 났다. 사감 선생이 마이클 수사에게 말을 하자 마이클 수사는 대답하면서 사감 선생을 '선생님'이라고 불렀다. 그의 머리카락은 회색이 섞인 붉은색이었고 표정은 기묘했다. 그가 항상 수사인 것도 이상했다. 그가 수사이고 다른 복장을 했기 때문에 그를 '선생님'이라고 부를 수 없는 것도 이상했다. 신앙심이 부족해서일까? 그는 어째서 다른 사람들처럼 될 수 없는 것일까?

그 방에는 침상 두 개가 있었고 한 침상에는 다른 소년이 누워있었다. 그들이 들어갔을 때 그 소년이 소리쳤다.

"안녕! 꼬맹이 디덜러스구나! 무슨 일이니?"

"무슨 일이긴, 뻔한 일이지." 마이클 수사가 대답했다.

그 소년은 하급 문법반 학생이었는데, 스티븐이 옷을 벗는 동안 그는 마이클 수사에게 버터 바른 토스트를 가져다 달라고 말했다.

"오, 그렇게 해줘요!" 그가 말했다.

"기름칠하려는 거구나!" 마이클 수사가 말했다. "의사 선생님이 오면 너는 오전에 나가도 좋다는 허가서를 주실 거야."

"제가요?" 소년이 말했다. "전 아직 낫지 않았어요."

마이클 수사가 다시 말했다.

"내가 말한 대로, 넌 여기서 나가도 된다는 허가서를 받게 될 거야."

그는 몸을 구부리고 부지깽이로 불을 들쑤셨다. 그의 등은 말 등처럼 길었다. 그는 엄숙하게 부지깽이를 흔들었고 문법반 학생을 향해 고개를 끄덕했다.

그런 다음 마이클 수사는 가버렸고 잠시 후 그 문법반 소년은 벽을 향해 몸을 돌리더니 잠이 들었다.

그곳은 의무실이었다. 그는 그때 병이 들었다. 선생님이 그의 어머니와 아버지에게 편지를 써서 알렸을까? 그러나 신부님 중 한 명이 직접 가서 알리는 편이 더 빠를 것이다. 혹은 그 신부님이 가져갈 편지를 한 통 쓸 것이다.

사랑하는 어머니께

제가 아파요. 집에 가고 싶어요. 그러니 오셔서 저를 데려가 주세요. 지금 의무실에 누워 있답니다.

당신의 사랑하는 아들,

스티븐.

그들이 얼마나 멀리 있는지! 창밖으로 차가운 햇살이 쏟아졌다. 그는 자신이 죽는 것은 아닌지 궁금했다. 이토록 햇살 가득한 날에 내가 죽을 수도 있다니. 그는 어머니가 도착하기 전에 죽을지도 모른다. 그 아이가 리틀이 사망했을 때 그랬다며 그에게 말한 것처럼 기도실에서 그의 장례미사가 열릴 것이다. 소년들은 모두 검은 옷을 입고 슬픈 표정으로 그 미사에 참석할 테지. 웰스 역시 올 테지만 소년들은 그를 외면할 것이다. 교장 신부는 거기서 금색으로 수놓은 검은

색 제의를 걸칠 거고 제단 위와 관대 둘레에는 크고 노란 초가 있을 거다. 그들은 기도실 밖으로 관을 들고 천천히 나올 것이며 라임 나무 큰길에서 떨어진 마을의 조그만 묘지에 그가 묻힐 것이다. 웰스는 자기가 한 짓에 대해 그때 미안하게 여길 것이다. 그리고 천천히 종이 울릴 것이다.

그는 그 종소리를 들을 수 있었다. 그는 브리지드가 가르쳐준 그 노래를 계속 중얼거렸다.

> 땡 땡 땡! 성의 종이 울려요!
> 영원히 안녕, 어머니!
> 나를 오래된 교회 마당에,
> 우리 형님 옆에 묻어주세요.
> 내가 누울 관은 검은색,
> 여섯 천사가 내 뒤에 서 있어요,
> 두 천사는 노래하고,
> 두 천사는 기도를 올리고,
> 그리고 두 천사는 내 영혼을 데려가지요.

얼마나 아름답고 얼마나 슬픈지! '오래된 교회 마당에 나를 묻어 줘요'라는 그 가사가 얼마나 아름다운지! 온몸에 전율이 흘렀다. 얼마나 슬프고 아름다운지! 조용히 울고 싶었으나 자신을 위한 눈물은 아니었다. 그 가사를 위해서다. 그토록 아름답고 슬퍼서 마치 음악처럼 들렸다. 그 종소리! 그 종소리! 영원한 작별이여! 오, 영원한 이별이여!

차가운 햇살은 희미해졌고 마이클 수사는 곰국 한 사발을 든 채 그의 침상 옆에 서 있었다. 그는 곰국이 반가울 지경이었는데, 입안에서 열이 나고 바싹 말랐기 때문이었다. 운동장에서 노는 소년들의 소리를 들을 수 있었다. 마치 그가 거기에 있기라도 하듯 학교의 하루가 흘러가고 있었다.

그런 다음 마이클 수사가 자리를 뜨려고 했을 때 기초 문법반인 그 소년은 그에게 괜찮다며, 와서 신문에 난 모든 소식을 알려달라고 말했다. 그 소년은 스티븐에게 자신의 이름은 어사이라며 자신의 아버지가 멋지게 도약하는 경주마를 여러 마리 소유했고, 마이클 수사가 원하면 언제든지 상당한 팁을 줄 것이라 했는데, 그 이유는 마이클 수사가 대단히 점잖은 사람인 데다 성안 일상생활을 적은 신문 기사를 자신에게 말해주기 때문이란다. 신문에는 사고와 난파선, 스포츠, 정치 등 온갖 종류의 일들이 실려있었다.

"요즘 신문에는 온통 정치 이야기뿐이야. 너희 식구들도 정치에 대해 말하니?"

"응." 스티븐이 말했다.

"우리 집에서도 그래." 그가 말했다.

그는 잠시 생각을 하다가 입을 열었다.

"넌 정말 이상한 이름을 가졌구나, 디덜러스. 내 이름도 이상해, 어사이라니. 그건 어떤 마을의 이름이래. 네 이름은 라틴어 같아."

그런 다음 그가 물었다.

"수수께끼 푸는 데 소질 있어?"

스티븐이 대답했다.

"그리 잘하지는 않아."

그가 다시 물었다.

"이거 풀 수 있겠어? 킬데어 카운티가 왜 남자아이 바짓가랑이처럼 생겼는지 아니?"

스티븐은 답이 무엇일지 생각하다가 말했다.

"나 포기할래."

"그건 그 안에 '허벅지 하나 a thigh[13]'가 있기 때문이야. 무슨 농담인지 알겠어? '어사이 Athy'는 킬데어 카운티에 있는 마을이고, 발음이 똑같은 '어 사이 a thigh'는 허벅지가 되는 거야.

"아, 그렇구나." 스티븐이 말했다.

"그건 옛날 수수께끼야." 그가 말했다.

잠시 후 그가 말했다.

"얘!"

"무슨 일이야?" 스티븐이 물었다.

"그거 아니? 그 수수께끼를 다른 식으로 물어볼 수 있어."

"그래?" 스티븐이 말했다.

"바로 그 수수께끼를 어떻게 다른 방법으로 물어볼 수 있는지 아니?"

"아니." 스티븐이 대답했다.

13 A thigh 즉 발음하면 문법반 소년 이름과 같은 어사이가 된다.

"그게 뭔지 다른 방법으로 생각해볼 수 없겠어?" 그가 물었다.

소년은 이불 너머로 그를 바라보며 물었다. 그런 다음 베개에 머리를 대고 다시 누웠다.

"다른 방법이 있긴 한데 네게 말해주지 않을래."

어째서 말해주지 않는 거지? 경주마를 여러 마리 소유했다는 그의 아버지는 소런의 아버지나 심술꾸러기 로시의 아버지처럼 치안판사인 것이 분명했다. 그는 자신의 아버지에 대해 생각했다. 어머니가 연주하는 동안 어떻게 아버지가 노래를 불렀는지, 그가 6펜스를 달라고 했을 때 어떻게 1실링을 주었는지, 어떻게 아버지가 다른 아버지들처럼 치안판사가 아니라는 점을 미안하게 여겼는지에 대해 생각했다. 그렇다면 그를 다른 소년들과 함께 이곳으로 보낸 이유는 무엇일까? 그러나 아버지는 그가 여기에서 이방인 취급을 받지 않을 것이라고 말했는데, 그건 그의 증조부가 50년 전에 이곳에서 '해방자'라 불리던 다니엘 오코넬을 향해 연설했기 때문이었다. 구식 복장으로 그 당시 사람들을 알아볼 수 있을 것이다. 그에게는 그때가 엄숙한 시대인 것 같았다. 혹시 그 시절 클롱고우즈의 소년들이 황동 단추가 달린 푸른색 코트와 노란 조끼, 토끼 가죽 모자 차림으로 어른들처럼 맥주를 마시고 뜰에는 토끼 사냥용 개를 길렀을지 모른다는 의문이 들었다.

그는 창문을 응시했고 한낮의 햇살이 점점 약해지는 것이 보였다. 운동장에는 흐릿한 회색빛이 드리워질 것이다. 운동장은 조용했다. 작문 수업을 하는 것이 분명하거나 혹은 아놀 신부가 책을 읽고 있을 것이다.

그에게 어떤 약도 주지 않는 것이 이상했다. 마이클 수사가 돌아오면서 약을 가져올 수 있었는데, 의무실에 가면 냄새가 고약한 약을 마시게 된다는 말을 들었다. 그러나 그는 아까보다 기분이 나아졌다. 천천히 나아지는 건 근사한 일이겠지. 그런 다음에 책 한 권을 가질 수 있었다. 도서관에 네덜란드에 관한 책이 있었다. 그 속에는 사랑스러운 이국적인 이름들이 있고 낯설게 보이는 도시와 배들의 사진들이 있었다. 그는 그걸 보며 행복했다.

창문가 햇빛이 그 얼마나 창백한지! 하지만 근사하기도 했다. 불빛이 일어나더니 벽 위에 내려앉았다. 마치 파도처럼 보였다. 누군가가 거기에 석탄을 넣었고 목소리가 들려왔다. 그것들이 이야기를 나누고 있었다. 파도의 소음 소리를 냈다. 혹은 파도가 일어났다가 내려앉으면서 소곤거리고 있었다.

그는 파도가 일렁이는 바다와 달빛 아래에서 솟구쳤다가 가라앉는 길고 검은 파도를 보았다. 조그만 불빛 하나가 배가 들어오는 부두 앞쪽 끄트머리에서 반짝거렸다. 항구로 들어오는 배를 맞이하기 위해 물가에 모여든 수많은 사람이 보였다. 키가 큰 한 남자가 갑판에 서서 검고 평평한 땅을 응시했다. 부두의 불빛에 의지하여 그 남자의 얼굴이 보였다. 슬픈 표정을 짓고 있는 마이클 수사였다.

그가 사람들을 향해 손을 들어 올리는 것이 보였고 바닷물 너머로 크고 슬픔에 찬 목소리로 말하는 것이 들렸다.

"그가 세상을 떠났습니다. 우리는 그가 관대에 누워있는 것을 보았습니다."

슬픔 가득한 흐느낌이 사람들 사이에서 터져 나왔다.

"파넬! 파넬! 그가 죽다니!"

사람들을 무릎을 털썩 꿇고 슬픔에 싸인 채 울음을 터뜨렸다.

그리고 그는 고동색 벨벳 드레스를 입고 녹색 벨벳 망토를 어깨에 늘어뜨린 단티가 바닷가에서 무릎을 꿇은 사람들 앞을 위엄있게 조용히 걸어가는 것을 보았다.

* * *

붉은 불길이 쇠 살대 안에서 활활 타올랐고 담쟁이 넝쿨로 둘레를 장식한 샹들리에 아래에 크리스마스 만찬 테이블이 펼쳐졌다. 그들은 집에 조금 늦게 도착했고 아직 저녁 식사는 준비되지 않았다. 그러나 금세 될 거라고 어머니가 말했다. 그들은 문이 열리고 무거운 금속 뚜껑이 덮인 커다란 접시들을 하인들이 들고 들어오기를 기다렸다.

모두가 기다렸다. 찰스 아저씨는 멀리 떨어진 창문 그늘에, 단티와 케이시 씨는 난로 양옆에 놓아둔 안락의자에 앉아 있고, 스티븐은 그사이에 놓인 의자에 앉아 잘 달궈진 돌기 장식 위에 발을 올려놓고서 기다렸다. 디덜러스 씨는 벽난로 위쪽 커다란 거울에 비친 자신의 모습을 바라보면서, 콧수염 끝에 왁스를 발라 정리한 다음, 윗옷 뒷자락을 가른 채 활활 타오르는 벽난로 불길을 등지고 서 있었다. 여전히 옷 뒷자락에서 한 손을 꺼내 콧수염 끝에 왁스를 가끔 발랐다. 케이시 씨는 고개를 한쪽으로 기울여 미소 지으며 손가락으로는 목선(腺)을 톡톡 두들겼다. 그리고 스티븐 역시 미소를 지었는데, 케이시의 목에 은 동전 지갑이 없다는 사실을 알았기 때문이었다. 그는 케이시 씨가 자신을 놀리기 위해 목에서 은 동전 소리를 낸 것을 생각하며 웃었다. 그리고 은 동전 지갑을 숨겼는지 보기 위해 케이시의 손을 펴보려고 했지만, 손가락은 완전히 펴지지 않았었다. 케이시 씨는 빅토리아 여왕의 생일 선물을 만들다가 손가락 세 개가 꼬부라졌다고 말했다. 그는 손가락으로 목선(腺)을 가볍게 두드리며 졸린 눈으로 스티븐을 보며 미소를 지었다. 디덜러스 씨가 그에게 말했다.

"그래, 좋아, 좋다고. 오, 우리 산책 잘했지, 그렇지 않은가 존? 그래…… 오늘 저녁 내로 식사할 수 있을지 모르겠군. 그래……. 오, 좋아, 오늘 헤드 곶(串) 주변을 걸어 다니며 오존을 잔뜩 들이마셨잖아. 오, 맙소사."

그는 단티를 보며 말했다.

"오늘 꼼짝도 하지 않은 건가요, 리오던 부인?"

단티는 눈살을 찌푸리며 짧게 대답했다.

"그래요."

디덜러스 씨는 윗옷을 내려놓고 사이드보드 쪽으로 걸어갔다. 그는 보관함에서 돌로 만든 커다란 위스키 단지를 꺼내 디캔터 병을 천천히 채우면서, 가끔 몸을 구부리고 얼마나 부었는지 살폈다. 단지를 보관함에 다시 넣어두고, 위스키를 두 잔에 조금 붓고 물을 약간 섞은 뒤 잔을 가지고 벽난로 쪽으로 돌아왔다.

"아주 조금일세, 존. 입맛을 좀 돋우기 위한 거야." 그가 말했다.

케이시 씨는 잔을 받아 술을 마시고, 그와 가까운 벽난로 위에 잔을 올려놓았다. 그런 다음 입을 열었다.

"글쎄, 나는 우리 친구 크리스토퍼를 생각하지 않을 수 없어. 그가 '제조'한다는 게 ……"

그가 한바탕 웃고 기침하고 말을 이었다.

"…… 그 친구들을 위해 샴페인을 '제조'하는 것이 …… "

디덜러스 씨가 큰 소리로 웃었다.

"크리스티가?" 그가 말했다. "수여우 한 무리를 합친 것보다 그의 대머리에 난 사마귀 중 하나 속에 교활한 재주가 더 많이 들어있다니까."

그는 고개를 숙이고 눈을 감고 입술을 충분히 핥으면서, 여관 주인의 목소리로 말하기 시작했다.

"그리고 그가 자네에게 말할 때는 정말 부드럽게 말해. 알고 있지, 그 턱살은 얼마나 촉촉하고 보드라운지. 하느님이 그를 축복하시길."

케이시 씨는 터져 나온 기침과 웃음을 감당하느라고 애를 쓰는 중이었다. 스티븐은 아버지가 여관 주인의 얼굴과 목소리를 흉내 내는 것을 보고 들으면서 웃음을 터뜨렸다.

디덜러스 씨는 안경을 쓰고, 스티븐을 내려다보며 조용하고 친근한 목소리로 물었다.

"무엇 때문에 그렇게 웃는 거니, 우리 강아지, 응?"

하인들이 들어와 테이블 위에 접시들을 놓았다. 디덜러스 부인이 뒤따라 왔고 접시들이 가지런히 놓였다.

"와서 앉으세요." 그녀가 말했다.

디덜러스 씨가 테이블 끝으로 와서 말했다.

"자, 리오던 부인, 여기 앉아요. 존, 자넨 여기 앉아, 친구야."

그는 찰스 아저씨가 앉은 곳을 향해 말했다.

"자아, 아저씨, 칠면조가 여기서 기다리고 있네요."

모두 자리를 잡았을 때 그는 한 손을 접시 뚜껑 위에 올려놓았다가 거두어들이며 조용히 말했다.

"자아, 스티븐."

스티븐은 자리에서 일어나 식전 기도를 올렸다.

주님, 은혜로이 내려주신 이 음식과 저희에게 강복하소서. 우리 주 예수 그리스도를 통하여 비나이다. 아멘

모두가 서로를 축복했고, 디덜러스 씨는 안도의 한숨을 내쉬면서 가장자리를 반짝이는 구슬로 장식한 육중한 뚜껑을 들어 올렸다.

스티븐은 꼬챙이에 꽂혀 꼼짝 못 한 상태로 테이블에 놓여있는 통통한 칠면조를 바라보았다. 그는 아버지가 돌리어 가에 있는 던스 상점에서 일 기니를 지급했다는 것과 상점 주인은 칠면조의 상태가 얼마나 좋은지 보여주기 위해 가슴뼈 부위를 쿡쿡 찔렀던 것을 기억했다. 그리고 그가 말할 때 그의 목소리를 기억했다.

"이놈으로 가져가시죠, 선생님. 진짜 좋아요."

클롱고우즈의 배럿 선생님이 그의 가죽 회초리를 '칠면조'라고 부

른 이유가 무엇일까? 그러나 클롱고우즈는 멀리 떨어진 곳에 있다. 칠면조와 햄, 셀러리의 따뜻하고 진한 향내가 쟁반과 접시에서 솔솔 풍겨왔고, 벽난로 쇠창살 안에서는 빨간 불길이 활활 타올랐으며, 녹색 담쟁이 넝쿨과 빨간색 호랑가시나무잎이 그에게 행복을 선사했고, 저녁 식사가 끝나면 큼지막한 건포도 푸딩이 나올 것이다. 푸딩에는 껍질 깐 아몬드와 호랑가시나무 가지가 박혀있었고, 둘레를 푸른빛이 은은한 촛불로 장식했으며 조그만 녹색 깃발이 꼭대기에 꽂혀 있었다.

이것이 그의 첫 번째 크리스마스 만찬이었고 놀이방에서 기다리고 있는 동생들에 대해 생각했다. 그 역시 푸딩이 나올 때까지 종종 기다리곤 했던 곳이었다. 목이 파인 셔츠와 이튼 재킷을 입은 자신의 모습이 낯설었고 갑자기 나이가 많이 들어버린 것 같았다. 그날 아침 어머니가 미사용 옷을 입은 그를 응접실로 데리고 내려왔을 때 아버지는 눈물을 흘렸다. 그가 자신의 아버지를 떠올렸기 때문이었다. 그리고 찰스 아저씨도 그렇게 말했다.

디딜러스 씨는 쟁반 뚜껑을 덮고 배가 고픈 듯 먹기 시작했다. 그런 다음 말했다.

"불쌍하고 늙은 크리스티. 사기를 치다가 지금 엉망이 되어버렸지."

"사이먼, 리오던 부인에게 소스를 주지 않았어요." 디딜러스 부인이 말했다.

디딜러스 씨가 소스 그릇을 얼른 집었다.

"내가 그랬나?" 그가 외쳤다. "리오던 부인, 미안해요, 정신이 없어서."

단티는 손으로 접시를 덮는 시늉을 하며 말했다.

"소스 없어도 괜찮아요."

디덜러스 씨는 찰스 아저씨를 보았다.

"어떤가요, 아저씨?"

"딱 맞아, 사이먼."

"자넨 어떤가, 존?"

"괜찮은데. 자네가 필요하면 뿌리게나."

"메리, 당신은? 자, 스티븐. 머리카락이 오그라들 정도로 네가 좋아할 만한 게 여기 있구나."

그는 스티븐의 접시에 소스를 듬뿍 부은 뒤 배 모양의 소스 그릇을 다시 테이블 위에 올려놓았다. 그런 다음 찰스 아저씨에게 고기가 연하냐고 물었다. 찰스 아저씨는 입에 음식이 가득하여 말을 할 수 없었고, 대신 고개를 끄덕이며 그렇다고 했다.

"우리 친구가 가톨릭 교단에 정말 좋은 대답을 했어. 뭐?" 디덜러스 씨가 말했다.

"그렇게 생각이 많은 줄 몰랐다네." 케이시 씨가 말했다.

"신부님, 신부님이 하느님의 전당을 투표소로 만드는 일을 그만두시면 의무금을 내겠습니다."

"기막힌 대답이군요." 단티가 말했다. "자신을 스스로 가톨릭 신자라고 하는 사람이 신부님에게 그런 말을 하다니요."

"성직자들이 비난할 사람은 바로 그들 자신이지요." 디덜러스 씨가 점잖게 말했다. "만약 그들이 바보의 충고를 듣는다면 모든 관심을 종교에 국한하게 될 테니까요."

"이건 종교예요." 단티가 말했다. "사람들에게 경고하는 의무를 이행하고 있는 거지요."

"우리는 겸손한 마음으로 조물주를 향해 기도하기 위해 교회에 가지, 선거 연설을 들으러 가는 게 아니라고." 케이시 씨가 말했다.

"이건 종교라고요." 단티가 다시 말했다. "그들이 옳아요. 그들이 양 떼를 인도해야만 해요."

"그리고 제단에서 정치 연설을 하죠, 그렇지 않나요?" 디덜러스 씨가 물었다.

"그래요." 단티가 말했다. "그건 공공의 도덕 문제이지요. 양 떼에게 무엇이 옳고 무엇이 그르다는 말을 하지 않는다면 사제가 아니지요."

디덜러스 부인은 포크와 나이프를 내려놓고 말했다.

"제발, 제발, 일 년 중 오늘만이라도 정치 이야기를 하지 않도록 해줘요."

"맞습니다." 찰스 아저씨가 말했다. "자, 사이먼. 그것으로 이제 충분해. 다시는 말하지 마라."

"그래요, 그래." 디덜러스 씨가 재빨리 말했다.

그는 과감하게 쟁반 뚜껑을 열고 말했다.

"자아, 칠면조 고기 더 먹을 사람?"

아무도 대답하지 않았다. 단티가 말했다.

"가톨릭 신자라는 사람이 그런 말을 하다니요!"

"리오던 부인, 부탁하건대 그 이야기는 그 정도만 해요." 디덜러스 부인이 말했다.

단티가 그녀를 보며 말했다.

"그러면 여기에 앉아서 우리 교회의 주임 사제들이 무시당하는 소리를 듣고 있으라고요?"

"아무도 그들을 반대하지 않아요, 그분들이 정치 문제에 관여하지 않는다면요." 디덜러스 부인이 말했다.

"아일랜드의 주교님들과 신부님들이 말씀하시면, 사람들은 순종할 거예요." 단티가 말했다.

"그분들은 오로지 정치에만은 관여하지 말아야죠, 그렇지 않으면 사람들이 교회를 떠날 테니." 케이시 씨가 말했다.

"지금 이 말 들었어요?" 단티가 디덜러스 부인을 보며 말했다.

"케이시 씨! 사이먼!" 디덜러스 부인이 말했다. "인제 그 정도만 해요."

"너무 심해! 심하다고!" 찰스 아저씨가 말했다.

"뭐가요?" 디덜러스 씨가 외쳤다. "우리가 영국인들의 명령에 따라 그를 버려야 한다는 겁니까?"

"그는 지도할 자격이 없어요," 단티가 말했다, "그는 공공의 죄인이었어요."

"우리 모두 죄인이고 중죄인입니다." 케이시 씨가 차갑게 말했다.

"'남을 죄짓게 하는 사람은 불행하여라!'" 리오던 부인이 루카의 복음서를 인용했다. "'이 보잘것없는 사람들 가운데 누구 하나라도 죄짓게 하는 사람은 그 목에 연자 맷돌을 달고 바다에 던져져 죽는 편이 오히려 나을 것이다.' 이것은 성령의 말씀이에요."

"나에게 묻는 거라면, 정말 고약한 표현이군요." 디덜러스 씨가 차갑게 말했다.

"사이먼! 사이먼!" 찰스 아저씨가 말했다. "아이가 듣고 있잖아."

"그래요, 그래," 디덜러스 씨가 말했다. "내 말은 …… 철도 짐꾼의 상스런 말투가 그렇다고 생각했다는 겁니다. 자아, 모두 좋아요. 스티븐, 접시 이리 줘. 이거 먹으렴, 자 여기."

그는 스티븐의 접시에 음식을 가득 담았고 찰스 아저씨와 케이시 씨에게 소스를 잔뜩 부은 큼직한 칠면조 고기 조각을 주었다. 디덜러스 부인은 아주 조금 먹었고 단티는 무릎 위에 손을 올려놓았다. 그녀의 얼굴은 붉게 달아올랐다. 디덜러스 씨가 고기 써는 나이프와 포크를 접시 끝에 올려놓고 말했다.

"여기 '교황의 코'라고 부르는 맛난 부위가 있으니, 신사 숙녀분들 누구라도 원하시면 …… "

그는 고기 써는 포크로 칠면조 고기 한 조각을 찍어 들었다. 아무도 입을 열지 않았다. 그는 그것을 자신의 접시에 올려놓으며 말했다.

"자아, 내가 권하지 않았다고 말하지 마세요. 요즘 들어 건강이 좋지 않으니 내가 먹는 게 낫다고 생각하긴 합니다."

그는 스티븐을 향해 눈을 찡긋했고 쟁반에 뚜껑을 덮은 뒤 다시 먹기 시작했다.

그가 먹는 동안 침묵이 흘렀다. 그런 다음 그가 입을 열었다.

"자아 이제, 어쨌든 좋은 날이지요. 낯선 사람들도 많이 있고요."

아무도 입을 열지 않았다. 그가 다시 말했다.

"지난번 크리스마스 때보다 타지에서 온 사람들이 더 많은 것 같다는 겁니다."

그는 고개를 숙인 채 자기 접시만 보는 다른 사람들을 둘러보았으나 아무런 대답도 듣지 못했고, 잠시 후 쓰디쓴 어조로 입을 열었다.

"음, 나의 크리스마스 만찬이 좀 이상하게 되어버렸군."

"좋은 운이나 은총은 없을 거예요, 교회 성직자들에 대한 존경이 없는 집구석에는 말이죠." 단티가 말했다.

디덜러스 씨가 나이프와 포크를 접시 위에 소리 나게 내려놓았다.

"존경이라고!" 그가 말했다. "말만 번지르르한 빌리 대주교나 아마시의 뚱보 주교를 존경하라고요? 존경이라니!"

"교회의 왕자님들이지." 케이시 씨가 느릿한 말투로 비꼬았다.

"그 못된 라이트림 경의 마부들이고, 그래 맞아." 디덜러스 씨가 말했다.

"주님이 선택하신 분들이에요." 단티가 말했다. "이 나라의 자랑거리고요."

"그 뚱보." 디덜러스 씨가 퉁명스레 말했다. "잠이 들면 그럭저럭 잘 생긴 것처럼 보이긴 하지만, 추운 겨울날 베이컨과 양배추 요리를 싹싹 긁어먹는 모습을 봐야만 한다니깐, 오 맙소사!"

그는 몸집 크고 사나운 야수 같은 표정을 지으며 입술을 쩝쩝거리는 소리를 냈다.

"정말이지, 사이먼, 스티븐 앞에서 그런 식으로 말하면 안 돼요.

그건 옳지 않아요."

"오, 어른이 되어서도 이 모든 것을 기억할 거예요. 자신의 집에서 하느님과 종교와 신부님들을 헐뜯었다는 것을 말이죠." 단티가 열을 올렸다.

"아이가 기억하도록 해야 합니다, 파넬의 가슴을 찢고 그를 따라다니며 괴롭혀 무덤에 묻히게 한 성직자들과 그들의 졸개들에 대한 이야기를 말입니다. 아이가 어른이 되어서도 그걸 기억하도록 해줘요." 케이시 씨가 테이블 건너편에서 단티에게 소리쳤다.

"개자식들!" 디덜러스 씨가 소리쳤다. "파넬이 정권을 잃었을 때 그를 배반하고 마치 시궁창의 들쥐들처럼 그를 물어뜯었지요. 그 개자식들 얼른 죽어버리길! 그럴 거야! 예수 그리스도에 맹세코, 그럴 거야!"

"그들의 행동은 옳았어요," 단티가 소리쳤다. "그들은 주교들과 신부님들에게 복종했어요. 그들에게 명예를!"

"글쎄요, 이건 일 년 중 오늘이 아니더라도 말하기에 정말 끔찍해요, 그런 끔찍한 말싸움에서 벗어날 수 없나요!" 디덜러스 부인이 말했다.

찰스 아저씨가 손을 살짝 들어 올리며 말했다.

"자아, 진정해요, 진정! 우리가 가진 의견이 무엇이든 간에 그렇게 화를 내고 상스러운 말투를 쓰지 않아도 될 것 같은데? 이건 너무 나쁜 게 분명하니까"

디덜러스 부인이 낮은 목소리로 단티에게 말을 걸었지만 단티는 큰 소리로 말했다.

"입 다물고 있지 않겠어요. 교회와 종교를 모욕하며 침 뱉는 가톨릭 배교자들을 막아낼 거라고요."

케이시 씨는 무례하게 자신의 접시를 테이블 한가운데로 밀어내고, 팔꿈치를 올려놓은 뒤 집주인에게 거친 목소리로 말했다.

"말해보게, 내가 그 유명한 침 뱉기 이야기를 했나?"

"아니, 존." 디덜러스 씨가 말했다.

"그렇다면, 이건 가장 유익한 이야기라네. 우리가 지금 사는 위클로 카운티에서 얼마 전에 일어난 일이지." 케이시 씨가 말했다.

그는 잠시 말을 멈추고 단티를 향해 몸을 돌리더니 애써 분노를 억누르며 말했다.

"그리고 말해둘 게 있습니다만, 만약 당신이 나를 의미하는 것이라면, 나는 가톨릭 배교자가 아닙니다. 아버지가 가톨릭 신자이듯 나는 가톨릭 신자랍니다. 할아버지도, 증조할아버지도 가톨릭 신자였고요, 우리는 신앙을 버리기보다는 목숨을 포기했지요."

"지금 스스로 더 부끄러워해야겠군요, 당신이 말한 대로라면 말이죠." 단티가 말했다.

"그 이야기, 존, 그 이야기를 들려주게." 디덜러스 씨가 미소를 지으며 말했다.

"정말 가톨릭교라고!" 단티가 아이러니하게 되뇌었다. "이 땅에서 가장 끔찍한 신교도들이라도 내가 오늘 저녁에 들은 말을 쓰지 않을 거예요."

디덜러스 씨가 고개를 이리저리 흔들면서 마치 컨트리 음악 가수처럼 흥얼대기 시작했다.

"다시 말해두지만 나는 신교도가 아니에요." 케이시 씨의 얼굴이 벌겋게 달아올랐다.

여전히 흥얼대며 고개를 흔들던 디덜러스 씨가 불만 섞인 비음으로 노래하기 시작했다.

> 오, 로마 가톨릭교도들이여 어서 오시게,
>
> 단 한 번도 미사에 참석하지 않은 이들이여."

그는 기분 좋게 나이프와 포크를 다시 집어 들어 먹을 준비를 하면서 케이시 씨에게 말했다.

"그 이야기를 들려주게나, 존. 소화하는 데에 도움이 될 거야."

맞잡은 손 너머로 테이블 건너편을 응시하는 케이시 씨의 얼굴을 스티븐은 애정이 어린 시선으로 바라보았다. 벽난로 가까이 케이시 근처에 앉아, 그의 검고 험상궂은 얼굴을 올려다보는 것이 좋았다. 그러나 그의 눈동자에는 결코 험악한 기운이 서린 적이 없었고, 그의 느릿한 목소리는 듣기 좋았다. 그런데 그는 왜 그때 성직자들에 반대했을까? 왜냐하면, 그때 단티가 분명 옳았을 것이다. 하지만 단티는 엉터리 수녀이고 그녀의 오라버니는 자질구레한 장신구와 목걸이로 돈을 벌 때 알레가니의 수녀원에서 도망쳤다고 아버지가 말하는 것을 들었다. 그것이 그녀가 파넬을 심하게 반대하는 이유일지 모른다. 그리고 그녀는 그가 아일린과 함께 노는 것을 싫어했는데, 그건 아일린이 신교도였으며 그녀가 젊었을 때 신교도들과 같이 놀던 아이들을 알았고 신교도들은 성모 마리아를 부르는 장황한 기도를 비꼬았기 때문이었다. '상아탑'이라니, 그들은 이렇게 말하곤 했다. '황금의 성전'이라니! 어떻게 한 여자가 상아탑 혹은 황금의 성전이 될 수 있느냐고 했다. 그땐 누가 옳았을까? 그는 클롱고우즈의 의무실에서 보냈던 저녁을 떠올렸다. 그 검은 바닷물, 부두의 불빛, 소식 들은 사람들의 통곡 소리를 기억했다.

아일린의 손은 하얗고 길었다. 어느 날 저녁 술래잡기를 할 때 그녀가 손으로 그의 눈을 가렸는데, 길고 하얗고 가늘고 차갑고 부드러웠다. 그게 상아였다. 차갑고 하얀 것. 그것이 '상아탑'의 의미였다.

"아주 간단하고 달콤한 이야기야," 케이시가 말했다, "어느 날 아클로에서 일어난 일인데, 몹시 추웠던 그날, 그분이 돌아가시기 조금 전이었지. 하느님이 그를 축복하시길!"

그는 피곤한 듯 눈을 감고 잠시 말을 멈추었다. 디덜러스 씨는 접시에서 뼈다귀를 집어 이빨로 살점을 뜯어 먹으면서 말했다.

"그가 살해당하기 전이라는 뜻이지."

케이시 씨는 눈을 뜨고 한숨을 내쉰 다음 말을 계속했다.

"어느 날 아클로로 내려갔을 때였어. 우리는 모임에 참석하러 내려갔고 모임 이후 인파를 헤치며 철도 역으로 가야만 했지. 그런 야유는 처음 들었어. 그들은 우리에게 온갖 욕설을 다 퍼부었고요. 글쎄 나이 든 여자가 있었는데, 술에 잔뜩 취한 노파였거든, 성질도 무척 더러운 게 분명했는데 온통 나만 쳐다보았어요. 그 여자가 계속

내 옆으로 따라오면서 진흙탕에서 춤을 추며 내 얼굴에 대고 소리를 질렀어. '성직자를 못살게 구는 놈! 파리기금을 횡령한 놈! 여우 같은 놈! 키티 오셰이와 간통한 놈!'**14**"

"자네는 어떻게 했나, 존?" 디덜러스 씨가 물었다.

"계속 지껄이게 내버려 뒀지." 케이시 씨가 말했다. "추운 날이었고, 부인 앞에서 이런 말을 해서 실례이긴 하지만 체온을 유지하기 위해서 입에 툴라모어 담배를 물고 있었거든. 입에 담배즙이 가득하였기 때문에 어쨌든 한마디도 할 수 없었어."

"그래서 존?"

"글쎄, 난 그 여자가 계속 지껄이게 내버려뒀지. 키티 오셰이니 뭐 그런 말을 하다가 결국 욕을 하더군. 나는 이 크리스마스 만찬에서 그런 단어를 입에 올려 여러분들의 귀나 내 입술을 더럽히고 싶지 않아요."

그가 말을 멈추었다. 디덜러스 씨는 뼈다귀 고기를 먹다가 고개를 들고 말했다.

"그러고 나서 무엇을 했지, 존?"

"했지!" 케이시 씨가 말했다. "그 여자는 말할 때 늙고 못생긴 얼굴을 내게 디밀었고 난 내 입안에 담배 진액이 가득했어. 나는 그 여자를 향해 몸을 구부리며 '퉤퉤!'하고 뱉어버렸지."

그는 고개를 돌려 침을 뱉는 행위를 했다.

---

14 파넬을 비방하는 표현.

"'퉤퉤!' 이렇게. 그 여자 눈에 대고 말이야."

그는 손으로 눈을 때리며 고통스럽게 비명을 질렀다.

"'오, 예수님, 성모 마리아님, 요셉이시여!'라고 그 여자가 외쳤어. '제 눈이 멀었어요! 눈이 멀고 눈이 흠뻑 젖었어요!'라고."

그는 기침과 웃음을 멈추었다가 다시 계속했다.

"전 완전히 눈이 멀었어요."

디덜러스 씨는 큰 소리로 웃으며 의자에서 거의 드러눕다시피 했고 찰스 아저씨는 고개를 앞뒤로 흔들었다.

단티는 화가 잔뜩 난 표정이었고 그들이 웃는 동안 중얼거렸다.

"그래 좋아하라지! 하! 진짜 좋기도 하겠군!"

여자의 눈에 침을 뱉는 것은 그리 좋은 일이 아니었다.

그런데 대관절 그 여자가 키티 오셰이를 무어라 불렀길래 케이시 씨가 다시 입에 올리지 못하겠다는 걸까? 군중 사이를 헤치고 걸어가 마차에서 연설하는 케이시 씨를 그는 떠올렸다. 그것 때문에 케이시는 감옥에 갔는데, 어느 날 밤 오넬 경사가 집에 와 현관에 서서, 아버지와 낮은 목소리로 이야기하며 모자 끈을 신경질적으로 씹어대던 것을 그는 기억했다. 그리고 그날 밤 케이시 씨는 기차로 더블린에 가지 않았고 마차 한 대가 문 앞으로 왔으며 그는 아버지가 캐빈틀리 거리에 대해 뭔가 말하는 것을 들었다.

그는 아일랜드와 파넬을 지지했고 아버지도 그랬다. 그리고 단티도 마찬가지였다. 그녀는 산책로에서 악대의 연주를 듣던 날 밤에 우산으로 한 신사의 머리를 내리쳤는데, 그건 그 신사가 〈신이여 여왕을 보호하소서)를 마지막으로 연주할 때 모자를 벗어들었기 때문이었다.

디덜러스 씨는 경멸하듯 코웃음을 쳤다.

"아, 존," 그가 말했다. "그 말이 맞아. 우리는 성직자들에게 시달리며 살아가는 불쌍한 민족이야. 지금까지 항상 그랬고 앞으로 세상이 끝날 때까지 항상 그럴 거야."

찰스 아저씨가 고개를 가로저으며 말했다.

"나쁜 일이야! 나쁜 일!"

디덜러스 씨가 되풀이 말했다.

"성직자들이 판을 치고 하느님께 버림받은 민족!"

그는 오른편 벽에 걸린 할아버지 초상화를 가리켰다.

"여기 계신 이 분이 보이나, 존?" 그가 말했다. "착한 아일랜드 남자였다네. 직장에서 돈을 벌지 못했을 때도 말이야. 그는 토지개혁을 주장한 백의당원이라는 죄목으로 사형을 선고받았어. 그렇지만 그는 우리의 성직자 친구들에 관해 한마디 말했는데, 절대로 집에 한 발짝도 들이지 말라고 했지."

단티가 화를 벌컥 냈다.

"만약 성직자가 판을 치는 민족이라면, 우린 그걸 자랑스럽게 여겨야 해요! 그들은 하느님의 눈동자니까요. 예수님이 말했죠. '그들을 건드리지 마라, 그들은 나의 눈동자니라.'"

"그렇다면 우리가 조국을 사랑하지 않을 수 있나요?" 케이시 씨가 물었다. "우리를 지도하기 위해 태어난 사람을 따르지 않고서 말이에요."

"그는 반역자예요!" 단티가 되풀이 말했다. "반역자, 간음한 자! 신부님들이 그를 버린 것은 옳은 결정이에요. 신부님들은 언제나 아일랜드의 진정한 친구라고요."

"그랬던가요, 신앙심 깊으신 부인?" 케이시 씨가 말했다.

그는 주먹으로 테이블을 내리쳤고, 얼굴을 잔뜩 찌푸리며, 손가락을 하나씩 폈다.

"아일랜드 합병[15] 당시 라니건 주교가 영국의 총독이었던 콘월리스 후작에게 충성 맹세 연설을 했을 때, 아일랜드의 주교들이 우리를 배신한 게 아니었나요? 주교들과 신부들이 1829년 가톨릭 해방령[16]의 대가로 조국의 염원을 팔아치운 것은 아니었나요? 그들은 강론 연단과 고해소에서 아일랜드 독립 결사단의 피니어 운동을 맹렬히 비난하지 않았던가요? 그리고 그들은 테렌스 벨로 맥머너스[17]의 시신을 욕되게 하지 않았나요?"

그의 얼굴은 분노로 인해 점점 달아올랐고, 스티븐은 몸에 전율이 흐르면서 자신의 뺨도 달아오르는 것을 느꼈다. 디딜러스 씨가 경

---

15 영국은 1707년 스코틀랜드와 합병했고, 1799년 아일랜드 의회를 해산한 뒤 합병안을 통과시켰는데, 이때 아일랜드의 주교들이 이에 찬성했다. 1801년 1월 1일 대영제국이 성립되었다.

16 아일랜드의 가톨릭 신자들에게 영국의 신교도와 같은 정치적 교육적 권리를 인정한 법안.

17 아일랜드의 애국자. 추방되어 미국에서 사망했고 그의 유해가 돌아왔을 때 아일랜드 가톨릭교도들은 그의 매장을 거부했다.

멸조로 거친 웃음을 터뜨렸다.

"오, 맙소사," 그가 소리쳤다, "그 조그맣고 늙은 폴 컬른 주교[18]를 깜박했군. 또 다른 하느님의 눈동자 말일세."

단티는 테이블 위로 몸을 내밀면서 케이시 씨를 향해 고함을 질렀다.

"옳았어요! 옳았어요! 그분들은 항상 옳았다고요! 하느님과 도덕과 종교가 먼저예요."

디덜러스 부인은 흥분한 단티를 향해 말했다.

"리오던 부인, 대답하느라 너무 화내지 마세요."

"하느님과 종교가 그 무엇보다도 가장 우선이에요!" 단티가 외쳤다. "하느님과 종교가 이 세상보다 더 중요하다고요!"

케이시 씨는 꽉 쥔 주먹을 들어 올린 뒤 그대로 테이블을 내리쳐서 요란한 소리를 냈다.

"좋아, 좋다고!" 그가 거칠게 소리 질렀다. "만약 그렇다면 아일랜드를 위한 하느님은 없는 거라고!"

"존! 존!" 디덜러스 씨가 외치며 그가 손님인 케이시의 소매를 잡았다.

테이블 건너편에서 노려보는 단티의 뺨이 부들부들 떨렸다. 케이시 씨는 비틀거리며 의자에서 일어나 테이블 위로 몸을 내밀었고 마치 거미줄을 걷어내는 것처럼 한 손을 얼굴 앞쪽 허공에서 내저었다.

---

18 더블린의 주교이자 추기경. 피니어 운동을 맹렬히 반대했다.

"아일랜드에는 다시는 하느님이 필요하지 않다고!" 그가 외쳤다, "아일랜드에서 하느님은 신물이나. 하느님은 꺼져버리라고!"

"신성모독자! 악마!" 단티가 소리 지르면서 벌떡 일어났고 그의 얼굴에 거의 침을 뱉을 뻔했다.

찰스 아저씨와 디덜러스 씨가 케이시를 끌어당겨 의자에 다시 앉히면서 이성을 되찾으라며 양쪽에서 타일렀다. 케이시는 활활 타오르는 검은 눈으로 앞을 응시한 채 다시 소리쳤다.

"하느님은 꺼져버리라고, 제발!"

단티가 요란스럽게 의자를 밀어내며 테이블을 떠났다. 풀린 냅킨 고리가 카펫 위로 천천히 굴러가더니 안락의자 다리에 닿은 뒤 멈췄다. 디덜러스 부인은 천천히 일어나 그녀를 따라 문 쪽으로 갔다. 단티가 문가에 선 채 몸을 홱 돌리고서 방 안을 향해 소리를 질렀고, 분노로 인해 그녀의 뺨이 벌겋게 달아오르고 부들부들 떨렸다.

"지옥에서 온 악마! 우리가 이겼어! 우리는 너를 바스러뜨려 죽일 거야! 악마야!"

그녀 뒤로 문이 쾅하고 닫혔다.

케이시는 자신을 잡고 있던 손에서 놓여나온 후 손으로 고개를 잡고 수그린 채 고통스럽고 흐느꼈다.

"불쌍한 파넬!" 그가 큰소리로 외쳤다. "세상을 떠난 왕이시여!"

그는 커다랗고 비통한 목소리로 울기 시작했다.

스티븐은 공포에 질린 얼굴을 들었고, 눈물 가득 고인 아버지의 눈을 보았다.

* * *

소년들은 끼리끼리 모여 이야기를 나누었다.

한 소년이 말했다.

"라이언스 언덕에서 그들이 잡혔대."

"누가 잡았대?"

"글리슨 선생님과 부교장님이래. 그들은 마차에 있었어."

그 아이가 덧붙여 말했다.

"상급반 학생이 말해준 거야."

플레밍이 물었다.

"하지만 그들이 도망친 이유가 뭐지? 우리에게 말해줘."

"난 이유를 알아." 세실 선더가 말했다. "교장실에서 돈을 슬쩍 했거든."

"누가 그걸 슬쩍 했는데?"

"키컴의 형. 그리고 그걸 모두 나눠 가졌대."

"그렇지만 그건 도둑질이야. 어떻게 그런 일을 할 수 있었지?"

"넌 그 일에 대해 아는 게 하나도 없군, 선더!" 웰스가 말했다. "나는 그들이 왜 그렇게 꽁지 빠지게 도망쳤는지 알아."

"말해줘."

"말하지 말라고 하던데," 웰스가 말했다.

"오, 어서, 웰스," 모두 졸라댔다. "우리에게 말해 줘. 비밀 지킬게."

스티븐은 이야기를 듣기 위해 고개를 기울였다. 웰스는 혹시 누가 다가오는지 보려는 듯 주변을 둘러보았다. 그런 다음 비밀스럽게 말했다.

"미사용 포도주를 제의실 옷장 속에 보관하는 것 알지?

"응."

"글쎄, 애들이 그걸 마셨는데, 냄새 때문에 누가 그걸 마셨는지 들통이 난 거야. 그래서 그 애들이 도망간 거야."

그리고 처음 이야기를 꺼냈던 소년이 말했다.

"그래, 상급반 누군가가 그런 이야기를 하는 것을 나도 들었어."

소년들은 모두 침묵했다. 스티븐은 그들 사이에 서서 귀를 기울였고 입을 열기가 두려웠다. 경외감이 몰고 온 현기증 때문에 맥이 풀리는 듯했다. 어떻게 그런 짓을 할 수 있었을까? 그는 어둡고 조용한 제의실을 떠올렸다. 거기에 주름 잡힌 제의를 얌전히 접어서 보관하는 거무스름한 나무장이 있었다. 기도하는 곳은 아니었지만 거기서는 숨죽여 말을 해야만 했다. 그곳은 신성한 장소였다. 그는 어느 여름날 저녁 향합 복사를 서기 위해 옷을 갈아입으러 그곳에 갔던 것과 나무로 된 작은 제단을 향해 줄지어 걸어갔던 것을 기억했다. 낯설고 신성한 장소. 향로를 든 소년이 석탄에 불을 지피기 위해 연결된 사슬 중간 부분을 들어 올려 흔들었다. 그것을 숯이라고 했다. 소년이 부드럽게 흔들자 조용히 타면서 가볍게 쏘는 향기를 선사했다. 모두 복장을 갖추었을 때 그는 향로를 교장 신부님에게 내밀었고, 교장 신부님이 그 안에 향을 한 숟가락 정도 넣자 향은 붉은 석탄에 닿아 쉬이 소리를 냈다.

소년들은 운동장 이곳저곳에서 몇 명씩 모여 이야기를 나누고 있었다. 그에겐 그들의 모습이 훨씬 작아 보였는데, 그건 그 전날 그를 넘어뜨렸던 단거리 주자이자 중급반의 문법반 학생 때문이었다. 그가 석탄재 깔아 만든 길에서 그 소년의 자전거와 가볍게 부딪혀 넘어졌고, 안경이 세 조각났으며 석탄 가루가 그의 입속으로 들어갔다.

　　그것이야말로 그에게 소년들이 훨씬 작게 훨씬 멀게 보이며, 골대가 그토록 가늘고 멀게 보이며, 부드러운 잿빛 하늘이 그토록 높게 느껴진 이유였다. 그러나 축구장에서는 아무런 경기도 열리지 않았는데 그건 크리켓 시즌이 다가오기 때문이었다. 누군가는 밴스가 주장이 될 거라고 말했지만, 누군가는 플라워스일 거라고 했다. 그리고 소년들은 운동장에 흩어진 채 라운더스[19]를 했고 커브 볼과 느린 볼 던지기 연습을 했다. 여기저기서 크리켓 방망이 소리가 부드러운 회색 허공을 가르며 들려왔다. 픽! 팩! 폭! 픽! 분수의 물방울이 가득찬 낙수반으로 천천히 떨어질 때 나는 물방울 소리 같았다.

　　어사이가 침묵을 지키다가 조용히 말했다.

　　"그런 게 아니야."

　　모두 잔뜩 기대하는 표정으로 그를 향해 고개를 돌렸다.

　　"무슨 말이야?"

　　"넌 알아?"

　　"어디서 들었어?"

---

19 야구와 비슷한 경기.

"말해줘, 어사이."

어사이는 운동장 건너편 홀로 돌을 차며 걷고 있는 사이먼 무넌을 가리켰다.

"저 아이에게 물어봐," 그가 말했다.

소년들은 그쪽을 보더니 입을 열었다.

"왜, 저 아이에게?"

"저 애도 관련이 된 거야?"

어사이는 목소리를 낮추어 말했다.

"그 애들이 왜 도망쳤는지 알아? 말해줄게. 하지만 절대 다른 곳에서 말하면 안 돼."

"말해줘, 어사이. 어서. 알고 있다면 말해줘."

그는 잠시 입을 다물다가 비밀 이야기를 하듯 했다.

"그 애들은 사이먼 무넌과 터스커 보일과 함께 어느 날 밤 화장실에서 잡혔어."

소년들은 그를 쳐다보며 물었다.

"잡혔다고?"

"무슨 짓을 했는데?"

어사이가 말했다.

"그 짓[20] 말이야."

소년들 사이에 침묵이 흘렀다. 그리고 어사이가 말했다.

---

20 동성연애.

"그게 이유야."

스티븐은 소년들의 얼굴을 바라보았으나 그들의 시선은 모두 운동장 건너편으로 향했다. 그는 누군가에게 그 일에 관해 묻고 싶었다. 화장실에서 '그 짓'을 한다는 게 무슨 의미인가? 왜 상급반 학생 다섯 명이 그것 때문에 도망쳤을까? 농담일테지, 그가 생각했다. 사이먼 무넌이 멋진 옷을 입고 있었고, 어느 날 밤 그가 그에게 크림 과자가 든 공을 보여주었는데, 그것은 문가에 서 있는 그를 향해 축구 선수 열다섯 명이 식당 한가운데 깔린 카펫 위로 굴려 보내준 것이라고 했다. 벡티브 레인저스와 경기하는 날 밤이었다. 그 공은 붉은색과 녹색이 뒤섞인 사과처럼 생겼는데 열어보니 달콤한 크림 과자로 가득 차 있었다. 그리고 어느 날 보일이 코끼리가 '엄니(tusk)' 두 개를 가졌다고 말하는 것 대신 '엄니 동물(tusker)' 두 개를 가졌다고 말하는 바람에 '엄니 동물(tusker) 보일'이라고 불렸으나 그가 항상 손톱을 깎고 다듬었기 때문에 몇몇 소년들은 그를 '레이디 보일'이라고 불렀다.

아일린도 차갑고 길고 하얀 손을 가졌는데, 그건 그녀가 소녀이기 때문이었다. 그 손은 마치 상아처럼 보였으며, 단지 부드러울 뿐이었다. 그것이 바로 '상아탑'의 의미였으나 개신교도들은 그것을 이해하지 못해서 웃음거리로 만들었다. 어느 날 그는 그녀 옆에 서서 여관 앞마당을 들여다보았다. 웨이터가 깃대에 길게 늘어진 장식용 깃발을 준비 중이었고 폭스테리어 한 마리가 햇살 가득한 잔디밭에서 이리저리 날쌔게 뛰어다녔다. 그녀가 그의 호주머니에 자신의 손을 집어넣었는데, 이미 그의 손이 들어가 있어 그녀의 손이 얼마나 차갑고 가늘고 부드러운지 느껴졌다. 그녀는 호주머니가 있는 게 무척 재미있다고 말하고, 그런 다음 갑자기 손을 빼내고서 구부러진 경사로를 따라 웃음을 터뜨리며 달려갔다. 뒤쪽으로 휘날리는 그녀의 금빛 머리카락은 햇살을 받아 황금처럼 빛났다. '상아탑'과 '황금의 성전'. 그런 생각을 하면서 이제는 그게 무엇인지 이해할 수 있을 것이다.

그런데 왜 하필 화장실에서? 거긴 볼일을 볼 때 가는 곳이었다. 온통 두꺼운 슬레이트 판으로 되어있고 조그만 구멍으로부터 물이 온종일 새어 나오고 냄새도 퀴퀴했다. 그리고 어떤 화장실 칸막이 문 뒤에는 로마 제복 차림의 수염 난 남자가 양손에 벽돌을 하나씩 들고 있는 모습이 붉은색 볼펜으로 그려져 있었으며 그 아래쪽에 그림의 제목이 적혀 있었다.

밸부스가 벽을 쌓고 있었다

누군가가 장난으로 그려놓은 것이었다. 우스꽝스러운 얼굴이었으나 턱수염이 난 남자와 매우 닮았다. 그리고 또 다른 칸막이벽에는 왼쪽으로 기울어진 문체로 적은 아름다운 글씨가 있었다.

줄리어스 시저는 《칼리코 벨리》를 썼도다.

어떤 놈들이 장난으로 적어놓은 장소였기 때문에 그것들이 그곳에 있는 이유였다. 하지만 그와 동시에 어사이가 말한 내용과 그의 태도가 기묘했다. 그들이 도망친 것을 보면 그건 장난이 아니었다. 그는 다른 소년들과 함께 운동장 건너편을 바라보았고 두려움을 느끼기 시작했다.

마침내 플레밍이 말했다.

"그리고 다른 애들이 한 짓 때문에 우리 모두가 벌을 받게 되는 거야?"

"나는 돌아오지 않을 거야. 두고 봐." 세실 선더가 말했다. "식당에서 사흘 동안 침묵해야 하고, 일 분에 여섯대 혹은 여덟 대씩 맞으러 불려가야 한다니."

"그래." 웰스가 말했다. "그리고 늙다리 배럿 선생이 처벌 노트 접는 방법을 새롭게 바꾸는 바람에 그걸 열고 다시 접을 수가 없어서 몇 대 맞을지 알아내지 못했어. 나도 안 돌아올 거야."

"맞아." 세실 선더가 말했다. "그리고 학습 사감이 오늘 아침 중급 문법반 시간에 들어왔어."

"함께 반기를 들자." 플레밍이 말했다. "어때?"

소년들은 침묵했다. 주변은 고요했고 크리켓 방망이 소리가 들려오긴 했지만 아까보다는 훨씬 느렸다. 픽, 폭.

웰스가 물었다.

"그들이 어떻게 될 것 같아?"

"사이먼 무넌과 터스커는 채찍질을 당하겠지." 어사이가 말했다. "상급반 학생들은 채찍질을 당하던지 퇴학당하던지 그들이 선택하기로 했대."

"그럼 어떤 것을 선택하지?" 제일 먼저 말했던 소년이 물었다.

"코리건만 빼고 모두 퇴학할 거래." 어사이가 대답했다. "그는 글리슨 선생한테 채찍질을 당할 거래."

"난 그 이유를 알아," 세실 선더가 말했다, "그가 옳아. 다른 애들은 잘못 생각한 거야. 채찍을 맞으면 잠시 후 아픔은 가시지만, 학교에서 퇴학당한 놈은 살아가는 내내 그렇게 알려지지. 게다가 글리슨 선생은 그를 아주 심하게 때리지 않을 거라고."

"너무 심하게 처벌하지 않는 게 제일 좋아." 플레밍이 말했다.

"나는 사이먼 무넌이나 터스커처럼 되지 않을 거야," 세실 선더가 말했다. "하지만 나는 그 애들이 채찍질을 당하지는 않을 것 같아. 아마 불려가서 아홉대 씩 두 번 맞을 거야."

"아니, 아냐," 어사이가 말했다. "둘 다 상당히 아프게 맞게 될걸.

웰스는 손을 비비면서 우는 소리를 냈다.

"제발 선생님, 그만 보내주세요!"

어사이는 싱긋 웃으면서 상의 소매를 걷어 올리며 말했다.

> 그래 봐야 소용없어.
>
> 매는 맞아야 해.
>
> 바지 내리고
>
> 엉덩이 내밀어.

소년들은 웃음을 터뜨렸다. 그러나 그들이 약간 두려워한다고 그는 생각했다. 부드러운 잿빛 허공에 침묵이 흐르는 가운데 크리켓 방망이 소리가 여기저기서 들려왔다. 폭. 그건 그냥 폭 하는 소리였지만 만약 저렇게 맞으면 아플 것이다. 가죽띠는 역시 소리를 냈지만, 이것과는 다르다. 소년들이 말하길, 그 가죽띠는 고래 뼈와 가죽으로 만들었고 그 속을 납으로 채웠다고 했다. 그는 그것으로 맞으면 얼마나 고통스러울지 궁금했다. 다른 소리도 있었다. 길고 가느다란 회초리는 '쌩'하는 소리를 냈는데 그는 그게 얼마나 고통스러울지 궁금했다. 그 생각을 하자 몸이 바르르 떨렸고 추위가 느껴졌다. 어사이가 했던 말도 마찬가지였다. 그런데 아이들은 대체 무엇 때문에 웃음을 터뜨린 걸까? 나는 이렇게 몸서리가 나는데. 하지만 그것은 바지를 내릴 때마다 몸이 떨렸던 것을 기억했기 때문이었다. 목욕하기 위해 옷을 벗었을 때도 그랬다. 그는 바지를 내린 사람이 선생이었는지 학생이었는지 궁금했다. 오, 아이들은 이런 일을 두고 어떻게 그런 식으로 웃음을 터뜨릴 수 있는 거지?

그는 어사이의 걷어붙인 소매와 잉크로 얼룩진 손을 바라보았다. 어사이는 글리슨 선생에게 어떻게 소매를 걷어붙여야 하는지 보여주기 위해 자신의 소매를 말아 올렸다. 그러나 글리슨 선생은 둥글고 반짝이는 소매 단추와 깨끗하고 하얀 손목과 희고 통통한 손과 길고 뾰족하게 다듬은 손톱을 지녔다. 아마도 레이디 보일처럼 손톱을 다듬고 깎았을 것이다. 그러나 그 손톱은 무서우리만큼 길고 뾰족했다. 희고 통통한 손은 잔인하지 않고 부드러웠음에도, 너무나 길고 잔인하게 보였다. 비록 그가 추위로 몸서리쳤고, 잔인한 긴 손톱과, 지팡이의 '쌩'하며 높게 울리는 소리와, 옷을 벗었을 때 셔츠의 끝자락에서 느껴지는 한기를 생각하니 두려웠지만, 그럼에도 하얗고 통통한 손, 깨끗하고 강하면서 부드러운 손을 생각하자 그의 내부에 자리한 기묘하고 조용한 즐거움을 느낄 수 있었다. 그리고 그는 세실 선더가 했던 말을 생각했다. 글리슨 선생은 코리건을 심하게 매질하지 않을 거야. 그리고 그가 심하게 때리지 않는 게 최선이기 때문이라고 플래밍이 말했다. 그러나 그것은 이유가 아니었다.

누군가의 목소리가 운동장 저 멀리서부터 울려퍼졌다.

"모두 들어와!"

다른 목소리가 들려왔다.

"모두 들어와! 들어오라고!"

작문 시간에 그는 팔짱을 낀 채 앉아서 펜이 느릿하게 사각거리는 소리를 듣고 있었다. 하퍼드 선생은 앞뒤로 걸어 다니면서 빨간 연필로 조그만한 서명을 해주었고 가끔 학생 옆에 앉아 펜 쥐는 법을 보여주었다. 그는 제목을 혼자서, 이미 알고 있기는 했어도 전부 쓰려고 노력했는데, 이것이 이 책의 마지막 부분이었기 때문이었다. '분별 없는 열정은 표류하는 배와 같다.' 그러나 글자들의 선은 눈에 보이지 않는 가는 실 같았고 오른쪽 눈을 감고 왼쪽 눈으로 자세히 보아야만 그 대문자의 곡선을 구별해낼 수 있었다.

그러나 하퍼드 선생은 대단히 점잖고 결코 화를 내는 법이 없었다. 다른 선생들은 모두 불같이 화를 냈다. 하지만 그들이 왜 상급반 학생들이 한 짓 때문에 고통을 받아야 할까? 웰스는 그들이 제의실 옷장에 넣어둔 미사주를 마셨고 냄새 때문에 누가 했는지 발각되었다고 말했다. 어쩌면 성광[21]을 훔쳐 달아나 어딘가에서 팔아치웠을지 모른다. 그건 대단히 끔찍한 죄악임이 틀림없다. 한밤중에 몰래 그곳으로 들어가 검은 옷장을 열고 번쩍이는 금빛 물체에 손을 대다니, 향 연기가 양옆으로 구름처럼 피어오르는 가운데 복사 소년이 향로를 흔들고 성가대의 도미니크 켈리가 혼자 찬송가 첫 소절을 부르는 그 성체 강복식에서, 하느님의 몸인 성체를 모시고 꽃과 양초에 둘러싸인 채 제단 한가운데 놓여있는 그 성광을 훔치다니. 하지만 그들이 훔쳤을 때 성체는 당연히 거기에 없었다. 그렇다고 해도 그것을 만졌다는 것 자체가 기묘하고 엄청난 죄악이었다. 그 일에 대해 생각하자 강렬한 경외감이 몰려들었다. 끔찍하고도 기묘한 죄악, 펜 소리만 가볍게 사각대는 고요 속에서 그 생각을 하자 몸에 전율이 흘렀다. 그러나 옷장 속에서 미사주를 꺼내 마시고 냄새 때문에 발각된 것도 죄였다. 하지만 그것은 끔찍하고 기묘한 것은 아니었다. 그저 약간 속이 메슥하게 느껴질 뿐인데 그건 와인 냄새 때문이었다. 기도실에서 첫 영성체를 하던 날, 그는 눈을 감고 입을 벌리고 혀를 조금 내밀었다. 사제이기도 한 교장이 허리를 굽혀 그에게 성체를 줄 때 미사주를 마신 후라 교장의 숨결에선 와인 냄새가 조금 묻어 나왔다. 와인, 그 단어는 아름다웠다. 포도는 그리스에서 하얀 신전 같은 집 밖에서 자라는 진한 보라색이기에, 진한 보라색을 떠올리게 했다. 그러

---

21 성체를 넣어두는 기구.

나 교장 신부의 숨결에 묻어나온 냄새 때문에 그는 첫 영성체 날 아침 내내 속이 메스꺼렸다. 첫 영성체 날은 우리 인생에서 가장 행복한 날이었다. 언젠가 수많은 장군이 나폴레옹에게 가장 행복했던 날이 언제였느냐고 물은 적이 있다. 그들은 나폴레옹이 큰 전투에서 이겼던 날이나 황제로 즉위했던 날이라 말할 거라고 예상했다. 그러나 그는 이렇게 말했다.

"장군들, 내 인생에서 가장 행복했던 때는 첫 영성체를 하던 날이었소."

아놀 신부가 들어와 라틴어 수업을 시작했으나 그는 여전히 팔짱을 끼고서 책상에 기대어 있었다. 아놀 신부는 작문 노트를 나누어주며 작문들이 수치스러울 만큼 엉망이므로 당장 수정한 것을 보면서 다시 쓰라고 말했다. 그러나 가장 엉망인 것은 플레밍의 리포트 작문이었는데, 잉크 얼룩으로 인해 종이들이 서로 붙어버렸기 때문이었다. 아놀 신부는 노트 모서리를 집어 올린 다음 어떤 선생이라도 그런 작문에 줄 수밖에 없는 모욕적인 발언을 했다. 그리고 그는 잭 로턴에게 명사 'mare(바다)'의 격변화형을 말하라고 했는데, 잭 로턴은 탈격 단수형에서 멈추더니 복수형으로 나아가지 못했다.

"부끄러운 줄 알아야지," 아놀 신부가 엄격하게 꾸짖었다. "너는 반장이잖아!"

그런 다음 그는 다른 소년에게, 그다음 소년에게, 다시 다른 소년에게 말해보라고 지시했다. 아는 학생이 없었다. 아놀 신부는 소년들이 제각각 대답하려고 노력했으나 해내지 못하자 점점 더 목소리가 가라앉았다. 하지만 조용한 목소리와는 달리 그의 얼굴은 검게 변하고 눈동자는 날카로워졌다. 그런 다음 그는 플레밍을 지목했고 플레밍은 그 단어에는 복수형이 없다고 대답했다. 아놀 신부는 책을 덮으면서 그를 향해 고함을 질렀다.

"교실 한가운데로 나와 무릎 꿇어. 지금까지 너처럼 게으른 애는 본 적이 없어. 나머지는 작문을 다시 적도록 해."

플레밍은 굼뜬 동작으로 자기 자리에서 나와 제일 끝에 놓인 의자 두 개 사이에서 무릎을 꿇었다. 다른 소년들은 작문 노트를 보면서 베끼기 시작했다. 교실은 침묵으로 가득 찼고, 겁을 먹은 채 아놀 신부의 얼굴을 훔쳐보던 스티븐은 신부의 검은 얼굴이 분노로 조금 상기되었다는 것을 깨달았다.

아놀 신부가 화를 내는 것은 죄일까 혹은 게으른 소년들이 공부를 더 잘하게 하려고 화를 내도록 허락받은 것일까, 혹은 그냥 화를 내는 것일까? 그가 허락받았기 때문이었을 것이다. 왜냐면 성직자는 죄가 무엇인지 알기도 하고 모르기도 하니까. 그러나 만약 실수로 그렇게 했다면 그는 고해성사하러 가기 위해 무엇을 할까? 아마도 그는 부교장 신부에게 고해성사하러 갈 것이다. 그리고 부교장 신부가 그랬다면 교장 신부에게 갈 것이고 교장은 관구장을 찾아갈 것이고 관구장은 예수회 총회장에게 갈 것이다. 그것이 바로 위계질서였다. 그리고 아버지는 그들이 모두 똑똑한 사람들이라고 말했다. 만약 그들이 예수회에 입회하지 않았다면 세속에서 상당히 높은 자리를 차지할 수 있었을 텐데. 그리고 그는 만약 그랬다면 아놀 신부와 패디 배럿가 무엇이 되어 있을지, 맥글레이드 선생과 글리슨 선생은 무엇이 되어 있을지 궁금했다. 그것을 상상하기란 어려운 일인데, 그들을 다른 방식으로 즉 다른 색깔의 코트와 바지를 입고 수염이나 콧수염을 기르고 다른 종류의 모자를 쓴 모습을 떠올려야 하기 때문이다.

문이 조용히 열렸다가 닫혔다. 짧은 소곤거림이 교실 내부로 휘익 지나갔다. 학습 사감이다. 쥐죽은 듯한 침묵이 흐른 뒤 책상 위로 내리치는 가죽 회초리 소리가 요란하게 들렸다. 스티븐의 심장이 두려움에 질려 펄쩍 뛰었다.

"여기 매질을 당하고 싶은 애들이 있나요, 아놀 신부님?" 학습 사감이 소리쳤다. "이 학급에서 매 맞고 싶어 하는 게으른 놈들 말이에요."

그는 교실 중앙으로 갔다가 무릎을 꿇은 플레밍을 보았다.

"오호!" 그가 외쳤다, "이게 누구신가? 왜 무릎을 꿇고 있지? 네 이름이 뭐니, 애야?"

"플레밍입니다, 선생님."

"오호, 플레밍이라! 게으른 학생이겠지, 암 그렇고말고. 네 눈동자를 보면 알 수 있어. 왜 무릎을 꿇고 있지요, 아놀 신부님?"

"라틴어 작문이 엉망이었습니다." 아놀 신부가 말했다. "그리고 문법 질문에 하나도 대답하지 못했고요."

"물론 그랬겠지요!" 사감 선생이 큰 소리로 말했다, "물론 그랬을 거야! 이 타고난 게으름뱅이! 네 녀석 눈동자를 보면 알 수 있다니까."

그는 가죽 회초리로 책상 위를 내리치며 소리쳤다.

"일어나, 플레밍! 일어나라고!"

플레밍이 천천히 일어났다.

"손 내밀어!" 학습 사감이 소리쳤다.

플레밍은 한 손을 내밀었다. 가죽 회초리가 날아와 큰 소리를 내며 손바닥에 부딪혔다. 하나, 둘, 셋, 넷, 다섯, 여섯.

"다른 손!"

가죽 회초리가 다시 날아왔고 요란한 소리가 여섯 번이나 빠르게 울렸다.

"무릎 꿇어!" 학습 사감이 소리쳤다.

플레밍은 손을 겨드랑이에 넣고 꽉 눌렀고 고통으로 일그러진 표정을 지으며 무릎을 꿇었다. 그러나 스티븐은 플레밍이 항상 송진으로 손을 문질렀기 때문에 그 손이 얼마나 단단한지 알고 있었다. 하지만 가죽 회초리 소리가 정말 끔찍했기 때문에 어쩌면 대단히 고통스러울지도 몰랐다. 스티븐의 심장이 심하게 펄떡거렸다. "모두, 공부하도록 해!" 학습 사감이 소리쳤다. "우린 게으른 느림보를 이곳에 두고 싶지 않아, 게으른 꾀쟁이들. 공부해. 나, 돌런 신부가 매일 너희를 보러 올 거야. 돌런 신부는 내일도 이곳에 올 거라고."

그는 회초리로 옆에 있는 한 소년을 쿡 찌르며 말했다.

"너! 돌런 신부님이 언제 다시 온다고?"

"내일 오십니다, 선생님." 톰 펄롱의 목소리였다.

"내일, 그리고 그 다음 날도, 그 다음 날도 오신다," 학습 사감이 말했다. "마음 단단히 먹어. 돌런 신부님은 매일 오신다. 어서 글쓰기를 해. 너, 네 이름이 뭐야?"

스티븐의 심장이 갑자기 쿵쾅거렸다.

"디덜러스 입니다, 선생님."

"넌 왜 다른 아이들처럼 작문하지 않는 거지?"

"그게 …… 저 ……"

그는 두려움에 질려 말을 이을 수 없었다.

"이 아이는 왜 작문을 하지 않지요, 아놀 신부님?"

"안경이 깨졌어요," 아놀 신부가 말했다. "그래서 숙제를 면제했습니다."

"깨졌다고? 지금 내가 제대로 듣고 있는 건가? 네 이름이 뭐지?" 학습 사감이 말했다.

"디덜러스 입니다, 선생님."

"이리로 나와, 디덜러스. 조그맣고 게으른 꾀쟁이 같으니. 네 얼굴에 다 쓰여있어. 안경을 어디서 깨뜨린 거지?"

스티븐은 교실 중앙으로 비틀비틀 걸어 나왔다. 두려움과 다급함으로 앞이 제대로 보이지 않았다.

"어디에서 안경을 깬 거지?" 학습 사감이 되물었다.

"석탄재가 깔린 길에서요, 선생님."

"오호! 석탄재가 깔린 길에서!" 학습 사감이 외쳤다. "그런 속임수에 대해 잘 알지."

스티븐은 놀라 고개를 들었고 그 순간 돌런 신부의 늙은 회백색 얼굴과 회색 머리카락이 옆쪽으로 솜털처럼 난 대머리, 쇠테가 둘린 안경과 그 유리를 통해 비친 무색의 눈동자가 눈에 들어왔다. 그는 어째서 속임수를 안다고 말한 것일까?

"게으르고 느려터진 쬐그만 놈!" 학습 사감이 소리쳤다. "안경이 깨졌다고! 그건 학생들이 예전부터 써먹던 수작이야! 당장 손 내밀어!"

스티븐은 눈을 질끈 감고서 손바닥을 위로한 채 덜덜 떨면서 손을 내밀었다. 그는 손가락을 가지런히 하기 위해 잠깐 닿은 학습 사감의 손길을 느꼈고 그런 다음 회초리를 내려치려고 팔을 들어 올릴 때 수단의 소맷자락이 스치는 소리를 들었다. 나무막대가 부러질 것처럼 요란한 소리를 내더니 불에 데인 듯 찌릿하고 얼얼한 매가 날아왔고 그의 떨리는 손은 불 속의 나뭇잎처럼 오그라들었다. 끔찍한 소리와 고통으로 비탄에 젖은 눈물이 눈가에 고였다. 두려움으로 온몸은 떨렸고, 팔은 파들거렸고, 불에 덴 듯 뜨겁고 오그라든 손은 허공에서 낙하하는 낙엽처럼 흔들렸다. 그의 입술에서 울음이 터져 나오면서 제발 그만두어 달라는 기도가 튀어나왔다. 그러나 눈물이 그토록 뜨겁고, 고통과 공포로 사지가 바들바들 떨렸지만, 그는 뜨거운 눈물과 울음을 애써 삼켰다. 목이 데이는 듯 뜨거웠다.

"다른 쪽 손 !" 학습 사감이 소리쳤다.

스티븐은 불구처럼 덜덜 떨리는 오른손을 거두어들이고 왼손을 내밀었다. 회초리를 들어 올릴 때 수단 소매에서 또 한 번 스르륵 소리가 났고 요란하게 부딪히는 소리와 미친 듯 광포하고 얼얼하고 타는 듯한 고통으로 손바닥과 손가락이 오그라들고 바들바들 떨렸다. 뜨거운 눈물이 솟구쳤다. 그는 수치심과 분노와 공포가 동시에 타오르는 것을 느끼면서 떨리는 손을 거두어들였고 고통스러운 흐느낌이 터져 나왔다. 두려움과 부끄러움, 분노가 그의 몸을 마구 뒤흔들다. 잔뜩 달아오른 울음이 목구멍으로 울컥 올라오더니 두 눈에서 새어나온 뜨거운 눈물이 열기 가득한 뺨으로 흘러내렸다.

"무릎 꿇어." 학습 사감이 소리쳤다.

스티븐은 얼른 무릎을 꿇고 맞은 두 손을 옆구리에 대고 꽉 눌렀다. 얻어맞고 고통스럽게 부어오른 손을 생각하는 동안 그는 마치 자기 것이 아니라 다른 누군가의 소유인 것처럼 그 손에게 미안했다. 목구멍에서 솟구치는 마지막 흐느낌을 진정시키고 옆구리에 눌러놓은 손에서 덴 것처럼 얼얼한 고통을 느끼며 무릎을 꿇었을 때, 그는 손바닥을 위로한 채 내밀었던 손과 떨리는 손가락에 닿았던 학습 사감의 굳은살 박인 손과 맞아서 부어오르고 빨갛게 되어 허공에서 사정없이 떨렸던 손바닥과 손가락을 떠올렸다.

"모두 공부해!" 학습 사감이 문 앞에서 소리 질렀다. "돌런 신부님은 매일 이곳에 와서 어떤 게으르고 느려터진 조그만 꾀쟁이들이 매를 맞고 싶어하는지 지켜볼 거다. 매일 매일 말이야."

그가 떠난 뒤 문이 닫혔다.

침묵이 감도는 교실에서는 작문 베껴 쓰기가 계속되었다. 아놀 신부는 자리에서 일어나 소년들에게 가서 부드러운 말투로 도와주고 그들의 실수에 대해 일러주었다. 목소리는 대단히 점잖고 다정했다. 그런 다음 자리로 돌아가 플레밍과 스티븐을 향해 말했다.

"두 사람, 자리로 돌아가렴."

플레밍과 스티븐은 일어나서 자기 자리로 돌아가 앉았다. 수치심으로 얼굴이 붉게 물든 스티븐은 아직도 힘을 쓸 수 없는 손으로 책을 재빨리 펴고서 몸을 구부리고 얼굴을 종이에 바싹 들이대었다.

이건 불공평하고 잔인한 처사였다. 의사 선생님이 그에게 안경 없이 책을 보지 말라고 했고 그는 그날 아침 아버지에게 새 안경을 보내달라는 편지를 보냈다. 그리고 아놀 신부는 새 안경이 도착할 때까지 공부하지 않아도 된다고 말했다. 그런데 항상 일등 혹은 이등 카드를 받았고 요크파의 리더였던 그가 모든 학생 앞에서 꾀쟁이가 되어버리고 손바닥을 맞다니! 학습 사감은 어떻게 그것이 속임수라고 생각할 수 있었을까? 그에게 닿았던 학습시감의 손가락은 마치 그의 손을 진정시키려는 듯 했고, 사감의 손가락이 부드럽고 단단했기 때문에 처음에는 그와 악수를 할지도 모른다고 생각했다. 그러나 다음 순간 사제복 소매가 펄럭했고 철석하는 소리를 들었다. 그런 다음 그를 교실 중앙에서 무릎을 꿇게 한 것은 잔인하고 불공평한 처사였다. 게다가 아놀 신부는 그들에게 그냥 자리로 돌아가도 좋다고 말하면서 그 둘을 똑같이 취급했다. 그는 작문을 수정하는 아놀 신부의 낮고 부드러운 목소리를 들었다. 어쩌면 그는 지금 미안함을 느끼고 친절을 베풀고 싶어하는 것인지 모른다. 하지만 그건 불공평하고 잔인했다. 학습 사감은 단지 잔인하고 불공평한 성직자일 뿐이었다. 사감의 회백색 얼굴과 금속테 안경 뒤로 보이는 무채색의 눈동자가 잔인하게 보였는데, 그것은 먼저 단단하고 부드러운 손가락으로 그의 손을 진정시켰고 요란한 소리와 함께 그의 손을 때렸기 때문이었다.

"정말 비열한 짓이야, 정말 그래," 플레밍은 학생들이 줄을 지어 식당으로 갈 때 복도에서 말했다. "잘못도 없는 아이에게 매질하다니."

"넌 분명히 사고로 안경을 부러뜨렸을 텐데, 그렇지?" 심술꾸러기 로시가 물었다.

스티븐은 플레밍의 말을 듣고 가슴이 울컥하는 것을 느끼면서 아무런 대답을 하지 않았다.

"물론이지!" 플레밍이 말했다, "난 정말 참을 수가 없어. 내가 교장 선생님에게 가서 말할 거야."

"맞아," 세실 선더가 열을 올렸다, "그리고 나는 그가 회초리를 어깨높이 이상 올리는 것을 봤어. 그건 허락받지 않은 행동이야."

"많이 아팠니?" 심술꾸러기 로시가 물었다.

"아주 많이." 스티븐이 말했다.

"난 참지 않을 거야," 플레밍이 되뇌었다. "그 대머리나 다른 대머리나 말이지. 이건 못되고 비열한 속임수야. 정말 그렇다고. 저녁 식사 후 교장에게 달려가 이 일에 대해 말할 거야."

"그래, 그래라. 그래, 그래라." 세실 선더가 말했다.

"그래, 그래야지, 교장에게 가서 디덜러스에 관해 말해야 해." 심술꾸러기 로시가 말했다. "학습 사감이 내일도 와서 매질할 거라고 말했잖아."

"그래, 맞어, 교장에게 말하자." 모두 함께 말했다.

중급 문법반 학생들 몇몇도 이야기를 듣고 있다가 그중 한 명이 말했다.

"원로원과 로마 시민들은 디딜러스에 대한 처벌이 잘못된 것임을 선포하노라!"

그건 잘못이었다. 불공평하고 잔인했다. 식당에 앉아 있는 동안 수치스러웠던 기억이 그를 괴롭혔다. 그러다가 그는 자신의 얼굴에 꾀쟁이의 흔적이 있기라도 한 것인지 궁금해지기 시작했고 들여다볼 조그만한 거울이 있으면 좋겠다고 생각했다. 그럴 리가 없어. 이건 불공정하고 잔인하고 불공평해.

그는 사순절 수요일에 나오는 거무스름한 생선튀김 요리를 도무지 먹을 수 없었고 감자 하나에는 삽에 찍힌 자국이 있었다. 그렇다, 그는 다른 소년들이 그에게 말했던 그 일을 할 것이다. 그는 교장 신부님에게 가서 자신이 부당하게 벌을 받았다고 말할 것이다. 그와 같은 것은 역사상 누군가가, 역사책에 얼굴이 나온 위대한 누군가가 예전에 했던 일이었다. 그리고 교장은 그에 대한 체벌은 잘못이었다고 선언할 것이다. 왜냐면 원로원과 로마 시민들은 항상 그렇게 한 사람들에 대한 벌이 잘못이었다고 선포했기 때문이었다. 그들은 위대한 사람들이었고 그 이름은 리치멀 마그날의 《문답집》에 나와 있다. 역사는 그러한 위대한 사람들과 그들의 행적으로 이루어졌으며 《희랍과 로마 이야기》를 쓴 미국 작가 피터 팔리의 책에도 온통 그런 내용뿐이었다. 피터 팔리의 사진은 첫 페이지에 실려 있었다. 양옆으로 풀이 난 황무지와 작은 덤불 너머 길이 하나 보였다. 피터 팔리는 개신교 목사처럼 챙이 넓은 모자를 썼고 커다란 지팡이를 가지고서 그리스와 로마로 향하는 그 길을 따라 빠르게 걷고 있었다.

그가 해야 할 일이란 쉬운 일이었다. 그저 저녁 식사가 끝나고 자리에서 일어날 차례가 되었을 때 복도로 가는 것이 아니라 성으로 이어진 오른쪽 계단을 올라가는 것이었다. 그 외에 할 일이 아무것도 없었다. 오른편으로 돌아서 계단을 빨리 올라가면 일 분도 채 되지 않아서 낮고 어둑하고 좁은 복도에 서 있을 것이고 그것은 성안을 통해 교장의 방으로 이어졌다. 모든 소년이, 심지어 중급 문법반 학생도 원로원과 로마 시민들을 들먹이며 불공평했다고 말했다.

무슨 일이 일어날까?

그는 식당 위쪽에서 상급반 소년들이 일어서는 소리를 들었고 그들이 카펫 위를 걸어 내려가는 발소리를 들었다. 패디 라스와 지미 매기와 스페인 학생과 포르투갈 학생이었고 다섯 번째 학생은 글리슨 선생에게 매맞을 덩치 큰 코리간이었다. 그게 바로 학습 사감이 그를 꾀쟁이라고 부르면서 아무런 이유 없이 벌을 내린 이유였다. 눈물 때문에 피곤하고 잘 보이지 않는 눈을 찡그리며, 그는 덩치 큰 코리간의 넓은 어깨와 매달린 커다란 검은 머리가 줄을 따라 지나가는 것을 보았다. 그러나 그가 무슨 일을 저질렀음에도 글리슨 선생은 그를 심하게 때리지 않을 것이다. 그는 코리간이 목욕할 때 얼마나 덩치가 커 보였는지 기억했다. 그의 피부는 욕실 얕은 곳에 모여든 구정물처럼 검은색이었고 그가 측면을 걸어갈 때 그의 발은 젖은 타일 위로 철벅거리는 소리를 냈고 걸을 때마다 허벅지가 약간 출렁거렸는데 그건 그가 뚱뚱했기 때문이었다.

식당은 반쯤 비었고 소년들은 여전히 줄 지어 나가고 있었다. 식당 문밖에는 성직자나 사감 선생이 서 있지 않았기 때문에 그는 층계로 올라갈 수 있었다. 그러나 그는 갈 수가 없었다. 교장이 학습 사감 편이어서 그것을 속임수라고 생각할 수도 있고 그런 다음 학습 사감은 똑같이 매일 나타날 것이며, 사감은 그 일로 교장에게 갔던 학생들에게 불같이 화를 낼 것이기 때문에 사태는 더욱 악화되기만 할 것이다. 학생들은 그에게 교장에게 가라고 말했지만, 그들 자신들은 가지 않으려 했다. 그들은 그 일에 대해 까맣게 잊어버렸다. 아니, 잊어버리는 것이 최선이었고, 아마도 학습 사감이 다시 온다는 것은 그저 말뿐일지 몰랐다. 아니, 너는 조그맣고 어릴 때 그런 식으로 종종 도망칠 수 있었기에, 숨는 것이 최선이었다.

그의 테이블에 있던 소년들이 일어났다. 그가 일어나 그들과 열을 지어 걸어 나갔다. 결정을 내려야만 했다. 그는 문 가까이로 가고 있었다. 그 일 때문에 운동장을 떠날 수 없으므로, 만약 다른 소년들과 함께 간다면 교장에게 절대 갈 수 없을 것이다. 게다가 그가 교장을 찾아갔다가 똑같이 매를 맞게 된다면 소년들은 꼬맹이 디덜러스가 학습 사감에 대한 일을 교장에게 일러바치려고 했다며 쑥덕거리며 놀려댈 것이다.

그는 카펫을 따라 걸어가다 앞쪽에 있는 문을 보았다. 그건 불가능했다, 그가 해낼 수 없는 일이었다. 그는 학습 사감의 대머리와 자신을 바라보던 잔인한 무채색의 눈동자를 떠올렸다. 이름이 무엇이냐고 두 번이나 묻는 사감의 목소리가 들려왔다. 어째서 처음에 질문받았을 때 그 이름을 기억하지 못한 것일까? 처음에는 그가 듣고 있지 않아서일까 혹은 이름을 조롱하는 것이었을까? 역사상 위대한 사람들도 그런 이름을 지녔지만, 누구도 이름을 놀리지 않았다. 만약 이름을 가지고 놀려대고 싶었다면 사감 자신의 이름을 가지고 해야 했다. 돌런이라, 그건 여자 세탁부 이름 같다.

그는 문에 도착했고, 재빨리 오른쪽으로 몸을 돌려 계단을 올라갔고, 돌아오려고 마음을 바꿀 수 있기 전에 성안으로 향하는 낮고 어둑하고 좁은 복도로 들어섰다. 그리고 복도의 문지방을 넘어갈 때 고개를 돌리지 않고서도 줄줄이 곁에서 걸어가던 소년들이 모두 그를 쳐다보고 있다는 것을 알 수 있었다.

예수회 성직자들의 조그만 방문을 여럿 지나치며 좁고 어둑한 복도를 따라 나아갔다. 그는 어둠 속에서 오른쪽과 왼쪽에 있는 것들을 살펴보며 그게 초상화가 틀림없다고 생각했다. 어둡고 고요하였으며, 눈물 때문에 피곤하고 약한 눈 때문에 제대로 볼 수 없었다. 그러나 성인들의 초상화와 예수회 가운데 위대한 성직자들의 초상화가 조용히 지나가는 그를 내려다보고 있다고 그가 생각했다. 로욜라의 이냐시오 성인은 책을 펴들고 책 속에 있는 '아드 마조렘 데이 글로리암(하느님의 크나큰 영광을 위하여)' 구절을 가리켰다. 성 프란시스 사비에르는 자신의 가슴을 가리키고 있고, 로렌소 리치는 이곳 사감들처럼 머리에 성직자의 사각모를 쓰고 있었다. 경건한 젊음의 수호자 — 성 스타니슬라우스 코츠카와 성 알로이시우스 곤사가, 복자 존 베르크만스, 모두들 요절했기 때문에 젊은 얼굴이었다. 피터 케니 신부는 큰 검은 망토를 입고 의자에 앉아있었다.

그는 현관 입구 위쪽에 있는 층계참으로 나와 주변을 둘러보았다. 바로 해밀턴 로완이 지나갔던 곳이고 병사들이 쏜 총알 자국이 거기에 있었다. 나이 든 하인들이 하얀 망토를 걸친 대장의 유령을 보았던 곳도 바로 그곳이었다.

나이 든 하인이 층계참 끝에서 바닥을 쓸고 있었다. 교장의 방이 어디냐고 묻자, 하인은 제일 끝 문을 가리켰고 그가 그곳으로 걸어가 노크를 할 때까지 바라보았다.

대답이 없었다. 그는 좀 더 크게 다시 노크했고, 감싸인 듯 낮은 음성이 들려왔을 때 그의 심장이 펄쩍 뛰었다.

"들어오세요!"

문고리를 돌려 문을 열고 녹황색 안쪽 손잡이를 찾으려 더듬거렸다. 그는 손잡이를 찾아낸 뒤 살짝 열리게 밀고 안으로 들어갔다.

그는 책상에 앉아 뭔가를 쓰고 있는 교장을 보았다. 두개골이 책상에 그리고 낡은 의자의 가죽 같은 기묘하고 엄숙한 냄새가 방 안에 있었다.

그가 있는 엄숙한 장소와 고요함 때문에 심장이 빠르게 뛰었다. 그는 두개골과 교장의 인자한 얼굴을 보았다.

"자아, 우리 꼬마 신사분," 교장이 말했다. "무슨 일이지?"

스티븐은 목구멍까지 올라온 것을 꿀꺽 삼키고 말했다.

"제 안경이 부서졌습니다, 선생님."

교장이 입을 열었다.

"저런!"

그러더니 미소를 지으며 말했다.

"음, 만약 안경이 부서졌다면 집에 편지를 보내 새 안경을 보내달라고 해야 한단다."

"집에 편지를 보냈습니다, 선생님." 스티븐이 말했다. "그리고 아놀 신부님께서는 새 안경이 올 때까지 공부하지 말라고 하셨습니다."

"옳은 말이야!" 교장이 말했다.

스티븐은 목구멍에 걸린 무엇인가를 다시 삼켰고 후들거리는 다리와 떨리는 목소리를 진정시키려고 노력했다.

"그러나 선생님 —"

"응?"

"돌런 신부님이 오늘 오셔서 제가 작문을 쓰지 않는다고 저의 손바닥을 때리셨습니다."

교장은 아무 말 없이 그를 바라보았다. 그는 피가 얼굴로 몰리는 기분이 들었고 눈물이 왈칵 쏟아질 것 같았다.

교장이 말했다.

"네 이름이 디덜러스, 맞지?"

"네, 선생님 ……"

"어디서 안경이 부서진 거지?"

"석탄재가 깔린 길에서요, 선생님. 자전거 창고에서 타고 나오던 아이와 부딪혀서 제가 넘어졌고 안경이 깨졌어요. 그 애 이름은 몰라요."

교장은 조용히 그를 바라보다가 미소를 지으며 말했다.

"그래, 그건 실수였지. 돌런 신부님은 그걸 몰랐을 거다."

"하지만 제가 안경이 부서진 거라고 말씀드렸습니다, 선생님. 그런 데도 저를 때리셨습니다."

"새 안경을 보내달라는 편지를 집으로 보냈다고 말씀드렸니?" 교장이 물었다.

"아닙니다, 선생님."

"오, 그렇다면," 교장이 말했다. "돌런 신부님이 오해하셨구나. 내가 며칠 동안 너에게 공부를 면제해줬다고 말씀드리렴."

스티븐은 떨리는 바람에 말을 하지 못하게 될까 봐 얼른 대답했다.

"네, 선생님. 그렇지만 돌런 신부님은 내일 또 교실에 오셔서 숙제 안 하면 저를 때리겠다고 말씀하셨어요."

"알겠다," 교장이 말했다. "그건 실수였고, 내가 직접 돌런 신부님에게 말씀드리지. 이제 되었니?"

스티븐은 눈물이 나는 것을 느끼면서 웅얼거렸다.

"오, 네, 선생님. 감사합니다."

교장은 해골이 놓인 책상 옆으로 손을 내밀었고 스티븐은 잠시 그의 손을 잡으면서 손바닥이 차고 축축하다고 느꼈다.

"잘 가려무나." 교장이 손을 거두고 고개를 숙이며 인사했다.

"안녕히 주무세요, 선생님." 스티븐이 말했다.

그는 고개 숙여 인사했고 조용히 방에서 나와 조심스럽게 천천히 문을 닫았다.

그러나 그가 층계참에서 나이 든 하인을 지나치고 다시 낮고 좁고 어두운 복도를 걸어갈 때 발걸음이 계속 빨라지기 시작했다. 점점 더 빨리, 그는 어둠 속에서 들뜬 마음에 서둘러 걸었다. 그는 층계를 서둘러 내려오다가 제일 끝 문에 팔꿈치를 부딪쳤고, 재빨리 두 개의 복도를 지나 밖으로 나왔다.

운동장에 있는 소년들의 고함을 들을 수 있었다. 그는 갑자기 내 달렸다. 점점 더 빠르게 뛰어 석탄재 길을 지나갔고 숨을 헐떡거리며 하급반 학생들이 있는 곳에 도착했다.

소년들이 그가 달려오는 것을 보았다. 그들은 그를 빙 둘러쌌고 그의 말을 듣기 위해 서로를 밀쳤다.

"말해줘! 말해줘!"

"교장선생님이 무슨 말을 했지?"

"거기에 간 거야?"

"그가 뭐라고 해?"

"말해줘! 말해줘!"

그가 자신이 했던 말과 교장이 했던 말을 했다, 그리고 그가 그 것들을 말했을 때, 소년들은 모두 모자를 허공에서 획 돌아가게 던 지며 소리쳤다.

"만세!"

그들은 모자를 받아 다시 허공 높이 던지며 소리 질렀다.

"만세! 만만세!"

그들은 깍지 낀 손으로 가마를 만들어 그만 내려달라고 할 때까 지 그를 태우고 이리저리 다녔다. 그가 소년들에게서 빠져나왔을 때 그들은 사방으로 흩어지면서 허공으로 모자를 던지고 빙그르르 도는 모자를 보며 휘파람을 불고 소리를 쳤다.

"만세!"

소년들은 대머리 돌런 신부를 향해 세 번의 야유를 보냈고, 교장인 콘미 신부를 향해 세 번의 환호를 보내면서 그가 클롱고우즈 학교가 설립된 이래 가장 멋진 교장이라고 말했다.

환호성은 부드러운 잿빛 허공 속으로 잦아들었다. 그는 혼자였다. 행복했고 자유로웠으나 어쨌든 돌런 신부에게 으쓱대지 않을 것이다. 조용하게 복종할 것이다. 그리고 자신의 그런 마음을 보여주기 위해 돌런 신부를 위해 무엇인가 친절한 일을 할 수 있게 되길 바랐다.

대기는 부드럽고 회색이었고 온화했고 저녁 시간이 다가왔다. 저녁 냄새가 공기에 실려 왔다. 그것은 그들이 바턴 소령의 집까지 걸어갔을 때 튤립 알뿌리를 파내어 껍질을 벗기고 먹었을 때 느꼈던 시골 들판의 냄새였고, 오배자 열매가 있는 오두막 뒤편 조그만 나무 숲 향기였다.

소년들은 멀리 던지기와 커브 공, 느린 변화구 연습을 하고 있었다. 부드러운 잿빛 고요함 속에서 그는 둔탁한 공 소리를 들을 수 있었다. 여기저기에서 크리켓 방망이 소리가 들려왔다. 픽 팩 폭 픽, 마치 분수대 물이 넘쳐 낙수반으로 떨어지는 물방울 소리 같았다.

제2장

찰스 아저씨가 꼬아서 만든 검은색 담배를 피웠기 때문에, 마침내 그의 조카는 정원 끝에 자리한 별채에서 아침 담배를 즐기는 게 어떠냐고 제안했다.

"아주 좋아, 사이먼. 문제없어, 사이먼," 노인은 평온하게 대답했다. "네가 괜찮다는 장소라면 어디든지. 별채가 좋을 거야. 건강에도 더 좋을 것 같고."

"빌어먹을," 디덜러스 씨가 솔직하게 말했다. "나는 아저씨가 그토록 지독하고 끔찍한 담배를 어떻게 피울 수 있는지 궁금할 지경이에요. 마치 화약 같아요, 맙소사."

"아주 좋은 걸, 사이먼," 노인이 대답했다. "대단히 시원한 데다 진정효과가 있지."

그리하여 매일 아침 찰스 아저씨는 별채로 갔으나, 그 전에 반드시 기름을 바르고 뒷머리를 세심하게 빗질하고 나서 실크 해트를 썼다. 담배를 피우는 동안 별채 문설주 너머로 모자챙과 파이프 통만 빠끔히 보였다. 그는 고양이와 원예용구와 공동 거주하는 고란내 나는 별채를 '나의 정자'라고 불렀고 그곳은 그의 전용 노래방이기도 했다. 아침마다 그는 애창곡 〈오, 내게 나무그늘을 선사해줘요〉 혹은 〈푸른 눈동자와 금발 머리〉 혹은 〈블라니의 숲〉을 만족스럽게 흥얼거리고 담배 파이프에서는 회색과 푸른색 담배 연기가 동그랗게 휘돌면서 천천히 올라가 신선한 공기 속으로 사라졌다.

블랙록에서 지냈던 초 여름 동안 찰스 아저씨는 스티븐의 '절친'이었다. 찰스 아저씨는 구릿빛 피부와 강인한 용모, 하얀 구레나룻 수염을 지닌 건강한 노인이었다. 주중이면 케어리스포트 애버뉴에 있는 집과 그 가족이 운영하는 마을 큰길의 상점들을 왔다갔다하면서 심부름했다. 스티븐은 그와 함께 심부름 가는 것이 즐거웠는데, 찰스 아저씨가 계산대 바깥에 놓아둔 상자와 통에서 무엇이든지 자유롭게 잔뜩 가지도록 해주었기 때문이었다. 그는 포도나 톱밥 혹은 미국산 사과 서너 개를 한가득 집어 들어 후하게 조카손자의 손에 쥐여주는 동안 상점 주인은 어색한 미소를 지었다. 스티븐이 약간 머뭇거리는 기색을 보이면 그는 얼굴을 찌푸리면서 말했다.

"받아두렴, 꼬마 도련님. 내 말 들리니? 몸에 좋은 것들이란다."

주문서 내용이 장부에 기재되면 두 사람은 공원으로 가곤 했고, 공원에선 스티븐 아버지의 오랜 친구인 마이크 플린이 벤치에 앉아 그들을 기다리고 있었다. 그런 다음 스티븐의 공원 달리기 훈련이 시작되곤 했다. 마이크 플린은 손에 시계를 든 채 철도 역 근처 문에 서 있었다. 스티븐은 마이크 플린이 좋아하는 방식으로, 즉 머리를 빳빳이 세우고 무릎을 높이 들어 올리고 양팔을 쭉 뻗어 옆구리에 붙인 채 트랙을 뛰었다. 아침 운동이 끝난 뒤 훈련 교관은 논평하고 가끔 낡고 우스꽝스러운 푸른색 캔버스 운동화를 신고서 일 야드 정도를 뛰며 시범을 보이기도 했다. 아이들과 유모들이 신기한 듯 그를 보기 위해 모여들었고 그와 찰스 아저씨가 다시 자리에 앉아 운동경기와 정치에 관해 이야기할 때까지 그곳에 남아 있었다. 비록 그의 아버지는 마이크 플린이 근대의 가장 훌륭한 달리기 선수들 중 몇 명을 직접 훈련시킨 사람이라고 말했지만, 스티븐은 살이 늘어지고 까칠한 수염으로 덮인 늙은 교관의 얼굴을 보면서, 얼굴을 수그리고 얼룩진 긴 손가락으로 담배를 말다가 멈추고 담배 알갱이들이 주머니 속으로 떨어지는데도 갑자기 고개를 들어 먼 곳을 응시하던 온순하고 윤기 없는 파란 눈동자를 자주 훔쳐보면서, 깊은 연민을 느꼈다.

집으로 가는 길에 찰스 아저씨는 자주 성당에 들르곤 했는데, 그곳 성수대가 높아 스티븐의 손이 닿지 않으면 노인은 자신의 손을 담가 스티븐의 옷과 현관 바닥에 성수를 흩뿌려 주곤 했다. 기도할 때 그는 빨간색 손수건 위에 무릎을 꿇고 다음 페이지의 첫 단어가 페이지 끝에 인쇄된 손때 묻은 기도 책을 소리 내 읽었다. 스티븐은 비록 거기에 동참하지는 않았지만, 노인의 신앙심에 경의를 표하면서 그의 옆에 무릎을 꿇고 있었다. 그는 자신의 종조부가 무엇을 위해 그토록 심각하게 기도하는지 궁금해하곤 했다. 아마도 연옥에 있는 영혼을 위해, 혹은 평온한 죽음이라는 은총을 위해 기도를 했거나, 젊은 시절에 코크[22]에서 탕진한 많은 돈 일부라도 돌려달라고 기도했을지 모른다.

일요일마다 스티븐은 아버지와 종조부와 함께 산책했다. 노인은 발에 티눈이 박혀있었음에도 상당히 날렵하게 걸었고 10마일에서 12마일 정도는 거뜬히 걸었다. 작은 마을인 스틸로건에서 길이 두 갈래로 나누어졌다. 그들은 더블린 산맥으로 향하는 왼쪽으로 가기도 했고 혹은 고츠타운 로드를 따라 걸어 던드럼으로 들어갔다가 샌디퍼드를 거쳐 집으로 돌아왔다. 길을 따라 터덜거리며 걷거나 지저분한 길가 선술집에 선 채로, 나이 든 두 사람은 그들에게 중요한 주제인 아일랜드의 정치에 대해, 고향 먼스터에 대해, 자기 가문의 전설적 인물에 대해 끊임없이 이야기를 나누었고 그 모든 것이 스티븐의 귀를 사로잡았다. 그는 이해 못 한 단어들을 마음으로 이해할 수 있을 때까지 혼자 되뇌고 또 되뇌이면서 나이 든 그들을 통해 주변의 현실 세계를 슬쩍 엿보았다. 그가 그러한 세상 일부를 차지하게 될 시간이 점점 가까이 다가오는 듯했고, 희미하게 이해했던 것의 본질이자 그를 기다리는 위대한 무언가의 일부가 될 준비를 남몰래 시작했다.

저녁시간은 그 자신만의 것이었다. 그는 낡아빠진 《몽테크리스토 백작》 번역본을 자세히 읽었다. 어린 시절 듣거나 혹은 직감적으로 알아차린 그 무엇 때문에, 기묘하고 무서운 그 인물이 그의 마음속에 깊이 자리 잡았다. 밤이 되면 그는 거실 테이블을 기반 삼아 차표와 종

---

22 코크(Cork): 아일랜드 남서부 Munster의 주(州)의 주도 · 항구 도시.

이꽃, 색깔 있는 화장지와 초콜릿을 포장한 은박지와 금박지 조각을 가지고 멋진 섬 동굴의 이미지를 만들어냈다. 반짝이 장신구에 싫증이 나서 그것을 해체했을 때, 햇살이 내리쬐는 마르세유의 풍경과 메르세데스의 모습이 그의 마음에 와 닿았던 것 같다.

블랙록 외곽, 산으로 이어지는 도로 옆에 회반죽을 바른 조그만 집 한 채가 장미 덩굴이 가득한 정원 안에 자리 잡고 있었다. 그 집에 또 다른 메르세데스가 살고 있었지, 그는 혼자 중얼거렸다. 외부로 향하거나 집으로 돌아갈 때면 그 집을 이정표 삼아 거리를 측정했다. 그 책에서의 경이로운 모험처럼, 더 늙고 더 슬퍼진 자신의 이미지를 드러내는 이야기의 끝자락에—상상 속으로 길게 이어지는 모험 속에서—그는 자신의 사랑을 무시하기 전에 그토록 많은 세월을 보낸 메르세데스와 함께 달빛 가득한 정원에 서서 오만한 태도로 거절 의사를 서글프게 전했다.

"부인, 저는 무스카텔 포도를 절대 먹지 않습니다."

그는 오브리 밀스라는 이름의 소년과 동맹을 맺고 거리의 모험가 패거리를 조직했다. 오브리는 단춧구멍에 호루라기를 매달고 허리띠에 자전거 램프를 붙여놓았지만 다른 아이들은 짧은 나무토막을 단검인 양 허리에 찼다. 스티븐은 나폴레옹의 단순한 옷차림에 대해 읽었기에 아무런 장식을 달지 않았고 명령을 내리기 전에 부하와 협의하는 즐거움을 누리면서 자신의 위상을 강조했다. 그 패거리는 늙은 하녀의 정원을 습격하거나 성에 잠입하거나 잡초가 무성한 바위에서 전쟁놀이를 벌이고나서, 갯벌의 퀴퀴한 냄새에 질리고 손과 머리에 해초 기름을 잔뜩 묻힌 피곤한 패잔병이 된 후에야 집으로 돌아갔다.

오브리와 스티븐은 같은 사람에게서 우유를 배달받았는데, 그들은 우유 배달 차를 타고 암소들이 풀을 뜯는 캐릭마인으로 가곤 했다. 사람들이 우유를 짜는 동안 소년들은 차례대로 유순한 암말을 타고 들판을 돌아다녔다. 그러나 가을이 되면 암소들은 풀을 먹기 위해 축사로 돌아갔다. 스트라드브룩에 있는 지저분한 축사에서 악취 풍기는 녹색 웅덩이와 엉겨 붙은 배설물, 김이 피어오르는 겨 여물통을 처음 보았을 때 스티븐은 식겁했다. 햇살 가득한 시골에서 그토록 아름답게 보였던 가축의 무리가 그를 배신한 기분이었고 심지어 그들이 생산한 우유조차 쳐다볼 수 없었다.

다가오는 9월은 클롱고우즈로 돌아가지 않게 된 그에게 아무런 문제가 되지 않았다. 공원에서의 달리기 연습도 마이크 플린이 병원에 입원했을 때 그만두게 되었다. 오브리는 학교에 다녔으므로 저녁에 한두 시간 정도만 자유롭게 다닐 수 있었다. 패거리가 뿔뿔이 흩어지는 바람에 밤의 습격이나 바위에서의 전쟁놀이도 더 이상 즐길 수 없었다. 스티븐은 가끔 저녁 우유를 배달하는 차를 타고 돌아다녔다. 시원하게 길 위를 달리면 지저분한 축사의 기억도 날아가 버렸고 우유 배달부의 코트에 소털이나 건초가 붙어있는 것을 보아도 혐오감을 느끼지 않았다. 배달차가 집 앞에 멈출 때마다 그는 청소가 잘 된 부엌이나 부드럽게 불을 밝힌 현관을 보기 위해, 하인이 어떻게 우유병을 드는지, 하녀가 어떻게 문을 닫는지 보기 위해 기다렸다. 만약 따뜻한 장갑이 있고 생강 쿠키를 가득 넣은 봉지를 주머니에 넣고 먹을 수 있다면 매일 저녁 우유 배달을 위해 도로를 따라 달리는 것이 상당히 즐거운 생활일 것으로 생각했다. 그러나 그에게 울렁증을 안겨주었고 공원 주변을 달릴 때 갑자기 다리에 힘을 풀리게 한 똑같은 예감이, 교관이 길고 얼룩진 손 위로 얼굴을 깊게 수그릴 때 늘어지고 까칠한 수염으로 덮인 그 얼굴을 불신의 시선으로 바라보게 한 똑같은 통찰이, 미래의 어떤 환상을 다급히 불러들였다. 희미하게나마, 그는 자신의 아버지가 곤경에 빠졌다는 것과 그런 이유로 자신이 클롱고우즈로 되돌아가지 않았다는 사실을 이해했다. 가끔 집안에서 일어나는 변화를 느꼈으며, 변하지 않으리라 생각했던 그러한 변화들은 천진난만한 세상의 개념에 여러 가지 자질한 충격으로 다가왔다. 영혼의 어둠 속에서 가끔 꿈틀대는 야망은 출구를 찾지 못했다. 로크 도로의 마차길을 따라 암말의 발굽 소리가 나고 커다란 통이 그 뒤에서 요란하게 소리 날 때, 바깥세상은 마치 황혼처럼 그의 정신을 온통 흐려놓았다.

그는 메르세데스에 대한 생각으로 되돌아갔고, 그녀의 모습을 다시 곱씹어보는 동안 기묘한 불안이 혈관을 타고 온몸으로 퍼지는 듯했다. 가끔씩 열기가 그의 몸속으로 모여들면서 조용한 저녁거리를 따라 홀로 방황하곤 했다. 정원에 깃든 평화로움과 창문 속 친절한 불빛이 불안정한 그의 마음을 부드럽게 다독거렸다. 뛰어노는 아이들의 소음이 귀에 거슬렸고 그 철없는 목소리를 통해 자신이 다른 이들과 다르다는 사실이 클롱고우즈에서 느꼈던 것보다 훨씬 더 예민하게 다가왔다. 놀이를 하고 싶지 않았다. 그는 자신의 영혼이 그렇게

나 변함없이 바라본 비현실적 이미지를 현실 세계에서 대면하고 싶었다. 어디서 그것을 찾아내야 하는지, 어떻게 찾아야 하는지 몰랐지만, 몰려든 불길한 예감은 그가 공공연히 찾지 않아도 그러한 이미지와 맞부딪히게 될 거라고 말해 주었다. 그들은 마치 서로를 알고 밀회를 하듯, 아마도 문 앞이나 어떤 비밀의 장소에서 조용히 우연히 만나게 될 것이다. 어둠과 침묵에 둘러싸인 채, 그들은 홀로 있게 될 것이다. 그리고 가장 민감한 순간에, 그는 아름답게 변모될 것이다. 그는 그녀의 시선 아래 점차 형체가 사라지고 순식간에 아름답게 변모할 것이다. 허약함과 수줍음, 미숙함은 마법 같은 그 순간 그에서 떨어져 나갈 것이다.

* * *

어느 날 아침 커다란 노란색 마차 두 대가 문 앞에 멈춰 서더니 남자들이 가구를 밖으로 나르기 위해 집 안으로 뚜벅뚜벅 걸어 들어왔다. 가구는 짚 가닥과 밧줄 조각이 잔뜩 널린 앞마당을 지나 문 앞에 세워둔 거대한 마차에 실렸다. 모든 것이 안전하게 자리 잡았을 때 마차는 요란한 소리를 내며 도로 위를 달려나갔다. 눈이 벌건 어머니와 함께 앉은 스티븐은 열차 객실 유리창에서 메리언 도로를 따라 천천히 달리는 마차를 바라보았다.

그날 저녁 거실 난롯불이 제대로 지펴지지 않았고 디딜러스 씨는 불을 지필 때 쓰는 부지깽이를 쇠창살에 기대어 놓았다. 찰스 아저씨는 가구가 모두 들어오지 않고 카펫도 없는 방구석에서 꾸벅꾸벅 졸았고, 그의 근처 벽에는 가족 초상화가 비스듬히 세워져 있었다. 테이블 위에 놓인 램프의 약한 불빛이 일꾼들의 신발에 밟혀 진흙투성이가 된 나무 바닥을 비추었다. 스티븐은 아버지 옆에 놓인 작은 스툴에 앉아 앞뒤가 잘 안 맞는 아버지의 긴 독백에 귀를 기울였다. 처음에는 거의 혹은 전혀 이해하지 못했지만, 아버지에게 적들이 있고 약간의 다툼이 있었다는 사실을 차츰 깨닫게 되었다. 그는 자신도 그런 싸움을 하게 될 거라는 사실과 어떤 의무가 자신의 어깨에 지워지는 것을 느꼈다. 편안함과 몽상을 즐겼던 블랙록에서의 갑작스러운 도주와 음울하고 연무 자욱한 도시를 통과하는 길, 딱 필요한 것만 겨우 갖춘 칙칙한 집을 생각하자 그의 마음이 무거웠고, 자신의 미래가 어떻게 될 것인지 직감할 수 있었다. 또한, 왜 하인들이 현관에서 자주 속닥거렸고, 왜 그의 아버지가 종종 벽난로에 등을 돌린 채 그 앞에 깔린 작은 카펫 위에 서서 자리에 앉아 저녁을 먹으라고 권하던 찰스 아저씨에게 큰 소리로 말했는지 이해했다.

"아직 나에게 기회가 남아 있단다, 스티븐," 디덜러스 씨가 힘없는 불을 기운차게 들쑤시면서 말했다. "우리 아직 안 죽었어, 아들아. 안 죽었어, 예수님에게 맹세코 (오 하느님 저희를 용서하소서) 아직은 죽은 게 아니란다."

더블린은 새롭고 복잡한 돌풍을 일으키는 곳이었다. 찰스 아저씨는 더는 심부름을 갈 수 없다는 사실에 풀이 죽어버렸고, 새집에 내려앉은 어수선함을 핑계 삼아 스티븐은 블랙록에서보다 더 자유롭게 지냈다. 처음에는 근처 광장 둘레를 소심하게 돌아보는 것으로 만족하거나, 혹은 기껏해야 골목길 중간 정도만 돌아다녔지만, 그 도시의 골격을 머릿속에 그릴 수 있게 되자 대담하게도 중심로를 따라 세관 건물까지 갔다. 그는 아무런 제지도 받지 않은 채 부두와 부둣가를 따라 누런 거품이 이는 물 표면에서 위아래로 흔들리는 코르크 부표를 지나갔고, 수많은 짐꾼과 요란한 손수레, 수염이 나고 복장이 엉망인 경찰들을 지나쳤다. 벽을 따라 쌓여있거나 증기선 짐칸에서 하늘 높이 흔들리는 물건 더미들이 그에게 제시하는 인생의 광대함과 낯섦은 메르세데스를 찾으러 정원에서 정원으로 돌아다녔던 저녁의 불안한 감정을 불러일으켰다. 그리고 이 새롭고 복잡한 삶의 한가운데에서, 만약 푸른 하늘과 와인 상점의 햇살 가득한 격자창만 있었더라면 그는 자신이 마르세유에 있는 것이라고 착각했을 것이다. 부두들과 강, 구름이 낮게 깔린 하늘을 보고 있을 때 모호한 불만이 내부에서 올라오는 것을 느꼈으나 그는 마치 자신을 피해다니는 누군가를 찾는 사람처럼 매일매일 위아래로 계속 돌아다녔다.

그는 한두 번쯤 어머니와 함께 친척을 찾아갔다. 크리스마스를 위해 불을 환히 밝히고 경쾌하게 장식한 여러 상점들을 지나가면서도 쓰리고 황량한 그의 기분은 가시지 않았다. 그런 괴로움의 원인은 많았고, 동떨어져 있었고, 가까이 있었다. 그는 자신이 어리다는 것과 불안하고 바보 같은 충동의 먹잇감이 되었다는 사실에 화가 났고, 또한 그를 둘러싼 세상을 누추함과 불성실함의 환영으로 바꿔놓은 불운에도 화가 났다. 그러나 그의 분노는 그 환영과 특별한 관계가 있는 것이 아니었다. 그는 자신이 본 것을 인내심을 가지고 시간순으로 나열한 다음 그것과 거리를 두고 지켜보면서 남몰래 굴욕감을 맛보았다.

그는 아주머니네 부엌에서 등받이 없는 의자에 앉아있었다. 반사경이 달린 램프 하나가 난로 근처 옻칠한 벽에 걸려있었는데 그 빛에 의지하여 아주머니는 무릎에 놓인 저녁 신문을 읽고 있었다. 미소 짓고 있는 누군가의 사진이 그 신문에 실려있었으며 그녀는 그것을 한참 동안 바라보다가 생각에 잠긴 채 입을 열었다.

"메이블 헌터는 정말 아름다워!"

곱슬머리 꼬마 소녀가 발뒤꿈치를 든 채 사진을 보며 조그만 목소리로 물었다.

"그 여자가 뭘 하는 거예요, 엄마?"

"팬터마임 연극을 하고 있단다, 예쁜 아가."

그 아이는 곱슬곱슬한 머리를 엄마의 소매에 기대고 사진을 바라보다가 마치 그 모습에 사로잡힌 듯 중얼거렸다.

"아름다운 메이블 헌터!"

아이의 눈은 얌전하면서도 사람들을 매료시키는 여자의 눈동자에 머물렀고, 사진을 골똘히 바라보며 중얼거렸다.

"너무 매력적이지 않아요?"

석탄 자루를 메고 비틀거리며 집으로 들어오다가 한 소년이 소녀의 말을 들었다. 그는 짐을 바닥에 얼른 내려놓고 사진을 보기 위해 서둘러 다가왔다. 그는 신문 가장자리를 검붉은 손으로 잡아당기며 보이지 않는다고 불평을 하면서 소녀를 옆으로 밀어냈다.

그는 집 위쪽에 자리한 비좁은 아침 식사 방에 앉아 있었는데 그곳 유리창은 낡았고 진한 색깔이었다. 벽난로에서 불길이 활활 타올랐으며 창문 너머 깔린 황혼이 강 위를 붉게 물들였다. 난로 앞에서 나이 든 부인이 홍차를 만드느라 분주하게 손을 바쁘게 놀리면서 낮은 목소리로 성직자와 의사가 했던 말을 되뇌었다. 그녀는 또한 어떤 변화에 대해 말했는데, 그건 그들이 최근에 그녀의 이상한 행동이나 말에서 감지했던 것이었다. 그는 그 말을 앉아서 들으면서 석탄과 아치형 구조물, 지하실, 황량한 갱도, 들쑥날쑥한 동굴에서 펼쳐질 모험에 대해 생각했다.

갑자기 그는 문가에 뭔가가 있다는 사실을 깨달았다. 머리 하나가 어둑한 문가에 나타나 머뭇거렸다. 원숭이같이 연약한 누군가가 난롯가의 목소리에 이끌리듯 다가왔다.

우는 듯한 목소리가 그 문 쪽에서 들려왔다.

"조세핀이니?"

분주하게 움직이던 나이든 여자가 난롯가에서 반갑다는 듯 대답했다.

"아니에요, 엘렌. 스티븐이에요."

"오……. 안녕, 스티븐."

그가 인사를 했고 바보 같은 미소가 문가에 선 얼굴에 번져나가는 것을 보았다.

"필요한 것이 있나요, 엘렌?" 나이 든 여자가 난롯가에서 물었다.

그러나 여자는 그 질문에 대답하지 않고 말했다.

"나는 조세핀인 줄 알았어. 나는 네가 조세핀이라고 생각했단다, 스티븐."

그리고 그 말을 여러 번 되풀이하더니 힘없이 웃었다.

그는 '해롤즈 크로스'에서 열린 젊은이들의 파티 한가운데 앉아 있었다. 그는 아무 말 없이 계속 바라만 보았고 게임에는 거의 관여하지 않았다. 아이들은 크래커[23]의 전리품을 지니고서 춤추며 소란스럽게 뛰어다녔고, 그는 그들의 흥겨움을 자신도 느껴보려고 노력했지만 화려한 삼각 모자와 햇빛 가리개 사이에 낀 침울한 사람일 뿐이었다.

그러나 노래를 부른 뒤 방의 아늑한 구석으로 물러났을 때 그는 고독의 기쁨을 맛보기 시작했다. 그날 저녁이 시작될 무렵 거짓이고 하찮은 것으로 여겨졌던 즐거운 웃음소리가 쾌활하게 그의 감각 옆으로 스쳐 지나가면서 그를 달래주는 부드러운 공기처럼 느껴졌다. 원을 그리며 춤추는 이들을, 음악을, 웃음을 관통하여 날아온 여자의 시선이 그가 있는 구석을 배회하는 것을 느끼는 동안, 흥분하여 들끓는 그의 혈기를 다른 이들의 시선으로부터 애써 감추는 그의 심장은 우쭐했고 조롱했고, 탐색했고, 들떴다.

가장 늦게까지 남은 아이들이 현관에 자신의 물건을 내려놓았다. 파티는 끝났다. 여자는 숄을 몸에 둘렀다. 그들이 함께 궤도 마차를 향해 갈 때 신선하고 따뜻한 그녀의 숨결이 베일을 쓴 머리 위로 번

---

23 영국에서 크리스마스 파티나 만찬 때 쓰는 것으로, 두 사람이 양쪽 끝을 잡고 끌어당기면 폭죽 터지는 소리가 나게 만든 튜브 모양의 긴 꾸러미. 속에는 보통 종이 모자나 작은 선물 등이 들어 있다.

져나갔고 그녀의 구두는 풀이 듬성듬성 자라는 길 위에서 또각또각 즐거운 소리를 냈다.

마지막 마차였다. 길고 곧은 밤색 털을 지닌 말들은 그 사실을 알고 있다는 듯 어두운 밤을 향해 경고의 방울을 흔들어댔다. 마차 안 내원이 마부와 이야기를 나누었고 두 사람 모두 녹색 불빛 속에서 자주 고개를 끄덕였다. 마차의 빈 좌석 위에 여러 색깔의 차표들이 흩어져 있었다. 길을 따라 오르내리는 발소리도 전혀 들리지 않았으며 밤색 말이 서로 코를 비비며 방울을 흔들 때를 제외하고는 어떤 소리도 밤의 평화를 깨뜨리지 않았다.

그들은 서로를 향해 귀를 기울이는 듯했다. 그는 위쪽에, 그녀는 아래쪽에 자리를 잡았다. 그녀는 이야기를 나누면서 여러 번 그의 자리로 올라갔다가 다시 자기 자리로 내려갔고 한두 번쯤은 위쪽에서 다시 내려가는 것을 잊은 듯 잠깐 그의 옆 가까이에 서 있다가 내려갔다. 그의 심장이 물 위에 뜬 코르크처럼 여자의 몸놀림에 따라 흔들렸다. 그는 여자가 쓴 고깔 아래로 눈동자가 하는 말을 들었고, 실제이든 몽상이든 희미한 과거 속에서 그는 그 이야기를 예전에 들었다는 것을 알았다. 그는 여자의 욕구와 여자의 허영심을, 여자의 고운 드레스와 허리띠, 길고 검은 스타킹을 보았고, 수천 번이나 거기에 굴복했다는 것을 알았다. 그런데도 춤추듯 쿵쾅거리는 심장 소리를 누르며, 내부의 목소리는 그저 손을 뻗으면 닿을 수 있는 여자의 선물을 받을 것인지 물었다. 그는 아일린과 함께 여관 앞마당을 바라보았던 때를 떠올렸다. 웨이터들이 깃대에 죽 매달린 장식용 삼각 깃발을 따라 달려가고 폭스테리어 한 마리가 햇살 가득한 잔디밭에서 이리 저리 날쌔게 뛰어다니는 모습과 굴러가는 진주처럼 까르르 웃으면서 구부러진 경사로를 따라 갑자기 달려가는 그녀를 기억했다. 이제 그 때처럼 그는 자신의 자리에 무기력하게 서 있었다. 마치 눈앞의 광경을 조용히 바라보는 관찰자가 된 것 같았다.

'이 여자도 내가 안아주길 원해, 그가 생각했다. 이 마차에 나와 함께 온 이유가 바로 그거야. 나는 그녀가 내 자리로 올라올 때 아주 쉽게 안을 수 있지. 아무도 보는 사람도 없어. 그녀를 안고 키스할 수 있어.'

그러나 그는 아무것도 하지 않았다. 그가 아무도 없는 마차에 홀로 앉게 되었을 때 자신의 차표를 갈기갈기 찢어버렸고 골진 발판만 우울하게 응시했다.

* * *

다음날 그는 황량한 위쪽 방에 놓인 책상에 앉아 많은 시간을 보냈다. 앞에는 새 펜과 새 잉크와 새 녹색 노트가 놓여있었다. 습관적으로 그는 첫 페이지 제일 위에 예수회 표어의 첫머리 글자인 'A. M. D. G.(하느님의 크나큰 영광을 위하여)'를 적어놓았다. 그 페이지 제일 첫 줄에는 그가 쓰려고 노력 중인 시구 제목 'E—C—에게'가 적혀있었다. 그는 바이런 경의 시집에서 친숙하게 보았던 제목처럼 그렇게 시작하는 것이 올바르다고 생각했다. 제목을 쓰고 그 아래에 장식 선을 그렸을 때 그는 공상에 빠져들었고 노트 겉장에 도형을 그리기 시작했다. 토론하느라 옥신각신했던 크리스마스 만찬 다음 날 아침 브레이에 있는 책상에 앉아 아버지의 두 번째 파산 통지서 뒤편에 파넬에 관한 시를 쓰려고 하는 자신이 보였다. 그러나 그때 그의 뇌는 그 주제로 글을 쓰길 거부했기 때문에 포기했고 대신 자기 반 학생들 이름과 주소로 그 종이를 메워나갔다.

로드릭 키컴
존 로턴
앤소니 맥스위니
사이먼 무넌

지금 그가 다시 실패한 듯했으나 그 사건을 되씹으며 생각한 덕분에 자신감이 생겼다고 생각했다. 이런 과정을 거치면서 평범하고 중요하지 않다고 치부한 모든 요소가 사라졌다. 마차 자체도 마부들도 말의 흔적도 사라졌다. 그와 그녀도 생생하지 않았다. 그 운문은 그저 밤과 상쾌한 산들바람, 처녀 같은 달빛에 대한 이야기로 이루어졌다. 주인공들이 낙엽 진 나무 아래 조용히 서 있는 순간, 알 수 없는 슬픔이 그들의 심장에 숨어 있었고, 이별의 순간이 다가오자 한 사람이 머뭇거렸던 키스를 두 사람이 함께 했다. 그는 페이지 끝에 L.D.S라고 적은 그 노트를 숨겨놓고 어머니의 침실로 들어간 다음 어머니의 화장대 거울에 비친 자신의 얼굴을 오랫동안 응시했다.

그러나 오랫동안 즐겼던 여가와 자유로움은 이제 끝날 때가 되었다. 어느 날 저녁 아버지는 여러 가지 소식을 안고서 집으로 돌아와 저녁 식사 내내 바쁘게 떠들어댔다. 스티븐이 아버지가 돌아오길 기다린 이유는 그날은 양고기 요리가 나올 것이며 아버지가 빵을 그레이비 소스에 흠뻑 담글 수 있게 해줄 거라는 사실 때문이었다. 그러나 클롱고우즈라는 단어가 언급되자 혐오감이라는 거품이 미각을 덮어버려 요리의 맛을 즐길 수 없었다.

"걸어가다가 그와 우연히 만났지," 디딜러스 씨가 네 번이나 말했다. "광장 구석에서 말이야."

"그렇다면 제 생각에는요," 디딜러스 부인이 말했다. "그분이 그 일을 해줄 수 있을 거예요. 벨비디어 학교 말이에요."

"물론 그럴 거야," 디딜러스 씨가 말했다. "그가 지금 예수회 관구장이라고 내가 말하지 않았나?"

"난 저 애를 '크리스천 브라더스'가 운영하는 학교에 보내고 싶지 않아요," 디딜러스 부인이 말했다.

"망할 놈의 '크리스천 브라더스!' 디딜러스 씨가 말했다. "그 냄새나는 패디와 진흙투성이 미키와 함께? 안 될 말이지, 그들과 함께 시작했으니 하늘에 맹세코 예수회 사람들과 같이 있어야 해. 몇 년 지나면 그들은 저 애에게 힘이 되어줄 거야. 자리라도 하나 내어줄 수 있는 사람들이야."

"그리고 아주 부유한 수도회잖아요, 그렇지 않나요, 사이먼?"

"암, 그렇지. 그들이 잘산다고 내가 말했잖아. 당신 클롱고우즈 학교의 식탁을 봤을 거야. 맹세코, 마치 싸움닭처럼 튼튼하게 만들고 있어."

디딜러스 씨는 스티븐에게 자신의 접시를 밀어주었고 거기에 담긴 것을 모두 먹으라고 했다.

"자아, 이젠 스티븐." 그가 말했다. "다시 열심히 시작해야 한다. 아주 오랫동안 잘 쉬었어."

"오, 이젠 아주 열심히 할 게 분명해요." 디딜러스 부인이 말했다. "특히 모리스와 함께할 때 말이에요."

"오, 맙소사, 모리스를 깜박 잊었군." 디딜러스 씨가 말했다. "모리스, 이리로 오렴! 여기로, 멍청이 같은 녀석아! 너를 학교에 보낼 작정이란 걸 알기는 아느냐? 거기서 '고양이'라는 단어를 어떻게 쓰는지 가르쳐줄 거야. 그리고 네가 코를 닦도록 조그맣고 예쁜 손수건을 사주려고 해. 엄청나게 재미있을 것 같지 않니?"

모리스는 아버지를 본 다음 형을 쳐다보며 싱긋 웃었다.

디딜러스 씨가 외알 안경을 눈에 걸치고 두 아들을 똑바로 바라보았다. 스티븐은 빵조각을 우물거리면서 아버지의 시선에 대답하지 않았다.

"말이 나왔으니 하는 말인데," 디딜러스 씨가 한참 후에 말했다. "부교장 아니, 관구장님이 나에게 너와 돌런 신부에 대한 이야기를 해주던데. 네가 무례한 놈이라고 하시더라." 그가 말했다.

"오, 그렇지 않아요, 사이먼!"

"아니라고!" 디딜러스 씨가 말했다. "하지만 그가 그 사건을 아주

자세히 말해주었어. 우린 계속 이야기를 나누었지. 이야기가 꼬리에 꼬리를 물면서 이어졌거든. 그나저나, 그 회사에서 자리를 얻게 될 거라고 그가 지목한 사람이 누구인 줄 알아? 하지만 나중에 말해줄게. 글쎄, 내가 말했듯이 우리는 상당히 친해졌고, 그는 여기 이 친구가 아직 안경을 쓰고 있는지 물었어. 그런 다음 내게 모든 이야기를 해주었지."

"그분이 화가 났던가요, 사이먼?"

"화가 났느냐고? 천만에! '사내다운 사람이야!'라고 그가 말했어."

디덜러스 씨는 관구장의 고상한 척하는 콧소리를 흉내 내며 말했다.

"돌런 신부와 나는 말이지요, 저녁 식사를 하면서 내가 그 일에 대해 전부 말했을 때, 돌런 신부와 나는 웃음을 터뜨렸답니다. '명심하는 게 좋을 거예요, 돌런 신부님, 그렇지 않으면 어린 디덜러스가 신부님을 회초리로 때려달라고 올려보낼 판이에요.'라고 내가 말했죠. 우리는 그 이야기를 하면서 배꼽을 잡고 웃었답니다, 하! 하! 하!"

디덜러스 씨는 아내를 보면서 원래의 목소리로 말참견했다.

"그들이 그곳에서 아이들을 어떤 식으로 기르는 지 보여주고 있어. 오, 인생을 위해서나 사교를 위해서나 예수회가 제일 나은 듯해!"

그는 관구장의 목소리를 다시 한 번 흉내 냈다.

"'저녁 식사 때 그 일에 대해 전부 말하면서, 돌런 신부와 나, 우리는 모두 배꼽을 잡고 웃었답니다, 하! 하! 하!'"

성령 강림절 연극의 밤이 되었을 때 스티븐은 분장실 창문을 통해 조그만 잔디밭을 내다보았다. 거기에는 종이 갓을 쓴 등불이 늘어서 있었다. 건물 계단을 내려와 극장으로 들어가는 방문객들을 그는 바라보았다. 제복을 입은 집사들과 벨비디어 학교 졸업생들이 극장 문 근처에서 무리 지어 서성거리다 격식을 갖춰 방문객들을 안으로 안내했다. 등불이 갑자기 밝아졌고 그는 미소 짓는 한 성직자의 얼굴을 알아볼 수 있었다.

감실에 모셔둔 성체를 옮기고 첫 번째 줄의 장의자를 뒤쪽으로 이동시키자 제단의 연단과 그 앞쪽에 공간이 생겼다. 벽에는 역기와 곤봉이 무리 지어 기대여 있고, 한쪽 구석에는 아령이 쌓여 있었다. 셀 수 없이 많은 운동화와 스웨터, 갈색 꾸러미 러닝셔츠가 뒤죽박죽 잔뜩 쌓인 가운데, 튼튼한 가죽을 입힌 체조용 안마기구가 무대 위로 올려져 체조 경기 우승팀의 한가운데에 자리 잡기 위해 차례를 기다렸다.

작문 실력이 좋다는 평판으로 인하여 스티븐이 이 경기장의 총무로 선발되었음에도, 프로그램 첫 부분에서 맡은 역할은 없었으나 두 번째 부분인 연극에서 주인공이자 웃음거리가 된 교사역을 맡았다. 그 역할은 그의 위상과 침울한 태도 때문에 맡겨졌으니, 그는 지금 벨비디어 학교에서 두 번째 학년인 중급반을 거의 마칠 때가 되었다.

스무 명 정도 되는 어린 소년들이 하얀 속바지와 러닝셔츠 차림으로 무대 위에서 우르르 내려와 제의실을 거쳐 기도실로 들어갔다. 제의실과 기도실은 열정 넘치는 선생님과 소년들로 가득 찼다. 포동포동한 대머리 선임 하사관이 안마기구의 도약대를 발로 점검하는 중이었다. 복잡한 곤봉 연기를 선보이기로 한 마른 체구의 젊은이가 긴 코트를 입고 근처에 서서 흥미롭게 주변을 살펴보고 있는데, 옆 주머니에 담아둔 은색 도금 곤봉이 삐죽 나와 있었다. 다른 팀이 무대에 올라갈 준비를 하자 속이 빈 나무 아령이 달각달각 소리를 냈다. 다음 순간, 잔뜩 들뜬 사감 선생이 마치 거위 떼를 몰 듯, 수단 자락을 신경질적으로 펄럭이면서 굼뜬 소년들에게 서둘러 제의실에서 나가라고 소리치며 소년들을 재촉했다. 나폴리의 소작농처럼 입은 어린 병사들이 기도실 끝에서 걷는 연습을 했고, 몇몇은 팔을 들어 머리 위로 원을 만들었고, 몇몇은 종이 제비꽃 바구니를 흔들면서 한쪽 무릎을 구부리며 인사를 했다. 기도실의 어둑한 구석, 제단의 성가대 쪽에서 통통한 노부인이 풍성한 검은 치마 한가운데서 무릎을 꿇고 있었다. 그 부인이 일어났을 때, 분홍 드레스를 입고 곱슬거리는 금색 가발에 구식 보닛 차림에다가 검은 연필로 눈썹을 그려 넣고 볼에 세심하게 연지와 분을 바른 소녀의 모습이 드러났다. 그러자 기도실 여기저기에서 호기심 어린 속삭임이 나지막이 번져나갔다. 한 사감 선생이 미소 띤 표정으로 고개를 끄덕이면서 그 어둑한 구석으로 다가가더니 통통한 노부인에게 인사를 한 다음 친절하게 말을 건넸다.

"함께 온 분은 아름다운 아가씨인가요 아니면 인형인가요, 탤런 부인?"

그런 다음 몸을 수그리고 보닛 아래 미소와 화장품으로 단장한 얼굴을 보며 탄성을 질렀다.

"맙소사! 꼬마 버티 탤런이 틀림없군!"

스티븐은 창가 옆 그의 자리에서 그 노부인과 사제가 함께 웃는 것을 들었고 그들이 어린 소년의 독무를 관람하기 위해 지나갈 때 뒤쪽에 있던 소년들의 감탄 섞인 중얼거림을 들었다. 그는 도저히 참을 수 없었다. 커튼 가장자리를 놓아버린 채 자신이 서 있던 의자에서 내려와 기도실 밖으로 걸어나갔다.

그는 학교 건물을 벗어나서 정원 옆에 자리한 창고 아래에서 멈춰섰다. 반대편 극장에서 관객들의 흐릿한 말소리와 갑자기 시작된 군악대의 연주가 들려왔다. 유리 천장 위쪽으로 번져나가는 빛 덕분에 극장은 거대한 건물 사이에 닻을 내린 축제의 방주처럼 보였고, 그곳을 휘감은 가느다란 등불 전선은 마치 배를 고정하는 밧줄 같았다. 극장 옆문이 휙 열리더니 빛줄기가 잔디밭 위로 쏟아졌다. 방주에서 왈츠 서곡이 갑작스레 흘러나왔다. 옆문이 다시 닫혔음에도 불구하고 희미하게나마 그 리듬을 들을 수 있었다. 첫 소절의 감흥, 나른함과 미묘한 움직임은 온종일 느낀 불안과 좀전의 참을성 없는 행동의 원인인 형언불가한 감정을 불러일으켰다. 소리의 물결이 흘러나오듯 그에게서 불안이 새어나왔다. 방주는 음악의 조류를 타고 여행을 하면서 등불의 전선에 흔적을 남겼다. 다음 순간 난쟁이 대포 같은 소음이 날아와 그 움직임을 박살냈다. 그건 무대 위 아령 팀을 반기는 박수 소리였다.

도로와 가까운 창고 제일 끝부분의 어둠 속에서 분홍색 불꽃이 튀었다. 그쪽으로 걸어가던 그는 연한 향기를 감지했다. 두 소년이 창고 문가에 서서 담배를 피우는 중이었는데, 미처 거기까지 가기도 전에 목소리만으로도 그중 하나가 혜런이라는 사실을 알 수 있었다.

"모범생 디덜러스가 온다!" 고음에다 쉰 목소리가 소리쳤다. "진정한 친구를 환영하네!"

이러한 환대는 혜런이 머리 숙여 인사하며 조용하게 울리는 억지웃음으로 끝이 났고, 그런 다음 그는 지팡이로 땅을 쑤시기 시작했다.

"나야," 스티븐은 멈춰 서서 혜런과 그의 친구를 차례로 바라보며 말했다.

나중에 본 소년은 낯선 얼굴이었으나, 어둠 속에서 점점 밝아지는 담뱃불의 도움으로 핏기없고 세련된 얼굴과 그 위에 천천히 감도는 미소를 볼 수 있었다. 커다란 키에 단단한 모자와 코트를 걸쳤다. 혜런은 소개해줄 수 있었지만, 대신에 이렇게 말했다.

"내 친구 월리스에게 방금 이렇게 말하는 중이었어. 만약 네가 교사역을 할 때 교장을 흉내 낸다면 오늘 밤 정말 신날 거라고 말이지. 정말 배꼽 빠지는 농담이 될 거야."

혜런은 친구인 월리스를 위해 교장의 고상하고 낮은 목소리를 흉내 내려고 노력했지만, 잘 안 되자, 자신의 실패에 멋쩍은 듯 웃음을 터뜨리며 스티븐에게 해보라고 부탁했다.

"어서 해 봐, 디덜러스." 그가 재촉했다. "너는 아주 제대로 흉내 낼 수 있을 테니까. '교회의 말조차 듣지 않거든 그를 이방인이나 세리처럼 여겨라"[24]라고 말이야."

하지만 담배가 담뱃대 흡입구에 꽉 끼는 바람에 월리스가 조금 화난 표정을 지어서 그 흉내를 내지 못했다.

"빌어먹을 담뱃대 같으니" 그는 담뱃대를 입에서 떼어내고, 미소 지으며 관대하게 눈살을 찌푸렸다, "늘 이런 것뿐이지. 너도 담뱃대를 사용하니?"

"난 담배를 피우지 않아" 스티븐이 대답했다.

"물론 그렇겠지" 헤런이 말했다, "디덜러스는 모범생이야. 그는 담배 안 피워, 시장통에도 가지 않아. 여자들과 시시덕거리지 않고 좋지 않은 일은 무엇이든, 절대 하지 않아."

스티븐은 고개를 가로저었고 새처럼 뾰족하고 표정이 풍부한 경쟁자의 발갛게 달아오른 얼굴을 보며 미소를 지었다. 그는 빈센트 헤런의 얼굴이 새와 닮았을 뿐 아니라 새의 이름[25]을 가진 것에 대해 이상하다고 생각하곤 했다. 이마를 덮은 부스스한 연한 색 머리카락이 마치 새의 헝클어진 관모처럼 보였다. 이마는 좁고 앙상했고, 가느다란 매부리코는 연하고 무표정하며, 사이가 좁고 돌출된 눈동자 사이로 뻗어 나왔다. 학교 친구들은 경쟁자였다. 그들은 교실에서 함께 앉았고, 기도실에서 함께 무릎을 꿇었고, 점심을 먹으면서 다툰 후 함께 이야기를 나누었다. 상급반에 특이한 학생이 없었기 때문에 스

---

24 마태 복음 18장 17절.

25 영어로 헤런(Heron)은 왜가리이다.

티븐과 헤런은 그해 동안 학교에서 두각을 나타냈다. 하루 동안 자유 시간을 요청하거나 누군가를 도와주기 위해 두 소년만이 함께 교장실로 올라갔다.

"오, 그나저나," 헤런이 갑자기 말했다. "네 아버지가 들어가는 것을 봤어."

스티븐의 얼굴에서 미소가 사라졌다. 친구나 선생이 아버지에 대해 언급을 하는 순간 그는 불안감을 느꼈다. 잔뜩 긴장한 채 아무 말 없이 헤런이 무슨 말을 할지 기다렸다. 그러나 헤런은 의미심장하게 팔꿈치로 그를 쿡 찌르며 말했다.

"교활한 녀석 같으니."

"내가 왜?" 스티븐이 말했다.

"넌 벌레 한 마리 못 죽일 것 같이 순진하게 보이잖아." 헤런이 말했다. "하지만 내가 보기엔 넌 약아빠진 녀석이야."

"무슨 말을 하는 건지 물어봐도 될까?" 스티븐이 점잖게 말했다.

"그래," 헤런이 대답했다. "우린 그 여자애를 봤어, 월리스, 그랬지? 엄청나게 예쁘더라. 게다가 꼬치꼬치 캐묻기도 하고! '스티븐이 무슨 역을 맡았나요, 디덜러스 씨? 스티븐이 노래를 부르지 않을까요, 디덜러스 씨?' 네 아버지는 안경 쓴 눈으로 그 애를 빤히 바라보셨거든. 내 생각엔 네 아버지가 너에 대해서도 알고 있을 거야. 나라면 조금도 상관하지 않을 테지만. 정말 놀랐어, 그 여자애 정말 멋지던데, 그렇지 않아, 월리스?"

"나쁘지 않더군," 월리스가 조용히 대답하면서 한 번 더 담뱃대를 삐딱하게 물었다.

　잘 알지도 못하는 누군가가 무례한 표현을 내뱉는 순간, 스티븐은 갑자기 화가 치밀었다. 그 소녀의 관심과 배려에서 웃음거리가 될 만한 것을 찾아낼 수 없었다. '해럴즈 크로스'의 마차 계단 위에서 작별을 고했던 일과 그에게 흘러들어온 침울한 기분, 그것에 대해 쓴 그의 시를 온종일 생각했다. 그녀가 이 연극을 보러 온다는 것을 알았기 때문에, 그는 온종일 그녀와의 새로운 만남에 대해 생각했다. 파티가 열렸던 그날 밤에 그랬던 것처럼 오래된 불안감이 다시 한 번 그의 가슴을 가득 메웠으나 이번에는 시를 통해 배출할 수 없었다. 두 해 동안 이루어진 소년의 성장과 지식이 그때와 지금 사이에 서서 그와 같은 배출구를 막았다. 온종일 내부에서 물렁거리는 우울함이 솟구쳤다가 어두운 소용돌이가 되어 되돌아가기를 반복하는 바람에 결국 그는 지쳤는데, 사감의 농담 섞인 인사말을 듣고 페인트칠한 어린 소년을 보았을 때 그는 도저히 참지 못하고 뛰어나왔다.

　"그러니 인정하는 게 좋을 거야," 헤런이 말을 이었다. "우리가 이번에는 알아버렸잖아. 내게 더는 성인군자인 척하지 마라. 그 점은 확실하니까."

　숨죽인 억지웃음이 그의 입술에서 터져 나왔고 아까 그랬던 것처럼 몸을 구부리더니 자신의 지팡이로 스티븐의 종아리를 농담처럼 가볍게 쿡쿡 찔러댔다.

　스티븐의 순간적인 분노는 이미 사라졌다. 우쭐하거나 혼란스럽지 않았으며 이런 농담이 얼른 끝나기만 바랐다. 바보스러운 무례함에 대해 그리 화가 나지 않았는데, 그건 그의 마음속 모험이 그러한 말장난으로 해를 입지 않을 것이라는 사실을 알기 때문이었다.

"인정하라고!" 헤런이 다시 외치면서 지팡이로 스티븐의 정강이를 다시 찔렀다. 장난이었지만 처음보다 좀 더 힘이 들어갔다. 조금 아팠지만 통증은 이내 사라졌다. 그리고 그는 친구의 장난스러운 기분에 맞추어 공손하게 몸을 수그리며 고해성사 기도문을 읊기 시작했다. 그 삽화 같은 장난은 그럭저럭 끝났고 헤런과 월리스는 그 불경스런 놀이를 즐기면서 배를 잡고 웃어댔다.

고해는 스티븐의 입술에서만 흘러나왔다. 그렇게 말하는 동안 갑작스러운 기억이 떠올라 마치 마법처럼 또 다른 광경으로 그를 데려갔고, 그 순간 웃고 있는 헤런의 입꼬리가 잔인하게 올라가더니 아까처럼 지팡이가 자신의 정강이를 치는 것이 느껴지면서 아까와 비슷한 말소리가 들려왔다.

"인정하라고."

이 학교에 들어와 6학년 첫 학기를 마칠 때쯤이었다. 거룩함이나 청결함과는 거리가 먼 생활 방식이라는 채찍질에 그의 민감한 본성은 무척이나 고통스러워했다. 그의 영혼은 더블린의 음침한 분위기 때문에 동요되었고 의기소침했다. 그는 자신을 찾기 위한 두 해 동안의 몽상에서, 친밀한 영향을 주거나 낙담시키거나 마음을 끄는 새로운 상황과 모든 사건과 인물에게서 벗어나게 되었다. 학교생활 중 남은 자유시간 동안 체제전복을 꿈꾸는 작가들과 어울렸으며 그들의 거친 입담과 폭력적 언어가 그의 뇌 속에서 부글부글 발효되어 마구

잡이로 써내려간 그의 글에 배어들어 갔다.

작문은 주 중에 그가 가장 공들여 하는 일이었고 매주 화요일마다 집에서 학교로 걸어가면서 자신의 운명을 점쳐보기도 했다. 말하자면, 어떤 하나의 목표에 도달하기 전에 자신보다 앞서 가는 사람과 대결한다고 생각하여 그 사람을 앞지르기 위해 걸음을 빨리하거나 혹은 자신의 발을 도보 블록의 공간에 용의주도하게 놓으면서 매주 제출하는 작문에서 우등할지 혹은 못할지 스스로 말하곤 했다.

어느 화요일, 승리의 꿈이 무참하게도 산산이 조각났다. 영어 선생인 테이트 씨가 손가락으로 그를 가리키며 퉁명스럽게 말했다.

"저 녀석의 작문은 이단이야."

교실은 쥐죽은 듯 조용했다. 테이트 선생은 아무 말 없이 다리를 꼬아 앉은 채 허벅지 사이로 한 손을 집어넣을 때, 빳빳이 다린 리넨 셔츠의 목과 손목 부분에서 바스락거리는 소리가 났다. 스티븐은 고개를 들지 않았다. 어느 쌀쌀한 봄날 아침이었고 눈이 무척 쓰린 데다 잘 보이지 않았다. 그는 실패에 대해, 발각되었다는 사실에 대해, 자신의 정신과 집의 불결함에 대해 의식하였고, 목에 거친 깃 모서리가 닿는 것을 느꼈다.

테이트 선생이 픽 하고 웃자 교실 분위기는 조금 풀어졌다.

"아마 너는 그걸 몰랐을 테지." 그가 말했다.

"어느 부분인가요?" 스티븐이 물었다.

테이트 선생은 쑤셔 넣었던 손을 꺼내어 작문을 펼쳤다.

"이 부분. 창조주와 영혼에 대한 부분이지. 어디더라 …… 음 ……

아! '그 어느 때보다 더 가까이 다가갈 가능성 없이.' 이건 이단이야."

스티븐이 중얼거렸다.

"그 부분은 '그 어느 때보다 도달할 가능성 없이'인데요."

그건 복종의 의미였다. 테이트 선생은 노여움을 풀고 작문 종이를 접어 그에게 건네며 말했다.

"오 ……. 그래! '그 어느 때보다 도달할'. 그건 다른 이야기지."

그러나 교실 분위기는 그렇게 빨리 풀어지지 않았다. 수업이 끝난 뒤 아무도 그 일에 대해 그에게 말하지 않았으나 그는 불특정 다수를 향한 악의적 희열을 희미하게 느낄 수 있었다.

공개적으로 비난을 받은 지 얼마 안 되는 어느 저녁, 그가 편지를 들고서 드럼콘드라 도로를 따라 걷고 있을 때 누군가의 외침이 들려왔다.

"기다려!"

돌아선 그는 같은 반 소년 세 명이 어둑한 황혼 속에서 그를 향해 다가오는 것을 보았다. 소리친 사람은 헤런이었다. 그는 부하 둘을 거느린 채 가느다란 지팡이를 들고 발걸음에 맞추어 앞으로 휘휘 저으며 걸어왔다. 친구인 볼런드가 히죽거리며 함께 걸어왔고, 내쉬는 숨을 거칠게 쉬며 커다란 붉은 머리를 흔들면서 몇 발자국 늦게 따라왔다.

소년들이 클론리프 도로로 접어들자마자 책과 작가에 대해 말하기 시작하면서, 그들이 읽은 책이 무엇인지 집에 있는 아버지의 서재에 얼마나 많은 책이 있는지에 대해 늘어놓았다. 스티븐은 신기한 듯

이야기에 귀를 기울였는데, 볼런드는 멍청이였고 내쉬는 게으름뱅이로 알려진 학생이었기 때문이었다. 결국, 가장 좋아하는 작가에 관해 이야기를 나눈 후 내쉬는 해양소설가이자 해군에서 오래 복무한 캡틴 메리어트가 가장 위대한 작가라고 선언했다.

"말도 안 되는 소리!" 헤런이 말했다. "디덜러스에게 물어봐. 가장 위대한 작가는 누구지, 디덜러스?"

스티븐은 그가 조롱하듯 묻고 있다는 사실을 알아차렸다.

"산문 작가를 말하는 거야?"

"그래."

"뉴먼, 내 생각에."

"뉴먼 추기경?" 볼런드가 물었다.

"그래." 스티븐이 대답했다.

내쉬의 주근깨투성이 얼굴에 웃음이 번졌고, 스테판을 보면서 말했다.

"넌 뉴먼 추기경을 좋아하니, 디덜러스?"

"많은 사람이 뉴먼의 산문이 최고라고 말해," 헤런은 두 친구에게 설명하듯 말했다."물론 시인은 아니지."

"그러면 누가 가장 훌륭한 시인이야, 헤런?" 볼런드가 물었다.

"물론 테니슨 경이지." 헤런이 대답했다.

"오, 그래 테니슨 경," 내쉬가 말했다. "우리 집에 그의 시 전집이 있어."

이때 스티븐은 아무 말 하지 않기로 마음먹은 것도 잊고 불쑥 한

마디 했다.

"테니슨이 시인이라고! 그는 그저 삼류일 뿐이야!"

"오, 집어치워!" 헤런이 말했다, "테니슨이 위대한 시인이라는 것은 누구나 알아."

"그러면 누가 위대한 시인이라고 생각하는데?" 볼런드가 옆 친구를 쿡 찌르며 물었다.

"물론 바이런이지," 스티븐이 대답했다.

헤런을 시작으로 소년 세 명이 코웃음을 쳤다.

"무엇 때문에 웃는 거지?" 스티븐이 물었다.

"너 때문에," 헤런이 말했다. "바이런이 가장 위대한 시인이라니! 그는 무식한 사람들을 위한 시인일 뿐이야!"

"그는 분명 좋은 시인이야!" 볼런드가 말했다.

"넌 그냥 입 닥치고 있어," 스티븐이 대담하게 돌아선 채 그를 향해 말했다. "너희가 시에 대해 아는 것이라곤 앞뜰 슬레이트에 써놓은 낙서뿐이고, 그것 때문에 다락방에서 매를 맞아야했지."

사실 학교에서 집에 갈 때 망아지를 타고 가는 친구에 관하여 앞마당 슬레이트에 두 줄짜리 글을 적어놓은 사람은 볼런드였다.

타이슨이 예루살렘에 말을 타고 입성했을 때
그는 넘어져 알렉 카푸렐렘을 다치게 했네.

스티븐이 받아치자 두 부관은 입을 다물었지만, 헤런을 계속 떠들었다.

"어쨌든 바이런은 이단이고 또한 부도덕해."

"그래도 상관없어," 스티븐이 열을 내며 소리쳤다.

"그가 이단이든 아니든 상관하지 않는다고?" 내쉬가 말했다.

"네가 뭘 알아?" 스티븐이 소리 질렀다. "교과서에 나온 것 말고는 평생 시 한 줄 읽지 않았잖아. 볼런드도 마찬가지고."

"바이런은 나쁜 사람이라고 알고 있어," 볼런드가 말했다.

"자, 이 이단자를 잡아," 헤런이 소리쳤다.

순식간에 스티븐은 붙잡혔다.

"테이트가 저번에 분발하라고 했지," 헤런이 말을 이었다. "네 작문이 이단이라고 말이야."

"내일 그에게 이를 거야," 볼런드가 말했다.

"그래?" 스티븐이 말했다. "무서워서 입도 달싹 못할걸."

"무섭다고?"

"그래, 벌벌 떨 거야."

"입을 조심해!" 헤런이 소리치며 지팡이로 스티븐의 다리를 때렸다.

그것은 공격의 신호였다. 볼런드가 도로 배수구에 처박혀있던 양배추 끝 부분을 움켜쥐는 동안, 내쉬가 뒤쪽에서 그의 팔을 잡았다. 그는 지팡이와 양배추 덩어리로 얻어맞으면서도 몸부림과 발차기로 대항했는데, 그들에게 떠밀려 등이 가시철조망 울타리에 닿았다.

"바이런이 형편없는 사람이라고 인정해."

"싫어."

"인정해."

"싫어."

"인정해."

"싫어, 안 해."

그는 분노의 몸부림 끝에 겨우 풀려났다. 주먹을 휘두르던 소년들은 존스 도로를 향해 물러나면서 비웃음과 조롱을 쏟아놓았고, 눈물이 앞을 가려 비틀거리던 그는 주먹을 부서져라 꽉 쥔 채 흐느꼈다.

소년들이 제멋대로 비웃는 와중에도 그는 고해성사 기도문을 되뇌었으며, 사악한 그 사건의 광경이 재빠르고 선명하게 뇌리에 스쳐가는 순간에도 자신을 괴롭힌 소년들을 향한 적대감이 들지 않는 이유가 궁금했다. 비겁하고 잔인한 행동을 잊어버린 것은 아니지만 그런 기억도 그에게서 분노를 불러일으키지 않았다. 책에서 읽었던 강렬한 사랑과 증오에 대한 모든 묘사가 그에게는 오히려 비현실적이었다. 심지어 존스 도로를 따라 비틀거리며 집으로 돌아오던 날 밤조차, 어떤 강력한 힘이 마치 과일의 부드러운 껍질을 벗겨내듯 너무나 쉽게 솟구친 그의 분노를 거두어 버린 것 같았다.

그는 두 소년과 함께 창고 끝에 서서 그들의 대화와 극장에서 터져 나오는 박수갈채를 느긋이 듣고 있었다. 그녀는 다른 사람들 사이에 앉아 그가 나타나기를 기다리고 있을 것이다. 그녀의 모습을 떠올려보려고 노력했으나 생각나지 않았다. 기억나는 것이라곤 머리에 두른 숄이 두건처럼 보였던 것과 그를 환대했고 그를 불안하게 만들었던 그녀의 눈동자뿐이었다. 그는 자신이 그녀를 생각하듯 그녀 역시 그에 대해 생각을 하는지 궁금했다. 그런 다음 어둠 속에서 다른 두 소년의 눈을 피해, 그는 한 손의 손가락 끝을 다른 손바닥 위에 올려 놓고 살짝 건드려 보았다. 그러나 그녀의 손가락이 더 가볍고 안정적이었다. 갑자기 그 감촉의 기억이 마치 눈에 보이지 않는 파도처럼 뇌와 몸으로 흘러들었다.

한 소년이 창고 아래로 거의 뛰다시피 하면서 그들을 향해 다가왔다. 잔뜩 들뜬 채 숨을 몰아쉬었다.

"오, 디덜러스," 소년이 외쳤다. "도일이 화가 잔뜩 나 있어. 얼른 가서 연극 의상으로 갈아입어. 서두르는 게 좋을 거야."

"지금 갈 거야," 헤런이 거만한 태도로 심부름 온 아이에게 말했다. "가고 싶을 때 말이지."

그 소년은 헤런을 보며 다시 말했다.

"하지만 도일이 엄청나게 화가 났어."

"도일에게 내가 마음으로부터 찬사를 보내지만, 그의 눈매를 별로 좋아하지 않는다고 말해줄래?" 헤런이 대답했다.

"자아, 난 지금 가봐야 해," 스티븐은 허세에는 관심이 없었다.

"나 같으면 안 갈 텐데," 헤런이 말했다. "그렇게 한다면 미친 거지. 상급생을 이렇게 부르러 오다니. 정말 화가 나는군! 그런 케케묵고 지루한 연극에 참가하는 것으로 충분하다니까!"

최근 그의 경쟁자는 걸핏하면 시비를 걸면서 우애를 과시하려 했으나 조용히 복종하는 스티븐의 습관을 바꾸지 못했다. 그는 소란을 믿지 않았으며 거친 행동이 남자답다고 믿는 그런 우정의 진실성도 믿지 않았다. 여기서 제기된 체면 문제도 다른 것과 마찬가지로 그에 게 그리 중요하지 않았다. 그의 정신이 형체 없는 환영을 쫓고 다시 우유부단한 모습으로 돌아오는 동안, 무엇보다도 신사가 되어야 하며 무엇보다도 훌륭한 가톨릭 신자가 되어야 한다고 계속 되뇌는 아버지 와 선생님들의 목소리를 들었다. 지금 그 목소리가 그의 귓가에서 공 허하게 울려 퍼졌다. 체육관의 문이 열렸을 때 그는 강해지고 남자답 고 건전해야 한다고 다그치는 또 하나의 목소리를 들었으며, 민족 부 흥 운동이 학교 내로 퍼지기 시작할 때 또 다른 목소리가 들려와 조 국을 위해 신의를 지키고 조국의 언어와 전통을 다시 일으키는 것을 도우라고 촉구했다. 속세에서는, 그가 예견한 대로 세속의 목소리가 그에게 아버지의 몰락한 지위를 그의 힘으로 복원하라고 속삭였고, 학교 동료들의 목소리는 그에게 괜찮은 학생이 되어서 다른 학생들의 방패막이가 되거나 다른 학생의 처벌을 면하게 해주고 학교에서 자유 시간을 가질 수 있도록 최선을 다해달라고 요구했다. 그리고 이 모든 공허한 목소리의 소음이야말로 환영을 추구하던 그가 머뭇거리는 이 유였다. 그는 잠깐동안 그 목소리에 귀를 열었으나 거기에서 멀리 떨 어질 때만, 그들의 요구에서 멀어질 때에만, 혼자 있거나 환영이라는 친구와 함께 있을 때에만 행복을 느낄 수 있었다.

제의실에서 통통하고 젊은 예수회 수사와 허름한 푸른색 옷을 입 은 나이 많은 남자가 물감과 분필이 든 상자를 만지작거렸다. 얼굴에 물감을 바른 소년들이 주변을 걸어 다니거나 이상한 자세로 서서 섬세한 손가락 끝으로 조심조심 얼굴을 만지고 있었다. 그때 학교를 방문한 젊은 예수회 수사는 제의실 한가운데에서 발가락 끝과 뒤꿈치를 번갈아 들고 리듬에 맞춰 몸을 흔들거리며 손은 옆 주머니에 깊숙이 찔러 넣은 채 서 있었다. 작은 머리통은 윤기 흐르는 붉은색 곱슬머리카락이 있어 더 돋보였고, 새로 면도한 얼굴은 티 하나 없이 말끔한 성직자의 복장과 티 하나 없이 반짝거리는 구두와 잘 어울렸다.

그가 건들거리는 수사의 모습을 바라보며 조롱 섞인 그 미소의 진실을 읽어내려고 시도하고 있을 때, 클롱고우즈로 가기 전에 복장을 보면 예수회 수사를 알아볼 수 있다고 아버지가 말했던 것이 떠올랐다. 그와 동시에 깨끗이 차려입고 미소 띤 성직자와 아버지의 사고방식에 비슷한 점이 있다고 생각했다. 성직자의 사무실이나 제의실의 고요함이 이제 시끄러운 수다와 농담으로 가득 차고 가스버너와 기름 냄새로 공기가 오염되었는데 그것은 일종의 신성 모독이라는 것을 그는 깨달았다.

나이 많은 남자가 그의 이마에는 주름살을 그려 넣고 턱에는 검은색과 파란색을 칠하는 동안, 그에게 목소리를 크게 하고 대사를 명확하게 말해야 한다고 주의를 주는 통통하고 젊은 예수회 수사의 목소리에 애써 귀를 기울였으나 주위는 산만하기 그지없었다. 그는 밴드가 연주하는 〈칼라니의 백합〉을 들을 수 있었고 얼마 안 가 무대막이 올라갈 것이라는 사실을 알았다. 무대 공포증은 없었지만, 자신이 연기해야 할 역할을 생각하면 부끄러움이 몰려들었다. 해야 할 대사 일부를 떠올렸을 때 분장한 뺨이 갑자기 붉게 물들었다. 그는 관객들 사이에서 자신을 향한 그녀의 심각하고 매혹적인 눈동자를 보고, 그 모습 앞에서 머뭇거림이 사라졌다. 마음을 굳게 먹었다. 또 다른 본능이 그를 사로잡는 듯했다. 그를 둘러싼 들뜸과 젊음의 열기가 몰려들어 변덕스러운 그의 의심을 바꾸어놓았다. 눈 깜짝할 새에, 그는 젊은이의 진정한 모습으로 갈아입은 듯했다. 그가 다른 배우들과 함께 무대 옆에 서서 즐거움을 함께 느끼는 동안 건장한 성직자 두 명이 힘을 너무 주는 바람에 무대 막이 비틀어진 채 올라갔다.

몇 분 후, 뿌연 가스등과 어둑한 배경으로 꾸며진 무대 위에 선 그는 공간을 메운 셀 수 없이 많은 얼굴 앞에서 연기하고 있었다. 연습할 때 서로 연결이 안 되고 죽은 것 같았던 연극이 갑자기 그 자체의 생명력으로 되살아나는 것을 보며 놀라움을 느꼈다. 이제 연극 자체가 연극을 하고 그와 동료 배우들은 각자의 역할로 그것을 돕는 것 같았다. 마지막 장면에서 무대 막이 내려올 때 그는 허공을 메운 박수갈채를 들었고, 무대 옆 틈으로 객석을 보던 그는 자신의 연극을 보던 관객들의 모습이 변형되면서 얼굴들로 가득한 그 공간이 작은 알갱이처럼 부서져 내리는 것을 보았다.

그는 재빨리 무대에서 내려와 무대 의상을 벗어 던진 뒤 기도실을 지나 학교 정원으로 들어갔다. 연극이 끝나자 모든 신경 세포들이 더 커다란 모험이 필요하다고 외쳤다. 그는 그 모험을 따라간다는 듯이 성큼성큼 걸어갔다. 극장 문은 모두 열렸고 관객들은 떠났다. 상상 속 방주의 밧줄에 매달린 등불 몇 개가 밤바람에 흔들렸고, 조그만 불꽃만이 활기 없이 깜박거렸다. 그는 먹잇감을 쫓아가듯 다급하게 정원에서 계단을 올라가 현관 속 인파를 뚫고 사람들을 바라보며 고개 숙여 인사하고 손을 흔드는 예수회 수사 두 명을 지나쳤다. 그는 굉장히 다급한 척 앞으로 밀고 나갔고, 미소와 시선, 쿡쿡 찔러대는 팔꿈치와 머리카락에 뿌렸던 하얀 가루의 흔적을 뒤에 남겨놓았다.

계단 위로 나왔을 때 그는 첫 번째 등에서 기다리는 가족들을 보았다. 낯익은 얼굴들을 한눈에 알아본 그는 계단 아래로 황급히 달려갔다.

"조지 스트리트에 메시지를 남겨야 해요. 곧 집으로 갈게요." 그가 아버지에게 재빨리 말했다.

아버지가 뭔가를 묻기도 전에 그는 도로를 따라 달려서 무서운 속도로 언덕 아래를 향해 내려가기 시작했다. 자신이 걷고 있는 곳이 어디인지도 몰랐다. 자존심과 희망과 욕망이 마치 향료처럼 심장에 뿌려지고 마음의 눈앞에 수증기처럼 피어오르는 향기 때문에 미칠 지경이었다. 갑자기 상처 입은 자존심과 꺾인 희망과 억눌린 욕망이 증기처럼 요동치는 가운데 그는 언덕 아래로 성큼성큼 걸어갔다. 강렬한 감정의 수증기가 응축되고 미친 듯한 향이 되어 고뇌에 찬 그의 눈앞으로 몰려들고 머리 위쪽으로 사라지고 나서야 마침내 다시 맑고 차가운 공기를 느낄 수 있었다.

얇은 막이 아직도 그의 눈을 가리고 있지만 더 이상 뜨겁지 않았다. 내부에서 솟구치는 분노와 분개의 힘을 빌려 걸어가다가 멈추었다. 그는 가만히 서서 칙칙한 시체 안치소 현관을 올려다본 다음 자갈 깔린 어둑하고 좁은 옆길을 바라보았다. 그는 벽에 쓰인 '로츠 LOTTS'

라는 글자를 보면서 악취 풍기는 무거운 공기를 천천히 들이마셨다.

말 오줌과 썩어가는 짚 냄새군, 그가 생각했다. 숨쉬기에 좋은 향이야. 심장을 가라앉혀주겠지. 내 심장은 이제 많이 진정되었어. 나는 돌아갈 거야.

* * *

또다시 스티븐은 킹스브리지에서 아버지와 철도 객차 한구석에 앉았다. 아버지와 함께 밤 우편 열차를 타고 코크로 가는 중이었다. 열차가 증기를 뿜어내며 역에서 출발할 때 그는 몇 년 전 느꼈던 어린아이다운 궁금증과 클롱고우즈의 첫날 밤에 일어난 모든 일을 떠올렸다. 그러나 이제는 더 신기한 것도 없었다. 그는 땅거미가 깔린 땅이 자신을 지나쳐 가는 것을 보았고 침묵에 싸인 전신주는 4초마다 차창 밖으로 스쳐 갔다. 입을 꽉 다문 두어 명이 배치된 조그맣게 깜박이는 역은 달려가는 열차에 떠밀려 나가듯 뒤쪽에서 반짝거리다 어둠 속으로 사라졌다.

그는 코크를 향한 아버지의 향수와 아버지의 어린 시절 이야기를 덤덤하게 듣고 있었다. 아버지는 먼저 세상을 뜬 몇몇 친구들이 이야기 속에 등장하거나, 그곳에 가는 진짜 목적이 갑자기 떠오를 때마다 잠깐씩 말을 멈추고 한숨을 내쉬거나 휴대용 술병에 든 위스키를 마셨다. 스티븐은 귀를 기울였지만, 연민을 느낄 수 없었다. 죽은 사람은 그에게, 최근 들어 점점 희미해지는 찰스 아저씨의 모습을 제외하곤 생소한 이미지였다. 하지만 그는 아버지의 재산이 경매로 팔리게 된다는 사실을 알았고, 혼자 느끼는 박탈감 속에서 현실은 그의 환상이 거짓이라는 사실을 알려주고 있다고 느꼈다.

메어리버러에서 그는 잠이 들었다. 잠에서 깨어났을 때, 열차는 맬로를 막 지났고 그의 아버지는 다른 의자에서 다리를 쭉 뻗은 채 자고 있었다. 동틀 녘 차가운 햇살이 마을의 인적 드문 벌판과 문 닫힌 농가 위로 퍼져나갔다. 고요한 마을을 바라보거나 이따금 아버지의 깊은 숨소리를 듣거나 갑자기 몸을 뒤척이는 것을 볼 때 잠에 대한 두려움이 그를 사로잡았다. 보이지는 않지만, 옆에서 자는 누군가가 마치 그에게 해를 끼치기라도 할 것 같은 이상야릇한 두려움이 몰려들었고 그는 그날이 빨리 지나가게 해달라고 기도했다. 그의 기도는 하느님이나 성인을 향한 것이 아니며 차가운 아침 바람이 열차 객실 틈으로 새어 들어와 그의 발에 닿을 때 덜덜 떨면서 시작하여 기차가 흔들리는 바람에 바보처럼 들리는 단어들로 끝이 났다. 그리고 4초 간격으로 소리 없이 지나치는 전봇대 기둥은 소리 내 달려가는 음을 담은 악보의 소절처럼 보였다. 강렬한 그 음악이 그의 두려움을 달래주었고 그는 창문턱에 기댄 채 다시 눈을 감았다.

아직 이른 아침일 때 그들은 코크를 가로질러 나아갔고, 스티븐은 빅토리아 호텔 침실에서 나머지 잠을 잔 뒤 일어났다. 밝고 따뜻한 햇볕과 차량소음이 창문으로 들어왔다. 그의 아버지는 화장대 앞에 서서 머리와 얼굴과 콧수염을 정성스레 다듬었는데, 물 주전자 너머 고개를 쭉 빼내었다가 다시 집어넣으면서 더 나아졌는지 보기 위해 고개를 옆으로 돌렸다. 그는 특유의 악센트와 말투로 혼자 노래를 흥얼거렸다.

> 젊음과 어리석음이야말로
>
> 젊은이가 결혼하는 이유라네,
>
> 그리하여 여기, 내 사랑이여,
>
> 난 더는 머물지 않을 것이네.
>
> 분명 치유될 수 없기에,
>
> 분명 상처 입게 되기에,
>
> 그리하여 나는 아메리카로 떠난다네.
>
> 내 사랑 그 여자는 아름답고
>
> 내 사랑 그 여자는 수척하다네.
>
> 처음에는 최고급 위스키처럼 좋았으나,
>
> 흐르는 세월과 함께 차갑게 식어버려
>
> 그렇게 엷어지다 영원히 사라지리라
>
> 마치 산에 내린 이슬처럼.

창문 밖 따스한 햇볕이 비치는 도시와 기묘함과 슬픔과 행복함을 안겨주는 아버지의 부드럽고 떨리는 목소리가 스티븐의 머릿속에서 지난밤의 언짢은 기억들을 몰아내었다. 노래가 거의 끝날 무렵 그는 옷을 갈아입기 위해 재빨리 일어나며 말했다.

"그 노래는 〈모두 오세요〉라는 노래보다 훨씬 좋아요."

"그렇게 생각하니?" 디덜러스 씨가 물었다.

"그래요." 스티븐이 말했다.

"이건 아주 옛날 노래인데," 디덜러스 씨는 콧수염 끝을 비틀어 말면서 말했다. "아, 하지만 너는 믹 레이시가 부르는 그 노래를 들어봤어야 해! 불쌍한 믹 레이시! 그는 늘 그렇듯 음을 약간 변형해서 우아하게 불렀는데 나는 그렇게 할 수 없어. 그 젊은이야말로 〈모두 오세요〉를 제대로 부를 수 있는 사람이었단다."

디덜러스 씨는 아침 식사로 드리신 소시지를 주문했고 식사를 하는 동안 그는 웨이터에게 지역 소식에 대해 꼬치꼬치 물었다. 이름 하나가 언급되었을 때 대부분의 경우에서 그들의 대화는 서로 잘 맞지 않았는데, 웨이터는 현재의 인물에 대해 생각하고 디덜러스 씨는 자신의 아버지나 어쩌면 할아버지를 생각했기 때문이었다.

"글쎄, 나는 그들이 어떻게든 퀸스 칼리지를 이전하지 말기를 바랐지," 디덜러스 씨가 말했다. "내 아들에게 그곳을 보여주고 싶었거든."

마다이크 도로를 따라 자라는 나무들에 꽃들이 활짝 폈다. 그들은 대학 교정으로 들어갔고 수다스러운 수위를 따라 사각형 안뜰을 가로질렀다. 하지만 그 자갈길을 따라가던 그들은 수위의 대답 때문에 열두 번 정도 멈춰서야 했다.

"아, 그게 정말이오? 불쌍한 포틀벨리가 죽었다고?"

"그렇습니다, 선생님. 죽었다니까요."

그들이 발걸음을 멈추고 서 있는 동안, 스티븐은 두 남자 뒤쪽에 어색하게 서 있었고 그런 주제는 따분했기에 다시 걸어가게 되길 안달복달 기다렸다. 그들이 안뜰을 가로질렀을 때 그의 불안은 한껏 달아올랐다. 판단이 빠르고 의심 많은 남자로 알려진 아버지가 어떻게 수위의 굽실거리는 태도에 속아 넘어갈 수 있는지 그는 궁금했고, 아침 내내 그를 기쁘게 해주었던 남부 사투리가 이제는 귀에 거슬렸다.

그들은 해부학실로 들어갔다. 디덜러스 씨는 수위의 도움을 받으며 책상 위에서 자신의 이니셜을 찾았다. 스티븐은 어둠과 침묵, 고루하고 형식적인 학습의 분위기에 눌려 그 어느 때보다 우울함을 느끼면서 뒤쪽에 남아있었다. 책상 위에서 그는 검고 얼룩진 나무에 칼날을 여러 번 놀려 새긴 '태아'라는 글자를 읽었다. 갑작스럽게 떠오른 전설에 피가 들끓기 시작했다. 이제는 그 자리에 없는 학생들이 주변에 있는 것 같아 몸이 움츠러들었다. 그들의 생활에 대한 환영이, 아버지의 언어로 불러일으킬 힘이 없었던 모습이 책상에 새겨진 글자에서 나와 그의 앞에 펼쳐지는 것 같았다. 어깨가 넓고 콧수염을 기른 학생이 심각하게 잭나이프로 글자들을 새기고 있었다. 다른 학생들은 근처에 서 있거나 앉아서 글자 새기는 것을 보며 웃음을 터뜨렸다. 누군가가 그의 팔꿈치를 쳤다. 몸집 큰 그 학생은 그를 돌아보며 눈살을 찌푸렸다. 그는 느슨한 회색 옷을 입고 황갈색 부츠를 신고 있었다.

누군가 스티븐의 이름을 불렀다. 그는 할 수 있는 한 그 환영에서 멀어지기 위해 서둘러 계단을 내려갔고, 아버지 이름의 첫 글자를 가까이 들여다보면서 붉게 물든 얼굴을 숨겼다.

그러나 그가 다시 안뜰을 가로질러 학교 정문으로 향할 때 그 단어와 환영이 눈앞에서 빠르게 아른거렸다. 그때까지 광포하고 개인적인 마음의 병이라고 생각했는데 그 흔적을 바깥세상에서 보게 되자 그는 충격을 받았다. 끔찍한 공상이 기억 속으로 우르르 몰려들었다. 환영들은 단순한 글자였으나 이제 그의 눈앞으로 불쑥 튀어나왔다. 그는 이내 굴복했고 그 환영들이 자신의 지성을 휩쓸고 무시하도록 내버려 두면서도 그것들이 어디서 오는지 궁금했다. 은신처에서 튀어나온 괴물 같은 환영은 다른 사람들에게 항상 약하고 겸손했지만 그를 휩쓸고 지나갈 때는 달랐다. 그는 불안했고 자신에 대해 신물이 났다.

"아, 하느님 맙소사! 거기에 분명 '그로서리스'라는 술집이 있었어!" 디덜러스 씨가 소리쳤다. "내가 '그로서리스'에 대해 말하는 것을 너는 종종 들었을 거야, 그렇지, 스티븐. 우리는 출석한 뒤 그곳으로 내려가곤 했지. 여럿이 몰려간 거야. 해리 피어드와 몸집 작은 잭 마운틴, 봅 다이아스, 프랑스에서 온 모리스 모리아티, 톰 오그레이디, 오늘 아침에 네게 말했던 믹 레이시와 조이 코벳과 불쌍하고 조그맣고 마음 따뜻한 탠타일스의 조니 키버스와 함께 말이야."

마다이크 도로를 따라, 활력을 되찾은 나뭇잎들이 햇살 속에서 살랑거렸다. 크리켓 선수팀이 지나가는데, 플란넬 천 유니폼 차림의 민첩한 젊은 청년들 중 한 명은 기다란 녹색 가방을 메고 있었다. 조용한 길가에서 연주자 다섯 명으로 구성된 독일인 밴드가 빛바랜 유니폼을 입고 낡은 황동 악기를 들고 부랑아들과 한가한 심부름꾼 소년들을 청중 삼아 연주를 하고 있었다. 하얀 모자를 쓰고 앞치마를 두른 하녀가 따스한 햇볕 아래 석회암 평판(平板)처럼 빛나는 문틀 위에 놓인 화초 상자에 물을 주었다. 또 하나의 열린 창문을 통해 최고 음역을 향해 한 음계씩 올라가는 피아노 소리가 들려왔다.

스티븐은 아버지와 나란히 걸어가면서 예전에 들었던 이야기에 귀를 기울여야 했고 아버지의 젊은 시절 친구들이었으나 지금은 흩어지고 죽은 술꾼들의 이름을 또다시 들어야 했다. 조금 지겨워져 한숨이 절로 나왔다.

그는 벨비디어 학교에서의 모호한 자신의 위치, 자유로운 소년, 자신의 권위를 두려워하는 대표, 높은 자부심과 세심한 감수성, 회의적인 태도, 인생의 불결함과 마음의 반란에 대항한 싸움에 대해 떠올렸다. 얼룩진 나무 책상에 새겨진 글자가 그를 빤히 바라보면서 그의 육체적 허약함과 헛된 열정을 조롱했고 자신의 광기와 추잡한 행동을 빌미로 자신을 스스로 혐오하였다. 목에 걸린 침이 점점 더 쓴 맛으로 변해 삼키기 힘들었다. 역한 기운이 스멀스멀 뇌로 올라오는 바람에 그는 잠깐 눈을 감고 어둠 속에서 걸어야 했다.

여전히 아버지의 목소리를 들을 수 있었으니 ……

"네가 혼자 살아가야 할 때는 말이다, 스티븐, 이제 곧 그렇게 될 테지만, 무슨 일을 하든 신사들과 어울려야 한다는 것을 기억해라. 나는 젊은 시절에 정말 즐겁게 살았단다. 상당히 괜찮은 친구들과 어울렸지. 우리 모두 한가락 했어. 목소리가 좋은 친구, 훌륭한 배우 친구, 장난스러운 노래를 잘하는 친구, 노 젓기를 잘하거나 테니스를 잘하는 친구, 이야기를 구수하게 하는 친구도 있었지. 우리는 어떻게든 잘 지내며 즐겁게 살아갔고, 삶의 힘든 단면을 보긴 했어도 그것 때문에 인생이 나빠지지는 않았단다. 모두 신사였고, 스티븐, 적어도 나는 그렇게 믿고 있어. 또한 혈기 넘치고 정직한 아일랜드 사내들이었지. 너도 그렇게 성격 좋은 친구들과 함께 어울리길 원해. 나는 지금 네게 친구로서 말하는 거란다, 스티븐. 나는 아들이 아버지를 두려워해야 한다고 믿지 않아. 아니지, 내가 젊었을 때 네 할아버지가 나에게 해준 것처럼, 그렇게 너를 대할 거야. 우리는 아버지와 아들이라기보다는 형제 같았단다. 내가 담배 피우다 아버지에게 걸렸던 그 첫날을 절대 잊지 못할 거야. 어떤 날 나는 나처럼 어른인 척하는 남자애들과 사우스테라스 제일 끝에 서서 입에 담뱃대를 물고 있었으니까, 자신들이 다 큰 남자라고 생각했지. 갑자기 주지사가 지나갔어. 그는 한마디도 하지 않았고, 심지어 멈춰 서지도 않았어. 그런데 그 다음 날인 일요일, 아버지와 나는 함께 산책하러 나왔는데 집으로 돌아가는 길에 아버지가 담배 상자를 내밀면서 말했지. '그런데 말이다, 사이먼, 나는 내가 담배를 피우는지 몰랐단다.' 나는 가능한 모르는 척했지만, 아버지는 '만약 네가 좋은 담배를 원한다면,' 이라고 말씀하셨어. '이 시가를 피우렴. 지난밤 퀸스타운에서 한 미국인 선장이 나에게 선물로 준거란다.'"

스티븐은 아버지의 웃음소리를 들었는데 웃음이라기보다는 거의 흐느낌 같았다.

"내 아버지는 그 당시 코크에서 가장 멋진 남자였지, 오 하느님, 정말 그랬지! 여자들이 길거리에서 그를 보려고 발걸음을 멈추곤 했어."

그는 아버지가 애써 삼키는 흐느낌을 듣고 놀라서 눈을 떴다. 시야로 갑자기 들어온 햇살 때문에 하늘과 구름이, 진한 장밋빛 호수 같은 허공에 뜬 어두침침한 덩어리의 환상적인 세상처럼 보였다. 그의 뇌는 병들고 무력하였다. 상점 간판에 쓰인 글씨를 거의 해독할 수 없었다. 어처구니없는 생활방식 때문에, 그는 자신을 현실의 한계선 너머에 둔 것 같았다. 자신의 내부에서 울려 퍼지는 화난 외침의 메아리를 듣지 않는다면, 현실 세상에서는 어떤 것도 그를 움직이거나 말을 걸 수 없었다. 그는 세속적이거나 인간의 호소에 반응을 보일 수 없었고 여름과 기쁨과 우정의 부름에 무덤덤하고 무감각했으며 아버지의 목소리에 의해 지치고 낙담했다. 그는 자기 생각이라고 인정하기 힘들었다. 그는 혼자 천천히 되뇌었다.

'나는 스티븐 디덜러스. 아버지인 사이먼 디덜러스와 함께 걷고 있지. 우리는 아일랜드의 코크에 있어. 코크는 도시 이름이야. 우리는 빅토리아 호텔에서 머물러. 빅토리아와 스티븐과 사이먼. 사이먼과 스티븐과 빅토리아. 그건 이름이지.'

갑자기 어린 시절의 기억이 흐릿해졌다. 생생했던 순간 일부를 떠올리려고 노력했으나 그럴 수 없었다. 기억나는 것은 이름뿐이었다. 단티, 파넬, 클랜, 클롱고우즈. 옷장 속에 브러쉬 두 개를 넣어둔 나이 든 여자에게서 한 어린 소년이 지리 과목을 배웠다. 그런 다음 그는 집을 떠나 학교로 가서, 첫 영성체를 하고, 크리켓 모자에서 나온 길쭉한 것을 먹고, 의무실 벽 위에 드리워져 흔들리고 춤추는 불빛을 보고, 죽는 꿈을, 금박으로 장식한 검은 망토를 입은 교장이 그를 위한 미사를 올리고 라임 나무가 자라는 길옆 조그만 마을 묘지에 묻히는 꿈을 꾸었다. 하지만 그는 죽지 않았다. 죽은 사람은 파넬이었다. 하지만 죽은 자를 위한 미사도 없고 행진도 없었다. 그는 죽은 게 아니라 햇빛 아래 필름처럼 엷어졌다. 그가 더는 존재하지 않는 듯 그의 존재에서 빠져나와 길을 잃고 헤맸다. 죽은 것이 아니라 그러한 방식으로, 햇살에 바래거나 우주 속 어딘가에서 길을 잃거나 잊히는 방식으로 존재에서 벗어나 방황한다는 것은 얼마나 기묘한 일인가! 잠깐 그의 조그만 육체가 다시 나타나는 것을 본다는 것은 정말 이상했다. 회색 허리띠가 달린 옷을 입은 조그만 소년. 그는 무릎 부분에 고무줄을 넣어 조인 바지의 옆주머니에 두 손을 찔러넣었다.

아버지의 재산이 경매로 넘어가던 그날 저녁, 스티븐은 도시 여기저기 이 술집에서 저 술집으로 아버지를 온순하게 따라다녔다. 시장에서 판매원들에게, 술집 주인과 여급들에게, 한 푼 던져달라고 졸라대던 거지들에게, 디덜러스 씨는 똑같은 이야기를 들려주었다. 그는 늙은 코크 토박이였으며 삼십 년 동안이나 코크에서 벗어나 더블린에서 계층상승을 하려고 노력했고 옆에 있는 망나니 같은 청년은 그의 큰아들이며 그저 더블린에 사는 누군가일 뿐이라고 했다.

그들은 아침 일찍 '뉴컴의 커피집'에서 나왔다. 그곳에 있을 때 디덜러스 씨의 커피잔은 접시 위에서 요란하게 덜거덕거렸고, 스티븐은 의자를 이리저리 옮기고 기침을 하면서 전날 밤 아버지가 한바탕 벌인 술잔치의 부끄러운 흔적을 덮으려고 노력했다. 수치스러운 행동이 줄줄이 이어졌다. 시장 주인들의 가짜 미소, 아버지가 희롱하던 여급들의 추파, 아버지 친구들의 칭찬과 다독거림. 그들은 아버지에게 잘생긴 할아버지를 닮았다고 말했고 디덜러스 씨는 자신이 더 못생기긴 했지만 닮은 구석이 있다고 말했다. 그들은 그의 말투에서 코크 사투리의 흔적을 찾아냈고, 코크의 리 강이 더블린의 리피 강보다 더 멋지다는 것을 그에게 인정하게 했다. 그들 중 하나는 자신의 라틴어를 시험하기 위해 그에게 《딜렉투스 Dilectus》에 나온 짧은 문장을 번역하라 하며, 그에게 이렇게 말하는 게 맞느냐고 물었다. "템포라 무탄투르 노스 에트 무탄무르 인 일리스"[26]인지 "템포라 무탄투르 에트 노스 무타무르 인 일리스"인지 말이다. 디덜러스 씨가 조니 캐쉬먼이라고 불렀던 또 다른 팔팔한 노인은 더블린 여자와 코크 여자 가운데 누가 더 예쁘냐고 질문을 던져서 그를 당황하게 하였다.

"그런 식으로 키운 아이가 아니야." 디덜러스 씨가 말했다. "내 아들놈을 그냥 내버려 둬. 냉정한 판단력을 지닌 아이여서 말도 안 되는 것에 대해 신경을 쓰지 않아."

"그렇다면 아버지와는 다른 아들이군." 몸집 작은 노인이 말했다.

"난 모르겠어, 분명해." 디덜러스 씨가 만족스럽게 미소를 지었다.

"네 아버지 말이다." 몸집 작은 노인이 스티븐에게 말했다. "젊은 시절에 코크에서 가장 대담한 바람둥이였단다. 그걸 알고 있었니?"

스티븐은 고개를 숙이고 그들이 들어왔던 술집 바닥에 깔린 타일을 살펴보았다.

---

26 Tempora mutantur, nos et mutamur in illis, 시간은 변하고, 우리는 시간과 함께 변한다. 오비드 시구의 변형

"그런 이상한 이야기를 아이 머릿속에 집어넣지 마," 디딜러스 씨가 말했다. "저 아이는 조물주가 알아서 하실 테니."

"그래. 분명히, 그렇고 그런 이야기들을 아이 머릿속에 심어놓지 않을 거야. 나는 저 애 할아버지가 될 수 있을 만큼 나이가 많거든. 그리고 사실 할아버지이지," 몸집 작은 노인이 스티븐에게 말했다. "너도 그거 아니?"

"그러세요?" 스티븐이 물었다.

"맙소사, 그렇단다," 몸집 작은 노인이 말했다. "내게는 선데이즈웰에서 여기저기 마구 뛰어다니는 손자가 두 명이나 있단다. 자아, 너는 내가 몇 살이라고 생각하니? 나는 붉은 코트를 입고 사냥개와 함께 사냥 가던 네 할아버지를 기억해. 네가 태어나기도 전의 일이란다."

"에, 혹은 그렇게 생각하는 거겠지," 디딜러스 씨가 말했다.

"맙소사, 정말 그랬어," 작은 노인이 한 번 더 말했다. "그리고 더 있어. 나는 심지어 네 증조할아버지도 기억할 수 있어. 늙은 존 스티븐 디딜러스 말이야. 불 먹는 묘기를 부리던 용감한 사람이었어. 자아, 그 다음은! 너에 대한 기억도 있단다!"

"삼 세대, 사 세대군," 같이 있던 누군가가 말했다. "왜, 조니 캐쉬먼, 그렇다면 자넨 백 살은 되었겠군."

"글쎄, 사실대로 말해주지," 몸집 작은 노인이 말했다. "난 스물일곱 살에 불과하다고."

"나이는 생각하는 만큼 드는 거니까, 조니," 디딜러스 씨가 말했다, "그리고 지금 그거 다 마시면 한 잔씩 더 하지. 자아, 팀 혹은 탐,

이름은 정확히 모르지만, 같은 것으로 우리에게 한잔 더 갖다 주게. 하느님 맙소사, 나는 정말이지 아직도 내가 열여덟 살인 것 같아. 내 나이 절반도 안 되는 아들이 있고, 아직은 그 녀석보다 내가 더 낫다니까."

"큰소리치는 건 그만둬, 디덜러스. 이젠 물러날 때라고 생각해." 아까 말을 했던 한 신사가 말했다.

"아니, 절대로!" 디덜러스 씨가 잘라 말했다. "나는 큰 목소리로 노래할 거야, 아니면 아들 녀석과 함께 사냥개 뒤를 쫓아 시골 길을 달려갈 거야. 내가 삼십 년 전 케리에서 소년단과 했던 것처럼."

"그러나 여기에서는 저 애가 자네를 이길 텐데." 몸집 작은 노인이 말했다. 그는 이마를 살짝 두드리고 잔을 들어 올려 모두 마셨다.

"글쎄, 나는 저 애가 자기 아버지만큼이나 좋은 남자가 되길 바라지. 내가 할 수 있는 말은 그것뿐이야," 디덜러스 씨가 말했다.

"만약 그렇다면 그렇게 되겠지," 몸집 작은 노인이 말했다.

"하느님에게 감사하게도, 조니," 디덜러스 씨가 말했다. "우리는 꽤 오래 살았고 나쁜 일은 적게 했으니까."

"그러나 좋은 일은 많이 했지, 사이먼," 노인이 침울하게 말했다. "하느님에게 고맙게도 우리는 정말 오래 살았고 좋은 일도 많이 했어."

스티븐은 아버지와 두 친구가 과거의 기억을 들이마시기 위해 들어 올리는 세 개의 잔을 보았다. 운명 혹은 기질의 심연을 사이에 두고 그와 그들은 멀리 떨어졌다. 그의 정신은 그들의 정신보다 더 나이가 들어버린 듯했다. 그의 정신은 어린 지구를 비추는 달빛처럼 그들의 갈등과 행복과 후회를 냉정하게 비추었다. 그들과는 달리 인생이나 젊음이 그의 안에서 뒤흔들지 않았다. 그는 다른 이들과 우정을 나누는 즐거움이나, 무례하기까지 한 남성의 활력이나, 효도하는 마음에 대해 알지 못했다. 그의 영혼 속에는 차갑고 잔인하고 사랑 없는 욕망만 있을 뿐이었다. 그의 어린 시절이 죽거나 실종되면서 영혼은 단순하게 즐거워할 능력을 상실했고, 그는 황량한 달 표면 같은 인생 한가운데를 떠다니고 있었다.

> 동반자 하나 없이 헤매며,
>
> 천국으로 기어 올라가 지상을 내려다보느라
>
> 지치고 지쳤기에 그대는 그리도 창백한가?

그는 시인 셸리의 시 일부를 혼자 중얼거렸다. 슬픈 인간적인 헛됨이 거대한 비인간적인 활동의 주기와 교차한다고 생각하자 오싹함이 밀려들었고 자신의 인간적이며 헛된 비애를 잊어버렸다.

* * *

스티븐의 어머니와 남동생, 그의 사촌이 조용한 포스터 거리 모퉁이에서 기다리는 동안, 그와 아버지는 계단을 올라 돌기둥을 따라갔는데, 그곳에서 하일랜드 보초대가 행진을 하고 있었다. 두 사람은 거대한 현관으로 들어가 카운터 앞에 섰고 스티븐은 아일랜드 은행 총재

명의로 된 33파운드짜리 수표를 꺼냈다. 그 돈은 그가 작문 상으로 받은 것으로 은행원은 재빠른 손놀림으로 지폐와 동전을 차례차례 내어주었다. 스티븐은 점잖은 태도로 돈을 주머니에 넣은 다음, 아버지와 수다를 떠는 그 은행원이 넓은 카운터 너머로 손을 잡으며 그에게 성공하길 바란다는 말을 애써 들었다. 그들의 목소리를 참고 듣기가 힘들었기 때문에 그는 발을 가만히 두지 못했다. 그러나 그 은행원은 다른 고객의 업무도 미룬 채 내가 변화의 시기에 살고 있으니 돈이 허락하는 한 좋은 교육을 받게 해주는 것보다 좋은 것은 없다고 주절주절 늘어놓았다. 디덜러스 씨는 어서 나가자고 다그치는 스티븐에게 현관에서 시간을 끌며 주변을 살피고 천정을 올려다보면서 그들은 지금 옛 아일랜드 의사당 건물에 서 있는 거라고 말했다.

"하느님이 우리를 도우시길!" 그가 경건하게 말했다. "스티븐, 그 당시의 사람들을 생각해 보렴. 헨리 허친슨과 플러드와 헨리 그래턴, 찰스 켄달 부시 말이다. 그리고 사실, 지금 고국과 외국에서 아일랜드 사람들을 이끄는 현재 우리의 지도자들은 10에이커도 안 되는 곳에 묻히고 싶지 않을 거야. 그렇지, 스티븐, 그 사람들은 〈달콤한 칠월의 즐거운 달에 아름다운 오월 어느 날 아침에, 방황하네〉'라는 노랫말과 다를 바가 없다니까."

시월의 날카로운 바람이 은행 주변을 감싸며 불었다. 진흙 길모퉁이에 서 있던 세 사람의 뺨은 누가 꼬집은 듯 빨갛게 되었고 눈에는 눈물이 고였다. 스티븐은 얇은 옷차림을 한 어머니를 보니 고급 모피 점인 '바나도'의 유리 진열대에서 본 20기니 짜리 값비싼 망토가 떠올랐다.

"자아, 일은 다 끝났어," 디덜러스 씨가 말했다.

"저녁 먹으러 가는 게 좋겠어요," 스티븐이 말했다. "어디로 갈까요?"

"저녁?" 디덜러스 씨가 말했다. "글쎄, 그게 좋겠다. 뭘 먹을까?"

"너무 비싸지 않은 곳으로 가요," 디덜러스 부인이 말했다.

"'언더던'으로 갈까?"

"그래요. 조용한 곳이면 되요."

"따라오세요," 스티븐이 재빨리 말했다. "돈 걱정은 하지 말고요."

그는 미소를 지으면서 약간 긴장한 듯 빠른 걸음으로 앞장섰다. 그들은 그의 열의에 미소를 지으며 뒤를 따라갔다.

"착한 젊은이, 천천히 가도 돼," 그의 아버지가 말했다. "지금 달리기 시합하려고 나온 것은 아니지, 그렇지?"

떠들썩하게 즐기는 동안, 상금으로 받은 돈은 스티븐의 손가락 사이로 스르륵 스르륵 빠져나갔다. 식료품과 요리, 말린 과일 꾸러미가 시내에서 배달되었다. 매일 가족들을 위해 요금 청구서를 작성했고 매일 밤 서너 명씩 극장으로 가서 〈잉고마르〉 혹은 〈리옹의 숙녀〉를 관람했다. 그는 코트 주머니 속에 손님들을 위한 빈 초콜릿을 넣어두고, 바지 주머니에는 은화와 동 동전을 불룩하게 넣어두었다. 모든 사람을 위해 선물을 샀고, 방을 점검했고, 실행계획서를 작성했고, 책장의 책들을 이리저리 옮겼고, 모든 종류의 가격표를 자세히 살폈고, 가족 구성원 모두가 한 자리씩 하는 가족 공동체를 구성했고, 가족 은행을 열어 원하는 사람들에게 돈을 빌려주어 영수증을 발행하고 빌려준 돈에 대한 이자를 받는 즐거움을 누릴 수 있을 것이다. 할 일이 더 없게 되었을 때 그는 전차를 타고 시내 이곳저곳을 다녔다. 그리고 쾌락의 계절은 끝났다. 분홍색 에나멜페인트 통은 버려지고 그의 침실 벽 칠도 끝내지 못한 채로 남았다.

그의 가정은 일상적인 생활로 되돌아왔다. 어머니는 그가 돈을 물 쓰듯한다고 꾸짖을 필요가 없게 되었다. 그 역시 예전의 학교생활로 돌아왔고 그가 고안했던 새로운 구상도 산산 조각났다. 가족 공동체도 무산되고, 은행은 금고를 닫았고, 심각한 적자가 났고, 그가 자신을 위해 세운 생활 규칙도 폐지되었다.

얼마나 어리석은 목표였는지! 그는 자신의 실체가 없는 삶의 추악한 조류를 막으려고 질서와 우아함이라는 방파제를 세우려 시도했고, 행동의 규칙과 적극적인 관심과 새로운 부모-자식 관계로 그의 내부에서 흐르는 강력한 물줄기를 차단하려 시도했다. 소용없는 짓이었다. 그의 외부에서도 내부에서도 물은 그가 쌓은 장벽을 넘어 흘러갔다. 그 세찬 물살이 허물어진 둑 위로 다시 한 번 광포하게 밀려갔다.

그 역시 자신의 헛된 고립을 분명히 알아차렸다. 그가 추구했던 삶에 한 발자국도 다가가지 못했을 뿐 아니라 그와 어머니, 남동생, 여동생을 갈라놓았던 불안한 수치심과 원망의 골을 지우지도 못했다. 그들과 한 핏줄이 아니라 양자 혹은 양형제라는 신비주의적인 관계로 그들 앞에 서 있는 기분이었다.

그는 마음의 갈망을 달래기 위해 돌아섰는데, 그 갈망 앞에서는 모든 것이 나태하고 낯설게 여겨졌다. 자신이 대죄를 짓고 있으며, 그의 인생이 속임수와 거짓말투성이였다는 사실에 대해서 개의치 않았다. 그가 품고 있는 범죄행위를 깨닫게 된 내면의 야만적인 욕구 외에는 어떤 것도 성스럽지 않았다. 그의 비밀스러운 폭동의 수치스러운 세부사항들을 냉소적으로 견뎌내며, 그 속에서 그의 눈길을 끌어당기는 모든 이미지를 인내심 있게 더럽히는 데 의기양양했다. 밤낮으로 그는 외부 세상의 왜곡된 환영 속에서 살았다. 낮에는 얌전하고 순수하게 느껴졌던 인물이 밤이 되면 어두운 잠의 바람을 타고 그를 향해 돌진하여, 여자의 얼굴은 교활한 호색으로 물들며 그녀의 눈동자는 야수 같은 즐거움으로 반짝반짝 빛났다. 오직 아침이 되면 진탕 마시고 떠든 폭동의 흐릿한 기억으로, 위반행위에 대해 날카롭고 수치스러운 감각으로 아팠다.

그는 다시 방황하기 시작했다. 베일로 감싸인 가을 저녁은 그를 다시 끌어내어 거리에서 거리로 방황하게 하였다. 마치 수년 전 그를 블랙록의 조용한 길가로 이끌었던 것과 비슷했다. 그러나 잘 손질된 앞쪽 정원이나 창문 속 친절한 빛의 환영이 이제 그를 향해 더는 쏟아지지 않았다. 오직 가끔, 그의 욕망이 가라앉는 그때, 그를 소모하는 호사스런 감정이 사라지고 훨씬 더 부드러운 나른함에 자리를 내줄 때, 메르세데스의 영상이 기억의 배경을 가로질러 갔다. 그는 또다시 작고 하얀 집과 산으로 이어지는 길가에 장밋빛 덤불이 자라는 정원을 보았다, 그리고 별거와 모험의 세월 후에 그녀와 함께 달빛 가득한 정원에서 서서, 그곳에서 그가 보여준 슬프도록 자부심 강한 거절의 몸짓을 기억했다. 그런 순간 클로드 멜노트[27] 의 나긋나긋한 말씨가 입술로 새어 나와 그의 불안을 달랬다. 그 당시와 지금의 희망 사이에 놓인 끔찍한 현실에도 불구하고, 허약함과 소심함, 무경험이 그에게서 사라질 거룩한 만남을 그 당시 그가 상상했음에도 불구하고, 부드러운 예감이 그가 그때 몹시 기다렸던 밀회를 떠오르게 했다.

그 순간은 지나갔고, 욕망을 소모하려는 듯한 불길이 다시금 확일어났다. 시 구절이 그의 입술에서 흘러나오고, 불분명한 외침과 소리 없는 잔혹한 말들이 그의 뇌에서 튀어나와 길을 헤치고 나갔다. 그의 피가 반란을 일으켰다. 그는 우울한 길가와 문가를 기웃거리며 어떤 소리라도 들으려고 열정적으로 귀를 기울였다. 당황한 채 어슬렁거리는 어떤 야수처럼 혼자 신음했다. 자신과 비슷한 누군가와 함께 죄를 짓고 싶었고, 다른 이에게 함께 죄를 짓자고 강요하고 싶었고, 죄를 지으면서 그녀와 함께 기쁨을 누리고 싶었다. 그는 어둠 속에서 출몰하여 거부 불능의 힘을 발휘하는 어떤 검은 존재를 느꼈는데, 미묘하게 사각대는 그 존재는 밀려드는 홍수처럼 그를 완전히 점령했다. 사각거리는 소리가 마치 꿈속에 나온 군중들의 중얼거림처럼 그의 귀를 포위했다. 미묘한 그 흐름은 그의 존재를 관통했다. 발작적으로 양손을 맞잡고 이를 악물며 관통의 고통을 견뎌냈다. 그는 길거리에서 팔을 뻗어 교묘히 빠져나가고 그를 선동하는 연약하고 형체 없는 무

---

27 앨런 핑커턴이 쓴《탐정 클로드 멜노트》에 나오는 남자 주인공.

언가를 움켜잡으려고 했다. 너무나 오랫동안 꾹꾹 눌러 담은 외침이 그의 입술에서 흘러나왔다. 그에게서 터져 나온 것은 지옥에서 고통받고 미친 듯이 애원하는 죽은 자들의 절망스러운 울부짖음 같았고, 부당한 자포자기를 향한 외침이며, 그가 줄줄 흐르는 화장실 벽에서 읽은 외설적인 낙서의 메아리였다.

그는 좁고 지저분한 거리의 미로 속에서 방황했다. 악취 나는 길거리에서 목이 쉬어버린 외침과 논쟁과 취객들의 혀 꼬인 노랫소리가 들려왔다. 앞을 향해 걸어가던 그는 유대인 구역으로 길을 잘못 들어간 것인지 어리둥절했고 당황스러웠다. 화려하고 긴 가운을 입은 여자들과 소녀들이 길을 가로지르며 이집 저집 돌아다녔다. 그녀들은 한가로웠고 향수를 짙게 뿌렸다. 그의 몸에 전율이 흐르고 눈앞이 희미했다. 마치 제단 앞에서 타듯이 노란색 가스 불꽃이 희뿌연 하늘을 배경으로 잘 보이지 않는 그의 눈앞에서 피어올랐다. 그 문 앞에서, 불 밝힌 현관에서, 사람들이 어떤 의식을 치르기 위해 차려입고 모여있었다. 그는 다른 세상에 와 있었다. 수백 년 동안의 잠에서 깨어났다.

그는 아직도 길 한가운데에 서 있었다. 가슴속에서 심장이 미친 듯이 뛰었다. 분홍색 긴 가운을 입은 한 젊은 여성이 그의 팔에 손을 올리며 막아서더니 그의 얼굴을 빤히 바라보았다. 그녀가 화사하게 말했다.

"안녕, 윌리!"

여자의 방은 따스하고 경쾌했다. 커다란 인형이 침대 옆 푹신한 안락의자에 놓여있었다. 여자가 향수 뿌린 머리를 자랑스럽게 움직이며 가운을 벗는 모습을 그는 지켜보면서, 긴장하지 않는 것처럼 말을 하기 위해 혀를 움직이려고 안간힘을 썼다.

그가 방 한가운데에 조용히 서 있을 때 그녀가 다가와 쾌활하면서도 진지하게 그를 포옹했다. 그녀의 둥근 팔이 그를 단단히 감쌌다. 그는 고개를 들어 침착하게 자신을 쳐다보는 그녀의 얼굴을 보면서, 따스하고 고요하게 오르고 내려가는 그녀의 가슴을 느끼면서, 그저 발작적으로 흐느끼고 싶었다. 즐거움과 안도의 눈물이 기쁨에 찬 그의 눈동자에서 반짝거렸으며 비록 목소리를 내지는 않았지만, 그의 입술이 약간 벌어졌다.

그녀는 손으로 그의 머리카락을 쓰다듬으면서 그를 작은 악당이라고 불렀다.

"키스해줘요,"그녀가 말했다.

그는 그녀에게 키스하기 위해 몸을 수그리지 않았다. 그녀를 꼭 안아주고 싶었고, 천천히, 천천히, 천천히 어루만지는 여자의 손길을 느끼고 싶었다. 그녀의 품 안에서 갑자기 강해지고 두려움이 없어지고 자신감이 생기는 것을 느꼈다. 그러나 그의 입술은 아직 그녀에게 키스하지 않았다.

갑작스럽게, 여자가 그의 머리를 끌어당겨 자신의 입술을 그에게 대었다. 그는 솔직하게 쳐다보는 눈빛에서 그녀의 의도를 읽었다. 그에게는 힘겨운 일이었다. 눈을 감고 그녀에게 몸과 마음을 모두 맡겨 버렸다. 부드럽게 열린 그녀의 입술이 어둡게 눌러오는 것 이외에 세상에 어떤 것도 인지할 수 없었다. 그녀의 입술은 그의 이성도 함께 눌러버린 듯했다. 그리고 입술 사이에서, 죄의 황홀감보다 더 어둡고, 소리나 향기보다 더 부드러운, 소심하고 알 수 없는 압력을 느꼈다.

제3장

12월의 재빠른 황혼은 밋밋한 하루가 지나간 후 공중제비하듯 비틀 대며 깔렸고, 교실의 밋밋한 사각 창문을 통해 바깥을 내다보면서 그는 배가 무척 고프다고 느꼈다. 밀가루로 걸쭉하고 후추를 잔뜩 친 소스에 순무와 당근, 흐물거리는 감자와 통통한 양고기 조각들이 듬뿍 든 스튜가 저녁 식사로 나오길 바랐다. 그 음식으로 너를 가득 채우렴, 그의 뱃속이 그에게 충고했다.

음울하고 비밀스러운 저녁이 될 것이다. 해 질 무렵이 되면 여기저기에서 켜진 노란 등불이 지저분한 사창가를 비추게 될 것이다. 그는 이리저리 멀리 돌면서 길을 따라 올라갈 것이고, 자신의 발이 어두운 모퉁이로 그를 불쑥 이끌 때까지 두려움과 기쁨의 전율을 느끼며 빙빙 돌면서도 더 가까이, 더 가까이 갈 것이다. 창녀들은 한잠 푹 자고 난 후 나른하게 하품하고, 머리카락에 핀을 꽂고, 밤을 준비하기 위해 막 집에서 나오게 될 것이다. 그는 침착하게 여자들을 지나치며 갑자기 꿈틀대는 자신의 의지 혹은 부드럽고 향기나는 육체가 죄를 탐하는 그의 영혼을 갑자기 불러세우길 기다릴 것이다. 그러한 부름을 찾아 어슬렁거릴 때, 욕망에 짓눌려 망가진 그의 감각들은 그에게 상처를 입히거나 수치스럽게 하는 모든 것을 날카롭게 주목할 것이다. 그의 눈은 천 없는 테이블 위의 흑맥주 거품의 동그란 자국이나 차려자세로 서 있는 두 병사의 사진이나 야한 연극 전단을 으로 향했고 그의 귀는 창녀 특유의 느릿느릿한 인사말을 들었다.

"안녕, 버티, 좋은 일이라도?"

"당신인가요, 얼간이?"

"10번이에요. 싱싱한 넬리가 당신을 기다려요."

"좋은 밤이에요, 자기! 짧은 시간으로 할래요?"

그의 메모 노트 한 면에 적힌 방정식이 넓은 꼬리를 펼치자 공작새의 꼬리처럼 눈과 별점이 생겼다. 눈과 별점이 된 방정식 지수가 지워졌을 때 그것은 천천히 다시 접히기 시작했다. 나타났다가 사라지는 지수들은 떴다가 감았다가 하는 눈이었다. 떴다가 감았다가 하는 눈은 태어나고 사라지는 별이었다. 별의 일생이라는 거대한 주기가 지친 그의 정신을 마음의 가장자리를 향해 외부로 끌어갔다가 다시 그 중심을 향해 내부로 이끌었고, 멀리서 들려오는 음악 소리는 외부로, 또다시 내부로 그를 따라다녔다. 음악이라니? 음악 소리가 점점 가까이 다가왔을 때, 그는 친구 없이 헤매고 지쳐 창백해진 달에 대한 셸리의 시 구절이 떠올랐다. 별들이 부서지기 시작했고 미세한 우주먼지가 우주 전체로 퍼져나갔다.

둔한 햇살이 그 페이지 위로 힘없이 쏟아지자 거기에 적힌 또 다른 방정식이 천천히 움직이기 시작하더니 그 넓은 꼬리를 활짝 펼쳤다. 경험으로 나아가는 그의 영혼이었다. 죄를 짓고 또 지으면서 스스로 펼치고, 타오르는 그 별의 거대한 불길을 넓게 퍼져가게 하다가 다시 접고, 천천히 희미해지고, 그 빛과 불길을 소멸시켰다. 그것이 사라지자 차가운 어둠이 혼돈을 가득 채웠다.

차갑고 명료한 무심함이 그의 영혼을 완전히 지배했다. 처음으로 끔찍한 죄를 지었을 때 그는 자신에게서 나온 강한 활력의 파동을 느꼈고, 몸 혹은 영혼이 넘치는 그 기운에 사로잡혔다는 것을 알고 두려워했다. 대신에 그 파동은 그를 스스로에게서 끄집어내어 파동의 깊숙한 곳까지 이끌다가 다시 물러섰다. 육체나 영혼 중 어느 부분도 무력하게 된 것은 아니었으나 어두운 평화가 그 사이에 자리 잡았다. 혼돈 속에서 그의 정열은 자멸했고 자신에 대해 차갑고 냉담한 인식만이 그 자리에 남았다. 그는 자신이 대죄를 한 번도 아닌 여러 번 저질렀다는 사실을 알았다. 첫 번째 죄 하나만으로도 영원히 지옥으로 떨어질 위험이 있었는데 죄를 지을 때마다 죄책감과 형벌은 가중되었다. 일상과 노동과 생각으로 그 죄를 씻을 수 없었고, 그의 영혼은 은총의 연못으로도 다시 깨끗해질 수 없었다. 기껏해야 고맙다는 인사를 받지 않고 거지에게 적선하는 것으로, 그나마 자신을 위한 약간의 은총을 바랄 수 있을 것이다. 그는 기도를 드리지 않았다. 영혼이 욕망으로 무너졌다는 것을 알고 있는데 기도가 무슨 소용이 있단 말인가? 비록 그가 잠자는 동안 생명을 가져가고 영혼을 지옥으로 내던져 버릴 힘이 하느님에게 있다는 사실을 알고 있었지만, 어떤 자만, 어떤 경외감이 한밤중에 단 한 번의 기도조차 하느님에게 올리지 못하도록 그를 막아섰다. 자신이 지은 죄 속에 든 자만과 하느님을 향한 사랑 없는 경외감은 이렇게 말했다. 그의 위법행위가 너무나 중대하여 모든 것을 보고 모든 것을 아는 존재에게 거짓 존경심을 보여서는 전체적으로나 부분적으로나 속죄받을 수 없다고.

"자아, 에니스, 네게 머리가 있다고 한다면 내 지팡이에도 머리가 있지! 무리수(無理數)의 의미가 무엇인지 말할 수 없다는 거냐?"

우물거리는 대답이 들려왔을 때, 그의 마음 속에서 친구들에 대한 경멸감이 스멀스멀 피어올랐다. 그는 다른 소년들을 향해 수치심이나 두려움을 느끼지 않았다. 일요일 아침마다 교회 문 앞을 지나갈 때, 교회 밖에서 모자를 벗고 네 줄로 서서 사람들이 보거나 들을 수 없는 미사에 의무적으로 참석한 신자들을 그는 차가운 눈길로 흘깃 보았다. 감동 없는 신앙심과 마치 성유(聖油)를 바른 듯 머리에 바른 싸구려 기름의 역겨운 냄새 때문에 그들이 기도하는 제단(祭壇)으로 접근하기 힘들었다.

그는 너무나 쉽게 꼬드길 수 있는 다른 사람들의 순수함을 의심했고, 그들과 함께 위선의 사악함에 굴복했다.

그의 침실 벽에는 교내 성모마리아 신심회의 회장직 임명장이 번쩍이는 족자 형태로 걸려 있었다. 토요일 아침마다 신심회가 소성무(小聖務) 일과를 낭독하기 위해 기도실에 모였을 때, 그는 제단 오른쪽에 놓인 푹신한 기도용 무릎받이 책상에서 다른 소년들의 응답송을 이끌었다. 잘못된 직책을 맡았지만 고통스럽지 않았다. 만약 영광스러운 자리에서 벗어나고 싶다는 충동을 느낄 때, 혹은 소년들 앞에서 자신의 무가치함에 대해 고백하고 기도실을 떠나고 싶을 때, 그들의 얼굴을 흘깃 보면 그 충동이 사라졌다. 예언 찬송가의 이미지가 황량한 그의 자존심을 달래주었다. 성모 마리아의 영광이 그의 영혼을 사로잡았다. 감송향과 몰약, 유향(乳香)은 그녀의 가계(家系)를 상징하였고, 그녀의 상징들과 늦게 꽃피는 나무, 늦게 개화하는 나무는 인간 가운데 세월이 흐르면서 더욱 성장하는 그녀에 대한 추앙을 상징했다. 소성무일과를 끝맺는 구절에 이르면 그는 선율에 따라 양심을 달래면서 낮은 목소리로 읽어내려갔다.

QUASI CEDRUS EXALTATA SUM IN LIBANON ET QUASI CUPRESSUS IN MONTE SION. QUASI PALMA EXALTATA SUM IN GADES ET QUASI PLANTATIO ROSAE IN JERICHO. QUASI ULIVA SPECIOSA IN CAMPIS ET QUASI PLATANUS EXALTATA SUM JUXTA AQUAM IN PLATEIS. SICUT CINNAMOMUM ET BALSAMUM AROMATIZANS ODOREM DEDI ET QUASI MYRRHA ELECTA DEDI SUAVITATEM ODORIS.

나는 레바논의 송백처럼, 헤르몬 산의 삼나무처럼 자랐고, 엔게디의 종려나무처럼, 예리고의 장미처럼 자랐으며, 들판의 우람한 올리브 나무처럼, 또는 물가에 심어진 플라타너스처럼 무럭무럭 자랐다. 나는 계피나 아스파라거스처럼, 값진 유향처럼 향기를 풍겼다. 풍자향이나 오닉스 향이나 또는 몰약처럼, 장

막 안에서 피어오르는 향연처럼 향기를 풍겼다.[28]

그는 하느님의 시선을 피하는 죄를 지었고 죄인들의 은신처로 점점 더 가까이 다가갔다. 성모 마리아는 온화한 연민이 담긴 눈길로 그를 바라보았다. 성모의 거룩함, 가냘픈 피부에서 번져 나오는 기묘하고 희미한 광채는 그녀에게 다가가는 죄인에게 수치심을 안겨주지 않았다. 만약 죄를 자신 밖으로 내던지고 자신을 움직이는 충동에 대해 회개하려고 압박감을 느낀 적이 있다면, 그것은 성모의 기사가 되고 싶다는 바람 때문이었다. 육체적 욕망의 광포함이 육체 자체를 소모한 후, 그의 영혼이 수줍은 듯 성모의 거처로 다시 방문하여, '밝고 음악적이며 천국을 이야기하고 평화를 불어넣는' 아침별을 상징하는 그녀에게 향한다면, 그것은 선정적 키스와 거짓되고 수치스러운 단어들이 아직 남아있는 그 입술로 성모의 이름을 부드럽게 부를 때이다.

정말 이상했다. 그는 어떻게 그럴 수 있는지 생각하려고 노력했다. 그러나 교실 안의 짙어지는 황혼이 그의 생각 위로 내려앉았다. 종이 울렸다. 선생님은 다음 수업 시간에 할 부분을 표시한 다음 밖으로 나갔고, 스티븐 옆에 있던 헤런은 음정이 맞지 않는 콧노래를 부르기 시작했다.

나의 가장 멋진 친구, 봄바도스

---

28 외경인 〈집회서〉 24장 13-15절. 모두 라틴어로 씌여짐.

운동장에 갔다가 다시 돌아온 에니스가 말했다.

"그 집에서 온 아이가 교장을 부르러 갔어."

키가 큰 소년이 스티븐 옆에 있다가 양손을 비비면서 말했다.

"정말 잘 됐군. 이제 한 시간은 충분히 번 셈이야. 그는 두 시 반이나 되어야 돌아올 테니까. 그러면 너는 그에게 교리문답에 대해 질문을 할 수 있어, 디덜러스."

스티븐은 뒤로 기대어 앉아 메모노트 위에 느릿느릿 그림을 그리면서 자신에 대한 이야기를 들었고, 헤런은 가끔 이렇게 말했다.

"입 다물어, 응? 그런 이상한 소리 좀 하지 마라!"

그가 교회의 엄격한 교리를 끝까지 따르거나 모호한 침묵 속에서 자신에게 돌아올 비난을 좀 더 깊이 듣고 느끼면서 무미건조한 즐거움을 발견했다는 것 역시 이상했다. 야고보 성인은 십계명 중 하나를 어긴다는 것은 모든 계명을 어기는 것이라고 말했는데, 음울한 자신의 처지에 비추어 곰곰이 생각하기 전까지 처음에는 그게 과장된 표현이라고 생각했다. 하지만 욕망이라는 악의 씨앗으로부터 다른 모든 죄악이 튀어나왔으니, 그것은 자신에 대한 자만, 다른 사람에 대한 멸시, 불법적 쾌락을 사기 위해 돈을 쓰는 탐욕, 그에게는 불가능할 정도로 사악한 일을 저지르는 사람에 대한 동경, 경건함에 대한 모함, 게걸스러운 식탐, 자신의 갈망을 곱씹어 생각하는 가운데 흐리멍덩하게 노려보는 분노, 그의 존재 전체가 빠져든 영적 육체적 태만의 늪이었다.

그가 장의자에 앉아 교장의 예리하고 엄격한 얼굴을 침착하게 응시할 때 그의 마음은 스스로 제시한 문제들로 복잡했다. 만약 한 인간이 젊은 시절에 일 파운드를 훔쳐 그것을 사용해서 많은 돈을 벌어들였다면, 그는 얼마나 많이 되돌려 주어야 하는지 궁금했다. 훔친 일 파운드만 돌려주면 될까, 아니면 그에 대한 복리 이자까지 합쳐서 줘야 할까, 아니면 재산 전부를 주어야 할까? 만약 세례식에 참석한 사람이 그 아이가 세례를 받았다는 말이 나오기 전에 성수를 붓는다면? 탄산수로 세례받는다면 유효할까? 첫 번째 팔복에서는 마음이 가난한 자에게 천국을 약속하고서, 두 번째 팔복에서는 온유한 자에게 땅을 소유하게 해준다고 약속할 수 있을까? 어떻게 성찬식의 성체가 빵과 와인 두 종류로 이루어지는 것일까? 예수 그리스도는 살과 피, 영혼과 신성으로 현시 되었기에 빵에만 혹은 와인에만 존재하는 데 말이다. 축성 받은 빵의 조그만 부스러기에도 예수 그리스도의 살과 피를 모두 내포할까, 혹은 그 일부분만 내포할까? 만약 축성이 이루어진 후에 와인이 식초로 변하고 성찬식 빵이 부서져 부패한다면 예수 그리스도는 하느님과 인간으로서 빵과 포도주로 여전히 존재하는 것일까?

"그가 온다! 그가 와!"

창문가에 앉아있던 한 소년이 다가오는 교장을 보았다. 모두 교리 문답서를 펼쳤고 모두 조용히 그것을 들여다보았다. 교장이 들어와 단 위에 마련된 자리에 앉았다. 의자에 앉아있던 키 큰 소년이 스티븐을 발로 살짝 건드리며 어려운 질문을 하라고 다그쳤다.

교장은 교리 문답서에 대해 질문하지 않았다. 그는 책상 위에서 양손을 맞잡은 후 말했다.

"수요일부터 프란시스 사비에르 성인을 기념하는 피정이 시작될 거란다. 그분의 축일은 토요일이지. 이번 피정은 수요일부터 금요일까지란다. 금요일에 묵주기도를 드린 후 오후 내내 고해성사가 있을 거란다. 만약 고해 신부님을 둔 학생들이 있다면 바꾸지 않는 게 나을 것이다. 미사는 토요일 아침 9시에 있을 것이고 전교생 대상으로 영성체할 거야. 토요일은 자유시간을 갖게 된다. 그러나 토요일과 일요일에 자유시간을 가지면 월요일에도 그럴 거로 생각하는 학생들이 있을 수 있어. 실수하지 않도록 주의해라. 내 생각에는 롤리스, 네가 그런 실수를 저지를 것 같구나."

"저 말인가요, 선생님? 왜죠?"

교장의 엄숙한 미소를 본 소년들 사이에서 웃음의 물결이 살짝 일었다. 스티븐의 심장은 마치 시들어가는 꽃처럼 두려움으로 오그라들기 시작했다.

교장은 진지하게 말을 이었다.

"여러분 모두 프란시스 사비에르 성인의 일생에 대해 잘 알고 있으리라고 생각한다. 우리 학교의 수호성인이시지. 그분은 유서 깊고 저명한 스페인 가문 출신이고 이그나티오스 성인의 첫 번째 신봉자 중 하나였다는 것을 기억할 거야. 그들은 프란시스 사비에르가 대학의 철학 교수였을 때 파리에서 만났어. 이 젊고 명석하며 고귀한 학자는 우리 예수회 창시자의 생각에 마음과 영혼을 모두 바친 거야. 이그나티오스 성인은 그를 인도로 파견했는데, 그건 그분 스스로 원한 일이었지. 여러분도 알다시피 그분은 인도 제국의 사도라고 불린단다. 동쪽에 있는 여러 나라를 돌아다니셨고 아프리카에서 아시아까지, 인도에서 일본까지 가서서 사람들에게 세례를 주었어. 한 달에 일만 명의 이교도들에게 세례를 주었다고 해. 세례를 줄 때 사람들의 머리 위로 팔을 많이 들어 올리는 바람에 오른팔이 마비되었다는 말도 있지. 그분은 중국에 가서 더 많은 이들을 구원하고 싶어 했지만 상촨 섬에서 열병으로 돌아가셨어. 위대한 성인, 프란시스 사비에르 성인! 하느님의 훌륭한 전사여!"

교장은 잠시 말을 멈추었다가 앞쪽에서 꽉 잡은 두 손을 흔들며 다시 말을 이었다.

"그분은 태산도 움직일 수 있는 믿음을 지니셨어. 단 한 달에 일만 명의 영혼을 구하시다니! 진정한 정복자이고 우리 수도회의 표어인 '하느님의 큰 영광을 위하여'를 진심으로 실천하신 분이지! 천국에서 위대한 힘을 지닌 성인이야. 기억하렴, 그것은 우리가 슬픔에 잠겨 있을 때 우리를 위해 탄원을 해줄 힘, 만약 우리 영혼의 선함을 위한 것이라면 모든 기도 내용을 성취해 주는 힘, 우리가 죄를 지었을 때 우리를 위해 회개의 은총을 받을 수 있게 해주는 힘이란다. 위대한 성인, 프란시스 사비에르 성인! 영혼을 낚는 위대한 어부!"

교장은 맞잡은 두 손을 흔들다가 멈춘 뒤 손을 앞이마에 대고 좌우를 둘러보면서 귀를 기울이는 소년들을 검고 엄격한 눈으로 바라보았다.

침묵 속에서 검은 불길이 일어나 황혼을 황갈색의 빛으로 태웠다. 스티븐의 심장은 제단에서 휘몰아친 모래 폭풍에 얻어맞은 사막의 꽃처럼 시들어버렸다.

* * *

"'무슨 일을 하든지 너의 마지막 순간을 생각하고 절대로 죄를 짓지 말지어다'[29] 나의 어린 형제들이여, 이 구절은 〈전도서〉 7장 40절에서 따온 구절입니다.[30] 성부와 성자와 성령의 이름으로 아멘."

스티븐은 기도실 앞쪽 장의자에 앉아있었다. 아놀 신부의 자리는 제단 왼편 테이블이었다. 어깨에 무거운 망토를 둘렀다. 창백한 얼굴은 수척했고 목소리는 감기 때문에 갈라졌다. 너무나 기묘하게 다시 떠오른 늙은 선생님의 모습에서, 스티븐은 클롱고우즈 시절로 되돌아간 것 같았다. 넓은 운동장과 거기에 가득한 소년들, 네모난 배수구, 그가 묻히는 꿈을 꾼 라임 나무 줄지어 선 큰 길가의 조그만 묘지, 그가 아파서 누워있던 의무실 벽 위의 흔들리던 불빛, 슬픈 표정을 짓는 마이클 수사. 그러한 기억들이 되돌아오자 그의 영혼은 다시 어린아이 시절로 되돌아갔다.

"오늘 우리가 이 자리에 모인 이유는, 그리스도를 통해 형제가 된 우리가 잠시나마 복잡한 세상에서 떨어져서 가장 훌륭한 성인 중 한

---

29 실제로는 라틴어 성서 〈집회서〉 7장 36절이다.

30 우리말 공공번역서와는 차이가 있음.

명이며 인도 제국의 사도이자 우리 학교의 수호성인인 프란시스 사비에르 성인을 기리고 축하하기 위해서입니다. 세월이 흘러도, 사랑하는 학생들이여, 여러분이 기억하거나 혹은 내가 기억할 수 있는 것보다 더 오랜 세월 동안 이 학교의 학생들은 바로 이 기도실에 모여 주보 성인의 축일 전에 연례 피정을 했습니다. 시간은 흐르고 변화가 생겼지요. 지난 몇 년 동안 무슨 변화가 있었는지 여러분 대부분은 기억하지 못하겠지요? 앞 의자에 앉아있던 많은 소년은 아마 지금은 먼 곳에, 타는 듯이 더운 아열대 기후 속에 있거나 직업적 의무에 몰두하거나 신학생이 되어있거나 망망대해에서 항해하거나, 어쩌면 이미 하느님의 부름을 받아 다른 세상으로 떠나 하느님의 청지기가 되어있을지도 모릅니다. 그렇게 세월이 흐르듯이, 좋든 나쁘든 변화가 생긴다고 해도, 이 학교 학생들은 그 위대한 성인을 기리며 매년 그분의 축일에 앞서 연례 피정을 실시하게 될 것입니다. 그 축일은 하느님의 신부[31]인 교회가 스페인 가톨릭 가문의 위대한 아들의 이름과 명성을 후세에 전하기 위해 정한 것입니다.

"피정이라는 단어가 무슨 의미이고 하느님이 보시거나 인간의 눈으로 본다고 해도 참된 그리스도 교인으로 살기를 원한 모든 사람에게 가장 유익한 실천방법으로서 피정이 허락되어야 하는 이유가 무엇일까요? 친애하는 학생 여러분, 피정은 우리 생활에 대한 염려로부터, 이 답답한 세상에 대한 염려로부터 잠깐 물러나는 것을 의미하며 이

---

31 원문은 Holy Mother the Church 즉 성모인 교회라는 의미. 여기서 성모는 하느님의 '부인'으로서의 교회를 가리킴.

는 우리 양심의 상태를 점검하고 거룩한 종교의 신비에 대해 묵상하고, 우리가 이 세상에서 살아가는 이유에 대해 좀 더 이해하기 위한 것입니다. 앞으로 며칠 동안 나는 여러분 앞에 최후의 네 가지 사건과 관련된 생각들을 전하려고 합니다. 여러분이 교리 문답에서 배운 것처럼 그건 바로 죽음과 심판, 지옥, 천국입니다. 우리는 피정이 진행되는 동안 이에 대해 완전히 이해하려고 노력할 것이고 그렇게 얻은 이해는 우리 영혼을 위해 주어진 최후의 은총이 되어줄 것입니다. 그리고 기억하세요, 친애하는 학생 여러분, 우리는 한 가지를 위해, 오직 한 가지를 위해 이 세상에 파견된 겁니다. 바로 하느님의 거룩한 의지를 실천하고 불멸의 영혼을 구원하기 위한 것이지요. 그 밖의 모든 것은 가치가 없습니다. 필요한 것은 오직 한 가지, 인간 영혼의 구원입니다. 만약 사람이 불멸의 영혼을 잃게 된다면 온 세상을 얻는다고 해도 무슨 소용이 있을까요? 자아, 사랑하는 학생 여러분, 내 말을 믿으십시오, 이 뒤틀린 세상에서 그러한 손실을 보상할 수 있는 것은 아무것도 없습니다.

"따라서 친애하는 우리 학생 여러분, 나는 이 며칠 동안 여러분의 마음에서 모든 세속의 생각을 밀어내라고 부탁할 것입니다. 공부든, 즐거움이든, 야망이든 말이지요. 그리고 여러분의 영혼에만 집중하세요. 피정 기간에 모두 조용하고 경건한 태도를 유지하고 시끄럽고 부적절한 행동이 금지된다는 것은 다시 말할 필요도 없을 겁니다. 물론 상급반 학생들은 이러한 전통이 잘 지켜지도록 살펴야 할 것이고, 특히 사감들과 성모 신심회와 거룩한 천사 신심회 간부들이 다른 학생들을 위해 모범을 보여 줄 것으로 생각합니다.

　"그리하여 우리의 마음과 정신을 다 하여 프란시스 성인을 기리는 피정이 되도록 노력합시다. 하느님의 은총이 여러분의 학업에 함께 하실 것입니다. 그러나 그 무엇보다도, 세월이 흐른 뒤 여러분이 학교를 떠나 매우 다른 환경 속에서 지내면서도 다시 되돌아볼 수 있고, 기쁨과 감사하는 마음을 느끼며 회상할 수 있으며, 경건하고 고결하며 열정적인 그리스도 교인이 되기 위한 첫 번째 기반을 다질 기회를 주신 하느님에게 감사드리는 피정이 되도록 합시다. 또한 그러한 일은 일어나기 마련인데, 만약 여러분 가운데 말로 표현할 수 없는 불운으로 인해 하느님의 거룩한 은총을 받지 못하고 대죄를 짓게 된 사람이 있다면, 나는 이번 피정이 그런 영혼을 위한 전환점이 될 수 있다고 진심으로 믿고 기도합니다. 나는 하느님의 열정적인 종 프란시스 사비에르의 공덕을 통해 그 불쌍한 영혼이 진정으로 회개하고 프란시스 성인의 축일에 받을 영성체가 하느님과 그 영혼 사이에서 지속하는 성스러운 약속이 될 수 있게 되길 하느님께 기도할 것입니다. 정의로운 자와 불의를 행한 자를 위해, 성인과 죄인을 위해, 이번 피정은 기억에 남게 될 것입니다.

　"나를 도와주십시오. 그리스도를 통해 나의 어린 형제가 된 여러분. 경건한 마음으로 집중하고, 스스로 헌신하고, 드러나는 행동으로 나를 도와주길 바랍니다. 여러분의 마음에서 모든 세속의 기억들을 지워버리고 오직 최후의 네 가지 사건인 죽음과 심판, 지옥, 천국만 생각하십시오. 〈집회서〉를 보면, 이들 네 가지를 기억하는 자는 영원히 죄를 짓지 않을 것이라고 했습니다. 그 네 가지를 기억하는 사람은 항상 그것과 함께 행동하고 생각할 것입니다. 그는 훌륭한 삶을 살고 훌륭한 죽음을 맞이할 것이며, 만약 그가 세속의 삶에서 많은 것을 희생한다면 내세의 삶에서, 영원한 왕국에서 수백 곱절, 수천 곱절을 되돌려 받을 것이라는 사실을 믿고 알기 때문입니다. 친애하는 학생 여러분, 나는 여러분이 그러한 축복을 받게 되길 진심으로 바랍니다. 성부와 성자와 성령의 이름으로, 아멘!"

침묵이 흐르는 가운데 친구들과 함께 집으로 걸어가는 동안 짙은 연무가 그의 마음속에 들어차는 듯했다. 그는 마음속의 흐릿함이 사라지고 그 속에 숨은 것이 드러날 때까지 기다렸다. 반항하듯 저녁을 먹고, 식사가 끝나고 기름기 묻은 접시들이 테이블 위에 아무렇게나 놓여 있을 때 자리에서 일어나 창문 가로 다가가면서 입에 묻은 건더기를 혀로 닦아내고 입술을 핥았다. 이제는 고기를 먹은 후 입술이나 핥는 짐승의 경지로 전락한 것이다. 이제 마지막이라고 생각하자, 희미한 두려움이 안개 낀 뿌연 마음을 뚫고 올라오기 시작했다. 유리창에 얼굴을 바싹대고서 어두워지는 거리를 내다보았다. 형체들이 어둑한 빛 사이로 지나갔다. 그리고 그게 인생이었다. 더블린이라는 글자가 그의 마음을 무겁게 짓누르고 천박하게 고집을 부리며 여기저기에서 서로를 무례하게 밀쳐대었다. 그의 영혼은 살찌고 뒤엉겨 끈적거리는 기름 덩어리가 되었고, 멍한 두려움 속에서 칙칙하고 위협적인 땅거미 속으로 여느 때보다 더 깊이 빠져드는 동안, 무기력하고 불명예스럽게 서서, 쳐다보고 싶은 우상을 찾아 속수무책이며 불안하고 거무스름한 인간의 눈으로 쳐다보는 것, 바로 그의 육체였다.

다음날이 되자 죽음과 심판이 그의 영혼을 불안한 절망으로부터 천천히 뒤흔들었다. 엷은 두려움은 공포가 되었고 설교자의 거친 목소리는 그의 영혼 속에 죽음을 불어넣었다. 그는 고통스러웠다. 사지를 건드린 뒤 심장을 향해 기어오르는 죽음의 한기를, 눈동자에 드리워진 죽음의 엷은 막을, 등불처럼 하나씩 꺼져가는 뇌의 중심부를, 피부 위에 흐르는 마지막 땀을, 죽어가는 사지의 무기력함을, 무겁고 횡설수설하고 헛나가는 혀를, 점점 가쁘고 희미해지는 심장 고동과 사라짐을, 불쌍한 숨결을, 속수무책인 인간의 영혼을, 흐느낌과 한숨과 목에서 울리는 헐떡임과 그르렁거림을 느꼈다. 아무도 도와주지 않아! 아무도 도와주지 않아! 그가, 육체에 굴복했던 그가 죽어갔다. 그는 육체와 함께 무덤으로 들어갔다. 그의 시신은 나무 상자에 담긴 채 못 박혔다. 고용한 사람들의 어깨에 실려 집 밖으로 나왔다. 썩기 위해, 꿈틀거리는 벌레들의 먹이가 되기 위해, 배 불룩한 게걸스러운 들쥐의 먹이가 되기 위해 사람들의 시야에서 멀리 땅속 기다란 구멍 속으로, 묘지 속으로 던져졌다.

친구들이 묘지 옆에서 눈물을 흘리며 서 있는 동안 죄인의 영혼은 심판을 받았다. 의식이 남아있는 최후의 순간, 세상에서의 삶 전체가 영혼의 눈앞에서 흘러갔고 미처 그것을 성찰하기 전에 육체는 죽고 영혼은 두려움에 떨며 재판관 앞에 서 있었다. 오랫동안 자비를 보여준 하느님은 이제 공정함을 보여줄 것이다. 죄 많은 영혼에 간곡히 부탁하며, 회개할 시간을 주고, 한동안 시간을 할애하면서 오랫동안 인내심을 보여주었다. 그러나 그 시간은 지나갔다. 죄를 짓고 즐겼던 시간, 하느님과 거룩한 교회의 경고에 대해 코웃음을 쳤던 시간, 자신의 주인을 거역하고 명령을 어기고, 친구들을 속이고, 죄를 짓고 또 짓고, 사람들의 시선에서 자신의 타락을 숨겼던 시간이었다. 그러나 그 시간은 이제 모두 끝났다. 이제는 하느님 차례였다. 속일 수도 사기칠 수도 없었다. 숨어있던 죄가, 거룩한 의지에 대한 가장 지독한 반항이, 불쌍하고 타락한 우리의 본성 가운데 가장 끔찍한 타락이, 가장 작은 결함과 가장 악랄한 잔학행위가 모두 앞으로 나서게 될 것이다. 한때 가장 위대했던 황제, 위대한 제독, 놀라운 발명가, 가장 박식한 사람이었다고 해도 그때 무슨 도움이 될까? 그들 모두 심판관인 하느님 앞에 선 한 명의 사람일 뿐이다. 그는 선한 자에게 상을 주고 사악한 자에게 벌을 내리신다. 눈 깜짝할 사이에 한 사람의 영혼이 재판을 받게 된다. 육체가 죽은 후 아주 잠깐 사이에 영혼의 무게를 잰다. 개별적인 재판이 끝나면 그 영혼은 더없는 행복의 집으로 가거나 연옥의 감옥으로 가거나 지옥에서 울부짖게 된다.

그게 전부가 아니었다. 하느님의 정의는 인간 앞에서 증명되어야 했다. 개별 재판 후에도 전체적인 심판이 아직 남아있다. 심판의 날이 왔다. 최후의 심판이 눈앞에 닥쳤다. 거센 바람에 뒤흔들린 무화과나무의 설익은 열매가 떨어지듯 천국의 별들이 땅바닥으로 추락한다. 우주의 거대한 발광체인 태양은 검은 머리털로 짠 천처럼 검게 변하였다. 달은 시뻘겋게 되었다. 하늘은 두루마리 말리듯 사라졌다. 천사군의 대장인 대천사 미카엘은 영광스럽고 무서운 모습으로 하늘에 나타났다. 한 발은 바다에, 다른 한 발은 땅에 디디고 선 채, 천사장의 나팔로 시간의 죽음을 알렸다. 세 번의 나팔 소리가 온 우주를 가득 메웠다. 과거와 현재에 존재했던 시간, 하지만 미래에 시간은 없다. 마지막 나팔 소리에 우주의 영혼들, 부자와 가난한 자, 고귀한 자와 천한 자, 현명한 자와 어리석은 자, 선한 자와 사악한 자 모두 여호사밧의 계곡을 향해 줄지어 모여들었다. 한 번이라도 존재했던 모든 인간의 영혼, 아직 태어나지 않은 영혼, 아담의 모든 아들과 딸들, 그 모두가 그 최후의 날에 모여들었다. 그리고 오, 최후의 심판관이 온다! 더는 하찮은 하느님의 양이 아니라, 이제는 힘없는 나사렛의 예수가 아니라, 다시는 고뇌하는 인간이 아니라, 다시는 착한 목자가 아니라, 그는 이제 구름에 싸여 위대한 힘을 지니고 위풍당당하게 온다. 아홉 계품의 천사들인 천사와 대천사, 권천사, 능천사와 역천사, 좌천사와 주천사, 지천사와 치품천사가 도열한 가운데 전능하신 하느님, 영원하신 하느님이 오신다. 그분이 말씀하시니, 그 목소리는 허공의 가장 먼 곳에서도, 끝없이 깊은 바다에서도 들린다. 최고의 재판관인 그가 선고를 내릴 것이고 그분의 판결에 항소란 없으며 있을 수 없다. 그는 의로운 자를 곁으로 불러들여, 그들을 위해 준비한 영원한 축복인 왕국으로 들여보낸다. 의롭지 못한 자를 던져 버리며 분노와 위엄이 서린 목소리로 외치신다. "이 저주받은 자들아, 나에게서 떠나 악마와 그의 졸도들을 가두려고 준비한 영원한 불 속으로 들어가라."[32]

---

32 〈마태 복음〉 25장 41절.

오, 비통한 죄인들이 느낄 고뇌는 어떠할까! 친구들은 서로 헤어지고, 아이들은 부모에게서 떨어지고, 남편들은 아내들에게서 갈라진다. 불쌍한 죄인은 세속에서 그들에게 친절했던 사람에게, 그가 그 경건함을 조롱했던 사람들에게, 그에게 조언하며 옳은 길로 이끌려고 노력했던 사람들에게, 친절한 형제와 사랑스러운 자매에게, 그를 그토록 사랑했던 어머니와 아버지에게 팔을 내밀어 붙잡으려고 한다. 그러나 너무 늦었다. 이제 모든 이의 눈앞에 흉측함과 사악함이 드러나 저주를 받고 비탄에 빠진 영혼들로부터 의로운 자들은 돌아선다. 오, 위선자여, 오, 회칠한 무덤[33]이여, 오, 너의 영혼이 죄의 늪에 빠져있는 동안 세상을 향해 매끈한 웃음을 던졌던 자여, 저 공포의 날에 너는 어떻게 할 것인가?

그날이 올 것이고 오게 될 것이고 와야만 한다. 바로 죽음의 날이자 심판의 날이다. 인간은 죽고 죽음 후에 심판을 받도록 정해졌다. 죽음은 분명하다. 다만 그 시간과 방법은 분명하지 않으니, 오랜 질병으로 혹은 예기치 못한 사고로 죽을 수 있다. 하느님의 아드님은 네가 예상하지 못할 때 오신다. 따라서 언제라도 죽을 수 있음을 알고 매 순간 준비하라. 죽음은 우리 모두의 종말이다. 인류 최초의 부모 때문에 운명 지워진 죽음과 심판은 우리의 세속적 존재성을 사라지도록 하는 어두운 문이자, 알려지지 않고 본 적 없는 곳으로 열린 문이며, 모든 영혼이 혼자서 친구나 형제나 부모나 선생의 도움 없이, 오

---

33 〈마태 복음〉 23장 27절.

직 자신이 한 선행의 도움을 받아, 혼자 떨면서 반드시 지나가야 할 문이다. 이런 생각을 한 번이라도 마음속에 품게 하면 우리는 죄를 지을 수 없다. 죄인에게는 공포의 대상인 죽음이지만, 살아가면서 의무를 충실히 이행했고, 아침과 저녁 기도를 올렸고, 자주 성체에 가까이 갔고, 선하고 자비로운 일을 수행하면서 옳은 길을 걸었던 사람에게는 축복받는 순간이다. 경건하고 믿음 있는 가톨릭 신자에게, 의로운 자에게, 죽음은 공포의 대상이 아니다. 위대한 영국의 문필가인 에디슨은 죽음의 침상에서 가톨릭 신자가 어떻게 죽음을 맞이하는지 보여주기 위해 사악하고 젊은 워윅의 공작을 불러오지 않았던가? 오직 경건하고 믿음 있는 크리스천만이 진심으로 이렇게 말할 수 있다.

오, 무덤이여, 그대의 승리는 어디에 있는가?
오, 죽음이여, 그대의 가시는 어디에 있는가?

모든 말이 그를 향한 것이었다. 하느님의 모든 분노가 그의 죄와 반칙과 비밀로 향했다. 설교자의 칼날이 날아와 폭로된 그의 양심에 깊숙이 박혔고 그는 자신의 영혼이 죄 속에서 썩어가고 있다고 느꼈다. 그래, 설교자의 말이 맞았다. 하느님의 차례가 왔다. 은신처에 숨은 야수처럼 그의 영혼은 자신이 쌓아놓은 오물 속에 있었지만 천사의 나팔 소리가 죄의 어둠 속에 숨은 그를 빛으로 나오게 했다. 천사가 외친 파멸의 말은 그가 누리던 주제넘은 평화를 산산조각냈다. 최후의 날이라는 단어가 그의 마음을 관통하며 몰아쳤고 그가 저지른 죄악이자 보석 같은 눈동자를 지닌 매춘부에 대한 상상은 폭풍 앞에서 두려움을 느낀 생쥐처럼 찍찍대며 말갈기 아래 웅크리고 숨어버렸다.

그가 광장을 가로질러 집을 향해 걸어갈 때, 한 소녀의 밝은 웃음이 달아오른 그의 귓가에 닿았다. 부서질 듯 연약하고 명랑한 그 소리가 나팔 소리보다 더 강하게 그의 심장을 후려쳤고, 감히 눈을 들 수 없어서 시선을 옆으로 돌리고 걸어가며 뒤엉킨 관목 속 그림자를 응시했다. 고통스러운 그의 심장에서 나온 수치심이 그의 존재 전체로 흘러들었다. 에마[34]의 모습이 그의 앞에 나타났을 때 그녀의 눈길을 받은 그의 심장에서 부끄러움이 다시 한 번 홍수처럼 터져 나왔다. 만약 그녀를 향한 그의 마음이 어떤 것인지 혹은 짐승 같은 그의 욕망이 그녀의 순진함을 어떻게 갈기갈기 찢고 짓밟았는지 그녀가 알았다면! 그것이 소년의 사랑이었을까? 그것이 기사도 정신이었을까? 그것이 시였을까? 그의 난잡스럽고 추잡한 행동 하나하나가 그의 코밑에서 악취를 풍겼다. 그가 벽난로 연통에 숨겨두어 검댕이 잔뜩 묻은 그림들, 수치심도 없이 음탕함을 앞에 두고 그가 몇 시간이고 누워서 했던 생각과 행동, 유인원처럼 생긴 생물체와 보석처럼 반짝이는 눈을 가진 매춘부들이 등장하는 말도 안 되는 그의 꿈, 고해성사의 기쁨 속에서 길고 상스러운 편지를 써서 며칠 동안 비밀리 간직하다가, 밤중에 들판 한구석 풀 사이나 생울타리 속 어떤 적당한 곳의

---

34 주인공의 연인인 에마 클러리를 가리킴.

돌쩌귀가 떨어진 문 아래에 몰래 감추어 지나가던 여자가 우연히 발견하여 몰래 읽었으면 한 일들. 미친 짓이다! 미친 짓이다! 그가 그런 일을 한 것이 가능했단 말인가? 상스러운 기억들이 머릿속에서 집결되었을 때 차가운 땀이 이마에 송골송골 맺혔다.

수치심으로 인한 고통이 몰려들었고 그는 극도의 절망에 빠진 영혼을 일으켜 세우려고 노력했다. 하느님과 성모 마리아는 그에게서 너무 멀리 떨어져 있다. 하느님은 너무나 위대하고 엄격했으며 성모 마리아는 너무나 순수하고 거룩했다. 그러나 그는 넓은 땅 위에서 에마 곁에 서서, 겸손하게 눈물을 흘리며 몸을 수그리고 그녀 소맷자락에 입을 맞추는 모습을 상상했다.

맑고 부드러운 저녁 하늘 아래 그 넓은 대지 위에, 구름 하나가 천국의 연녹색 바다를 타고 서쪽으로 흘러갈 때, 잘못을 저지른 아이들, 그들이 서 있었다. 두 아이의 잘못이긴 했지만, 그것은 지엄하신 하느님을 분노케 했다. 하지만 성모 마리아는 분노하지 않았으며, 그녀의 미는 '세속의 아름다움이 아니었고, 쳐다보기에 위험스러우나 그 상징인 샛별처럼 밝고 음율적'이었다. 그를 보는 마리아의 눈동자는 화가 난 것도, 비난하는 것도 아니었다. 그녀는 두 아이의 손을 맞잡게 하고 마음을 향해 말했다.

"손을 잡거라, 스티븐과 에마야. 지금 천국은 아름다운 저녁이란다. 너희는 잘못을 저질렀지만 변함없는 나의 자녀이니라. 다른 하나의 심장을 사랑하는 것은 하나의 심장이란다. 손을 함께 잡아라, 사랑하는 나의 아이들아, 너희는 함께 행복할 것이고 너희 심장은 서로 사랑할 것이다."

기도실은 낮게 내려진 블라인드를 통해 새어 들어온 엷은 진홍색 빛으로 가득 찼다. 블라인드 끝 부분과 창문 틈 사이로 창백한 빛이 날카로운 창처럼 뻗어와 제단 위에 놓인 황동 촛대를 비추었고 촛대는 마치 오랜 전쟁으로 닳은 천사들의 쇠사슬 갑옷처럼 번쩍였다.

비가 기도실에, 정원에, 학교에 내렸다. 소리 없이, 그 비는 영원히 내릴 것이다. 빗물은 서서히 불어나 풀밭과 덤불을 덮고, 나무와 집을 덮고, 기념비적 건축물과 산꼭대기를 덮을 것이다. 모든 생명은 소리 없이 질식할 것이다. 새, 인간, 코끼리, 돼지, 아이들. 난파한 세상의 잔재 사이로 시신들이 소리 없이 떠다닐 것이다. 사십 일 동안 밤낮으로 이 세상이 모두 잠길 때까지 비가 내릴 것이다.

그럴 수 있다. 안될 이유가 있을까?

"그리스도 안에서 형제가 된 여러분, '땅이 목구멍을 열고 입을 찢어지게 벌릴 것이라'는 〈이사야〉 5장 14절에 나온 말입니다. 성부와 성자와 성령의 이름으로, 아멘"

설교자는 사제복 주머니에서 사슬 없는 시계를 꺼내 잠깐 아무 말 없이 문자반을 보다가 테이블 위에 조용히 올려놓았다.

그는 조용한 어조로 말하기 시작했다.

"친애하는 여러분, 아담과 이브는 여러분도 알다시피 우리의 첫 번째 부모입니다. 여러분은 그들이 하느님에 의해 창조되었다는 사실을 기억할 것입니다. 루시퍼와 반항적인 천사들의 타락 때문에 하늘에 생긴 빈자리를 채우기 위한 것이지요. 여러분이 들은 대로, 루시퍼는 아침의 아들이었고 강인했고 빛나는 천사였습니다. 하지만 그는 타락했습니다. 그는 타락했고 천사군의 삼 분의 일이 그와 함께 타락했습니다. 그는 타락했고 반항적인 천사들과 함께 지옥으로 던져졌습니다. 우리는 그의 죄가 무엇인지 말할 수 없습니다. 신학자들은 오만의 죄였다고 생각합니다. 순간적으로 떠오른 죄악의 생각이었지요. '논 세르비암(나는 섬기지 않겠다).'입니다. 그 즉시 그는 파멸했습니다. 순간 떠오른 죄악의 생각으로 하느님의 분노를 샀으며, 하느님은 그를 천국에서 지옥으로 영원히 던져버렸습니다.

"그런 다음 아담과 이브가 하느님에 의해 창조되었고, 다마스쿠스 평원 속 에덴동산에, 햇살과 색채로 눈부시게 빛나고 무성한 식물로 가득 찬 사랑스러운 동산에 정착하게 되었습니다. 풍성한 대지는 그들에게 관대했지요. 짐승들과 새들이 기꺼이 그들의 종이 되었습니다. 그들은 우리가 물려받아야 하는 질병과 가난과 죽음에 대해 알지 못했습니다. 위대하고 관대하신 하느님은 그들을 위해 할 수 있는 모든 것을 해주었습니다. 그러나 하느님은 한 가지 조건을 내걸었지요. 하느님의 말에 복종하라고. 그들은 금단의 열매를 먹지 말아야 했습니다.

"아아, 나의 친애하는 학생 여러분, 그들 역시 타락했습니다. 한때 빛나는 천사이자 아침의 아들이었던 악마는 들판의 모든 짐승 가운데 가장 교활한 뱀의 모습으로 다가왔습니다. 그는 그들이 부러웠지요. 한때 위대했지만 타락한 그는 자신의 죄로 인해 영원히 박탈당한 유산을 흙으로 빚은 인간이 소유한다는 사실을 생각하자 견딜 수 없었습니다. 그는 약한 그릇인 여자에게로 가서 능변의 독을 여자의 귀에 쏟아부으며 약속했습니다. 오, 그 신성모독의 약속이라니! 만약 그녀와 아담이 금지된 열매를 먹으면 그들이 다른 신들처럼 된다고, 아니, 하느님 그 자신이 된다는 약속이었습니다. 이브는 대유혹자의 간계에 굴복했습니다. 그녀는 사과를 먹었고 아담에게도 주었는데, 그는 여자를 거부할 도덕적 용기가 부족했습니다. 사탄의 독기어린 혀가 효과를 발휘했습니다. 그들은 타락했습니다.

"그런 다음 하느님의 목소리가 동산에서 들려오면서 자신의 피조물에 해명을 요구했습니다. 천사군의 왕자인 미카엘은 손에 화염 검을 든 채 죄지은 부부 앞에 나타났고, 그들을 에덴동산에서 질병과 투쟁, 잔혹과 실망의 세상으로, 노동과 어려움을 통해 땀을 흘려 먹을 것을 구해야 하는 이 세상으로 몰아냈습니다. 그러나 그때조차도 하느님은 얼마나 자비로우셨는지! 타락한 우리의 부모를 불쌍히 여겨서 때가 되면 그들을 구제할 자를 하늘에서 보내어 다시 한 번 하느님의 자녀이자 하늘 왕국의 상속자가 될 수 있게 해주겠다고 약속했습니다. 타락한 인간의 구세주인 그분은 하느님의 외아들, 거룩한 삼위일체의 두 번째 위격(位格)이자 영원한 말씀이십니다.

"그분이 오셨습니다. 순결한 동정녀 마리아에게서 그분이 태어났습니다. 고대 유대의 가난한 마구간에서 태어났고 그의 임무가 시작될 때까지 삼십 년 동안 겸손한 목수로 살았지요. 그런 다음 인간을 향한 사랑과 더불어 그는 앞으로 나서서 새로운 복음을 들으라고 인간들에게 호소했습니다.

"사람들이 귀를 기울였습니까? 네, 귀를 기울이긴 했지만 제대로 듣지 않았습니다. 그분은 일반 범죄자처럼 붙잡혀서 묶이셨습니다. 바보처럼 조롱당했고, 무시당하여 강도에게 자리를 내어주었고, 오천 대의 매질을 당했고, 가시관을 썼고, 유대인 군중들과 로마 병사에 의해 거리에서 끌려다녔고, 옷이 벗겨졌고, 십자가에 매달렸고, 옆구리를 창에 찔렸고, 우리 주님의 상처 입은 몸에서는 물과 피가 쉬지 않고 흘러나왔습니다.

"하지만 심지어 그때조차도, 극도의 고통을 견디는 시간에서도 우리의 자비로우신 구세주는 인간을 불쌍히 여기셨습니다. 심지어 그때조차도, 그 갈보리 언덕에서 그분은 약속하신 대로 지옥의 문이 범할 수 없는 거룩한 가톨릭 교회를 세우셨습니다. 그는 영원한 반석[35]을 기반으로 교회를 세웠고 그분의 은총과 성스러운 의례와 희생을 부여했고 만약 인간이 그가 세운 교회의 가르침에 복종한다면 영원한 생명을 얻을 수 있다고 약속하셨습니다. 그러나 사람들을 위한 그 모든 것이 이행된 후에도 여전히 사악함을 고집한다면 그들에게 남는 것은 영겁의 고통인 지옥뿐입니다."

설교자의 목소리가 가라앉았다. 잠시 말을 멈추었고 한순간 두 손바닥을 서로 대었다가 다시 놓았다. 그런 다음 그가 말을 계속했다.

"이제는 최선을 다해서 저주받은 자들의 거처, 즉 분노한 하느님의 정의가 죄인들을 영원히 벌하기 위해 세운 곳이 어떠한지에 대해 잠시 생각해 보도록 합시다. 지옥은 좁고 어둡고 지독한 냄새 나는

---

35 〈이사야〉 26장 4절.

감옥이고, 악마들과 길 잃은 영혼들의 거처이며 화염과 연기로 가득차 있습니다. 이 감옥의 좁음이란 하느님이 특별히 고안한 것으로 그의 율법을 거부한 이들을 벌하기 위한 것이지요. 세속의 감옥에 갇힌 죄인들은 적어도 몸을 움직일 수 있습니다. 네 개의 벽으로 둘러싸인 감방에서나 감옥의 우울한 운동장에서 말입니다. 하지만 지옥은 그렇지 않습니다. 그곳에서는 저주받은 자들이 너무나 많아서 죄수들이 그 끔찍한 감옥 속에서 서로 포개져 있는데 그 벽 두께가 4천 마일에 달합니다. 저주받은 자들은 완전히 묶여있어서 아무것도 할 수 없으며 안셀무스 성인이 그의 책에서 비유를 사용해서 말한 것처럼 그들은 심지어 자신의 눈을 갉아먹는 벌레도 떼어낼 수 없습니다.

"그들은 바깥 어두운 데[36]에 누워있습니다. 기억하세요, 지옥의 불길은 빛을 내지 않기 때문입니다. 하느님의 명령으로 바빌로니아 용광로의 불길이 빛이 아니라 열기를 잃어버린 것처럼, 하느님의 명령으로 지옥의 불길은 그렇게 뜨거운 열기를 유지하며 어둠 속에서 영원히 타오릅니다. 그것은 끝없는 어둠의 폭풍우이고 타오르는 유황의 검은 불길과 검은 연기이며 그 가운데 몸들이 겹겹이 쌓여있고 공기라곤 전혀 없습니다. 파라오의 제국을 강타했던 모든 재앙 가운데 어둠의 재앙 한 가지만이 가장 끔찍했다고 합니다. 그렇다면 사흘이 아닌 영원히 지속하는 지옥의 어둠에 어떤 이름을 부여할 수 있겠습니까?

"이 좁고 어두운 감옥의 공포는 지독한 악취 때문에 더욱 가중됩

---

36 〈마태 복음〉 8장 12절, 22장 13절.

니다. 세상 마지막 날의 끔찍한 대화재가 세상을 몰락시킬 때, 세상의 모든 오물, 세상의 모든 내장과 더러운 거품이 지독한 악취를 풍기는 하수관처럼 그곳에 흐를 것입니다. 엄청난 양의 유황이 타오르고 참을 수 없는 악취가 지옥을 가득 메울 것입니다. 저주받은 자들도 역병을 일으키는 악취를 내뿜고 보나벤투라 성인이 말씀하신 것처럼 그들 중 단 한 명만이라도 세상 전체를 감염시키기에 충분할 것입니다. 이 세상의 대기는 아무리 맑고 순수하다고 해도 오랜 시간 가두어 두면 악취를 풍기고 숨을 쉴 수 없게 됩니다. 그렇다면 지옥의 공기에서는 분명히 끔찍한 악취가 날 것입니다. 묘지 속에서 부패하여 악취를 풍기는 시신을, 젤리처럼 흐물거리는 썩은 덩어리를 상상해 보세요. 그러한 시신이 화염의 먹이가 되고 타오르는 유황의 불길이 그것을 삼키고 거기서 나온 매스껍고 혐오스러운 부패의 짙은 연기가 숨을 막는다고 상상해 보세요. 그런 다음 욕지기 나는 악취가 끔찍한 어둠 속에서 썩어가는 인간의 시신과 함께 수백만 배, 또다시 수백만 배나 더 심해진다고 상상해보십시오. 이 모든 것을 상상한다면 여러분은 끔찍한 지옥의 공포가 어떤 것인지 알게 될 것입니다.

"그러나 이 악취가 끔찍하다 해도 저주받은 자들이 받게 될 엄청난 육체적 고통은 아닙니다. 불의 고문이야말로 폭군이 같은 인간에게 가했던 가장 끔찍한 행위입니다. 여러분이 잠시라도 양초 불꽃에 손가락을 갖다 댄다면 고통을 느낄 것입니다. 그러나 이 세상의 불은 하느님이 인간을 위해 창조한 것으로 생명을 유지하기 위해, 유용한 기술을 위해 사용되는 것에 반해, 지옥의 불이 지닌 성질은 그와 달라서 하느님이 회개하지 않은 죄인들을 고문하고 벌하기 위해 창조한 것입니다. 세상의 불은 또한 해당 물체의 가연성에 따라 좀 더 빨리 타거나 늦게 타는 것이며 인간의 기발한 재주로 불을 통제하거나 막는 화학적 물질을 성공적으로 만들어 냈습니다. 그러나 지옥에서 타는 유황불은 영원히, 형언할 수 없는 분노와 더불어 영원히 타오르도록 특별히 고안된 물질입니다. 더 나아가 세상의 불은 타면서 사그라지기 때문에 강렬하게 타오를수록 지속하는 시간이 더 짧아집니다. 그러나 지옥의 불은 타오를 때도 보존되며 놀라울 정도로 강렬한 기세로 타오른다고 해도 영원히 지속합니다.

"또한, 세상의 불은 아무리 광포한 기세로 타오르고 넓게 번진다고 해도 언제나 한계가 있습니다. 그러나 지옥 불의 호수에는 경계선도, 기슭도, 바닥도 없습니다. 기록에 의하면 한 병사가 질문했을 때 악마 스스로 대답하길, 만약 산 전체가 지옥의 불바다에 던져진다면 마치 밀랍처럼 순식간에 녹아버릴 것이라고 했습니다. 이 끔찍한 불이 저주받은 자들을 외부로부터 고통을 가할 뿐 아니라 지옥에 떨어진 영혼 하나하나 그 자체가 지옥이 되어 그 내장을 한없이 격렬하게 태우는 불길이 됩니다. 오, 고통받는 무리가 얼마나 끔찍한지! 혈관에서는 피가, 두개골 속에서는 뇌가 부글부글 끓어오르고, 가슴 속에 든 심장은 달아올라 터져버리고, 창자는 타올라 시뻘겋고 흐물거리는 덩어리가 되고, 연한 눈은 녹아내린 공처럼 됩니다.

"나는 불의 힘과 성질에 대해 한계선도 없이 타오른다고 말했지만, 그것도 그 강렬함에 비하면, 영혼과 육체를 벌하기 위해 하느님의 계획에 의해 선택된 도구의 강렬함에 비하면 아무것도 아닙니다. 그 불은 하느님의 분노에서 곧장 나온 것으로 자체로 타오르는 것이 아니라 신성의 복수를 위한 도구로 작동합니다. 세례의 성수가 영혼과 몸을 정화하는 것처럼 단죄의 불길이 살과 정신을 고문합니다. 살덩어리의 모든 감각이 고문당하고 그와 더불어 영혼의 모든 것도 그렇습니다. 앞을 전혀 볼 수 없는 어둠 속의 눈, 역겨운 악취 속의 코, 고함과 울부짖음과 저주를 듣는 귀, 역겨운 맛, 나병으로 인한 뒤틀림, 숨 쉴 수도 없게 하는 오물, 벌겋게 달아오른 막대기와 못으로 찔러대고 거기에 잔인하게 널름대는 화염을 생각하세요. 이렇게 오감에 여러 가지 고문이 가해져도 죽지 않는 영혼은, 전지전능한 하느님의 위엄 서린 분노와 삼위일체로서의 하느님이 내쉬는 분노의 숨결에 의해 영원히 점점 더 가중되는 노여움으로 인해 심연에서 불붙은 불이 타오르고 또 타오르는 가운데, 바로 본질 자체가 영원히 고문당합니다.

"마침내 이 지긋지긋한 감옥에서의 고문은 저주받은 자들이 직접 합세하면서 더욱 심해진다는 사실을 생각하십시오. 이 세상의 사악한 무리는 본질부터 너무나 유해하여 그 무엇과 함께하든 거기서 거두어들인 씨앗은 치명적이거나 해로운 것입니다. 지옥에서는 모든 법이 뒤집힙니다. 가족이나 국가 혹은 연결과 관계에 대한 생각이 없습니다. 저주받은 자들은 서로를 향해 울부짖고 비명을 질러대고 그들이 받은 고문과 분노는 그들처럼 고문받고 소리 지르는 자들을 보면서 더욱 심화합니다. 저주받은 자들의 입속은 하느님을 모독하는 말과 고통받는 다른 자들에 대한 증오와 공범자의 영혼에 대한 저주로 가득합니다. 옛날에는 존속 살인자, 즉 아버지를 향해 살인의 손을 쳐든 자들을 벌할 때면 죄인을 수탉과 원숭이, 뱀이 든 자루에 넣어 깊은 바다로 던져버렸습니다. 우리 시대에서는 잔인하게 여겨질 수 있지만, 그 법을 제정한 사람들의 의도는 해롭고 혐오스러운 짐승을 이용하여 죄인에게 벌을 주려는 것이었습니다. 그러나 그런 미련한 짐승들의 분노가, 지옥 속 저주받은 자들이 절망에 빠진 동료들을 보았을 때 그들의 바싹 마른 입술과 고통스러운 목구멍에서 터져 나온 증오의 분노와 비교될 수 있을까요? 그들의 죄를 방조한 자들, 사악한 생각과 사악한 삶의 씨앗이 되는 말을 그들의 마음속에 심은 자들, 오만스런 제안으로 그들을 죄로 끌어들인 자들, 옳은 길로부터 그들을 꾀어내고 유혹한 자들을 보면서 말입니다. 그들은 자신들의 공범자들을 나무라고 저주합니다. 그러나 속수무책이며 희망이 없습니다. 이제 회개하기에는 너무 늦었지요.

"마지막으로 이들 저주받은 영혼의 경우, 유혹하는 자나 유혹당한 자 모두 악마와 함께 지내게 되는데 이것이 얼마나 무서운 형벌인가에 대해 생각해야 합니다. 이들 악마는 그들의 존재 자체와 비난이라는 두 가지 방법으로 저주받은 자들을 괴롭힐 것입니다. 우리는 악마들이 얼마나 무서운지 알 수 없지요. 시에나의 성녀 카타리나는 악마를 목격했으며 그녀가 쓴 글에 의하면 단 일 초라도 그렇게 무서운 괴물을 다시 봐야 한다면 차라리 생을 마감하는 순간까지 뜨겁게 달아오른 석탄길 위를 걷겠다고 했습니다. 한때는 아름다운 천사였던 이들 악마는 한때의 아름다움만큼이나 흉물스럽고 추하게 되었습니다. 그들은 자신들이 파멸로 끌고 내려온 저주받은 영혼을 조롱하고 놀려댑니다. 지옥에서 양심의 목소리를 내는 것이 있다면, 바로 그들 끔찍한 악마들입니다. 그대는 왜 죄를 지었나? 그대는 왜 친구의 유혹에 귀를 기울인 건가? 그대는 왜 경건한 행동과 좋은 일을 저버리고 돌아선 것인가? 그대는 왜 죄지을 기회를 막지 않았나? 그대는 왜 사악한 동료에게서 떠나지 않았나? 그대는 왜 외설적이고 불순한 버릇을 그만두지 않았나? 그대는 왜 고해신부의 충고에 귀를 기울이지 않았나? 그대는 왜 심지어 첫 번째 혹은 두 번째 혹은 세 번째 혹은 네 번째 혹은 백번째 타락한 이후 그대의 잘못을 뉘우치지 않았고, 그대의 죄를 사해주기 위해 그대의 회개를 기다리던 하느님에게 돌아가지 않았나? 이제 회개를 위한 시간은 지나갔다. 그렇게 할 수 있는 때가 있었고, 때가 있지만, 그러한 때는 이제는 없을 것이다! 몰래 죄를 짓고, 나태와 오만에 빠지고, 법을 어기려고 하고, 비천한 천성의 유혹에 굴복하고, 들판의 짐승처럼 살아가고, 야수이기에 인도할 필요가 없었던 들판의 짐승보다 더 나쁘게 살아가던 때였다. 시간이 있었지만, 이제는 다시는 없을 것이다. 하느님은 그토록 여러 가지 목소리로 그대에게 말씀하시지만, 그대는 듣지 않을 것이다. 그대의 마음속 오만과 분노를 없애지 않을 것이고, 그대가 부당하게 얻은 물건을 되돌려주지 않을 것이고, 그대는 신성한 교회의 계율에 복종하지 않고 종교적 의무를 다하지 않을 것이고, 그대는 나쁜 친구들을 저버리지 않을 것이며 그들의 위험한 유혹을 피하지 않을 것이다. 그런 말들이 바로 사악한 고문관의 언어이고, 조롱과 책망의 언어이고, 증오와 혐오의 언어입니다. 혐오의 언어, 그렇습니다! 바로 그 악마들조차, 그들이 지은 단 하나의 죄는 천사의 본성으로 가능했던 지적 능력의 반란이었습니다. 심지어 그들, 사악한 악마조차도 타락한 인간이 성령의 신전을 모독하며 자신을 오염시키고 모독하는 형언 불가의 죄에 대해 반대하고 혐오감을 느끼며 돌아설 것입니다.

"오, 그리스도를 통해 형제가 된 나의 친애하는 학생 여러분, 우리는 그런 말을 절대로 듣지 않게 되길 바랍니다! 우리는 절대 그렇게 되지 않을 것입니다! 무서운 최후의 심판 날에 나는 하느님께 열렬히 기도합니다. 오늘 이 기도실에 있는 학생들 가운데 단 하나의 영혼도 위대한 재판관으로부터 그의 시야에서 영원히 떠나라는 명령을 받는 비참한 존재들이 되지 말라고, 그 누구의 귓가에도 무서운 거부의 선고가 맴돌지 않게 되도록 말입니다. '이 저주받은 자들아, 나에게서 떠나 악마와 그의 졸도들을 가두려고 준비한 영원한 불 속으로 들어가라!'[37]"

그는 기도실 복도로 내려왔다. 다리는 후들거리고 머리는 마치 유령의 손가락이 닿기라도 한 듯 떨렸다. 계단을 올라가 복도의 벽을 따라 걷는데, 벽에는 외투와 비옷이 마치 교수형을 당한 악인들처럼 머리도 없이 피를 흘리며 형체도 없는 모습으로 걸려 있었다. 한 걸음씩 걸을 때마다 자신은 이미 죽었다는 두려움에, 그의 영혼은 몸 밖으로 끌어내 졌다는 공포에, 그가 허공으로 거꾸로 내동댕이쳐지고 있

---

37 〈마태 복음〉 15장 41절.

다는 무서움에 사로잡혔다.

그는 바닥에 발을 딛고 서 있을 수가 없어서 책상 의자에 털썩 주저앉아 아무거나 책 한 권을 집어 들고 정신없이 읽었다. 모든 글이 그에게 해당하는 것 같았다. 그것은 사실이었다. 하느님은 막강했다. 하느님은 지금 당장 그를 소환할 수 있다. 책상에 앉아있을 때, 미처 자신이 소환당했다는 사실을 깨닫기도 전에 그를 불러갈 수 있다. 하느님은 그를 부르셨다. 네? 무슨 일이시지요? 왜 그러시나요? 걸신들린 불길이 다가오기라도 하듯 그의 육신은 움츠러들고, 숨 막힐 것 같은 공기의 소용돌이를 느끼는 듯 말라 갔다. 그는 죽었다. 맞다, 그는 심판받았다. 불길이 파도처럼 그의 몸을 휩쓸었다. 그다음에 몰아닥친 또 한 번의 파도. 그의 뇌가 달아오르기 시작했다. 또 한 번 더. 그의 뇌는 갈라진 두개골 속에서 부글부글 끓고 거품이 일었다. 화염이 두개골로부터 꽃의 화관처럼 터져 나오며 목소리처럼 비명을 질렀다.

"지옥이다! 지옥이다! 지옥이다! 지옥이다! 지옥이다!"

여러 목소리가 근처에서 들려왔다.

"지옥에 대한 내용이었죠."

"그가 지옥이 어떤 것인지 머릿속에 제대로 집어넣어 주었겠군."

"그래요. 우리가 모두 파랗게 질렸으니까요."

"그것이야말로 너희가 원하는 것이야. 공부하도록 만들어야 해."

그는 지친 듯 책상에 앉아 몸을 뒤로 젖혔다. 그는 죽지 않았다. 하느님은 그에게 아직 여지를 주었다. 그는 아직 학교라는 친숙한 세상에 있었다. 테이트 선생과 빈센트 헤런이 창가에 서서 이야기를 나누고, 익살을 부리고, 밖에 내리는 침울한 빗줄기를 응시하고, 고개를 움직였다.

"날씨가 개었으면 좋겠어. 친구들과 자전거를 타고 말라하이드까지 가기로 했거든. 그런데 길은 지금 무릎까지 푹푹 빠질 거야."

"날씨가 좋아질 거예요, 선생님."

그가 너무 잘 아는 목소리들, 일상적인 말들, 말소리가 멈출 때 교실에 내려앉은 고요함, 그리고 그 고요함은 다른 소년들이 조용히 점심을 먹을 때의 부드러운 달그락거림으로 채워지며 고통스러운 그의 영혼을 달래주었다.

아직 시간이 있다. 오, 성모 마리아여, 죄인들의 은신처여, 그를 위해 탄원을 해주소서! 오, 순결한 동정녀여, 죽음의 심연에서 그를 구하소서!

영어 수업은 역사를 듣는 것으로 시작되었다. 왕족들과 충신들, 반역자들, 주교들이 이름의 베일 뒤로 말 없는 유령처럼 지나갔다. 모두 죽은 자들이었다. 모두 심판을 받았다. 만약 영혼을 잃어버린다면 온 세상을 얻어도 무슨 소용이란 말인가? 마침내 그는 이해했다. 인간의 삶이 그의 주변에 놓여있고, 개미 같은 인간이 평화의 들판에서 형제애를 느끼며 일하고, 죽은 자들은 조용한 무덤 아래 잠들어 있다. 친구들이 팔꿈치로 쿡 찔렀을 때 그는 깜짝 놀랐다. 그는 겸손과 회개로 차분해진 목소리로 선생님의 질문에 대답했다.

그의 영혼은 회한에 찬 평화 속으로 깊숙이 가라앉았다. 다시는 두려움의 고통을 느낄 수 없었고 어렴풋하게나마 기도문을 되뇌였다.

아, 그렇다, 그는 아직 용서받을 수 있을 것이다. 진심으로 회개할 것이고 용서받을 것이다. 그런 다음, 저 위에 있는 사람들, 천국에 있는 그들은 그가 과거에 저지른 것을 만회하기 위해 무엇을 했는지 보게 될 것입니다. 일생, 삶의 모든 시간을. 오직 기다릴 뿐.

"모든 것을, 하느님! 모든 것을, 모든 것을!"

누군가가 문 앞으로 와서 고해성사가 기도실에서 진행되고 있다고 전달했다. 소년 네 명이 방에서 나갔다. 그는 다른 학생들이 복도로 내려가는 것을 들었다. 떨리는 한기가 그의 심장을 감싸는 가운데, 약한 바람보다 더 약하기는 했으나, 그는 조용히 들었고 고통을 느꼈다. 자신이 직접 귀를 대고 있는 듯 자신의 심장이 움츠러들고 겁먹었다는 것을 알아차렸고 그 두근거림에 귀를 기울였다.

도망갈 곳은 없다. 그는 고해성사를 해야만 했고, 자신이 했던 행동과 생각을, 저지르고 또 저질렀던 죄에 대해 목소리를 내어 말해야 했다. 어떻게 할까? 어떻게?

"신부님, 저는 …… "

그 생각은 차갑고 빛나는 양날의 칼처럼 그의 부드러운 육신으로 미끄러지듯 들어왔다. 고해성사를 해야 한다. 그러나 학교의 기도실에서는 아니다. 그는 모든 것을, 말과 행동으로 저지른 모든 죄를 진지하게 고백할 것이다. 그러나 학교 친구들과 함께하는 이곳에서는 아니다. 여기서 멀리 떨어진 어떤 어두운 장소에서 그는 자신의 수치에 대해 웅얼웅얼 말할 것이다. 그는 자신이 학교 기도실에서 고해성사하지 않은 것에 대해 분노하지 말아 달라고 하느님께 겸손한 마음으로 간청했고 완전히 굴복한 심정으로 그의 주변 소년들의 마음에 대해서도 조용히 용서를 구했다.

시간이 지나간다.

그는 기도실 장의자 맨 앞에 다시 앉았다. 한낮의 햇살은 이미 사라지고 칙칙한 블라인드는 붉은빛으로 천천히 물들었다. 마치 최후의 심판 날에 태양이 지고 모든 영혼이 심판을 받기 위해 모여든 것 같았다.

"'내가 주님 눈 밖에 났구나'라는 구절은, 친애하는 나의 어린 형제들이여, 이는 〈시편〉 31장 23절에서 나온 말씀입니다. 성부와 성자와 성령의 이름으로, 아멘."

설교자는 조용하고 친근한 말투로 입을 열었다. 그의 얼굴은 친절했고 연약한 둥지를 만들 듯 양 손가락을 구부려 그 끝을 살짝 맞대었다.

"오늘 아침 우리는 지옥에 대해 묵상하면서 예수회의 성스러운 창설자가 영성수련을 위한 책[38]에서 설명한 '장소의 구성'을 실천하기 위해 노력했습니다. 우리는, 우리의 상상 속에서 그 끔찍한 장소와 우리 모두 지옥에서 견디어야 하는 육체적 고문의 물리적 특성을 마음의 감각을 통해 상상하고자 했습니다. 오늘 저녁에는 지옥의 영적 고통의 본질에 대해 잠시 생각하게 될 것입니다.

---

38 예수회의 창시자인 이냐시오 데 로욜라의 《영성수련서》.

"기억하세요, 죄는 두 가지 면에서 극악한 범죄행위입니다. 이는 우리의 타락한 본성이 비천한 본능, 역겨운 짐승처럼 되는 데에 동의하는 것입니다. 또한, 우리의 고귀한 본성의 조언으로부터, 순수와 거룩함의 조언으로부터, 거룩한 하느님으로부터 무시하는 것입니다. 이런 이유로 대죄는 지옥에서 육체적으로 또한 정신적으로 두 가지 다른 형태의 벌을 받게 되는 것입니다.

"지금 모든 영적인 고통 가운데 가장 큰 것은 상실의 고통입니다. 사실상 그 자체로 다른 모든 고통보다 큽니다. 교회 최고의 학자이자 천사 같은 학자로 불리는 토마스 아퀴나스 성인은 그것이야말로 가장 큰 저주이고, 인간의 사고에서 거룩한 빛을 박탈당하는 것이며 그의 애정이 하느님의 선함으로부터 완전히 돌아서는 것이라고 말했습니다. 기억하십시오, 하느님은 무한히 선한 존재이고, 따라서 그러한 존재를 상실한다면 그 고통은 분명 한없이 이어집니다. 현생을 살아가는 우리는 그러한 상실이 무엇인지 분명히 알 수 없습니다만, 지옥의 저주받은 자들은 엄청난 고뇌로 인해 그러한 상실이 무엇인지 완전히 이해하고, 자신들의 죄로 인해 그것을 잃었다는 것과 그 상실이 영원하리라는 것을 알게 됩니다. 죽음의 그 순간 육신과의 연결고리가 산산이 부서지고 영혼은 그 즉시 하느님을 향해, 존재의 근원을 향해 날아갑니다. 기억하십시오, 친애하는 학생 여러분, 우리의 영혼은 하느님과 함께하길 바라고 있습니다. 우리는 하느님에게 나와서 하느님에 의해 살아가고 하느님에 귀속합니다. 우리는 그의 것, 천부적으로 그의 소유입니다. 하느님은 신성의 사랑으로 모든 인간의 영혼을 사랑하고 모든 인간의 영혼은 그 사랑 속에서 살아갑니다. 어떻게 그렇지 않을 수 있습니까? 우리가 들이마시는 모든 숨, 우리 뇌가 하는 모든 생각, 삶의 모든 순간이 하느님의 무궁무진한 선함에서 비롯됩니다. 또한, 어머니가 자식과 헤어지면, 사람이 집에서 쫓겨나면, 친구가 친구에게서 멀어지면 고통스러운 것처럼, 오, 불쌍한 영혼이 최상의 선한 존재로부터, 사랑의 창조주로부터, 그 영혼을 무에서 불러내어 존재를 부여하고 생명을 유지하도록 하고 측정 불가한 사랑을 안겨준 분에게 거절당할 때 느끼게 될 고통과 고뇌를 생각해보십시오. 그런 다음 가장 위대한 선인 하느님으로부터 영원히 분리된다는 것, 그러한 사실은 변하지 않는다는 사실을 알기에 그러한 상황에 대한 비통함을 느끼는 것, 그것이야말로 창조된 영혼이 견뎌내기 힘든 가장 무거운 고뇌입니다. '포에나 담니 POENA DAMNI' 오, 상실의 고통이여!

"저주받은 영혼을 괴롭히는 두 번째 고통은 양심의 고통입니다. 죽은 몸속에 부패로 인해 벌레들이 생기는 것처럼 상실한 영혼에서는 죄의 부패로 끊임없는 회한이 일어납니다. 양심의 벌침, 벌레, 교황 이노센티우스 3세는 그것을 세 겹의 침이라고 불렀지요. 잔인한 벌레가 쏘는 첫 번째 침은 과거의 쾌락에 대한 기억이 될 것입니다. 오, 그얼마나 끔찍한 기억일까요? 모든 것을 집어삼킬 듯한 불길의 호수 속에서, 오만한 왕은 자신의 화려했던 궁정 안뜰을 기억할 것이고, 똑똑했지만 사악한 자는 자신의 서재와 연구 도구를, 예술적 쾌락을 사랑했던 자는 대리석과 그림 및 다른 예술적 즐거움을, 식탁의 쾌락을 즐겼던 자는 화려한 연회와 산해진미가 담긴 접시와 특별히 고른 와인을, 구두쇠는 쌓아놓은 금덩어리를, 도둑은 갈취했던 재산을, 분노하고 앙심을 품은 무자비한 살인자들은 마구 저질렀던 유혈과 폭력행동을, 불순하고 간음한 자는 그들이 즐겼던 말로 표현하기 어려울 만큼 지저분한 쾌락을 떠올릴 것입니다. 그들은 모든 것을 기억할 것이고, 그들 자신과 저질렀던 죄를 혐오할 것입니다. 지옥 불에서 영원히 고통을 견뎌야 하는 저주받은 자들은 그 모든 쾌락을 떠올리며 얼마나 절망하게 될지요. 세속의 싸구려 물건과 얼마 안 되는 금속 조각들, 헛된 명예, 육신의 안락함, 말초신경의 흥분 때문에 천국에서의 더없는 행복을 상실했다고 생각하면 얼마나 화가 치솟고 씩씩거릴지요. 그들은 진정으로 뉘우칠 것입니다. 이것이 양심의 벌레가 쏜 두 번째 침, 저지른 죄를 향한 뒤 늦고 결실 없는 슬픔입니다. 하느님의 정의는 그들 비참하고 불쌍한 사람들에게 그들이 저지른 죄에 대해서만 계속 생각하라고 하시며, 더 나아가 아우구스티누스 성인이 지적한 바에 의하면 하느님은 그들에게 죄에 대한 하느님의 생각을 알려주고, 그렇게 해서 그 죄는 하느님 자신의 눈으로 보는 것처럼 그토록 사악한 모습으로 그들의 눈앞에 나타나게 됩니다. 그들은 그 모든 상스러움 속에서 자신의 죄를 보게 될 것이고 회개할 것이지만 이미 너무 늦었고 그들이 무시해버렸던 좋은 기회들을 생각하며 비통에 젖을 것입니다. 이것이 바로 양심의 벌레가 쏘는 가장 최후의 침이자 가장 깊고 잔인하게 찔러오는 침입니다. 양심은 이렇게 말할 것입니다. '그대에게는 회개할 시간과 기회가 있었지만, 이제는 아니다. 그대의 부모님은 그대를 종교적 분위기에서 양육하셨다. 그대를 돕기 위해 성스러운 의례와 은총과 교회의 관대함이 주어졌다. 하느님의 성직자가 설교를 해주고 빗나갈 때는 되돌아오라고 불러주고 아무리 많고 끔찍한 죄라고 해도 고백하고 회개하면 그대의 죄를 용서해주었다. 아니, 그대는 그렇게 하지 않았다. 그대는 거룩한 종교의 성직자가 한 말을 어겼고, 고해실을 외면했고, 죄의 수렁 속으로 점점 더 깊이 빠져들었다. 하느님이 그대 앞에 나타났고, 그대에게 겁을 주었고, 그대에게 간청하며 다시 돌아오라고 했다. 오, 수치심이여! 비통함이여! 우주의 지배자가 그대에게, 흙으로 빚은 피조물에 간청하며 그대를 창조한 그를 사랑해 달라고, 그의 율법을 지키라고 했다. 아니, 그대는 그렇게 하지 않았다. 그리고 지금, 비록 그대의 눈물이 지옥 전체에 홍수를 일으키고 아직도 슬피 울 수 있다고 해도 그 회한의 바다는 세속의 삶에서 진심으로 회개하며 흘린 단 한 방울의 눈물이 그대에게 주었던 것을 주지 못할 것이다. 그대는 지금 아주 잠깐이나마 회개하기 위한 세속의 삶을 돌려달라고 애원한다. 헛되도다! 때는 이미 지나갔다. 영원히 가버렸다.'라고 말입니다.

"그러한 것이 바로 세 겹으로 이루어진 양심의 벌침입니다. 지옥에 있는 비통한 자들의 심장을 갉아먹는 독이며, 그리하여 그들은 지옥의 분노로 가득 찬 채 자신들의 어리석음을 저주하고 그들을 파멸시킨 사악한 동료들을 저주하고, 세속에서 그들을 유혹했고 지금은 그들을 영원히 조롱하고 심지어 매도하는 악마를 저주하고, 그들이 그 선함과 인내심을 비웃었으나 그 정의로움을 피할 수 없는 높고 높으신 하느님을 저주합니다.

"저주받은 자들이 그다음으로 느끼는 영적 고통은 연장의 고통입니다. 속세의 삶에서는 인간이 아무리 악한 짓을 많이 할 수 있다고 해도 그것들을 한꺼번에 저지를 수 없습니다. 마치 하나의 독이 다른 독을 교정하는 것처럼 하나의 악행이 다른 악을 교정하고 대항하기 때문이지요. 하지만 그와 대조적으로 지옥에서는 하나의 고통이 다른 고통에 대항하는 것이 아니라 그 힘을 더 가중합니다. 게다가 정신적 기능이 육체적 기능보다 더 완전한 것처럼 고통도 더 많이 느끼게 됩니다. 마치 모든 감각이 거기에 맞는 고통에 영향을 받는 것처럼 모든 정신적 기능도 그러합니다. 끔찍한 환영이 떠오르고 갈망과 분노를 번갈아 느끼게 되고 마음과 생각에 깔린 내적인 어둠은 무시무시한 감옥을 지배하는 외적인 어둠보다 더 두렵습니다. 비록 힘을 제대로 쓰지는 못하지만, 악마의 영혼이 품고 있는 악의는 사악함의 끝없는 연장선으로서 한없이 이어집니다. 그것은 사악함의 끔찍함 자체이며, 만약 죄의 심각성과 하느님이 그것을 얼마나 증오하는지 유념하지 않는다면 우리는 이를 거의 깨달을 수 없습니다.

"고통의 연장과 반대되면서도 공존하는 것이 고통의 강렬함입니다. 여러분도 알다시피 지옥은 사악함의 중심지이고, 무엇이든 멀리 떨어져 있는 것보다는 중심지에서 더욱 강렬합니다. 적어도 지옥에서는 그 고통을 누그러뜨리거나 부드럽게 하기 위한 어떤 종류의 저항이나 혼합이 없습니다. 그렇습니다, 그 자체로 선한 것도 지옥에서는 사악하게 됩니다. 다른 곳에서는 고통받은 이들을 위로해주는 친구가 그곳에서는 고통을 가중합니다. 지성인의 최고선이자 선망의 대상인 지식이 그곳에서는 무시보다 더 심한 증오의 대상입니다. 만물의 영장부터 가장 겸손한 숲 속의 식물까지 모든 피조물이 그토록 갈망하는 빛은 엄청난 미움의 대상입니다. 이승에서의 슬픔은 아주 길거나 엄청나지 않습니다. 인간의 천성이 습관에 의존하여 슬픔을 극복하거나 다른 일들의 무게로 눌러버리면서 잊도록 해줍니다. 그러나 지옥에서는 고통이 습관에 의해 극복될 수 없는데, 그건 끔찍하리만큼 강렬하면서도 동시에 여러 가지로 반복되기 때문입니다. 다시 말하자면 각각의 고통에서 나온 또 다른 고통이 더욱 강렬한 불길을 내며 다시 타오르게 됩니다. 어떠한 천성도 영혼이 사악함 속에서 존재하고 유지되는 동안 슬픔에 굴복하여 나오는 강렬하고 다양한 고통에서 도망칠 수 없고, 그리하여 그 고통은 점점 더 가중됩니다. 고통의 한없는 연장과 믿기 힘들만큼의 강렬함과 다양하고 끊임없이 이어지는 고뇌, 이것이야말로 신성한 왕권이자 분노하신 거룩한 하느님이 죄인들에게 요구하는 것이고, 이것이야말로 타락한 육신의 욕망과 비천한 쾌락을 얻기 위해 모욕당하고 천시되었던 거룩한 천국이 요구하는 것이고, 그것이야말로 죄인들의 부활을 위해 흘렸고 가장 끔찍한 악에 의해 짓밟힌 순수한 하느님 양의 피가 주장하는 바입니다.

"지독한 그곳에서 받는 모든 고통 중에서 마지막이자 가장 끔찍한 고통은 지옥의 영원성입니다. 영원이라니! 오, 그 얼마나 두렵고도 무서운지. 영원이라니! 어떻게 인간의 정신으로 그것을 이해할 수 있을까요? 기억하십시오, 그것은 영원한 고통입니다. 만약 지옥의 고통이 그렇게 끔찍하지 않다고 해도 영원히 지속하는 것, 영원히 이어지도록 운명지어졌습니다. 그러나 영원히 이어지는 동시에 여러분도 알다시피, 참을 수 없을 만큼 강렬하고 견딜 수 없을 만큼 연장됩니다. 벌레 한 마리가 쏘는 것이라고 해도 만약 영원히 지속한다면 대단히 두려운 고통이 될 것입니다. 그렇다면, 지옥에서 수없이 많은 고통을 영원히 받는다면 어떻겠습니까? 그 지독스러운 의미는 무엇일까요? 여러분은 바닷가의 모래를 자주 보았을 겁니다. 그 알갱이가 얼마나 작습니까? 아이가 놀이터에서 한 손에 움켜잡은 모래 속에 얼마나 많은 조그만 알갱이들이 들어있습니까? 이제 그 모래로 이루어진 산을 상상해 보십시오. 높이가 일백만 마일이나 되어 지상으로부터 가장 먼 하늘 끝까지 닿고, 넓이도 일백만 마일이나 되어 아주 먼 곳까지 확장되고, 그 두께가 일백만 마일이나 됩니다. 셀 수 없는 모래 입자로 이루어진 거대한 덩어리를, 마치 숲 속의 잎사귀처럼, 막강한 대양의 물방울처럼, 새의 깃털처럼, 물고기의 비늘처럼, 동물 몸의 털처럼, 거대한 공기 속 원자처럼 늘어가는 그 알갱이를 상상해보세요. 그리고 일백만 년이 끝날 때마다 작은 새 한 마리가 그 산으로 와서 모래 중 아주 작은 알갱이 하나를 물고 간다고 상상해 보십시오. 수백만 년이 얼마나 수없이 지나야 그 새가 그 산에서 일 제곱미터 면적의 모래를 옮길 수 있을 것이며 영겁의 세월이 얼마나 지나야 그것을 모두 옮길 수 있겠습니까? 그러나 그 엄청난 시간의 끝에서도 영원의 단 일순간조차 끝났다고 말할 수 없습니다. 수십억 년 혹은 수조 년을 보내고 난 다음에도 영원은 그저 시작조차 하지 않은 것입니다. 만약 모든 것을 옮긴 후 그 산이 다시 솟아오르고 그 산이 마치 하늘의 별처럼, 공기 속 원자처럼, 대양의 물방울처럼, 숲의 잎사귀처럼, 새들의 깃털처럼, 물고기의 비늘처럼, 동물들의 털처럼 수없이 많이 솟아오르고 가라앉는다면, 측정 불가의 그 거대한 산이 셀 수 없이 솟구치고 가라앉고 난 뒤에도 영원의 단 한 순간도 끝났다고 말할 수 없습니다. 심지어 그러한 기간의 끄트머리에서, 영겁의 세월이 지난 후 그 생각만으로 우리가 현기증을 느낀다고 해도 영원은 시작조차 하지 않은 겁니다.

"한 거룩한 성인(나는 우리 예수회 신부님 중 한 분이라고 믿고 있습니다만)이 지옥의 모습에 대해 조금 일러준 적이 있습니다. 그는 거대한 입구 한가운데에, 어둡고 거대한 시계의 째깍거림을 제외하곤 고요한 곳에 서 있었던 것 같았습니다. 째깍거림은 쉬지 않고 이어졌습니다. 그리고 이 성인에게 그 소리는 '언제나 ever'와 '절대로 never'라는 단어의 무한한 반복처럼 들렸습니다. 언제나 지옥에서 지내고 절대로 천국에 갈 수 없다는 의미지요. 언제나 하느님의 존재로부터 차단당하고 절대로 지복의 환영을 즐길 수 없다는 것이며, 언제나 화염에 먹히고 해충에게 갉히고 불타는 대못에 괴롭힘을 당하면서 절대로 이 고통에서 벗어날 수 없다는 것이며, 언제나 질책하는 양심과 분노하는 기억과 어둠과 절망이 가득한 마음을 지니면서 절대로 도망칠 수 없다는 것이며, 언제나 사기를 치며 극도로 흡족해하던 악독한 악마들을 저주하고 매도하면서 절대로 축복받은 영혼의 빛나는 옷을 보지 못하며, 언제나 불의 심연에서 하느님을 향해 잠시라도,

아주 잠깐이라도 그 끔찍한 고통에서 벗어나게 해달라고 외치면서도 절대로 하느님의 용서를 아주 잠시라도 받을 수 없으며, 언제나 고통받고 절대로 즐거움을 느낄 수 없으며, 언제나 저주받고 절대로 구원받을 수 없습니다. 언제나, 절대로, 언제나, 절대로. 오, 그 얼마나 무서운 형벌입니까! 끝없는 고통과 끝없는 육체적 정신적 고뇌, 한 줄기의 희망도 없이, 한순간의 중단도 없이, 한정 없이 강렬한 고통, 한없는 여러 가지 고통, 영원히 집어삼키고 영원히 지속하는 고문, 육신이 괴롭힘을 달하는 동안 영혼에 영원히 가해진 고통의 영원함, 그 영원성, 매 순간 자체가 영원히 이어지는 고통입니다. 이는 전능하고 정의로운 하느님이 대죄를 짓고 죽은 자들에게 내린 끔찍한 형벌입니다.

"맞습니다, 정의로운 하느님! 인간은 언제나 인간다운 이성에 의해 판단하기 때문에 하느님이 대죄 하나에 대하여 지옥 불에서의 무한하며 영원한 형벌을 내리는 것을 보고 깜짝 놀랍니다. 인간이 그리 생각하는 이유는 육신의 역겨운 환상과 어두운 이해력 때문에 제대로 볼 수 없어서 대죄의 흉측함을 이해할 수 없기 때문입니다. 인간이 그리 생각하는 이유는 가벼운 죄라고 해도 그 본질은 악독하고 끔찍하다는 것을 이해하지 못하기 때문입니다. 비록 전지전능하신 창조주는 사악함과 세상의 절망, 전쟁, 질병, 도둑질, 범죄, 죽음, 살인자를 모두 없앨 수 있지만, 벌을 받지 않고 넘어가도록 허락한 조건은 단 한 번의 가벼운 죄, 거짓말, 성난 시선, 의도적인 한순간의 나태함 정도입니다. 위대하고 전지전능하신 하느님은 그리하지 않을 수가 없습니다. 죄는 생각과 행동 모두에서 그의 율법을 어기는 것이고, 만약 어기는 자를 벌하지 않으면 하느님은 하느님이 아니기 때문입니다.

"단 한 번의 죄, 지적 능력의 반항이자 오만의 순간으로 인해 루시퍼와 천사 가운데 삼 분의 일이 그 영광을 잃고 추락했습니다. 단한 번의 죄, 참혹하고 약해진 순간으로 인해 아담과 이브는 에덴동산에서 쫓겨났고 이 세상에는 죽음과 고통이 생겨났습니다. 그 죄로 인한 나쁜 영향을 되돌리기 위해 하느님의 외아드님이 세상으로 내려와 살았고 고통받았고, 십자가에 세 시간 동안 매달려 가장 고통스럽게 죽음을 맞이했습니다.

"오, 그리스도 안에서 나의 형제가 된 학생 여러분, 우리가 선한 구세주를 화나게 해서 하느님의 분노를 불러일으켜야 할까요? 우리가 찢기고 훼손된 그의 시신을 또다시 짓밟아야 할까요? 우리가 슬픔과 사랑으로 가득한 그 얼굴에 침을 뱉어야 할까요? 우리가 잔인한 유대인과 악랄한 군인들처럼 온화하고 연민 어린 구세주를, 우리 때문에 포도주 짜내는 기구에 당하듯 홀로 참혹한 슬픔에 짓눌린 그를 조롱해야 할까요? 죄가 되는 모든 말은 그의 부드러운 옆구리에 난 상처가 됩니다. 죄가 되는 모든 행위는 그의 머리를 찌르는 가시가 됩니다. 모든 불순한 생각들에 못 이기는 척 굴복하는 것은 거룩한 심장, 사랑의 심장을 뚫는 날카로운 창이 됩니다. 아니, 안됩니다. 인간이 거룩하신 하느님에게 그토록 잘못을 저지르고, 영원히 이어지는 고통으로 벌을 받고, 하느님의 아들을 또다시 십자가에 못 박고 그를 조롱해서는 절대로 안 됩니다.

"비록 부족하지만, 나의 설교로 축복받은 사람들에게 더 많은 은총을 내리도록 하고, 주저하는 사람들을 강건하게 만들고, 만약 여러분 중에 잘못된 길로 들어선 불쌍한 영혼이 있다면 그들을 축복의 길로 돌아오게 할 수 있게 되길 하느님께 기도합니다. 여러분이 나와 함께 기도하고 여러분의 죄를 뉘우치게 되길 하느님께 기도합니다. 지금 내가 참회의 기도를 선창할 테니 여러분 모두가 이 기도실에서 하느님이 보고 계신 가운데 무릎을 꿇고 따라 해주길 바랍니다. 하느님은 괴로워하는 자들을 위로해 주시기 위해 인간을 위한 뜨거운 사랑을 품은 채 성체대 안에 계십니다. 두려워하지 마십시오. 얼마나 여러 번 죄를 지었든, 아무리 나쁜 죄를 지었든 간에 여러분이 회개한다면 용서받을 것입니다. 세속의 수치심 때문에 물러서지 마십시오. 하느님은 아직도 자비로우신 주님이시며 죄인들이 영원한 죽음을 맞이하기보다는 회개하고 생명을 얻길 바라십니다.

"그분은 여러분을 부르셨습니다. 여러분은 하느님의 것입니다. 그분은 여러분을 무에서 창조하셨습니다. 오직 하느님만이 할 수 있는 사랑으로 여러분을 사랑하십니다. 여러분이 죄를 지었다고 해도 그분은 팔을 활짝 열고 여러분을 받아들입니다. 하느님에게로 나오십시오, 불쌍한 죄인, 헛되고 잘못투성이의 죄인들이여. 지금이 바로 용서의 시간입니다. 지금이 바로 그때입니다."

성직자는 자리에서 일어나 제단을 향해 몸을 돌리고 어둑한 곳에 있는 성체대 앞 계단에 무릎을 꿇었다. 그는 기도실 내 모든 이들이 무릎을 꿇고 모든 소음이 잦아들 때까지 기다렸다. 그런 다음 고개를 들고 참회의 기도 한 구절을, 열정을 담아 읊었다. 소년들은 한 구절씩 따라 했다. 스티븐은 혀가 입천장에 달라붙은 기분이었고, 고개를 숙인 채 마음으로 기도했다.

　　　　　― 오, 하느님!

　　　　　― 오, 하느님!

　　　　　― 진심으로 뉘우치나이다.

　　　　　― 진심으로 뉘우치나이다.

　　　　　― 당신께 죄를 지었으니,

　　　　　― 당신께 죄를 지었으니

　　　　　― 저는 저의 죄를 혐오하나이다

　　　　　― 저는 저의 죄를 혐오하나이다

　　　　　― 다른 모든 죄보다도

　　　　　― 다른 모든 죄보다도

　　　　　― 그 죄로 하느님을

　　　　　― 그 죄로 하느님을

　　　　　― 당신이 응당 받아야 할 것은

　　　　　― 당신이 응당 받아야 할 것은

　　　　　― 저의 모든 사랑입니다

　　　　　― 저의 모든 사랑입니다

　　　　　― 그리고 제가 견고한 의지로 말씀드리니

　　　　　― 그리고 제가 견고한 의지로 말씀드리니

　　　　　― 당신의 거룩한 은총에 의해

　　　　　― 당신의 거룩한 은총에 의해

― 절대로 당신께 더 이상의 죄를 짓지 않을 것이며

― 절대로 당신께 더 이상의 죄를 짓지 않을 것이며

― 저의 삶을 바로잡겠나이다.

― 저의 삶을 바로잡겠나이다.

* * *

그는 저녁 식사 후 자신의 영혼과 단둘이 마주하기 위해 방으로 올라갔고 한 계단 오를 때마다 그의 영혼은 한숨을 내쉬는 듯했다. 한 계단 오를 때마다 그의 발과 함께 힘겹 게 올라가는 그의 영혼, 끈적거리는 우울함 사이를 지나간다.

문 앞 층계참에 멈춰 서서 도자기로 만든 손잡이를 잡은 다음 재빨리 문을 열었다. 그는 얼어붙은 자신의 영혼과 함께 두려움 속에서 기다렸고 문지방을 넘어설 때 죽음이 그의 이마를 만지지 않고 어둠의 악귀가 마력으로 그를 지배하지 않게 되길 소리 없이 기도했다. 그는 마치 검은 동굴의 입구에 서 있는 것처럼 문지방에 가만히 서서 기다렸다. 얼굴들이 그곳에 있었다. 여러 눈도 있었다. 그들은 기다렸고 바라보고 있었다.

"물론 우리는 잘 알고 있었지, 영적인 전권 대사를 찾도록 노력하라고 자신을 설득하기가 대단히 힘들다는 것을, 언젠가는 그가 그걸 깨달을 거라는 사실은 드러날 수밖에 없겠지만, 그리고 물론 우리는 그토록 잘 알고 있었지만 ―"

중얼거리는 얼굴들이 보였다. 중얼거리는 목소리가 어두운 동굴을 가득 메웠다. 그는 영적으로나 육체적으로나 강렬한 두려움에 사로잡혔으나, 용감하게 고개를 들고서 방 안으로 뚜벅뚜벅 걸어 들어갔다. 문지방 너머에 방 하나, 똑같은 방과 똑같은 창문. 그는 어둠 속에서 들려오는 그러한 속삭임들은 아무런 의미가 없다고 자신을 향해 차분하게 중얼거렸다. 그저 문이 열린 자신의 방일뿐이야.

그는 방문을 닫고 재빨리 침대로 걸어가 그 옆에 무릎을 꿇고 손으로 얼굴을 감쌌다. 손은 차갑고 축축했으며 한기 때문에 팔다리가 아팠다. 육체적 불안과 한기와 피로가 생각을 궤멸시키면서 그를 괴롭혔다. 어째서 그는 마치 저녁 기도를 하는 어린아이처럼 거기에서 무릎을 꿇고 있는 것일까? 그의 영혼과 단둘이 있기 위해서, 그의 양심을 살펴보기 위해서, 그가 지은 죄와 직접 대면하기 위해서, 그 시간과 방법과 상황을 떠올리기 위해서, 죄를 보며 흐느끼기 위해서였다. 그는 울 수 없었다. 그것들의 기억을 불러올 수 없었다. 느낄 수 있는 것은 그저 영혼과 육체의 고통, 그의 존재 전체, 기억, 의지, 이해, 육신의 무감각과 피로뿐이었다.

그것은 악마의 짓으로, 비열하며 죄로 타락한 육신 바로 가까이에 있는 그를 공격하여 그의 생각을 흩트려 놓고 양심 위로 구름을 잔뜩 드리우기 위한 것이다. 자신의 허약함을 용서해달라고 하느님께 기도하면서, 그는 겁을 잔뜩 먹은 채 침대 위로 기어 올라가 담요를 몸에 둘둘 감고 손으로 얼굴을 감쌌다. 그는 죄를 지었다. 천국과 하느님에게 지은 죄가 너무 크기 때문에 하느님의 자녀라고 불릴 자격이 없었다.

나, 스티븐 더글러스가 그러한 일을 저지를 수 있었단 말인가? 그의 양심은 대답으로 한숨을 쉬었다. 맞다. 그는 남몰래 추잡하게 여러 번 죄를 지었고, 뉘우침 없이 둔감해졌고, 영혼이 내부에서 살아있는 타락한 덩어리로 전락하는 동안에 감히 성체대 앞에서 경건함이라는 가면을 썼다. 어떻게 하느님이 그를 살려둘 수 있단 말인가? 수많은 그의 죄가 문둥병 같은 패거리가 되어 그를 포위했고, 입김을 내뿜고, 사방에서 그를 굽어보았다. 그는 몸을 움츠려 눈을 꼭 감고, 기도하여 그것들을 잊으려 노력하였다. 그러나 영혼의 오감을 가둘 수 없었다. 비록 눈을 꼭 감고 있긴 했지만 자신이 죄를 지었던 장소를 보았고, 비록 귀를 완전히 막긴 했지만 그 소리가 들려왔다. 그는 모든 의지를 동원해서 듣거나 보지 않기를 간절히 원했다. 욕망의 압박 아래 온몸이 떨릴 때까지, 영혼의 오감이 마비될 때까지 간절히 원했다. 한순간 감각이 마비되다가 다시 열렸다. 그는 보았다.

뻣뻣한 잡초와 엉겅퀴와 촘촘한 쐐기풀 들판. 뻑뻑이 자란 풀들 사이로 찌그러진 깡통들과 굳어진 배설물 덩어리가 나뒹군다. 뻣뻣한 녹회색 잡초 더미 사이에 널린 배설물로부터 희미한 빛이 애써 피어오른다. 사악한 냄새다. 그 빛처럼 희미하지만 불결한 악취가 깡통에서, 오래되어 딱딱해진 배설물에서 스멀스멀 올라왔다.

피조물들이 그 들판에 있었다. 하나, 셋, 여섯. 피조물들이 들판 여기저기에서 움직였다. 이마에 뿔이 달리고, 사람 얼굴을 한 염소들에게는 고무나무 같은 회색 수염이 듬성듬성 나 있다. 냉혹한 눈동자는 사악함으로 번쩍거렸고, 여기저기에서 움직일 때 긴 꼬리들이 질질 끌렸다. 잔인한 악의로 일그러진 미소가 그들의 늙고 뼈만 앙상한 얼굴들에 음산하게 번졌다. 어떤 놈은 찢어진 플란넬 조끼로 갈비뼈 부근을 감쌌고, 또 어떤 놈은 턱수염이 빽빽한 잡초에 걸렸다고 중얼대며 불평했다. 그들은 바싹 바른 입술로 무슨 말인가를 조그맣게 중얼거리면서 덜그럭거리는 깡통 사이로 긴 꼬리를 질질 끌고 들판 이곳저곳에서 천천히 원을 그리며 빙빙 돌았다. 그들은 천천히 원을 따라 움직이고, 점점 더 가까워지고, 에워싸고, 또 에워쌌다. 입술 사이로 새어 나오는 조그만 목소리, 짐승의 배설물로 더럽혀진 길고 흔들리는 꼬리, 위로 쳐든 무서운 얼굴들 ……

살려줘!

그는 미친 듯이 담요를 걷어차고 얼굴과 목을 밖으로 내놓았다. 그것은 그의 지옥이었다. 하느님은 그의 죄에 합당한 지옥을 보여주었다. 악취로 진동하며 짐승 같고 악의에 찬 음란한 염소 같은 악마들의 지옥이었다. 그를 위한 지옥이었다! 그가 가야 할 지옥이었다!

마치 용수철이 튀어 오르듯 침대에서 벌떡 일어났다. 끔찍한 악취가 목구멍 아래로 밀고 들어와 내장을 온통 뒤집어놓았다. 공기가 필요해! 천국의 공기! 그는 창문을 향해 비틀비틀 걸어갔다. 신음이 새어 나왔고 속이 메슥거리면서 현기증이 일었다. 세면대 앞에 섰다. 내부에 경련이 일어나 꼼짝할 수 없었다. 그는 차가운 이마를 미친 듯이 움켜잡고 분노 속에서 마구 게워냈다.

발작이 지나간 뒤, 그는 지친 듯 창문 가로 걸어가 유리창을 들어 올리고 창문턱 구석에 앉은 뒤 팔꿈치를 문틀에 기댔다. 비는 그쳤다. 이곳저곳 불빛을 따라 새벽 증기가 천천히 움직이는 가운데 노르스름한 아지랑이가 부드러운 고치처럼 도시를 에워쌌다. 천국은 아직도 멀리서 빛을 내고 숨을 쉴 때 들어오는 공기는 비가 와서 흠뻑 젖은 숲 속처럼 달콤했다. 평화와 반짝이는 빛과 고요한 향기 속에서 그는 진심으로 약속했다.

그는 기도했다.

그분은 하늘의 영광에 싸여 이 세상으로 내려오시려고 했으나 저희는 죄를 지었습니다. 그런 다음 그분은 하느님의 존엄성을 숨기고 빛나는 광채를 가린 뒤에야 안전하게 저희를 찾아오실 수 있었습니다. 그리하여 그분 스스로 권력자가 아니라 약한 자로서 오셨고, 저희에게 적합한 아름다움과 빛을 갖춘 당신을 대리인으로 보내셨습니다. 지금 바로 그 얼굴과 모습으로, 사랑하는 성모께서는 우리에게 세속의 아름다움이 아닌 영원에 대해 말씀하십니다. 우러르기조차 위험하지만, 당신의 상징인 샛별처럼 밝고 음악적이며 순수한 숨결을 지니시고 하늘과 그곳의 평화를 말씀하십니다. 오, 새로운 날의 전령사여! 오, 순례자의 빛이여! 인도하신 대로 우리를 인도하소서. 어두운 밤 황량한 황무지를 가로지르는 저희를 주님이신 예수 그리스도께 인도해 주소서. 저희를 집으로 인도하소서.

그의 눈에 눈물이 고였고 겸손하게 하늘을 우러르며 잃어버린 순결함을 위해 흐느꼈다.

저녁이 되었을 때 그는 집을 나섰다. 축축하고 어두운 공기와 뒤에서 닫히는 문소리가 또다시 기도와 눈물로 진정된 그의 양심을 고통스럽게 했다. 죄를 고백하라! 죄를 고백하라! 눈물과 기도로 양심을 진정시키기에 충분하지 않았다. 성령의 대변인 앞에 무릎을 꿇어야만 했고, 숨겨진 죄들을 진심으로 고백하고 뉘우쳐야 했다. 그를 맞이하기 위해 문이 열리고 문지방 위로 발판 스치는 소리를 듣기 전에, 식탁에 차려진 저녁 식사를 다시 보기 전에, 그는 무릎을 꿇고 고해 성사를 할 것이다. 그건 상당히 간단한 일이었다.

양심의 고통이 멈추었고 그는 어두운 거리를 빠르게 계속 걸었다. 보행자 도로에는 그토록 많은 판석이 있고, 그 도시에는 그토록 많은 도로가 있고, 이 세상에는 그토록 많은 도시가 있다. 그러나 영원에는 끝이 없다. 그는 대죄를 지었다. 단 한 번이라고 해도 그건 대죄였다. 그 죄는 순식간에 일어날 수 있을 것이다. 그러나 얼마나 빨리 말인가? 눈으로 보거나 혹은 본다고 상상함으로써? 처음에 눈은 보겠다는 의지 없이 그저 본다. 그런 다음 순식간에 그 일이 발생한다. 그러나 몸의 그 부분이 이해한단 말인가? 혹은 무엇을? 뱀은 들판에서 가장 영악한 짐승이다. 분명 욕망이 일어나는 때를 알고 있으며 그런 다음 매 순간 자신의 죄 많은 욕망을 연장한다. 느끼고 이해하고 원한다. 그 일마나 끔찍한 것일까! 누가 그것을 그처럼 만들었을까? 몸의 짐승 같은 부분이 짐승처럼 이해하고 짐승처럼 원하게 하였을까? 그때는 그나 비인간적인 것이 비천한 영혼에 의해 움직였단 말인가? 삶의 연한 정수를 먹고 진득진득한 욕망으로 살찌는 무기력하고 성난 인생에 대해 생각하자, 그의 영혼은 구역질이 났다. 오, 어째서 그렇게 되었을까? 오, 이유가 뭘까?

그는 그런 생각의 그림자 속에 웅크린 채 숨어서 모든 만물과 모든 인간을 창조한 하느님에 대한 경외감을 느끼며 자신은 미물일 뿐이라고 생각했다. 광기다. 누가 그러한 생각을 생각할 수 있었을까? 그리고 어둠 속에서 극도로 비참한 상태에서 그는 자신의 수호천사를 향해 머릿속에서 속삭이는 악마를 칼로 쫓아내 달라고 소리 없이 기도했다.

속삭임이 멈췄다. 그런 다음 그는 자신의 영혼이 육체를 통해 생각과 말과 행동으로 죄를 지었다는 사실을 분명히 알게 되었다. 죄를 고백하라! 모든 죄를 고백해야만 했다. 그가 어떻게 자신이 했던 행위를 성직자 앞에서 입 밖에 낼 수 있을까? 반드시 해야 한다, 꼭 해야 한다. 혹은 수치심으로 죽어버리지 않고서 그가 어떻게 그걸 설명할 수 있을까? 혹은 그가 어떻게 수치심 없이 그러한 행위를 할 수 있었을까? 미친놈 같으니! 고해성사해라! 오, 그는 진정으로 자유롭게 될 것이고 다시 무죄가 될 것이다! 아마도 성직자는 알고 있을 게다. 오, 사랑하는 하느님!

그는 어둑한 거리를 걷고 또 걸었다. 마치 잠시라도 서 있으면 기다리고 있던 무언가가 뒤에서 그를 잡아챌 것 같아 두려웠고, 등 돌리고자 열망했던 곳에 도착하는 것이 두려웠다. 하지만 사랑이 담긴 하느님의 눈길 아래 은총을 가득 받는 영혼은 얼마나 아름다울까!

누추한 차림의 소녀들이 바구니를 앞에 두고 길 가장자리를 따라 앉아 있었다. 축축하고 검은 머리카락이 가지런히 내려와 이마를 덮었다. 진흙탕 속에 웅크린 소녀들의 모습은 그리 보기가 좋지 않았다. 그러나 하느님의 눈에는 그녀들의 영혼이 보일 것이다. 만약 그들 영혼이 축복받는 상태라면 환한 빛이 번져 나올 것이다. 하느님은 소녀들을 보시면서 소녀들을 사랑하셨다.

그가 얼마나 타락했는가에 생각이 미치자, 하느님에게 그 소녀들의 영혼은 그의 영혼보다 훨씬 사랑스러우리라 느낌이 들자, 부끄러움에서 나온 부질없는 한숨이 그의 영혼 위로 쓸쓸하게 지나갔다. 바람이 그에게 불어오고 그를 지나쳐 무수히 많고 무수히 많은 영혼을 지나갔다. 그들 위로 하느님의 은혜가 이제 좀 더 빛나거나 좀 덜 빛나고, 이제 별들은 지속하다가 사라지며, 더 밝거나 더 어두웠다. 가냘프게 빛나는 영혼들이 지나가고, 지속하다가 사라지고, 움직이는 숨결 속에서 합쳤다. 한 영혼이 사라졌다. 티끌처럼 조그만 영혼, 그의 영혼이다. 한순간 명멸하다가 꺼져버리고 잊히고 없어졌다. 그게 끝이다. 검고, 차갑고, 텅 빈 공허함.

장소의 의식이 어둡고, 무감각하고, 무생명의 거대한 시간의 흔적을 넘어 천천히 그에게 되돌아왔다. 지저분한 광경이 그를 둘러싼 채 펼쳐졌다. 평범한 말투, 상점에서 켜 놓은 가스 등불, 생선과 술, 젖은 톱밥 냄새, 움직이는 남자들과 여자들. 나이 든 여자가 손에 기름통을 든 채 길을 막 건너려는 참이었다. 그는 상체를 약간 수그리고 그 부인에게 근처에 성당이 있는지 물었다.

"성당이요? 있고말고요, 젊은 양반. 처치 가(街) 성당이 있지요"

"처치 성당이요?"

나이 든 여자는 기름통을 다른 손으로 옮겨 든 뒤 그에게 방향을 일러주었고 숄 아래 감싸두었던 냄새나고 지저분한 오른손을 내밀었다. 여자의 목소리를 듣고 슬퍼지고 마음이 누그러진 그는 그녀를 향해 몸을 수그렸다.

"감사합니다."

"천만에요."

높은 제단 위의 양초들은 꺼져있었지만, 향냄새는 아직도 어둑한 신도석 주변을 떠돌았다. 경건한 표정의 턱수염 난 일꾼들이 캐노피 덮개를 옆문으로 운반하는 중이었고, 성당 관리인은 조용한 말로, 손짓으로 그들을 도왔다. 몇몇 독실한 신자들은 측면 제단 앞에서 기도를 드리거나 고해성사실 근처 의자에서 무릎을 꿇고 있었다. 풀이 죽은 채 그쪽으로 다가간 그는 제일 마지막 의자에서 무릎을 꿇고서 성당의 평화와 고요함과 향기에 감사했다. 그가 무릎을 꿇고 있는 장궤는 좁고 낡았고 그의 근처에서 무릎 꿇고 있는 사람들은 예수의 겸손한 추종자들이었다. 예수 역시 가난하게 태어났고 목공소에서 일하면서 나무를 자르고 모양을 만들었고, 가난한 어부들에게 하느님의 왕국에 대해 처음으로 말했으며 모든 사람이 온유하고 겸손한 마음을 지녀야 한다고 가르쳤다.

그는 머리를 수그려 손 위에 대고서, 옆에서 무릎을 꿇은 사람처럼 온유하고 겸손한 마음이 되기를, 그들의 기도처럼 그의 기도가 받아들여지길 바랐다. 그들 옆에서 기도하는 것은 어려운 일이었다. 그의 영혼은 죄로 물들었고, 그는 하느님의 신비로, 예수가 처음 불렀던 목수들과 어부들, 가난한 자와 순수한 자들처럼, 하찮은 거래를 하고 나무를 다듬어 모양을 만들고 인내심을 가지고 그물을 손질하던 그들처럼 그저 단순히 믿는 마음으로 용서를 구할 수 없었다.

키가 큰 사람이 통로로 걸어왔을 때 고해자들이 웅성거렸다. 마지막 순간에 얼른 고개를 든 그는 긴 회색 수염과 카푸친 수사의 밤색 수도복을 보았다. 성직자는 고해성사실로 들어섰고 그 모습은 보이지 않았다. 고해자 두 명이 일어나 양쪽 방으로 각각 들어섰다. 나무로 된 미닫이문이 닫히자 침묵이 흐르는 가운데 부드럽고 작은 목소리만 들려왔다.

그의 피가 혈관 안에서 중얼대기 시작했다. 마치 그 파멸을 듣기 위해 잠에서 소환된 죄 많은 도시처럼 중얼거렸다. 조그만 불꽃과 가루 같은 재가 소리 없이 사람들의 집에 내려앉았다. 그들은 동요했고, 잠에서 깨어났고, 뜨거워진 공기로 인해 고통받았다.

미닫이문이 다시 열렸다. 한쪽 고해실에서 고해자가 나왔다. 더 멀리 있는 쪽의 문이 열렸다. 한 여자가 경건한 자세로 조용히 첫 번째 고해자가 들어갔던 곳으로 들어갔다. 부드러운 웅얼거림이 다시 시작되었다.

그는 지금이라도 성당에서 나갈 수 있었다. 자리에서 일어나, 발 하나를 다른 하나 앞에 놓으며 조용히 걸어나간 다음 어두운 길거리를 따라 빠르게 달리고, 달리고, 또 달려나갈 수 있었다. 그는 이제라도 수치심에서 도망칠 수 있었다. 차라리 그 한 번의 죄가 아니라 다른 끔찍한 범죄였다면! 살인죄였다고 해도 견딜 수 있을 텐데! 조그만 불꽃이 내려앉아 그의 모든 곳을, 수치스러운 생각과 수치스러운 말과 수치스러운 행동을 건드렸다. 붉게 달아오른 잿가루가 쉬지 않고 쏟아지듯 부끄러움이 그의 온몸을 감쌌다. 그것을 말로 해야 한다니! 어찌할 바를 모르는 그의 영혼은 숨이 막혀 죽어버릴 것이다.

미닫이문이 다시 열렸다. 고해자 한 명이 고해실 저쪽 편에서 나왔다. 가까운 쪽 미닫이문이 열렸다. 한 고해자가 먼젓번 고해자가 나온 곳으로 들어갔다. 부드러운 속삭임이 고해실에서 나와 수증기 품은 구름처럼 떠다녔다. 그 여자였다. 부드러운 속삭임의 구름, 부드러운 속삭임의 증기가 속삭이다 사라졌다.

그는 겸손한 마음으로 나무 팔걸이에 숨은 채 남몰래 주먹으로 가슴을 쳤다. 그는 다른 이들과, 또한 하느님과 하나가 될 것이다. 자신의 이웃을 사랑할 것이다. 자신을 창조하고 사랑한 하느님을 사랑할 것이다. 다른 사람들과 함께 무릎을 꿇고 기도를 올리고 행복해질 것이다. 하느님은 그와 사람들을 굽어보실 것이고 그들 모두를 사랑하실 것이다.

착한 사람이 되기는 쉽다. 하느님의 멍에는 달콤하고 가벼웠다. 단 한 번도 죄를 짓지 않고 언제나 아이로 남는 것이 더 나은 일이었으니, 그건 하느님이 어린아이들을 사랑했고 그에게 가까이 다가갈 수 있도록 허락했기 때문이었다. 죄를 짓는 것은 끔찍하고 슬픈 일이었다. 그러나 하느님은 진심으로 뉘우치는 불쌍한 죄인에게 자비를 베푸셨다. 그건 진실이었다! 그것은 진정한 선이었다.

미닫이문이 갑자기 열렸다. 고해자가 나왔다. 그가 들어갈 차례였다. 그는 두려움에 떨며 일어나 앞이 안 보이는 사람처럼 더듬더듬 고해실로 들어갔다.

마침내 때가 왔다. 그는 조용하게 무릎을 꿇고 눈을 들어 위쪽에 걸린 하얀 십자가를 쳐다보았다. 하느님은 그가 뉘우치는 것을 볼 수 있을 것이다. 그는 모든 죄를 말할 것이다. 그의 고해성사는 길고, 또 길게 이어질 것이다. 그렇게 되면 성당 안 모든 사람이 그가 어떤 죄인이었는지 알게 될 것이다. 그들이 알게 되어도 상관없다. 그건 사실이었으니까. 그러나 하느님은 그가 뉘우치면 용서해주겠노라고 약속했다. 그는 뉘우치고 있었다. 두 손을 모아 잡고 하얀 형상을 향해 들어 올린 다음 슬픈 눈으로, 떨리는 몸으로 기도했고 마치 길을 잃은 피조물처럼 고개를 앞뒤로 흔들면서 훌쩍거리는 목소리로 기도했다.

"뉘우치나이다! 뉘우치나이다! 오 뉘우치나이다!"

미닫이문이 삐걱하고 열렸고 그의 심장이 마구 뛰기 시작했다. 쇠살대 너머로 나이 든 사제가 고개를 한 손에 기댄 채 그를 보지 않고 앉아있었다. 그는 성호를 긋고 나서 죄를 고백하는 자신에게 은총을 내려달라고 청했다. 그런 다음 고개를 숙이고 두려움에 떨며 고해성사 기도문을 외웠다. '저의 큰 탓이옵니다'라는 구절에서 그는 숨이 막혀 말을 잇지 못했다.

"마지막으로 고해한 지 얼마나 되었지요?"

"오래되었습니다, 신부님"

"한 달?"

"더 오래되었습니다, 신부님."

"석 달 정도?"

"더 오래되었습니다."

"여섯 달?"

"여덟 달입니다, 신부님."

그가 고해성사를 시작했다. 성직자가 물었다.

"그때 이후로 기억하고 있는 것이 무엇입니까?"

그는 죄를 고백하기 시작했다. 미사에 참석하지 않았던 일, 기도문을 외지 않았던 일, 거짓말들.

"또 다른 것은 없나요?"

그는 분노와 시기심, 식탐, 허영심, 불복종의 죄를 고백했다.

"또 다른 것은?"

이제는 버틸 수 없었다. 그는 기어들어가는 목소리로 말했다.

"저는 …… 불순의 죄를 지었습니다, 신부님."

성직자는 고개를 돌리지 않은 채 물었다.

"혼자서 말인가요?"

"그게 …… 다른 사람과 함께요."

"여자와 함께인가요?"

"네, 신부님."

"결혼한 여자들이었습니까?"

그는 몰랐다. 그의 죄가 입술에서 하나씩 흘러나왔다. 마치 그의 영혼으로부터 수치의 물방울이 똑똑 떨어지고 불결한 사악함의 시냇

물처럼 곯아서 흘러내리는 것 같았다. 가장 불결한 마지막 죄가 느릿느릿 새어 나왔다. 이제는 할 말이 없었다. 그는 고개를 푹 수그렸다.

사제는 잠시 침묵을 지키더니 다시 물었다.

"몇 살이지요?"

"열여섯 살입니다, 신부님"

사제는 손으로 그의 얼굴을 여러 번 쓰다듬었다. 그런 다음 그의 이마에 손을 대고 몸을 앞으로 기울이더니, 여전히 시선을 돌린 채로 천천히 말했다. 지치고 나이 든 목소리였다.

"그대는 아직 젊습니다," 그가 말했다. "나는 그대가 그러한 죄를 짓지 말기를 간청합니다. 그것은 아주 끔찍한 죄입니다. 육체를 죽이고 영혼을 죽입니다. 수많은 범죄와 불행의 원인이 되지요. 제발 그 죄를 짓지 마세요. 불명예스럽고 남자답지 못한 행동입니다. 그런 뒤틀린 습관이 그대를 어디로 이끌고 갈지 혹은 어디에서 그대에게 해를 입힐지 알 수 없습니다. 불쌍한 나의 형제여, 그런 죄를 저지르는 한, 그대는 하느님께 아무런 가치가 없는 존재가 될 것입니다. 우리의 어머니이신 성모 마리아께 도움을 청하세요. 그분은 그대를 도울 것입니다. 그런 죄가 생각날 때마다 성모께 기도하세요. 나는 그대가 그렇게 할 것이라고 믿습니다, 그렇지요? 그대는 모든 죄를 뉘우쳤습니다. 나는 그대가 회개했다고 확신합니다. 그리고 그대는 하느님의 거룩한 은총에 의해, 다시는 그를 거역하지 않고 사악한 죄를 다시는 짓지 않겠다고 약속할 것입니다. 그대는 하느님에게 엄숙하게 서약할 것입니다, 그렇지요?"

"네, 신부님."

늙고 지친 목소리가 달콤한 비처럼 떨리면서도 타는 듯한 그의 심장에 내렸다. 그 얼마나 달콤하며 슬픈지!

"그렇게 하십시오, 불쌍한 나의 형제여. 악마가 그대를 다른 길로 꾀어냈습니다. 그를 다시 지옥으로 돌려보내세요. 그는 우리 주님을 증오하는 사악한 영이고, 그대를 유혹하여 그대의 육체를 불명예스럽게 만듭니다. 이제 당신이 그러한 죄를, 끔찍하고 또 끔찍한 그 죄를 다시는 짓지 않겠다고 하느님께 약속하세요."

눈물과 하느님의 자비라는 빛에 의해 눈을 제대로 뜰 수 없는 가운데 그는 고개를 수그렸고, 근엄한 목소리가 들리면서 용서의 표시로 성직자가 손을 그의 머리 위로 쳐드는 것을 보았다.

"하느님께서 그대를 축복하시길, 나의 형제여. 나를 위해 기도해주세요."

그는 어둑한 신도석 한구석에서 무릎을 꿇고 속죄의 기도를 했다. 마치 하얀 장미에서 향기가 솟구쳐 흐르듯, 정화된 그의 마음에서 흘러나온 그의 기도가 하늘로 올라갔다.

진흙투성이 거리가 명랑하게 보였다. 그는 눈에 보이지 않는 은혜가 온몸에 스며들고 사지를 가볍게 해주는 것을 느끼면서 집을 향해 성큼성큼 걸어갔다. 모든 것에도 불구하고 그는 해냈다. 그는 고백했고 하느님은 그를 용서했다. 그의 영혼은 순수와 경건함을 되찾았고, 거룩하게 되었고 행복했다.

만약 하느님이 그렇게 원하신다면 죽는 것도 아름다울 것이다. 은총 속에서 다른 이들과 함께 평화와 미덕과 관대함이 있는 삶을 사는 것도 아름다웠다.

그는 부엌 난롯불 옆에 앉아, 행복에 겨워 감히 입을 열 수 없었다. 이 순간까지 그는 아름답고 평화로운 삶이 어떻게 가능한지 알지 못했다. 등불 둘레에 고정된 네모난 녹색 종이가 부드러운 그림자를 드리웠다. 찬장 위에는 소시지와 하얀 푸딩 접시가 놓여있고 선반에는 달걀이 있었다. 학교 기도실에서 영성체한 다음 아침 식사를 만들 때 사용될 것이다. 하얀 푸딩과 달걀, 소시지, 차 한잔. 얼마나 단순하고 아름다운 삶이란 말인가! 삶이 그의 앞에 모두 놓여있었다.

꿈속에서, 그는 다시 잠이 들었다. 그 꿈속에서, 일어나보니 아침이었다. 그 깨어난 꿈속에서 그는 고요한 아침에 학교로 향했다.

소년들이 모두 그곳 자신들의 자리에서 무릎을 꿇고 있었다. 그는 그들과 함께 무릎을 꿇었는데, 행복하고 수줍었다. 제단에는 향기가 좋은 하얀 꽃들이 가득했다. 아침 햇살 사이로 하얀 꽃들 가운데 놓인 양초의 파리한 불꽃은 그의 영혼처럼 깨끗하고 고요했다.

그는 반 친구들과 함께 제단 앞에 무릎을 꿇었고, 그들과 함께 길게 이어진 살아있는 손으로 제단보를 잡았다. 사제가 성합을 들고 한 사람씩 영성체를 주며 지나가는 소리를 들을 때, 그의 손이 떨렸고 그의 영혼이 떨렸다.

"코르푸스 도미니 노스트리(우리 그리스도의 몸)"

그게 가능할까? 죄 없이 조심스럽게 그는 무릎을 꿇었다. 그는 혀를 내밀어 성체를 모시고 하느님은 정화된 그의 몸속으로 들어오실 것이다.

"인 비탐 에테르남(영원한 생명 속에서), 아멘"

새로운 삶이었다! 은총과 선함과 행복의 삶이었다! 이것은 사실이었다. 그가 깨어나게 될 꿈이 아니었다. 과거는 과거였다.

"코르푸스 도미니 노스트리!"

성합이 그의 앞에 도달했다.

제4장

일요일은 거룩한 삼위일체의 신비에 봉헌되었고, 월요일은 성령에, 화요일은 수호천사들에게, 수요일은 성 요셉에게, 목요일은 제단의 거룩한 성체에, 금요일은 고난받는 예수에게, 토요일은 성모 마리아에게 봉헌된 날이었다.

　매일 아침 그는 어떤 신성한 이미지 혹은 신비가 눈앞에 있다고 생각하며 새롭게 자신의 마음을 정화했다. 그의 하루는 교황의 의도에 부합하고 매 순간 영웅적인 생각과 행동의 제물로, 또한 새벽 미사로 시작하였다. 신선한 아침 공기가 견고한 그의 신앙심에 힘을 불어넣었다. 그는 몇몇 신자들과 함께 제단 측면에서 무릎을 꿇고 책갈피 끼운 기도서를 들고 사제의 낮은 목소리를 따라 하면서 잠시 고개를 들어 구약과 신약 성경을 의미하는 두 개의 양초 사이 어둑한 곳에 선 사제를 바라보았고, 자신이 카타콤[39]의 미사에 참석하여 무릎

---

39 초기 기독교 시대의 비밀 지하 묘지.

을 꿇고 있다고 상상했다.

그의 일상생활은 온통 종교로 채워졌다. 진심어린 절규와 기도를 통해 연옥에 있는 영혼들이 보내야 할 수많은 날이, 격리 기간이, 수많은 해가 줄어들도록 노력했다. 하지만 그토록 오랫동안 교회법에 따르는 고행을 그토록 쉽게 성취하면서 느낀 영적인 승리도 열정적인 기도에 대한 완전한 보상이 되지 못했다. 왜냐하면, 고통받는 영혼들을 위한 짧은 기도로는 그가 일시적 형벌을 얼마나 감면받을 수 있을지 알 수 없기 때문이었다. 또한, 영원히 지속하지 않는다는 점에서만 오직 지옥과 다른 연옥의 불길에 들어갈까 봐, 자신의 속죄 행위가 물 한 방울과 같을까 봐 두려워, 그는 자신의 영혼을 매일 공덕의 일이 가중되는 회로 속으로 몰아넣었다.

하루의 모든 부분을 이제 삶의 의무로 간주한 것들로 구분하고, 그는 영적 에너지의 중심 주변을 맴돌았다. 그의 삶은 영원을 향해 가까이 다가가는 듯했다. 모든 생각과 말, 행동, 의식 있는 모든 순간이 하늘에서 빛을 내며 다시 공명(共鳴)하게 될 것이다. 그가 그런 즉각적인 영향을 생생하게 느끼는 순간마다 그는 마치 자신의 손가락이 거대한 현금 등록기의 키보드를 누르듯 신심 가득한 그의 영혼을 느낄 수 있었고, 숫자가 아니라 연약한 한 줄기의 향이나 가느다란 꽃의 형태로서 자신이 저축한 총 금액을 하늘에서 즉시 사용할 수 있을 것 같았다.

그는 길을 걸으면서 기도할 수 있도록 묵주를 바지 주머니에 느슨하게 넣어두고 지속해서 묵주기도를 올렸는데, 그 기도 역시 이름

없는 것만큼이나 색깔 없고 향기 없는 꽃이나 시들어버린 화관처럼 변질하였다. 그의 영혼은 신학의 세 가지 덕의 측면에서, 즉 그를 창조하신 성부에 대한 믿음 속에서, 그를 부활시켜준 성자를 통한 희망 속에서, 그를 정화한 성령의 사랑 속에서 더욱 강해지도록 매일 세 번씩 묵주기도를 올렸다. 그리고 이는 성모의 환희와 슬픔과 영예로운 신비의 이름으로 성모를 중재자로 하여 세 분의 위격에 바치는 세 번의 기도였다.

일주일 내내 매일 한가지씩, 그는 성령의 일곱 가지 선물[40]이 그의 영혼에 강복하여 과거에 그를 더럽혔던 일곱 가지 대죄를 몰아내 달라고 기도했다. 그는 약속된 날에 각각의 선물을 달라고 기도하면서 그렇게 되리라고 확신했지만, 가끔은 지혜와 이해, 지식이 구별해서 기도해야 할 만큼 본질적으로 다른 것인지 궁금했다. 그러나 영혼이 성장하게 될 미래의 어느 날, 그의 죄 많은 영혼이 허약함에서 일어나 거룩한 삼위일체의 세 번째 위격에 의해 깨우침을 얻게 될 때 그런 궁금증은 사라지게 될 것이라고 믿었다. 비둘기와 강한 바람으로 상징되며 눈에 보이지 않는 성령이 기거하는 신성한 어둠과 침묵 때문에, 성령에 짓는 죄는 용서받을 수 없는 죄이고, 성직자들이 불의 혓바닥처럼 붉은 사제복을 입고서 영원하고 신비롭고 비밀스러운 존재인 성령이자 하느님께 일 년에 한 번씩 미사를 봉헌했기 때문에 그가 두려운 마음으로 이 모든 것을 더욱더 믿었다.

---

40 지혜, 이해, 분별, 지식, 용기, 경건, 하느님에 대한 경외감.

삼위일체의 세 위격의 유사한 본질이 형상화—영겁의 세월동안 거룩한 완전함을 거울처럼 비추는 성부, 그리하여 영원한 외아들이 되신 성자, 영원으로부터 성부와 성자에게서 나온 성령—를 통해 그가 읽은 기도서에 어렴풋이 드러났다. 그가 세상에 나오기 전 오랫동안, 세상 그 자체가 존재하기 전 오랫동안, 사실 하느님이 영원으로부터 그의 영혼을 사랑했다는 단순한 사실보다 그들이 지닌 위엄 서린 불가해성이라는 이유에 의지하여 그 존재를 받아들이는 것은 어렵지 않았다.

사랑과 증오라 불리는 격정이 제단과 설교단에서 엄숙하게 천명되는 것을 듣고, 책 속에서 그것들이 엄숙하게 제시된 것을 보았으나, 왜 그의 영혼은 그러한 감정을 조금도 느낄 수 없는지 혹은 왜 그의 입술은 확신 있게 그 이름을 말할 수 없는지 궁금했다. 잠깐씩 분노가 엄습하는 일은 여러 번 있었지만 그런 감정이 지속하도록 내버려 두지 않았고, 마치 그의 몸은 어떤 외피나 껍데기에서 쉽게 벗어날 수 있는 것처럼 언제나 거기에서 빠져나왔다. 미묘하고 어둡고 중얼거리는 무엇인가가 그의 존재를 관통하고, 짧고 부당한 욕망이 내부에 불을 지피는 것을 느꼈다. 그것 역시 그의 손이 닿지 않는 곳으로 빠져나갔으며 그의 정신은 명료하고 무심하게 되었다. 이것이 그의 영혼이 품으려 했던 단 하나의 사랑이고 단 하나의 증오인 것 같았다.

하지만 그가 사랑의 존재를 믿지 않는 건 아니었다. 하느님 자신이 영원하고 거룩한 사랑으로 그의 개별적인 영혼을 사랑했기 때문이었다. 그의 영혼이 영적 지식으로 점점 더 풍성하게 되자, 세상 전체가 하느님의 권능과 사랑이 조화롭게 표현된 하나의 거대한 체계라는 사실을 볼 수 있게 되었다. 삶은 매 순간과 하느님의 선물이었고 심지어 가느다란 나뭇가지에 매달린 잎사귀 하나를 보더라도 그의 영혼은 삶의 감각을 찬양했고 하느님에게 감사를 드렸다. 세상의 모든 유형의 만물과 복잡함은 그의 영혼을 위해 존재하는 것이 아니라 하느님의 권능, 사랑, 보편성의 법칙을 보여주기 위한 것이었다. 따라서 그의 영혼에 허락된 모든 본성에서 이런 거룩한 의미는 너무나 전체적이고 질문 불가하여서 자신이 필연적으로 왜 계속 살아가야 하는지 이해하기 힘들었다. 그러나 그것도 하느님의 목적 중 일부분인 데다 그는 그 누구보다도 거룩한 목적에 반해 너무나 깊고 너무나 혹독하게 죄를 지었던 사람이었기 때문에 그 용도에 대해 감히 질문할 수 없었다. 하나이자 영원하며 어디에나 존재하는 완벽한 실재를 의식하면서 온유해지고 겸손해진 그의 영혼은 경건함과 미사, 기도문, 성스러운 의식, 금욕의 짐을 다시 짊어지게 되었다. 그런 다음에야 그가 사랑의 위대한 신비를 생각한 이래 처음으로, 새로이 태어난 생명의 사랑의 신비나 영혼 그 자체의 덕과 같은 온화한 무언가가 그의 내부 속에서 움직이는 것을 느꼈다. 종교 미술에서의 황홀한 태도, 펼쳐서 들어 올린 손, 곧 기절할 것 같은 사람의 벌어진 입술과 눈은 그에게 창조주 앞에서 부끄럽고 미약한 채, 기도하는 영혼의 이미지가 되었다.

그러나 영적 환희의 위험에 대하여 미리 경고를 들었기에 아무리

보잘것없거나 간단한 기도조차 거르지 않으면서, 위험투성이인 숭고함을 성취하기 위해서가 아니라 과거의 죄에서 벗어나 원상태로 되기 위해 금욕을 거듭했다. 그는 자신의 모든 감각을 엄격한 원칙에 따라 통제했다. 시각을 제한하기 위해 자신만의 규칙을 세워서 눈을 내리깔고 길을 걸어갔고 오른쪽이나 왼쪽을 흘끔거리지 않고 뒤도 돌아보지 않았다. 그는 절대로 여자들의 눈동자를 보지 않았다. 가끔은 의지를 발휘하여 시선을 돌려버리거나 문장을 모두 읽지 않은 채 갑자기 눈길을 올리고 읽던 책을 덮어버리기도 했다. 그는 청각을 단련시키기 위해 그 당시 변성기인 목소리를 노래나 휘파람을 불어서 다듬으려고 전혀 노력하지 않았고, 칼날을 갈거나 부삽으로 재를 긁어모으거나 카펫 털어내는 소리처럼 그에게 고통과 짜증과 불안을 안겨주는 소음으로부터 도망가려고 하지 않았다. 후각을 단련시키기는 더욱 어려웠는데 그 이유는, 나쁜 냄새가 배설물이나 타르와 같은 외부 세상의 냄새이던지, 혹은 많은 호기심을 가지고 비교나 실험을 해온 것 중에서 자신의 체취에 대한 냄새이던지, 그에게 나쁜 냄새에 대한 본능적인 혐오감이 없었기 때문이었다. 결국, 그의 후각을 거슬리는 유일한 냄새는 오래된 오줌 같은 퀴퀴한 배설물 악취뿐이라는 사실을 알아내고 가능할 때마다 그는 이 불편한 냄새를 맡곤 했다. 미각을 단련시키기 위해서는 식탁에서 엄격한 습관을 들였다. 교회의 단식 일을 모두 지켰고 색다른 음식의 풍미에 마음이 쏠리지 않도록 노력했다. 그러나 촉각을 억제하는 것이야말로 그가 가장 열심히 고안해 낸 재주였다. 잠잘 때는 일부러 몸의 자세를 바꾸지 않았고, 가장 불편한 자세로 앉았고, 모든 가려움과 통증을 인내심 있게 참아내었고, 난로를 멀리했고, 복음 낭송을 제외하고는 미사 중에 무릎을 꿇었고, 목과 얼굴 일부에 물기를 남겨놓아서 차가운 공기 때문에 아프도록 했고, 묵주 기도하지 않을 때는 언제나 달리기 선수처럼 팔을 옆구리에 딱 붙였으며 절대 주머니에 집어넣거나 뒷짐을 지지 않았다.

그는 대죄를 짓는 유혹에 마음을 빼앗기지 않았다. 하지만 아무리 경건하게 생활하고 스스로 통제해도 자신이 유치하고 결함이 많다는 사실을 알고는 놀랐다. 기도와 단식도 어머니의 재채기 소리를 듣거나 기도 중 방해를 받을 때 솟구치는 분노를 억누르기에 역부족이었다. 엄청난 의지를 발휘해야만 그런 짜증에서 벗어날 수 있었다. 선생들에게서 자주 보았던 가벼운 화의 분출, 실룩거리는 입술, 꾹 다문 입술, 붉으락 한 뺨과 같은 모습들을 자신과 비교하고는, 겸손하려고 많은 연습을 했지만, 풀이 죽었다. 평범한 일상의 다른 사람들과 어울리며 살아가는 것은 어떠한 금식이나 기도보다 더 어려운 일이었다. 자신이 만족하게 그 일을 해내는 데 늘 실패했기 때문에 의심과 가책이 점점 늘어나 마침내 그의 영혼은 영적으로 메말라갔다. 그의 영혼이 황량한 시기를 거치니 거룩한 의례 자체도 바싹 말라버린 샘물처럼 되어버리는 듯했다. 그의 고해성사는 양심적인, 회개 되지 않은 결점을 위한 수로(水路)가 되어버렸다. 가끔 성체조배를 마칠 무렵 하느님과 하나가 되는 영적 교감을 느꼈으나 영성체를 모실 때에는 순결한 자기 포기의 순간을 경험하지 못했다. 그가 성체조배 때 사용했던 책은 알폰서스 리구오리 성인이 저술했고 오랫동안 방치되어 글자는 흐려지고 종이는 변색한 것이었다. 그 책을 읽을 때, 노래 중의 노래인 아가(雅歌)의 이미지와 성찬을 받는 사람의 기도가 서로 뒤얽히면서, 열렬한 사랑과 순결한 반응의 희미한 세상이 그의 영혼을 향해 일어났다. 들리지 않는 목소리가 영혼을 어루만지는 듯 영혼의 이름과 영광을 부르며, 혼인을 위해 어서 일어나서 오라고, '나의 신부여, 아마나 산에서, 표범이 우글거리는 산에서 내려오너라'[41]고 말했다. 그리고 그 영혼은 똑같이 들리지 않는 목소리로, 복종하며, 대답했다. '인테르 우베라 메아 콤모라비투르[42](그분이 내 품에 누워 계시네)'.

자신을 내맡긴다는 생각은 그의 정신에 매력적이면서도 위험했고, 기도와 명상 중에 또다시 그를 향해 중얼중얼 소리를 내는 육신의 끈질긴 목소리가 그의 영혼을 괴롭히는 것을 느꼈다. 그런 과정을 통해 그는 그저 한순간의 생각만으로도 자신이 했던 모든 노력이 수포가 될 수 있다는 사실을 깨닫게 되었다. 맨발 쪽으로 천천히 밀려드는 물살을 느끼는 듯했고, 희미하고 약한 첫 잔물결이 소리 없이 밀려와 그의 뜨거워진 살갗을 만지도록 기다리는 기분이었다. 그런 다음 그 물결이 거의 닿으려는 순간에, 사악한 합의가 일어나기 직전에, 그는 만조에서 멀리 떨어져, 메마른 해변에 서 있는 자신을 깨닫고 갑

---

41 〈아가〉 4:8.

42 〈아가〉 1:13 "가슴에 품은 유향 꽃송이 같은 내 사랑"에서 나옴.

자기 의지를 발휘하거나 얼른 기도를 하여 겨우 구제될 수 있었다. 그리고 은빛 파도가 저 멀리 있는 것을 보았고, 다시 천천히 그의 발을 향해 다가오기 시작했다. 새로운 힘과 만족스러운 전율이 그의 영혼을 뒤흔들어 자신이 아직 욕망에 복종하지 않았고 모든 것이 수포가 된 것이 아니라는 사실을 알려주었다.

이러한 방법으로 유혹의 물결을 여러 번 교묘히 피했을 때 그는 자신이 지키고 싶은 은총이 조금씩 조금씩 사라지는 것은 아닌지 궁금했고 걱정스러웠다. 자신의 면제에 대한 분명한 확신이 점차 엷어졌고 뒤이어서 그의 영혼은 진실로 타락한 것을 깨닫지 못한 건 아닌지 막연하게 두려웠다. 그는 과거에, 유혹이 올 때마다 하느님에게 기도했고, 하느님에게도 줄 의무가 있는 만큼만 그 은총이 자신에게 주어져야 한다고 되뇌며, 자신의 은총의 상태를 다시 한 번 어렵게 떠올려볼 수 있었다. 유혹의 빈도와 강도가 점차 높아져 마침내 성인들의 시련에 대해 그가 들었던 것이 진실로 드러났다. 잦고 강력한 유혹들은 영혼의 요새가 타락하지 않았다는 것을, 악마가 그것을 쓰러뜨리기 위해 잔뜩 흥분한 증거였다.

그가 자신의 의심과 가책—기도에 집중하지 못하는 순간, 그의 영혼 속에 든 사소한 분노의 움직임, 혹은 말과 행동 속에 든 미묘한 고의—을 고백할 때면 자주 고해 신부는 죄를 사하기 전에 그가 과거에 지었던 죄 가운데 몇 개를 말하라고 했다. 그는 수치와 부끄러움을 느끼면서 죄를 고백했고 다시 한 번 더 뉘우쳤다. 아무리 경건하게 살고 모든 미덕과 완벽함을 갖춘다고 해도, 그가 완전히 자유로울 수 없다고 생각하자 수치스럽고 부끄러웠다. 항상 불안한 죄책감에 시달릴 것이다. 그는 고해성사하고 회개할 것이고 사면될 것이고, 또다시 고해성사하고 다시 회개하고 다시 사면받을 것이다. 헛된 노력일 뿐. 혹시 지옥의 공포 때문에 다급하게 했던 그의 첫 번째 고해성사가 좋지 않았던 것이었을까? 어쩌면 곧 들이닥칠 파멸만을 생각하고 자신의 죄에 대해 진심으로 슬퍼하지 않았던 것일까? 하지만 고해성사가 훌륭했고 그의 죄에 대해 진심으로 슬퍼했다는 확실한 신호가 있었다. 사실 그는 삶을 개선하였음을 알고 있었다.

"나는 내 삶을 개선했어, 그렇지?" 그가 자신에게 말했다.

* * *

교장은 창문 가에서 햇빛에 등을 돌린 채 밤색 이중 슬라이드에 한쪽 팔꿈치를 기대며 서 있었다. 그가 블라인드 끈을 천천히 흔들어 동그랗게 말면서 미소 지으며 말할 때 앞에 서 있는 스티븐의 눈길은 지붕 위의 엷어진 여름 햇살 혹은 느리지만 익숙하게 움직이는 교장의 손가락을 따라갔다. 성직자의 얼굴 전체에 그늘이 드리워졌지만 뒤쪽에서 들어온 엷은 햇살은 움푹 들어간 관자놀이와 머리의 굴곡을 비추었다. 교장이 엄숙하고 다정한 목소리로 방학이 끝난 지 얼마 되지 않았다거나 해외에 있는 예수회 학교와 선생들의 전근과 같이 그저 그런 이야기를 해줄 때, 스티븐은 교장의 말투와 억양을 주의하여 들었다. 엄숙하고 다정한 그 목소리는 술술 이어졌는데 잠시 말이 끊어질 때면 스티븐은 뭔가 공손하게 질문을 해서 대화를 이어가야 할 것 같았다. 그는 그런 이야기들이 전주곡에 불과하다는 사실을 알았고 마음속으로 그 뒤에 이어질 내용을 기다렸다. 교장이 그를 불렀다는 전갈을 들은 이후, 그는 그 의미를 알아내기 위해 고심했다. 안절부절못하는 마음으로 학교 접견실에서 교장이 들어오길 기다렸던 기나긴 시간 내내 그의 눈은 주변 벽에 걸린 엄숙한 초상화를 하나씩 바라보았고, 마음속으로는 소환의 의미가 거의 명확해질 때까지 한 가지씩 추측을 해보았다. 그런 다음 무언가 예상치 못한 일이 일어나서 교장이 들어오지 않게 되길 바라는 순간, 손잡이 돌아가는 소리와 사제복 자락 스치는 소리가 들려왔다.

교장은 도미니크 수도회와 프란체스코 수도회에 대한 것과 토마스 아퀴나스 성인과 보나벤투라 성인 사이의 우정에 대해 말하기 시작했다. 그의 생각으로는 카푸친[43] 수사복(服)이 사실 너무나도……

스티븐은 교장의 푸근한 미소를 마주 보고 입술을 약간 움직였을 뿐 어떤 의견을 내놓으려고 하지 않았다.

"내 생각으로는," 교장이 말을 이었다. "카푸친 수도사들 스스로가 그 복장을 멀리하고 다른 프란체스코회의 예(例)를 따라야 한다는 말이 나오는 것 같아."

"수도원 내에서는 아마 계속 그 복장을 유지할 것 같습니다만?" 스티븐이 말했다.

---

43 프란체스코 수도회의 한 갈래.

"오, 분명 그렇겠지," 교장이 말했다. "수도원을 위해서 그렇게 하는 게 옳지만, 길거리에서는 아마 입지 않는 편이 나을 거야, 그렇지?"

"그래야 할 것 같습니다."

"물론이지, 그렇고말고. 내가 벨기에에 갔을 때 날씨가 어떻든 상관없이 수도사들이 옷자락을 무릎까지 걷어 올리고 자전거를 타는 것을 보았다니까! 정말 우스꽝스러웠어. 벨기에에서는 그 옷을 '레 쥐프'라고 불렀어. 치마라는 의미란다."

교장의 모음 발음이 명확하게 들리지 않았다.

"무엇이라고 불렀다고 하셨지요?"

"레 쥐프."

"오!"

스티븐은 대답으로 그늘에 가려 잘 보이지 않는 교장의 미소를 향해 싱긋 웃었고, 낮고 조심스러운 성직자의 말투가 귀에 들어왔을 때 일종의 형상 혹은 유령 같은 것이 마음속으로 재빨리 스쳐 지나가는 것을 느꼈다. 저물어가는 하늘을 차분하게 응시하면서, 저녁 무렵의 시원한 공기와 약간 붉게 물든 그의 뺨을 감추어 준 연노란색 노을이 그저 고마울 뿐이었다.

여성의 옷이나 치장할 때 사용되는 부드럽고 섬세한 물건들이 거론될 때면 그의 마음속에는 항상 은은하고 죄 많은 향수 냄새가 떠올랐다. 소년 시절에 그는 말을 몰 때 사용하는 고삐가 가느다란 실크 밴드와 비슷할 것이라고 상상했지만 스트래드부르크에서 끈끈한 가죽끈을 만져보고 깜짝 놀란 적이 있었다. 또한 떨리는 손으로 여성의 스타킹을 만졌을 때 느꼈던 뻣뻣한 감촉에 놀라기도 했다. 그리고 그가 읽었던 모든 내용 중에서 남아있는 것이라고는 자신에 대한 메아리나 예언뿐이었기에, 오직 부드럽게 발음되는 구절이나 장미처럼 부드러운 물건에서만 여린 생명을 지니며 움직이는 한 여자의 영혼이나 몸을 감히 떠올렸다.

그러나 교장은 정작 하고 싶은 말을 한 것이 아니었으며 성직자가 그런 주제에 대해 가볍게 말하면 안 된다는 사실을 알고 있었다. 말을 일부러 가볍게 꺼낸 것이고 그림자에 가려진 눈동자가 그의 얼굴을 자세히 살피는 것을 느꼈다. 예수회 특유의 기술에 대해서 듣거나 읽었지만, 그는 직접 경험한 적이 없으므로 그냥 무시했었다. 선생님들은 그의 마음을 완전히 사로잡지 못할 때조차 항상 똑똑하고 진지한 성직자였고 강인하고 진취적 기상을 지닌 지도자였다. 그는 그들이 차가운 물로 힘차게 몸을 씻고 깨끗하고 뻣뻣한 리넨 옷을 입는 남자들이라고 생각했다. 클롱고우즈와 벨비데어 학교에서 그들과 함께 보낸 몇 년 내내, 그가 손바닥을 맞는 체벌을 받은 것은 딱 두 번이었고, 그들이 그를 잘못 다루기는 했지만, 그는 자신이 자주 벌을 피했다는 사실을 알고 있었다. 그 모든 세월 동안 선생님들이 경솔한 말을 하는 것을 단 한 번도 듣지 못했다. 그들이야말로 그에게 그리스도교의 교리를 가르쳤고 선한 삶을 살아야 한다고 그를 독려했고, 그가 대죄로 빠져들었을 때 다시 은총을 받게 해준 사람도 그들이었다. 그가 클롱고우즈에서 바보처럼 되었을 때 그들의 존재가 그를 수줍어하게 만들었으며 그가 벨비디어에서 애매한 위치에 있었을 때도 그들 앞에서 기를 펼 수 없었다. 그런 감정은 학교에서의 마지막 일 년까지 계속 그에게 남아있었다. 단 한 번도 복종하지 않은 적이 없었고 소란스러운 친구들이 조용히 복종하는 그의 습관을 어기도록 유혹했으나 한 번도 넘어가지 않았다. 심지어 선생님의 말씀을 의심하였을 때조차 단 한 번도 드러내놓고 건방지게 굴지 않았다. 최근 그들의 판단이 그에게 조금 유치하게 들린 적이 있었을 때도 그는 마치 익숙한 세계에서 천천히 빠져나오는 것 같은 기분과 그런 말을 듣는 것도 마지막인 것 같아서 후회와 연민을 느꼈을 뿐이었다. 어느 날 기도실 근처 창고 지붕 아래에서 몇몇 소년들이 한 사제의 주변에 모여들었을 때 그 사제가 하는 말을 들었다.

"나는 맥콜리 경이 살아가면서 의식적으로 대죄를 지은 적은 단 한 번도 없다고 믿는단다."

몇몇 소년들이 그 사제에게 빅토르 위고가 가장 위대한 프랑스 작가가 아니냐고 물었다. 그 성직자는 빅토르 위고가 교회에 등을 돌렸을 때 썼던 작품은 가톨릭 신자였을 때 썼던 작품보다 훨씬 좋지 못했다고 대답했다.

"하지만 수많은 저명한 프랑스 비평가들은," 사제가 말했다. "비록 빅토르 위고가 분명 훌륭한 작가일지라도, 그가 루이 뵈이요만큼 정통 프랑스 양식을 지키지 않았다고 말했지."

사제의 말이 암시하는 바를 이해한 스티븐의 얼굴이 살짝 달아올랐으나 이내 가라앉았고 그의 눈은 침착하게 무색의 하늘을 응시했다. 그러나 불안정한 의심이 그의 마음 여기저기로 흘러들어 갔다.

가려진 기억들이 그의 눈앞으로 재빨리 지나갔다. 장면과 사람들은 알아볼 수 있었지만, 일부 중요한 상황들은 알아볼 수 없었다. 그는 운동장 주변을 걸어 다니며 클롱고우즈의 경기를 보고 크리켓 모자에 소시지를 꺼내 먹는 자신의 모습을 보았다. 예수회 수도자들 몇몇이 숙녀들과 함께 원형 트랙 위를 걷고 있었다. 클롱고우즈에서 사용했던 표현들의 메아리가 그의 마음속 동굴 저 멀리에서 울려 퍼졌다.

그가 접견실의 침묵 속에서 은은하게 울리는 메아리에 귀를 기울이고 있을 때, 그를 향해 무언가 말하고 있는 교장의 목소리가 달라졌다는 사실을 감지했다.

"오늘 너를 부른 것은 말이다, 스티븐, 아주 중요한 이야기를 하고 싶어서란다."

"네, 선생님."

"하느님이 자네를 부른다고 생각해본 적이 있나?"

스티븐은 그렇다는 대답을 하기 위해 입을 열었으나 갑자기 그 단어가 나오지 않았다. 교장은 그의 대답을 기다리다가 덧붙여 말했다.

"내 말은 말이다, 자네 내부에서, 영혼 속에서 예수회에 가입하고 싶다고 느껴본 적이 있었나? 생각해보렴."

"가끔 생각해본 적은 있습니다." 스티븐이 말했다.

교장은 블라인드 줄을 한쪽으로 내려놓고 두 손을 모아쥐고서 자신과 교감하는 듯 엄숙하게 그 위로 턱을 올려놓았다.

"우리 학교 같은 곳에서는," 교장이 한참 후에 말했다. "한 명 혹은 어쩌면 두세 명쯤 하느님이 성직자의 소명을 부여한 소년들을 볼 수 있지. 그런 소년들은 경건한 태도에 의해서나 다른 사람들에게 보여주는 좋은 본보기가 되어서 다른 학생들과 구별이 된단다. 다른 학생들이 그를 존중하게 되지. 어쩌면 교우회에서 회장으로 선출되기도 해. 스티븐, 자네는 이 학교에서 그런 학생이었어. 성모신심회 회장이잖아. 아마도 자네야말로 하느님이 부르기로 계획하신 이 학교의 학생일지도 몰라."

당당하고 무게 있는 교장의 목소리를 듣자 스티븐의 심장이 빠르게 뛰기 시작했다.

"신의 부름을 받는 것은 말이다, 스티븐," 교장이 말했다, "전능하신 하느님이 한 인간에게 줄 수 있는 가장 커다란 영광이란다. 지구 위의 어떤 왕이나 황제도 하느님을 모시는 성직자의 권능을 가질 수 없어. 하늘에 있는 어떤 천사나 대천사, 어떤 성인도, 심지어 성모마리아까지도 하느님의 성직자가 지닌 힘을 가질 수 없지. 천국 열쇠의 힘, 죄에 묶이게 하거나 사면해주는 힘, 귀신을 쫓는 힘, 하느님의 피조물에서 악령을 몰아내는 힘, 하늘의 위대한 하느님을 제단으로 내려오게 하여 빵과 와인의 형태로 되게 하는 힘과 권위 말이다. 정말 멋진 힘이지, 스티븐!"

혼자 자랑스러워한 생각의 메아리를 교장의 말을 통해 들었을 때, 스티븐의 뺨은 다시 붉게 물들기 시작했다. 천사와 성인들이 경배하는 그 강력한 힘을, 사제가 된 그가 침착하고 겸손하게 휘두르는 모습을 얼마나 여러 번 상상했던가! 그의 영혼은 남몰래 그러한 소망에 대해 사색하고 즐거워했다. 젊고 예의가 바른 사제가 되어 신속하게 고해실로 들어가고, 제단 계단을 오르고, 향을 피우고, 무릎을 꿇으면서 사제의 모호한 행동을 수행하였는데, 그가 기쁠 수 있었던 이유는 그러한 행동이 현실과 유사하면서도 현실은 아니었기 때문이었다. 상상이 꾸며낸 어렴풋한 삶 속에서 여러 사제에게서 보았던 목소리와 몸짓을 흉내 냈다. 어떤 사제처럼 무릎을 옆쪽으로 구부리기도 했고, 어떤 사제처럼 향로만 살짝 흔들기도 했고, 또 다른 사제처럼 사람들을 축복한 뒤 제단으로 돌아갈 때 제의복을 뒤로 획 젖히기도 했다. 그리고 무엇보다도 그러한 상상 속에 자신이 들어갈 수 있다는 사실이 즐거웠다. 그는 미사 집전 사제의 위엄은 흉내 내지 않은 이유는, 상상 속 모든 흐릿한 장관이 결국 그의 생활이 되어버린다거나 혹은 그 의식이 분명하고도 최종적 소임으로 그에게 맡겨질 것이라고 상상하고 싶지 않았기 때문이었다. 그는 소소한 성무를 맡고 싶었다. 대 미사에서 차부제의 하얀 명주옷을 입고 제단에서 조금 떨어져 사람들의 눈에 잘 띄지 않는 곳에 서서 기다란 사제 베일을 어깨에 걸치고 접힌 주름 사이로 성반을 넣어두거나, 혹은 전례가 모두 끝난 뒤, 미사 집전 사제 아래 계단에서 금색 제의를 입은 부제로서, 양손을 맞잡고 사람들을 바라보면서 '이테 미사 에스트[44](미사가 끝났으니 가서 복음을 전합시다)'라고 노래 부르길 바랐다. 만약 자신이 미사 집전 사제가 된 모습을 상상한 적이 있었다면, 그것은 어린이용 미사 책 그림에서, 아무도 없는 성당의 텅 빈 제단에서 전례의 천사만이, 자신과

---

44 ITE MISSA EST.

비슷한 소년 복사의 시중을 받는 모습이었다. 오직 희미한 전례나 전례 행위 속에서 그의 의지만이 현실과 맞서기 위해 나서는 듯했다. 그가 자신의 분노나 오만을 덮기 위해 침묵을 지켰든, 혹은 하고자 열망했던 포옹만을 하든, 언제나 제한을 받는 이유 중 하나는 일정한 전례가 없었기 때문이었다.

그는 경건하게 침묵을 지키며 교장의 호소에 귀를 기울였고 그 과정에서 교장이 비밀스러운 지식과 권능을 내보이며 그를 끌어당기려 한다는 사실을 알게 되었다. 이제 그는 마법사인 시몬 마구스의 죄가 무엇이었으며 성령에 대한 죄는 용서받을 수 없다는 사실을 알게 될 것이다. 천벌을 받은 아이들을 낳고 천벌을 잉태한 이들에게서, 또한 다른 이들에게서는 감추어진 불명확한 것들을 알게 될 것이다. 어두운 기도실의 부끄러움 속에서 여자들과 소녀들의 입술이 그의 귀에 대고 웅얼거리는 고해성사를 들음으로써 다른 사람들의 죄에 대해, 그 죄 많은 갈망과 죄 많은 생각과 죄 많은 행동을 알게 될 것이다. 그러나 사제 서품식에서 안수식으로 신비스럽게도 사면을 받은 몸이기에 그의 영혼은 다시는 오염되지 않은 채 하얀 평화가 내려앉은 제단으로 나아갈 것이다. 어떠한 죄도 성체를 들어 올리고 나누는 그의 손에 남아있지 않을 것이다. 어떠한 죄도 기도하는 그의 입술에 남아 그리스도의 몸을 구별하지 못하여 지옥으로 보내 먹지도 마시지도 못하게 할 수 없을 것이다. 그는 비밀스러운 지식과 비밀스러운 권능을 지킬 것이며 결백한 사람처럼 죄 없는 존재가 될 것이고, 멜기세덱의 질서에 따라 영원히 사제로 남을 것이다.

"나는 내일 아침 미사를 집전할 것이야." 교장이 말했다. "전능하신 하느님이 거룩하신 의지를 자네에게 보여주실지 몰라. 그리고 스티븐, 거룩한 수호성인인 첫 번째 순교자에게 9일 기도를 바치도록 해. 그는 하느님과 함께 큰 권능을 지닌 분이고, 하느님은 자네 마음을 일깨워주실 거야. 하지만 스티븐, 소명을 받았다는 사실을 분명히 깨달아야만 해. 만약 나중에 그렇지 않다는 사실을 알게 되면 문제가 심각해지니까. 한번 사제는 영원한 사제라는 사실을 기억하려무나. 교리 시간에 배웠겠지만, 성품성사는 그 영혼에 지울 수 없는 영적 표시를 남기기 때문에 오직 한 번만 받을 수 있어. 그러니 성사를 받기 전에 심사숙고해야 해. 그 후에는 방법이 없어. 이건 아주 중대한 문제이지, 스티븐. 자네 영원한 영혼의 구원이 달린 문제야. 어쨌든 함께 하느님께 기도하자."

교장은 무거운 문을 연 다음 한 손으로 잡고 마치 그가 이미 영성 생활의 친구가 된 것처럼 다른 한 손을 내밀었다. 스티븐이 계단 위쪽 넓은 층계참으로 걸어갈 때 온화한 저녁 공기가 그를 다독이는 것 같았다. 네 명의 젊은이가 서로 팔짱을 낀 채 핀들레터 교회 쪽으로 성큼성큼 걸어가면서 리더가 연주하는 작은 아코디언의 멜로디에 맞춰 고개를 흔들고 발장단을 맞추었다. 갑자기 들려온 음악의 첫 소절이 항상 그러하듯, 그 음악은 복잡한 그의 마음 너머로 재빨리 흘러가, 예고 없는 파도가 아이들의 모래탑을 녹여버리듯, 고통도 소리도 없이 그의 마음을 무너뜨렸다. 가볍게 웃으면서 시선을 들어 교장의 얼굴을 보았다. 저물어가는 날의 생기 없는 표정이 보였고, 동료의

식으로 어렴풋이 묵인한 손을 천천히 놓았다.

계단을 내려오던 그가 곤혹스러운 자기 성찰을 지워버린 인상은 학교의 문턱에서 저물어가는 날을 투영하는 생기 없는 얼굴이었다. 그런 다음 학교생활의 그림자가 근엄하게 그의 의식 위로 지나갔다. 그를 기다리는 것은 무덤이었고, 질서정연하며 열정 없는 생활, 물질적인 것과 상관없는 생활이었다. 그가 어떻게 수련원에서 첫 번째 밤을 보낼지, 어떠한 황망함 속에서 기숙사에서 첫 번째 아침을 맞을지 의아했다. 클롱고우즈의 긴 복도에서 맡았던 곤혹스러운 냄새가 다시 풍겨왔고, 타오르는 가스 불의 조심스러운 중얼거림이 다시 들려왔다. 즉시 온몸에서 불안감이 퍼져나가기 시작했다. 맥박이 마구 빨라졌으며 의미 없는 말소리가 이성적인 사고능력 여기저기에 혼란을 일으켰다. 그의 허파는 마치 후덥지근한 공기를 들이마신 듯, 혹은 클롱고우즈 욕실의 지저분한 하수구 물 위를 감싼 습기 많고 후덥지근한 공기 냄새를 다시 맡은 듯 팽창했다가 가라앉았다.

기억이 일깨우고 교육이나 경건함보다 더 강렬한 직감이, 미묘하고 적대적 감각의 삶에 가까이 다가갈 때마다 더욱 빠르게 움직였고 묵인에 대항하여 그를 무장시켰다. 그러한 삶에 내포된 차가움과 질서가 혐오스럽게 느껴졌다. 그는 냉기 어린 아침에 일어나 새벽 미사를 드리러 다른 이들과 함께 줄을 지어 내려가고, 메슥거리는 위장을 기도하여 애써 달래려고 헛되이 몸부림치는 자신의 모습이 떠올랐다. 학교 동료들과 함께 저녁 식탁에 앉아있는 자신이 보였다. 그에게 깊이 뿌리박힌 수줍음이 대체 무엇이길래 그가 낯선 지붕 아래에서 먹고 마시는 것을 극도로 싫어하게 되었을까? 영혼의 어떤 부분이 오만이 되어서 모든 공동체에서 동떨어진 존재가 되었단 말인가?

예수회 신부 스티븐 디덜러스

저 새로운 삶 속의 그의 이름이 여러 인물이 되어 눈앞에 나타났고, 막연한 한 얼굴 혹은 어떤 얼굴색을 마음속으로 느낄 수 있었다. 그 색깔이 희미해지더니, 이내 붉은 벽돌색의 불빛처럼 강렬해졌다. 생살처럼 드러난 그 붉은색은 겨울 아침에 면도한 성직자들의 턱에서 자주 본 것이었을까? 눈이 없는 얼굴은 고통을 기꺼이 감내하며 경건하였고, 억누른 분노로 조금 붉게 달아오른 얼굴이었다. 일부 소년들이 '홀쭉이 긴 턱' 혹은 '여우 같은 캠벨'이라고 불렀던 예수회 성직자의 얼굴이 환영처럼 나타난 것은 아닐까?

그가 가디너 가(街)에 있는 예수회 숙소를 지나치는 순간, 만약 입회하면 어떤 창문이 그의 것이 될지 희미한 궁금증이 스쳐 지나갔다. 그다음 그는 자신의 궁금증이 막연하다는 것과 그때까지 영혼의 안식처라고 생각했던 곳이 너무 멀게 느껴진다는 것과 확정적이며 변경 불가의 행동으로 자신에게 주어진 현세와 내세에서의 자유를 영원히 끝내겠다고 위협했을 때, 그토록 오랫동안 지켜왔던 질서와 복종심이 그토록 허약해질 수 있다는 것을 알고 놀랐다. 교회의 당당한 권한, 성직자의 신비와 권능에 대해 역설했던 교장의 목소리가 기억 속에서 천천히 되풀이되었다. 그의 영혼은 그것을 듣거나 환영하지 않았고 그는 이제 자신이 귀를 기울였던 간곡한 부탁이 이미 무능한 형식적 이야기로 전락했다는 사실을 깨달았다. 사제가 되어 성체 앞에서 향로를 흔드는 일은 결코 없을 것이다. 그의 운명은 사회나 종교적 질서에서 벗어나게 될 것이다. 교장의 호소 속에 든 지혜는 그의 마음 깊은 곳을 진정으로 뒤흔들지 못했다. 그는 다른 사람과 다르게 자신만의 지혜를 배워야 하며 세상의 덫 사이를 방황하면서 스스로 다른 이들의 지혜를 습득해야 할 운명이었다.

세상의 덫이란 죄를 짓는 길이었다. 그는 타락할 것이다. 아직 타락하지 않았으나 조용히, 순식간에 타락할 것이다. 타락하지 않는 것 역시 대단히 힘들고 또 힘들었다. 이제 곧 그의 영혼은 소리 없이 타락할 것이다. 타락할 것이고 타락할 것이다. 아직 그렇게 되지는 않았지만, 아직 타락하지 않았으나 이제 곧 그렇게 될 것이다.

그는 톨카 강의 다리를 건너며 냉정한 눈길로 다닥다닥 붙은 가난한 농가들과 그 한가운데에 장대 위에 앉은 새처럼, 우뚝 솟은 성모마리아의 연푸른색 전당을 바라보았다. 그런 다음 왼편으로 돌아서 자신의 집으로 이어진 길을 따라 걸어갔다. 썩은 양배추의 희미한 악취가 강 위쪽 경사지 텃밭에서 풍겨왔다. 이런 것이 바로 아버지 집의 어수선함, 무규율, 혼란스러움이고 그의 영혼에서 승리할 식물적인 삶의 침체라고 생각하며 그는 미소를 지었다. 그런 다음 별명이 모자 쓴 사람인 농부가 집 뒤쪽 텃밭에서 혼자 일하는 모습을 생각하자 그의 입술에서 짧은 웃음이 터져 나왔다. 첫 번째 웃음이 가라앉자마자 그 모자 쓴 남자가 어떻게 일하는지, 사방으로 하늘을 쳐다보다 후회하듯 삽을 땅에 푹 꽂는 모습이 떠올랐을 때 두 번째 웃음이 터져 나왔다.

그는 현관 앞쪽 걸쇠 없는 문을 열고 휑한 복도를 지나 부엌으로 들어갔다. 그의 형제자매들이 테이블에 빙 둘러서 앉아있었다. 차 마시는 시간은 거의 끝났고, 유리 주전자에는 두 번 우려낸 차 찌꺼기와 잼 단지만이 남아있을 뿐이었다. 차에 적셔져 갈색으로 변한 달콤한 빵 부스러기와 조각이 테이블 위에 널려 있었다. 여기저기 차가 엎질러진 흔적이 있고, 상아 손잡이가 부러진 나이프가 마구 퍼먹은 과일 파이 중간에 꽂혀있었다.

저물어가는 하루의 구슬픈 청회색 햇빛이 창문과 열린 문으로 소리 없이 들어와서 스티븐의 마음속으로 갑자기 찾아든 회한을 조용히 덮어 누그러뜨렸다. 동생들에게 거부된 모든 것이 장남인 그에게는 자유로이 주어졌다. 그러나 조용한 저녁 햇살에 비친 동생들의 얼굴에서 원망의 표시는 찾아볼 수 없었다.

그는 식탁에 있는 동생들 옆에 앉아 아버지와 어머니가 어디에 있는지 물었다. 한 동생이 대답했다.

"지입을 보러 가아셨어어 ……"

또다시 이사해야 한단 말인가! 벨비디어의 펠론이라는 소년이 그를 향해 실실 웃으면서 왜 그렇게 자주 이사를 하느냐고 묻곤 했다. 그는 마치 실실거리는 그 웃음을 다시 듣기라도 한 것처럼 눈살을 찌푸렸다.

그가 물었다.

"왜 이사해야 하는데?"

"그거느은 말이지이 지입 주이니 우리르을 내쪼으려고 하기 때 무니래애……"

난로 옆 저쪽에서 막내 남동생이 〈자주 고요한 밤에〉 한 곡조를 부르기 시작했다. 동생들은 한 명씩 그 곡조를 따라부르기 시작하니 결국 합창이 되었다. 아이들은 몇 시간 동안 노래를 부를 것이다. 멜로디에 멜로디가 이어지고 신나고 또 신나게, 옅어진 햇살이 지평선 너머로 사라질 때까지, 첫 번째 진한 색 저녁 구름이 앞으로 나가고 밤이 찾아올 때까지 노래할 것이다.

그는 잠시 기다리며 귀를 기울이다가 아이들과 함께 곡조를 불렀다. 연약하고 신선하고 순진한 목소리에 감겨든 지친 기색을 느끼자 마음이 아팠다. 아이들은 인생의 여정을 시작하기도 전에 이미 지쳐버린 듯했다.

그는 메아리치며 커지는 합창 소리를 부엌에서 들었다. 세대에서 세대로 한없이 이어지는 아이들의 노래와 그 무한한 반향을 통해, 모든 메아리 속에서 되풀이되는 피곤함과 고통의 메아리를 들었다. 모두 세상에서 제대로 살아보기도 전에 삶에 지친 것 같았다. 그리고 뉴먼 추기경 역시 로마의 시인 베르길리우스의 단편 시구에서 이에 대해 들은 적이 있다는 사실이 떠올랐다. '말하라, 자연의 목소리처럼, 고통과 피곤함을, 하지만 모든 시대의 아이들이 경험한 더 나은 것들의 희망을'

* * *

그는 더는 기다릴 수 없었다.

바이런 주점의 문에서 클론타프 성당 문까지, 클론타프 성당 문에서 바이런 주점 문까지, 그런 다음 다시 성당으로 돌아갔다가 다시 주점으로 돌아가기를 반복하면서, 처음에는 보도블록 하나하나에 조심스럽게 발을 천천히 올려놓다가 시 구절의 운율에 맞춰 빨라졌다. 아버지가 그의 대학 진학에 관하여 선생인 던 크로스비와 이야기를 나누러 간 지 한 시간이 지났다. 그 한 시간 내내 그는 왔다 갔다 하면서 기다렸고, 이제 더 기다릴 수 없었다.

그는 갑자기 불(Bull)[45]로 향했고, 아버지가 휘파람을 불어서 그를 다시 불러들일 것 같아 걸음을 재촉했다. 경찰서 담을 돌아 얼마가 지난 다음에야 마음을 놓았다.

맞다, 그가 어머니의 무기력한 침묵에서 읽었듯이, 대학 진학 생각에 어머니는 반대 의사를 표시했다. 그런 어머니의 불신이 아버지의 자만보다 더 날카롭게 그를 찔렀으며, 그의 영혼에선 시들어 가고 어머니의 눈에는 원숙해지며 강해진 신앙에 대해 그는 냉정하게 관찰했다. 희미한 반감이 그의 내부에서 더욱 강해져 어머니의 불신에 대항하는 구름이 되어 정신을 어둡게 했다. 그런 감정이 지나가고 마음이 평온해졌을 때 그는 처음으로 그들의 삶이 소리 없이 갈라서고 있다는 사실을 어렴풋이 깨달았다.

대학으로! 소년 시절의 보호자 역할을 하면서, 자신을 그들에게

---

45 클론타프 해안에서 더블린 만 사이의 방파제 혹은 해벽.

예속하여 그들의 목적을 섬기길 원한 파수꾼들의 도전을 뒤로 한 채 그는 그렇게 걸어나갔다. 만족 뒤에 긍지가 느리고 긴 파도가 되어 그를 들어 올렸다. 무슨 일을 하기 위해 태어난 것인지는 아직 모르지만, 그 목적은 그를 보이지 않는 길로 피하게 했고 지금 그를 향해 또다시 손짓했다. 이제 새로운 모험이 그의 앞에 펼쳐지려고 했다. 마치 잠깐씩 연주되는 곡을 듣는 기분이었다. 한 옥타브 올라갔다가 감 4도로 내려가고, 한 옥타브 올라갔다가 장 3도로 내려가는 음악은 한밤의 숲에서 치솟아 타오르고 또 타오르는 세 갈래 불꽃 같았다. 이는 무정형으로 한없이 이어지는 요정의 서곡이었다. 소리는 점점 거칠고 빨라졌고 박자를 잃어버린 불길이 춤을 출 때, 나뭇가지와 풀들 아래에서 야생 생물의 달리는 소리, 나뭇잎에 빗방울처럼 떨어지는 발소리가 들려오는 것 같았다. 그들의 발이, 산토끼와 집토끼의 발과 수사슴과 암사슴, 영양의 발이 그의 마음 위로 후두두 거리며 소란스럽게 지나갔고 이제 그 소리가 다시는 들리지 않았을 때 뉴먼 추기경의 자신감 넘치는 글귀만 기억났다.

"그것은 수사슴의 발과 같으며 영원한 팔 아래 있도다."[46]

흐릿한 그 이미지 속에 든 자부심을 보았을 때 그가 거절했던 사제직의 위엄이 다시 떠올랐다. 소년 시절 내내 자신의 운명이라고 그토록 자주 생각했던 것을 심사숙고했고, 그 소명에 복종을 요구한 순간 그는 직감을 따르며 돌아섰다. 이제 시간이 흘렀다. 서품식의 성

---

46 뉴먼의 〈대학의 이념〉에 나오는 구절.

유가 그의 몸에 뿌려지는 일은 결코 없을 것이다. 그는 거부했다. 이유가 무엇일까?

그는 돌리마운트에서 바다 쪽으로 향했다. 좁은 나무다리를 지나갈 때 무겁게 쿵쿵거리는 발 때문에 판자가 흔들리는 것을 느꼈다. 불(Bull) 해변에서 돌아오는 그리스도 형제회 소년들이 두 사람씩 다리를 건너기 시작했다. 이내 다리 전체가 출렁거리면서 소리가 났다. 바다 때문에 노란 혹은 붉은 혹은 퍼런색으로 염색된 투박한 얼굴들이 둘씩 그를 지나쳤고, 그저 무심하고 편한 마음으로 그들을 보려고 했지만, 개인적인 수치심과 동정심이 자신의 표정에 드러났다. 자신에게 화가 난 그는 그들에게 얼굴을 보이지 않기 위해 눈을 옆으로 내리깔고 다리 아래 얕게 소용돌이치는 물을 바라보았으나, 그 물속에 투영된 그들의 무직한 실크 모자와 테이프 같은 옷깃과 헐렁한 수도복이 시야에 들어왔다.

히키 수사.

퀘이드 수사.

매카들 수사.

키오 수사.

그들은 이름처럼, 얼굴처럼, 옷처럼 경건할 것이다. 겸손하며 뉘우치는 그들의 마음은 한때 그가 그랬던 것보다 훨씬 더 헌신적이며, 그가 공들인 경배보다 열 배는 더 받아들여질 선물일 거라고 자신에게 말하는 것은 소용없었다. 그들에게 관대한 마음을 먹고서, 만약 그가 얻어맞은 거지 차림으로 자존심을 구긴 채 그들의 문 앞에 나타난다면 그들이 자신을 너그러이 받아줄 것이라고, 그들이 그를 자신처럼 사랑할 거라고 말하는 것도 소용없었다. 열정 없는 자기 확신에 대항하여, 사랑의 계율은 우리에게 이웃을 내 몸처럼 똑같은 양과 정도로 사랑하라고 명하는 것이 아니라 똑같은 종류의 사랑으로 우리 자신을 사랑하듯 그를 사랑하라고 명한다고 논박하는 것은 마침내 소용없고 애통한 일이었다.

그는 보물처럼 간직했던 글귀를 끄집어내어 조용히 자신에게 일러주었다.

"바다에서 태어나 어룽대는 구름의 하루[47]"

글귀와 그날과 광경은 하나의 화음이 되어 조화롭게 어울렸다. 언어, 그건 그것들의 색채였을까? 일출의 금빛, 사과밭의 적갈색과 녹색, 파도의 하늘빛, 양털 구름 가장자리의 회색, 그는 그것들이 색조를 바꾸어 빛나고 엷어지는 대로 내버려두었다. 아니다, 그건 그것들의 색채가 아니라, 시대 자체의 균형과 조화였다. 그렇다면 그는 언어에 얽힌 전설이나 색채보다 율동적인 오르내림을 더 사랑한 것일까? 혹은 마음이 수줍은 만큼이나 시야가 허약한 자여서, 명료하고 유연한 주기적인 산문 속에 완벽하게 비친 개인적 감정의 내면 세계의 사색보다 다채롭고 풍부하게 이야기하는 언어의 프리즘을 통해 환하고 감각적인 세상의 반영에서 즐거움을 덜 찾는 것은 아닐까?

그는 흔들리는 다리를 지나 흔들리지 않는 땅을 다시 밟았다. 그

---

47 스코틀랜드의 지질학자이자 문인인 휴 밀러의 〈바위의 증언〉에 나오는 글귀.

순간 공기가 차가워진 것 같았고, 물을 비스듬히 바라볼 때 갑자기 불어온 돌풍으로 물살이 어두워지고 거세졌다. 마음이 덜컥하면서 목구멍으로 무엇인가가 치밀어 오르더니 그의 육신이 얼마나 바다의 비인간적인 냄새를 두려워하는지 다시 한 번 알려주었다. 그러나 그는 왼편의 낮은 구릉지를 지나가지 않았고, 강의 어귀에 줄지어 놓인 바위를 따라 곧장 걸어갔다.

은은한 햇살이 강물을 안고 있는 바닷물의 회색 표면을 연하게 밝혔다. 저 멀리 천천히 흐르는 리피 강[48]을 따라 가느다란 돛대들이 하늘을 배경으로 떠 있고, 그보다 더 먼 곳, 연무 속에 엎드린 도시의 희미한 구조가 보였다. 남자의 피곤함 만큼이나 오래되어 희미해진 아라스 천 위의 광경처럼, 그리스도교 국가 가운데 제7의 도시[49]의 이미지가 시간을 초월한 공기를 가로질러 그의 눈앞에 펼쳐졌다. 그 도시는 식민지 시절보다 늙지도 지치지 않았고, 복종의 인내심이 덜 한 것도 아니었다.

낙심한 후, 그는 눈을 들어 바다에서 탄생하여 천천히 흘러가는 뭉게구름을 바라보았다. 구름은 마치 행진하는 유목민들처럼 사막 같은 하늘을 가로질러, 아일랜드 위로 높이 뜬 채 서쪽으로 이동했다. 구름의 출발지인 유럽은 아일랜드 바다 너머에 자리했다. 그곳은 낯선 언어와 계곡과 숲, 성들이 자리하고, 참호를 두르며 군대를 주둔시

---

48 아일랜드 동부의 강.

49 그 당시 더블린 시의 별칭.

킨 민족들의 대륙이었다. 대부분 인지하나 한순간조차 잡을 수 없는 기억과 이름처럼 혼란스러운 음악이 그의 내면에서 들려왔다. 다음 순간 그 음악은 멀어지고, 멀어지고, 점점 멀어지고, 희미한 음악이 멀어지는 순간마다 항상 길게 이어지는 음이 들려와 마치 별처럼 침묵의 황혼을 날카롭게 가로질렀다. 다시 한 번! 다시 한 번! 다시 한 번! 세상 저편에서 어떤 목소리가 그를 불렀다.

"안녕, 스테파누스!"

"저기 바로 그 디덜러스가 온다!"

"오! …… 어, 그만해, 드와이어. 그만하라고 했잖아. 안 그러면 입을 한 대 때려줄 거야 …… 오!"

"좋아, 타우저! 그를 물에 처넣어!"

"이리 와, 디덜러스! 보우스 스테파노우메노스! 보우스 스테파네포로스!"[50]

"그를 물에 처넣어! 물을 먹이라고, 타우저!"

"사람 살려! 사람 살려! …… 오!"

그는 그들의 얼굴을 구별하기 전에 한꺼번에 들려오는 말소리를 인식할 수 있었다. 젖어있는 몸뚱어리들을 보기만 해도 뼛속까지 한기가 들었다. 시체처럼 창백하거나 연한 금빛 햇살에 물들었거나 햇살에 그대로 태운 소년들의 몸뚱어리가 바닷물에 젖어 빛났다. 조잡하게 만든 다이빙대는 그들이 물로 뛰어들 때마다 건들거렸고, 소년

---

50 Bous Stephanoumenos! Bous Stephaneforos! 왕관을 쓴 황소, 화환을 두른 황소. 영광스러운 승리자이자 순교자, 예술가라는 의미.

들이 올라가 서로 밀치며 소리를 질러대는 경사진 방파제의 거칠게 잘라낸 돌들은 차갑게 젖은 채 햇살로 빛났다. 서로의 몸에 후려치는 수건은 차가운 바닷물을 먹어 무거웠다. 텁수룩한 머리카락은 차가운 소금물에 흠뻑 젖어 있었다.

그는 가만히 서서 친구들이 부르는 소리에 경의를 표하며 정감 어린 농담도 가볍게 받아넘겼다. 친구들은 얼마나 특징 없는 모습들인지. 단추를 끄른 폭넓은 옷깃이 없는 설리, 버클 달린 진홍색 허리띠를 매지 않은 에니스, 덮개 없이 옆주머니가 달린 노포크 코트를 벗어 던진 코널리! 그들을 보는 것이 고통스러웠다. 가련한 나체를 더욱 역겹게 만든 사춘기의 징조를 보는 것은 칼에 찔린 듯한 고통이었다. 어쩌면 그들은 영혼 속에 숨은 두려움에서 도망치고자 몰려다니고 소리를 지른 것인지 몰랐다. 그러나 그는 그들에게서 떨어진 곳에서 조용히, 자신의 육체의 신비에 대해 얼마나 두려워하며 서 있는지 떠올랐다.

"스테파누스 디덜러스! 보우스 스테파노우메노스! 보우스 스테마네포로스!"

친구들의 정감 어린 농담이 그에게 새롭지 않았고, 이제는 부드럽고 자신감 넘치는 그의 자주권을 더욱 우쭐하게 하였다. 예전에는 한 번도 그런 생각을 한 적이 없었으나 이제는 그에게 붙여진 생소한 이름이 마치 예언처럼 들렸다. 회색의 따뜻한 대기는 너무나 영원한 것 같고, 그의 기분은 너무나 유동적이며 비개인적인 것이었기에, 모든 시대가 그저 하나인 것 같았다. 조금 전 고대 덴마크 왕국의 망령이 안개의 도시 더블린에서 모습을 드러낸 듯했다. 지금 전설적인 장인[51]의 이름 앞에서 그는 희미한 파도 소리를 듣는 듯, 그 파도 위로 날아오르는, 허공으로 천천히 날아오르는 날개 달린 형상을 본 듯했다. 그건 무슨 의미였을까? 예언과 상징이 담긴 어떤 중세의 책의 한 페이지를 펼쳐주는 진귀한 장치였을까? 바다 위로 태양을 향해 날아오른 매를 닮은 남자, 그가 섬기도록 태어난 이유이자 안개 같은 어린 시절과 소년 시절에 헤매며 따라갔던 목적의 예언, 자신의 작업실에서 지상의 하잘것없는 재료를 사용하여 새롭게 솟구치는 쉽사리 알 수 없는 불멸의 존재를 새롭게 주조하는 예술가의 한 페이지를 펼쳐주는 진귀한 장치였을까?

그의 심장이 떨렸다. 마치 태양을 향해 솟아오르는 듯 숨소리가 빨라지고 거친 정신이 그의 사지를 지나갔다. 공포의 황홀경에 빠져 심장은 떨렸고 영혼은 땅에서 벗어나고 있었다. 그의 영혼은 이 세상 저 너머로 솟구쳐 오르고 있었다. 그가 아는 육체는 한숨 들이쉬는 사이에 정화되어 불안정성에서 해방되었고, 광채를 뿜으며 영혼의 요소와 혼합하였다. 비행의 황홀경으로 그의 눈동자가 환해지고 숨소리가 거칠어졌다. 바람에 젖은 팔다리가 떨리고 흥분하고 광채가 났다.

"하나! 둘! …… 조심해!"

"오, 이런, 나는 물에 빠졌어!"

"하나! 둘! 셋! 가라!"

---

51 희랍 신화에서 크레타의 미궁과 아들 이카로스에게 날개를 만든 다이달로스.

"다음이야! 다음!"

"하나! …… 윽!"

"스테파네포로스!"

크게 소리치고 싶다는 욕구로, 높이 떠오른 매 혹은 독수리의 외침과 바람을 향해 자신의 해방을 날카롭게 외치고 싶다는 욕구로 목이 아파왔다. 이것은 영혼을 향한 생명의 외침이었다. 의무, 절망의 세계의 따분하고 역겨운 목소리가 아니었고, 제단의 창백한 봉사 쪽으로 그를 부르는 비인간적인 목소리도 아니었다. 거친 비행의 순간이 그를 해방했으며 그의 입술에 머문 승리의 외침이 그의 뇌를 갈랐다.

"스테파네포로스!"

그가 밤낮으로 걸으면서 품은 공포, 그를 둘러싼 불확실성, 안팎에서 그를 비하했던 수치심, 죽음의 몸에서 떨어져 나온 수의들이 아니라면 지금 그것들은 대체 무엇인가? 수의들이고, 무덤의 리넨들인가?

그의 영혼은 무덤의 옷을 거부한 채 소년 시절의 무덤에서 부활했다. 그렇다! 그렇다! 그렇다! 타고난 명장처럼, 그는 자기 영혼의 자유와 힘에서 새롭고 높이 치솟는 것을, 손으로 느낄 수 없으며 살아있으나 사멸하지 않는 것을 자랑스럽게 창조할 것이다.

혈관 속의 불길을 다시는 끌 수가 없었기 때문에 그는 초조한 기색으로 일어섰다. 뺨이 붉게 달아오르고, 노래가 밀려 올라와 목구멍이 욱신거렸다. 그의 발에서는 세상의 끝까지 가려는 방황의 욕구가 타올랐다. 떠나라! 떠나라! 그의 심장이 외치는 듯했다. 저녁은 바다 위로 깊어지고, 밤은 평원 위에 내려앉으며, 황혼은 방랑자 앞에서 빛을 발하면서 그에게 낯선 들판들과 언덕들, 얼굴들을 보여줄 것이다. 어디에서?

그는 호우드를 향해 북쪽을 보았다. 바다 수위가 낮아져 방파제 얕은 쪽에 자라는 해초들이 드러나고 해변을 따라 조수가 빠르게 밀려나고 있었다. 이미 따뜻하게 마른 타원형의 모래 무덤 하나가 잔물결 사이에서 모습을 드러냈다. 여기저기에 따뜻한 모래섬이 얕아진 물 위에서 반짝거리고, 섬 주변과 긴 둑 주위로, 해변의 낮은 조류 가운데에 가벼운 옷차림을 한 사람들이 손으로 더듬거리며 걸어 건너가고 있었다.

얼마 안 가 그는 맨발이었고, 양말은 접어서 호주머니에 넣고, 끈으로 묶어 연결한 그의 캔버스 천 신발이 그의 어깨에 대롱대롱 매달렸다. 그는 바위에 낀 해양폐기물에서 소금을 머금은 뾰족한 막대를 집어 든 다음 방파제 경사면을 기어서 내려갔다.

작은 강에는 긴 개울이 있었는데, 그는 한없이 떠 있는 해초들 사이를 방황하며 천천히 개울을 거슬러 올라갔다. 에메랄드색과 검은색, 적갈색과 올리브색의 해초가 조류 아래에서 흔들리고 뒤집히며 떠다녔다. 개울의 물은 끝없이 떠도는 해초로 어두운색이었고, 하늘 높이 떠 가는 구름이 투영되었다. 구름은 그의 머리 위에서 고요히 흘러갔고, 다시마는 그의 발밑에서 조용히 떠다녔고, 따스한 잿빛 공기는 그대로 정지했고, 새로운 거친 인생이 그의 혈관 속에서 노래를 불렀다.

그의 소년 시절은 이제 어디에 있을까? 영혼에 난 상처의 부끄러움을 홀로 곱씹는 그리고 손을 대 시들어버린 화환을 쓰고 빛바랜 수의를 입고 누추함과 평계의 집에서 여왕처럼 군림하는, 운명으로부터 되찾은 그 영혼은 어디에 있을까? 혹은 그는 어디에 있었나?

그는 혼자였다. 누구의 주의도 끌지 않았고, 행복했고 자유분방한 삶의 심장 가까이에 있었다. 그는 혼자였고 젊었고 고집쟁이였고 자유분방한 심장을 지녔고, 거친 대기와 소금물, 조개와 다시마의 수확물, 연한 회색 햇살, 경쾌하고 가볍게 차려입은 아이들과 소녀들의 모습들, 대기 중에 가득한 어린아이와 소녀의 목소리 사이에 홀로 남았다.

한 소녀가 개울 한가운데에서 홀로 미동도 않고, 그의 앞에 서서 바다를 응시했다. 마치 그녀는 마법에 걸려 낯설고 아름다운 바닷새로 변한 것 같았다. 길고 가느다란 맨다리는 학처럼 섬세하고 하얗고 살갗 위에 표징처럼 문양을 만들어낸 초록색 해조의 흔적만 남아있을 뿐이었다. 상아처럼 통통하고 부드러운 색을 지닌 소녀의 허벅지가 거의 엉덩이 부분까지 드러났고, 속바지의 하얀 술 장식이 부드러운 하얀 솜털처럼 보였다. 허리 부근에서 대담하게 접어 올린 어두운 청색 치맛자락이 마치 비둘기 꼬리처럼 뒤쪽으로 비죽 나와 있다. 소녀의 가슴은 새처럼 부드럽고 가냘팠고, 어두운색 깃털 비둘기의 가슴처럼 가냘프고 부드러웠다. 하지만 길게 늘어진 금발은 소녀다웠다. 소녀다운 그 얼굴에는 언젠가 죽어야할 인간의 경이로운 아름다움이 감돌았다.

소녀는 홀로 미동도 없이 서서 바다를 응시했다. 그의 존재를 눈치챘고 동경하듯 자신을 바라보는 그의 눈길에도 부끄러움이나 도도함 없이 그가 있는 쪽을 향해 담담한 시선을 보냈다. 길고 길게, 소녀는 그의 응시를 받아주다가 조용히 시선을 거두어들이고 개울 쪽을 보면서 발로 물 여기저기를 살살 휘저었다. 부드럽게 움직이는 첫 번째 물소리가, 낮고 희미하고 속삭이듯 잠결에 들리는 종소리처럼 희미한 소리가 침묵을 깨뜨렸다. 여기저기에서, 여기저기에서, 그리고 그녀의 뺨이 발그레 달아올랐다.

"맙소사!" 세속적 즐거움에 흠뻑 빠진 스티븐의 영혼이 소리쳤다.

그는 갑자기 소녀로부터 몸을 돌려 작은 강을 따라 걸어갔다. 뺨이 활활 타오르는 듯했다. 온몸이 달아오르고 사지가 떨렸다. 그는 성큼성큼 걷고 또 걸어갔다. 모래 너머 멀리, 바다를 향해 거침없이 노래했고, 그에게 소리친 삶이 다가오는 것을 반기며 소리를 질렀다.

소녀의 이미지가 그의 영혼 속으로 영원히 들어왔다. 어떤 말도 그 황홀경이 가져온 거룩한 침묵을 깨뜨리지 못할 것 같았다. 그녀의 눈망울이 그를 불렀으며 그의 영혼은 그 부름을 받고 높이 날았다. 살기 위해, 실수하기 위해, 추락하기 위해, 승리하기 위해, 삶에서 삶을 재창조하기 위해! 야성의 천사가 그에게 나타났다. 필멸의 젊음과 아름다움의 천사, 삶이라는 공평한 법정에서 온 평화의 전령사가 황홀경의 그 순간 그의 앞에서 실수와 영광의 모든 길로 향하는 문을 열어젖혔다. 계속해서 계속해서 계속해서 계속해서!

그는 갑자기 발걸음을 멈추고 침묵 속에서 자신의 심장 소리를 들었다. 얼마나 걸었을까? 몇 시나 되었을까?

그의 곁에는 아무도 없었고, 머리 위 허공에서는 어떤 소리도 들려오지 않았다. 이제 조수가 바뀔 때가 되었고, 날은 이미 저물었다. 그는 육지를 향해 몸을 돌린 다음 해안을 향해 달렸다. 날카로운 조약돌도 무시한 채 경사진 해변으로 뛰어 올라갔고, 저녁의 평화와 침묵이 미친 듯 날뛰는 그의 피를 진정시키려고 풀이 난 사구 사이에서 모랫바닥을 찾아 그곳에 누웠다.

그는 자신의 몸 위로 펼쳐진 거대하고 무심한 천공과 천체의 고요한 움직임을 느꼈다. 아래쪽에 놓인 땅이자 그를 태어나게 한 땅은 그를 가슴으로 안아주었다.

눈을 감고 나른한 잠으로 빠져들었다. 눈꺼풀은 마치 지구의 거대한 자전을 느끼는 것처럼, 눈동자는 마치 어떤 새로운 세상의 낯선 빛을 느끼는 것처럼 진동했다. 그의 영혼은 새로운 세상 속으로, 환상적이고, 희미하고, 바닷속처럼 불확실하고 구름 같은 형태와 존재들이 횡행하는 황홀한 세상에 푹 빠져들었다. 세상인가? 한 가닥 빛 혹은 한 송이 꽃인가? 반짝임과 떨림, 떨림과 펼쳐짐. 어둠을 부수는 한줄기 빛, 피어나는 꽃, 잎사귀마다 빛의 파도마다, 그 자체로 한없이 반복되면서 퍼져나가 진홍색으로 활짝 피었다가 파리한 색으로 시들어가고, 하나가 다른 하나보다 짙어져 가는 그 부드러운 홍조로 온 하늘을 물들였다.

밤이 되어 그가 잠에서 깨어났을 때 침대 삼았던 모래와 풀은 더 이상 달아오르지 않았다. 천천히 몸을 일으켰고, 그는 자면서 느낀 황홀경을 되새기며 즐거움에 깊은숨을 내쉬었다.

모래언덕 꼭대기로 올라가 주변을 바라보았다. 저녁이 내려앉았다. 막 떠오른 달의 가장자리가 잿빛 모래에 파묻힌 은색 테처럼 창백한 하늘에 걸쳐졌다. 조수는 파도의 낮은 속삭임과 함께 해안을 향해 빠르게 밀려들었고 저 멀리 웅덩이에 마지막까지 남아있는 몇몇 사람들이 마치 섬처럼 보였다.

제5장

그는 홍차를 우린 세 번째 컵을 한 방울도 남김없이 마셨고 근처에 흩어진 튀긴 빵 부스러기를 씹으면서 홍차 주전자 속에 담긴 진한 물을 응시했다. 노란 물방울은 수렁을 퍼다 놓은 것 같은 데다 그 아래쪽 물은 클롱고우즈 욕실의 시커먼 하수도 물을 떠올리게 했다. 팔꿈치 옆에 놓인 전당표 상자를 샅샅이 뒤져 기름기 묻은 손가락으로 파란색과 흰색 명세표들을 그가 하나씩 천천히 집어 들었는데, 구겨지고, 사포로 문질러지고, 글씨가 휘갈겨 있었고, 데일리 혹은 매커보이라는 담보자의 이름이 적혀 있었다.

반 장화 한 켤레

코트 한 벌

물품 세 가지와 하얀 천

남자 바지 한 벌

그런 다음 그는 상자를 옆으로 밀어놓고 나서 좀 먹은 자국이 난 상자 뚜껑을 응시하며 깊은 생각에 잠겨있다가 조용히 물었다.

"요즘 그 시계가 얼마나 빨리 가요?"

어머니는 벽난로 선반 중앙에 옆으로 누워있는 낡은 알람 시계를 똑바로 세워서 열두 시 십오 분 전을 가리키는 바늘을 보여주고서 다시 옆으로 뉘어 놓았다.

"한 시간 십오 분 정도 빨리 가는구나," 어머니가 말했다. "정확한 시간은 열 시 이십 분이니까. 강의 시간에 늦지 않게 서두르는 게 좋겠다."

"세숫물 좀 채워주세요," 스티븐이 말했다.

"케이티, 스티븐을 위해 세숫물을 떠 주렴."

"부디, 스티븐을 위해 세숫물을 떠 주렴."

"안 돼, 나 바빠. 네가 떠주렴, 매기."

에나멜 칠한 세숫대야가 싱크대에 놓이고 낡은 목욕 수건이 그 옆에 걸린 후, 그는 어머니가 목과 귀뿌리에서 귓바퀴까지, 콧날 사이까지 문지르도록 그냥 두었다.

"글쎄, 대학생이 너무 지저분해서 엄마가 닦아줘야 한다면, 그건 좋은 게 아니다." 그녀가 말했다.

"하지만 어머니가 좋아하시잖아요." 스티븐이 차분하게 말했다.

고막을 찢는 듯한 휘파람 소리가 이 층에서 들려왔을 때, 어머니는 축축한 수건을 그의 손에 쥐여주며 말했다.

"어서 닦고 서두르렴."

날카로운 휘파람 소리가 두 번째로 화가 난 듯 길게 들려오자 여동생 중 하나가 층계참으로 다가갔다.

"네, 아버지?"

"게으른 암캐 같은 네 오빠는 아직도 안 나갔니?"

"나갔어요, 아버지."

"확실하니?"

"네, 아버지."

"흠!"

여동생이 돌아와 그를 향해 얼른 준비하고 뒷문으로 나가라는 손짓을 했다. 스티븐은 웃으면서 말했다.

"사내더러 암캐 같다니, 아버지는 성별에 대해 흥미로운 생각을 가지고 계시는군."

"아, 이건 정말로 수치스럽다, 스티븐." 그의 어머니가 말했다. "네가 그곳에 발을 디딘 것을 후회할 날이 올 거다. 난 네가 거기서 얼마나 변했는지 알고 있단다."

"그럼 안녕히 계세요, 모두." 스티븐은 미소를 지으면서 손끝에 입술을 대며 인사를 했다.

테라스 뒤쪽 길에는 온통 물이 고여있고 그가 젖은 쓰레기 더미 사이로 조심스레 발을 디디며 천천히 걸어갈 때, 담장 너머 수녀 정신병원에서 어떤 미친 수녀가 지르는 고함이 들려왔다.

"예수님! 오, 예수님! 예수님!"

그는 머리를 격렬하게 흔들어 귀에서 그 소리를 털어내면서 서둘러 걸어갔다. 썩어들어가는 내장에 걸려 비틀거렸고 그의 심장은 이미 혐오감과 쓰라림의 고통으로 짓눌렸다. 아버지의 휘파람 소리와 어머니의 불평, 보이지 않는 미친 사람의 비명이 너무나 많은 목소리가 되어 젊은 그의 긍지를 꺾기 위해 위협을 가하듯 덤벼들었다. 그는 울려 퍼지는 소리를 마음속에서 쫓아내려고 심지어 주문을 외워야 했다. 하지만 길을 따라 걸어가며 물방울이 떨어지는 주변 나무 사이로 어스름한 아침 햇살이 쏟아지는 모습을 보고 젖은 잎사귀와 나무껍질의 낯선 야생의 향기를 맡게 되었을 때, 그의 영혼은 마침내 비참한 기분에서 벗어날 수 있었다.

항상 그랬던 것처럼 비를 머금은 가로수를 보면 게르하르트 하우프트만[52]의 연극에 나오는 소녀들과 여인들이 떠올랐다. 그 여자들의 창백한 슬픔에 대한 기억과 젖은 나뭇가지에서 묻어 나오는 향기가 뒤섞여 고즈넉한 즐거움을 안겨주었다. 도시를 가로지르는 그의 아침 산책이 시작되었다. 그는 자신이 페어뷰의 습지대를 지나갈 때 뉴먼 추기경의 고독한 은빛 산문을 생각할 것이라는 사실을 이미 알고 있었다. 노스스트랜드 로드를 따라 걸어가면서 식료품점들의 유리창을 별 관심 없이 흘끔거릴 때는 귀도 카발칸티[53]의 풍자적인 유머를 떠올리며 미소 지을 것이다. 탈봇 플레이스에 위치한 베어드의 석공소를 지나갈 때면 입센[54] 정신이, 다루기 힘든 소년다운 아름다움의 영혼인 그를 날카로운 바람처럼 스쳐 지날 것이다. 그리고 리피 강 너머

52 독일 태생의 극작가, 소설가, 시인. 제임스 조이스는 그의 희곡을 번역하기도 했음.

53 이탈리아의 시인. 단테와 동시대인.

54 노르웨이의 극작가이며《인형의 집》저자, 제임스 조이스의 우상이었음.

지저분한 해양 용품 상점을 지나갈 때면 벤 존슨[55]의 노래를 되뇔 터인데, 그 시작은 이러했다.

내가 누운 이곳이 지겹지 않다네.

그의 정신은 아리스토텔레스나 토마스 아퀴나스의 유령 같은 글에서 아름다움의 본질을 찾다가 싫증이 나면 엘리자베스 왕조 시대의 멋 부린 노래에서 즐거움을 찾곤 했다. 그의 정신은 회의적인 수도자의 의복을 입고서 그 시대의 창문 밑에 드리운 그림자 속에 서 있곤 했고, 류트 연주자의 근엄하면서도 조롱하는 음악이나 창녀들의 솔직한 웃음소리를 들으며, 세월에 찌든 글귀, 비천한 웃음소리, 불륜과 가짜 명예가 수도자 같은 그의 자존심을 건드리면 숨어있는 곳에서 나와 자리를 떴다.

사람들은 그가 사색에 잠긴 채 나날을 보내느라 같은 또래 친구들을 멀리한다고 여겼는데, 사실 그 사색의 대상은 아리스토텔레스의 시학과 심리 철학과 《성 토마스 사상 이해를 위한 스콜라 철학 개요》에서 나온 빈약한 문장들뿐이었다. 그의 사색은 흐릿한 의심과 자기 불신일 뿐이었고 번개처럼 내리친 직관에 의해 잠시 반짝하긴 했지만, 너무 명료하고 장려한 그 순간 세상은 마치 불에 타버린 것처럼 그의 발치 주변에서 소멸하였다. 그 이후 그는 점차 말을 잃어서 다

---

55 엘리자베스 시대의 시인이자 극작가.

른 사람과 시선이 마주쳐도 무반응으로 일관했다. 왜냐하면, 아름다움의 정신이 망토처럼 그를 둘러싸고 적어도 상상 속에서는 고귀함이 무엇인지 알 수 있다고 느꼈기 때문이었다. 그러나 이 침묵의 짧은 자부심에 다시는 기댈 수 없을 때, 도시의 불결함과 소음, 나태함 사이에서 두려워하지 않고 가벼운 마음으로 자신의 길을 가면서, 자신이 아직 평범한 삶 한가운데 있다는 사실이 기뻤다.

운하를 따라 이어진 울타리 근처에서, 그는 무표정한 얼굴에 창 없는 모자를 쓴 채 종종걸음으로 그를 향해 다리 경사면을 내려오는 결핵 환자를 만났다. 진한 고동색 코트 단추를 꼭 채웠고 우산을 접어 수맥 찾는 막대기처럼 자신의 몸에서 약간 떨어진 위치에서 들고 있었다. 그는 열한 시가 된 것이 틀림없다고 생각했고 시간을 알기 위해 구멍가게를 들여다보았다. 상점 속 시계는 다섯 시 오 분 전이라고 말해주었지만, 그가 돌아서자, 근처 어디선가 눈에 보이지 않는 시계 소리가 들려왔는데 신속하고 정확하게 열한 번 울렸다. 그 소리를 듣자 매캔이 떠올랐고, 그는 웃었다. 매캔은 사냥 재킷과 바지를 입고 염소수염을 기른 채 홉킨스 상점 모퉁이에서 바람을 맞으며 서서 이렇게 말했다.

"디덜러스, 넌 반사회적인 놈이야. 자신에게만 몰두해있지. 난 그렇지 않아. 나는 민주주의자이지, 그리고 미래의 단일화된 유럽에서 모든 계급과 성별을 초월해서 사회의 자유와 평등을 위해 일하고 행동할 거야."

열한 시! 그렇다면 그는 또 강의에 늦었다. 오늘은 무슨 요일이지?

신문 가판대 앞에 서서 내걸린 뉴스 제목을 읽었다. 목요일. 열 시부터 열한 시는 영어, 열한 시부터 열두 시는 불어, 열두 시부터 한 시는 물리학 수업. 영어강의를 떠올리니 멀리 떨어진 이곳에서조차 그는 불안감과 무기력함을 느꼈다. 각자의 노트에 적어야 할 내용을 적어넣기 위해 온순하게 수그린 학급 친구들의 머리가 보였고, 그들은 명목상 정의(定義), 기본적 정의, 예제 혹은 출생일이나 사망일, 주요 작품, 호의적이거나 비호의적인 비평을 나란히 적어나갔다. 그는 여러 가지 생각에 잠기느라 머리를 꼿꼿이 들고서 조그만 교실에 앉아있는 학생들을 둘러보거나, 창문 너머로 활기 없는 지하 저장고의 눅눅함과 부패의 냄새가 그를 공격하는 황량한 정원을 바라보았다. 수그린 다른 친구들의 몸 위로 또 다른 머리 하나가 제일 앞줄에서 우뚝 솟은 것이, 마치 주변의 겸손한 신도들을 위해 당당하게 성체를 향해 호소하는 성직자의 머리 같았다. 어째서 그가 크랜리를 떠올릴 때면 그의 몸 전체가 아닌 머리와 얼굴만 떠오르는 것일까? 심지어 지금 어두컴컴한 아침 장막을 배경으로 해서 마치 꿈의 유령처럼 눈앞에 펼쳐졌다. 잘린 머리 혹은 데스마스크의 얼굴, 마치 철 왕관을 쓴 것처럼 빳빳하게 위로 솟구친 검은 머리카락이 눈썹까지 덮은 모습이었다. 그것은 성직자 같은 얼굴이었고, 성직자다운 창백한 얼굴, 넓은 콧잔등, 눈 아래와 턱선을 따라 드리운 그림자, 길고 핏기없으며 연한 미소 띤 성직자다운 입술이었다. 스티븐은 자신의 영혼 속에 간직된 그 모든 소란과 불안과 자기 영혼의 갈망에 대해 크랜리에게 어떻게 털어놓았는지 재빨리 떠올렸는데, 하루 또 하루가 가고, 밤이 지나가고 또 지나가고, 친구는 그저 아무 말 없이 듣는 것으로 대답했다. 그 침묵은 고해성사를 들었으나 죄를 사할 힘이 없어 죄책감에 사로잡힌 사제의 얼굴이라고 그에게 말해주었다. 하지만 그는 또다시 여자처럼 검은 눈이 자신을 바라보던 것을 기억했다.

그 환영을 통해, 그는 낯설고 어두운 추측의 동굴을 슬쩍 보았으나 아직 그곳으로 들어갈 시간이 되지 않았다고 생각하면서 일단 돌아섰다. 그러나 친구의 무관심이라는 장막이 희미하지만, 치명적인 증기를 발산하면서 그의 주변 공기에 펴져 있는 듯했다. 그는 무심한 경이로움 속에서 오른편 혹은 왼편의 단어들을 흘깃 보았다. 모든 가게의 간판 글자들이 그의 마음속에 주문의 말처럼 감겨들고, 그가 죽어버린 언어의 더미 사이에서 걸어갈 때 그의 영혼이 세월과 더불어 한숨을 쉬며 움츠러들 때까지, 그 단어들이 일깨운 순간적인 감각들을 아주 조용히 비어냈다. 언어에 대한 그의 의식은 뇌 속에서 사그라들었고, 바로 그 단어 자체는 스스로 흩어져서 제멋대로의 리듬 속에서 자신을 스스로 묶고 해체하였다.

> 담장에 매달려 흐느끼는 담쟁이덩굴
> 벽 위에서 울먹이며 칭얼거리네,
> 노오란 담쟁이덩굴이 담벼락에 매달려
> 벽을 타고 오르는 담쟁이
> 그 담쟁이덩굴이.

이런 쓸데없는 소리를 들어본 사람이 있을까? 하느님 맙소사! 담장 위에서 울고 있는 담쟁이덩굴의 소리를 들어본 사람이 있단 말인가? 노오란 담쟁이라, 괜찮은 표현이었다. 노오란 상아도 그렇다. 그렇다면 상앗빛 담쟁이는 어떨까?

지금 그 단어가 그의 뇌리에서, 코끼리의 얼룩진 엄니들을 톱질하여 얻은 어떤 상아보다도 더욱 명료하고 더욱 밝게 빛났다. 아이보리, 아이보레, 아보리오, 에부르, 이들 단어는 각각 영어, 불어, 이탈리아어, 라틴어로 상아라는 의미였다. 그가 라틴어를 배울 때 처음으로 들었던 문장은 '인디아 미티트 에브르'였고, 이는 인도가 상아를 수출한다는 의미였다. 그는 기민한 북구인의 얼굴을 지닌 교장에게 오비디우스의 《변신》을 품격있는 영어로 해석하는 법을 배웠는데, 우아한 언어로 돼지고기나 질그릇 조각, 베이컨이 언급될 때면 묘한 기분이 들었던 것을 기억했다. 그가 알고 있는 라틴어 운문의 문법은 어떤 포르투갈 성직자가 쓴 낡은 책에서 배운 것이 전부였다.

콘트라히트 오라토르, 바리안트 인 카르미네 바테스[56]

로마 역사 속 외침과 승리와 분열은 '인 탄토 디스크리미네(이러한 위기 속에서)'라는 낡은 표현으로 그에게 전해졌고, 교장이 '은화로 항아리 채우기'라고 번역했던 '임플레레 올람 데나리오룸'이라는 표

---

56 웅변가는 말로 요약하고 시인 예언가는 운문으로 장식한다는 의미의 라틴어.

현을 통해 그 도시의 사회생활을 엿보려고 노력했다. 시간의 흔적이 역력한 호라티우스 시집은 그의 손이 차가울 때조차 따뜻한 체온을 품고 있었다. 인간다운 면모를 지닌 책으로서 50년 전 현자 존 던컨과 그의 형제인 윌리엄 맬컴의 인간적인 손때가 묻은 것이었다. 맞다, 그 고귀한 이름들이 우중충한 안쪽 표지에 쓰여 있었으며, 음울한 그 운문들은 라틴어 실력이 형편없는 그에게조차 그 세월 동안 내내 도양금과 라벤더, 마편초 속에 감싸졌던 것처럼 향기로웠다. 그러나 그는 세상의 문화라는 화려한 연회에 참석한 수줍은 손님일 뿐이고, 그가 심미 철학을 구축하려고 노력한다는 면에서 볼 때, 수도자 같은 그의 학업이 문장학과 매사냥의 미묘하고 호기심 자극하는 전문용어보다도 그가 사는 시대에서 관심을 끌지 못한다고 생각하자 마음이 아팠다.

왼편에 있는 트리니티 대학의 회색 벽돌은, 다루기 힘든 고리에 끼워진 둔탁한 돌처럼 도시의 무지 속에 무겁게 내려앉은 모습으로 그의 마음을 축 늘어지게 만들고, 그가 개심한 양심이라는 족쇄에서 발을 빼내려고 이리저리 안간힘을 쓰는 동안 아일랜드 민족시인의 우스꽝스러운 동상으로 다가갔다.

그는 분노하지 않고 동상을 바라보았다. 몸과 영혼의 게으름이 눈에 보이지 않는 해충처럼, 질질 끄는 발과 망토 주름 위로, 또한 굽실거리는 머리 주변을 기어갔지만, 동상은 겸손하게도 그 수모를 알아차린 것 같았다. 그것은 마치 밀레시우스 인의 망토를 빌려 입은 퍼볼그[57]인 같은 모습이었다. 그는 농부 학생이자 친구인 다빈을 떠올렸다. 그는 농담으로 다빈을 퍼볼그 인이라고 불렀는데 그 농부 친구는 그냥 가볍게 받아넘겼다.

"그냥 그렇게 불러, 스티비. 난 머리가 나쁘잖아. 원하는 대로 부르라고."

친구의 입술에서 자신의 친근한 세례명이 처음 들렸을 때 스티븐은 특별대우를 받은 것 같아 기분이 좋았다. 다빈은 다른 사람과 이야기할 때 형식적인 태도를 보였고 다른 이들도 그를 그렇게 대했기 때문이었다. 그는 그랜햄 거리에 있던 다빈의 방에 자주 갔다. 벽의 측면에 한 켤레씩 세워둔 고급 장화 앞에서 경이로워했고, 친구들의 단순한 귀를 위해 다른 이들의 운문에 자신의 갈망과 낙담의 베일인 다른 작품들의 리듬과 시를 되뇌곤 했다. 그에 귀를 기울인 무례한 퍼볼그 인의 태도가 마음에 들기도 하고 안 들기도 했고, 조용히 교감하는 예절 혹은 중세 영어의 신기한 말투에 끌리기도 했으며, 게일족이며 게일릭 운동협회 창시자였던 마이클 커삭의 추종자였던 그의 거친 몸짓에서 나오는 즐거움도 한몫했고, 둔감한 지성에 의해, 혹은 무뚝뚝한 감정에 의해, 혹은 아직도 통행금지가 밤의 두려움으로 작용하는 굶주린 아일랜드 마을 영혼의 공포에 의해, 그 흐릿해진 눈동자에 의해 갑작스레 거부감이 들기도 했다.

운동선수인 친척 아저씨 맷 다빈의 용감한 행동을 기억하면서 동

---

57 그리스에서 아일랜드로 이주해온 켈트복 이전의 종족.

시에, 그 젊은 농부는 아일랜드의 슬픈 전설을 숭배했다. 무슨 수를 써서라도 단조로운 학교생활을 의미 있게 꾸미려고 노력하는 친구들은 그를 젊은 피니어 단원이라고 생각하고 수군거리기도 했다. 유모는 그에게 아일랜드어를 가르쳤고 아일랜드 신화를 조금씩 말해주며 조잡한 상상력을 키워주었다. 그는 아름다움이라곤 조금도 찾아볼 수 없는 그 신화를 좋아했고, 둔하고 충성스러운 농노가 로마 가톨릭을 대하는 것과 같은 태도 속에서 오랫동안 전해 내려오면서 여러 갈래로 나누어진 볼품없는 신화를 좋아했다. 어떤 생각이나 감정이 영국에서 왔거나, 영국 문화의 방식에 의한 것이라면 그의 마음은 군인이 암호에 복종하듯 반대하며 들고 일어났다. 영국 넘어있는 세상 중에서 오직 프랑스 외인부대[58]만을 그가 알고 있었기에 거기에서 복무하겠다고 말했다.

그러한 야망과 젊은이다운 유머가 합쳐져서, 스티븐은 종종 그를 유약한 거위라고 부르곤 했다. 사색을 즐기는 스티븐의 정신과 숨겨진 아일랜드의 생활 방식 사이에 너무나 자주 위치한 듯한 친구의 아주 우유부단한 말과 행동을 겨냥한 그 이름에는 심지어 짜증스러운 점이 있었다.

어느 날 밤, 스티븐이 지적 반항의 차가운 침묵에서 도망칠 때 사용하던 폭력적이고 화려한 언어에 정신적 자극을 받은 그 젊은 농부가 스티븐의 마음에 낯선 환영을 불러일으켰다. 두 사람은 가난한 유

---

58 foreign legion : (특히 알제리의 프랑스군의) 외인부대(1831년 설립).

대인들이 사는 어둡고 좁은 길을 지나 다빈의 숙소를 향해 천천히 걷는 중이었다.

"지난 늦가을, 겨울에 가까워졌을 무렵 나에게 일어난 사건이었어, 스티비. 누구에게도 그 이야기를 한 적이 없고, 이런 말을 하는 건 네가 처음이야. 그게 10월이었는지 11월이었는지는 기억이 안 나. 입학 시험을 치기 위해 이곳으로 오기 전이니까 10월이야."

스티븐은 미소 머금은 시선을 돌려 친구의 얼굴을 보았다. 그의 자신감이 마음에 들었고 순박한 말투에 공감이 갔다.

"내가 머물던 곳을 온종일 떠나서 버트번트에 있었어."

"네가 그 장소를 아는지 모르겠지만 말이야, 크룩스 오운 보이즈 팀과 피얼리스 셜스 팀의 헐링[59] 경기를 보러 갔는데, 정말이지 아주 치열한 경기였어. 내 사촌인 폰시 다빈은 리메릭를 위해 그 추위에도 옷을 벗고 맨살로, 경기 전반을 공격수들과 함께 일어서서 미친 듯이 소리를 질렀지. 나는 그날을 절대 잊지 못할 거야. 크룩스 팀의 한 선수가 그를 향해 스틱을 휘둘렀는데, 하느님께 맹세코 그의 관자놀이에 맞을 뻔했어. 오, 만약 스틱의 구부러진 부분에 맞았다면 그는 정말 끝났을 거야."

"그가 피할 수 있어서 다행이군." 스티븐이 웃으면서 말했다. "하지만 그게 너에게 일어난 이상한 일은 아니겠지?"

"글쎄, 방금 그 이야기에는 별로 흥미가 없을 거로 생각해. 하여

---

59 헐링: 하키 비슷한 아일랜드 구기.

간 경기가 끝난 뒤 큰 소란이 벌어지는 바람에 나는 집으로 가는 열차를 놓쳐버렸고, 그날 캐슬타운로시 전역에서 대규모 집회가 열렸고 그 지방의 모든 차가 거기에 있어서 말이지, 운이 좋다고 해도, 차편을 구할 수도 없었어. 밤을 꼬박 새우거나 걸어가는 수밖에 없었다고. 글쎄, 난 걷기 시작했고, 계속 가는데 발리후라 언덕 근처에 도달했을 때 밤이 되었어. 아마 킬말록에서 10마일은 족히 되었을 것이고 그다음부터는 아주 길고 외로운 도로가 뻗어있더군. 집도 안보이고 아무런 소리도 들을 수 없었지. 아주 깜깜했거든. 한 번이나 두 번쯤, 나는 덤불 아래에 멈춰 서서 담뱃불을 붙였는데 만약 이슬이 많이 내리지 않았다면 아마 그곳에 누워 잤을 거야. 마침내 그 도로가 구부러진 곳을 지난 후 유리창에 불이 켜진 작은 집을 보았어. 나는 그곳으로 가서 문을 두드렸지. 누구냐는 목소리가 들려왔고, 나는 버트번트에 경기를 보러 왔다가 집으로 걸어가는 중인데 물 한 컵만 주면 고맙겠다고 대답했어. 잠시 후 젊은 여자가 문을 열고서 내게 우유 한잔을 내밀었어. 내가 노크했을 때 자다가 일어난 듯 옷을 모두 갖추어 입지는 않았고 머리카락을 길게 늘어뜨렸지. 모습이나 눈빛을 보면서 나는 그녀가 임신 중일 것으로 생각했지. 그 여자는 문 앞에서 한참 동안 이야기를 했는데, 가슴과 어깨를 거의 드러낸 것을 보고 이상하다고 생각했어. 그녀는 내게 피곤하지 않으냐고 하면서 그날 밤 그곳에서 머무르고 싶으냐고 물었어. 그 집에 혼자 있고, 남편은 그날 아침 여동생을 바래다주기 위해 퀸스타운에 갔다고 했어. 그리고 말하는 동안 내내, 스티비, 내 얼굴을 빤히 바라보았고, 숨소리를 들을 수 있을 만큼 내게 바싹 다가서 있었어. 내가 마침내 컵을 돌려주었을 때 그 여자는 내 손을 잡아 문턱 위로 끌며 말했지. '들어와서 오늘 밤 머물러요. 걱정할 필요는 없어요. 우리 둘 외에는 아무도 없으니까요.' 라고 말이야. 나는 들어가지 않았어, 스티비. 그녀에게 고맙다고 말하고 다시 걷기 시작했지. 몸이 후끈 달아올랐다고. 도로가 구부러진 곳에서 돌아보니 그때까지 문가에 서 있더군."

다빈의 이야기의 마지막 단어가 그의 기억 속에서 울려 퍼졌고, 그 이야기에 나온 여자의 모습이 과거 학교 마차들이 지나갔던 클레인에서 농가 문 옆에 서 있던 농부 여자에 투영되어 보이는 것 같았다. 그 여자와 그가 속한 종족의 한 유형으로서, 어둠과 비밀, 외로움 속에서 의식이 깨어있는 박쥐 같은 영혼, 가식 없는 여인이 눈과 목소리와 몸짓으로 낯선 이를 침대로 부르는 모습이었다.

누군가 그의 팔을 잡았고 젊은 목소리가 들려왔다.

"오, 아저씨, 저예요, 선생님! 오늘 첫 번째 손님이에요, 신사분. 이 사랑스러운 꽃다발을 사주세요, 그러실 거지요, 신사분?"

소녀는 그를 향해 푸른색 꽃다발을 치켜들었다. 젊디젊은 푸른 눈동자가 그 순간 솔직함의 이미지로 다가왔다. 그 환영이 사라질 때까지 잠시 가만히 있었다. 낡은 옷과 거칠고 젖은 머리카락과 말괄량이 같은 얼굴이 눈에 들어왔다.

"사주세요, 신사분! 단골 소녀를 잊지 말아 주세요!"

"돈이 없단다," 스티븐이 말했다.

"이 예쁜 꽃들을 사주세요, 그러실 거죠? 일 페니면 돼요."

"내 말 들었니?" 스티븐이 그녀를 향해 상체를 약간 수그렸다. "지금 돈이 없다고 말했잖아. 돈이 없다고."

"알았어요. 그럼 다음에 사주세요, 신사분. 제발 사주세요." 그 소녀는 얼른 응답했다.

"글쎄다." 스티븐이 말했다. "그렇게 될 것 같지가 않구나."

그는 소녀의 친근함이 모욕적인 말로 변할 것 같아 두렵기도 했고 영국에서 온 관광객이나 트리니티 대학생 같은 다른 사람에게 물건을 팔도록 길을 비켜주고자 재빨리 그녀 곁을 떠났다. 그가 걸어왔던 그래프톤 거리를 보자 용기를 꺾은 가난이 계속 떠올랐다. 거리 제일 앞쪽 길에 아일랜드 독립투사인 울프 톤을 기념하는 판석이 서 있었는데, 그는 아버지와 함께 정초식에 참석했던 것을 기억했다. 씁쓰레한 마음으로 싸구려 티가 나는 봉헌식을 떠올렸다. 거기에는 네 명의 프랑스 대표가 참석했으며, 미소 짓던 통통한 젊은이가 막대기에 '아일랜드 만세!'라는 글귀가 쓰인 카드를 꽂은 채 들고 있었다.

그러나 성 스테판 그린 공원에 있는 나무들에서는 비의 진한 향기가, 비에 젖은 땅에서는 필멸의 향기이자 수많은 심장이 부패하여 나온 곰팡이의 냄새가 희미하게 새어나왔다. 연장자들이 말해준 화려하고 부패한 도시의 영혼은 세월과 더불어 땅에서 새어 나오는 희미한 죽음의 냄새로 움츠러들었고, 음울한 대학에 들어간 순간에 그는 자신이 '씩씩한' 이건과 '교회 방화범' 웨일리[60]의 타락이 아닌 다

---

60 트리니티 대학 출신의 정치가들.

른 타락을 알아차릴 것을 깨달았다.

불어 수업을 듣기 위해 위층으로 올라가기에는 너무 늦었다. 현관을 가로질러 물리학 대강당으로 이어지는 왼쪽 복도로 갔다. 복도는 어둡고 조용했으나 누군가 지켜보고 있다는 기분을 떨칠 수 없었다. 왜 그런 기분이 들었을까? 벅 웨일리 시절에 그곳에 비닐 계단이 있다는 말을 들어서일까? 혹은 예수회 건물이 치외법권 지역이고 그가 이방인들 사이에서 걷고 있는 것일까? 톤과 파넬의 아일랜드는 허공으로 사라진 듯했다.

그는 강당 문을 열고 먼지 낀 창문으로 겨우 스며들어온 차가운 회색 햇빛 한가운데에 멈춰 섰다. 누군가가 커다란 난로 쇠 살대 앞에서 몸을 구부리고 있었고 마른 체형과 회색 옷으로 보아 학장이 불을 지피고 있다는 사실을 그는 알았다. 스티븐은 조용히 문을 닫고 벽난로로 다가갔다.

"안녕하세요, 선생님! 도와드릴까요?"

성직자는 재빨리 고개를 들고 말했다.

"지금 잠깐만 기다리게, 디덜러스 군. 자네는 보게 될 거야. 불을 피우는 행위에도 예술이 있다네. 교양과목이 있고 실용과목이 있는데, 이건 실용과목 중 하나이지."

"저도 배우려고 노력하겠습니다." 스티븐이 말했다.

"석탄을 너무 많이 넣지 말아야 해," 학장이 서둘러 일을 하면서 말했다, "그게 비밀 중 하나야."

학장은 사제복 옆주머니에서 쓰다 남은 양초 네 개를 꺼내어 석탄과 구겨진 종이 사이에 능숙하게 놓았다. 스티븐은 조용히 그를 지켜보았다. 학장은 불을 붙이기 위해 판석 위에 무릎을 꿇고 종이와 양초 조각을 이리저리 배열하느라고 바쁘게 손을 놀렸는데, 마치 텅빈 사원에서 제물을 놓을 자리를 마련하는 겸손한 봉사자이며 하느님을 섬기는 레위 사람 같았다. 레위 사람들의 평범한 리넨 가운처럼 바래고 낡은 사제복이 무릎을 꿇은 그를 감쌌는데, 정식 사제복 혹은 가장자리가 퍼진 제사장의 옷이 거추장스러운 듯 불편해 보였다. 그의 육체야말로 하느님을 향한 낮은 봉사—제단에 불을 밝히거나, 비밀리에 소식을 전하거나, 속인을 시중들거나, 요청을 받으면 재빨리 움직이는 일—을 하며 늙어 갔고, 아직 성자다운 면모 혹은 고위 성직이 지닌 어떤 미덕을 은총으로 받지 못했다. 맞다, 그의 영혼이야말로 빛과 아름다움을 향해 자라지 못하며, 영혼의 신성함이라는 달콤한 향기를 널리 퍼뜨리지 못하며 봉사하면서 늙어갔다. 금욕으로 억눌린 그의 의지는 더는 복종의 떨림에 반응하지 않았으니, 은회색으로 쇠퇴하고 늙고 야위고 질긴 그의 육체가 사랑이나 투쟁의 떨림에도 무반응인 것과 마찬가지였다.

학장은 엉덩이를 바싹대고 앉은 채 나무토막에 불이 옮겨붙는 모습을 바라보았다. 스티븐이 침묵을 깨고 입을 열었다.

"저는 절대로 불을 피울 수 없을 것 같아요."

"자넨 예술가야, 그렇지 않나, 디덜러스 군?" 학장이 눈을 들어 창백한 눈동자를 깜박이면서 말했다. "예술가의 목적은 아름다움을 창조하는 것이야. 무엇이 아름다움인지는 또 다른 문제이지."

그는 천천히 손을 비비면서 그 어려운 문제에 대해 생각했다.

"그 문제를 지금 풀 수 있겠나?" 그가 물었다.

"아퀴나스가 말하길," 스티븐이 대답했다. "'풀크라 순트 퀘 비사 플라센트'[61]라고 했습니다."

"우리 앞에 있는 이 불은, 눈에 즐거움을 줄 거야. 따라서 이건 아름다움인가? 학장이 말했다.

"시각으로 파악되는 한에서, 그리고 여기서 시각이란 심미적인 지성 작용을 의미할 터이니 그건 아름다울 것입니다. 하지만 아퀴나스는 또한 '보넘 에스트 인 쿠오드 텐디트 아페티투스'[62]라고 했습니다. 그것이 온기를 원하는 동물적 갈망을 만족하게 하는 한, 불은 선입니다. 하지만 지옥에서는 사악함입니다."

"맞아," 학장이 말했다, "확실히 정곡을 찔렀어."

학장은 날렵하게 일어나 문 쪽으로 가서 문을 약간 연 다음 말했다.

"환기는 이 문제를 푸는 데 도움이 될 걸세."

그가 경쾌하나 약간 절룩거리면서 난로 근처로 돌아왔을 때 스티븐은 예수회 수도자의 조용한 영혼이 창백하고 사랑 없는 눈으로 자신을 바라보는 것을 느꼈다. 그는 이냐시오 성인처럼 절름발이였으나 그 눈동자는 이냐시오 성인의 열정으로 타오르지 않았다. 예수회

---

61 보기에 즐거운 것이 아름다운 것.

62 욕망을 만족하게 하는 것이 선.

의 전설적인 기교로도, 비밀스럽고 교묘한 지혜가 담긴 전설적인 책보다 더 미묘하고 더 비밀스러운 기교를 사용한다고 해도, 사도의 신분인 그의 영혼에 불을 지필 수 없었다. 마치 그가 하느님의 위대한 영광을 위해 명령을 받은 대로, 세상의 변화와 가르침, 간계를 사용하면서도 즐거움이나 증오를 느끼지 않은 것 같았고, 복종이라는 확고한 몸짓으로 그 모든 침묵의 봉사를 하면서도 자신의 주인인 하느님이나 자신이 봉사하는 목적을 사랑하는 것 같지 않았다. '시밀리테르 아트퀘 세니스 바쿨루스(노인의 지팡이같이)', 예수회 창시자가 그를 차지한 것처럼, 그는 밤길을 가거나 날씨가 험할 때 기대고, 정원 의자 위에 숙녀의 꽃다발과 함께 놓고, 위협을 당하면 치켜드는 노인의 지팡이 같은 존재였다.

학장은 난로로 돌아와 턱을 어루만지기 시작했다.

"언제 미학적인 문제에 대해 자네에게 뭔가 들을 수 있을까?" 그가 물었다.

"저에게서요!" 스티븐이 놀라서 대답했다. "운이 좋아야 두 주일에 한 번 그런 생각이 떠오를까 말까 하는데요."

"그건 아주 심오한 문제들이지, 디덜러스 군." 학장이 말했다. "모허의 절벽에서 까마득한 아래를 내려다보는 것과 같은 거라네. 많은 사람이 그 깊은 곳으로 내려가지만 다시는 올라오지 못해. 오직 훈련된 잠수부만이 그렇게 깊게 내려갈 수 있고, 또 그곳을 탐험한 다음 다시 수면 위로 올라올 수 있네."

"만약 사색에 관해 이야기하고 계신 거라면, 선생님," 스티븐이 말했다. "모든 사색은 자체의 규칙에 의해 한계가 지워지기 때문에 자유로운 생각 같은 것은 없다고 확신합니다만."

"하!"

"제 목적을 위해, 저는 아리스토텔레스와 아퀴나스의 통찰을 한두 개 정도 활용할 수 있습니다."

"알겠어. 무슨 말인지 이해한다네."

"제가 사용하고 길잡이로 삼기 위해서 그들이 필요합니다. 그 빛에 의존해서 저 스스로 무엇인가를 해내기 위해서지요. 만약 그 램프에서 연기나 냄새가 난다면 저는 그것을 손질하려고 노력할 겁니다. 만약 빛을 충분히 더 내지 못한다면 저는 그것을 팔고 다른 것을 사겠지요."

"에픽테토스도 램프를 가지고 있었다네." 학장이 말했다. "그가 죽은 뒤에 아주 비싼 값에 팔렸지. 그는 그 램프에 의지해서 철학 논문들을 썼다네. 자네는 에픽테토스를 알고 있나?"

"옛날 분이지요." 스티븐이 거칠게 말했다. "영혼이 양동이 한통에 담긴 물과 같다고 말했고요."

"그는 소박하게 말한 거라네." 학장이 말을 이었다. "그는 어떤 신의 조각상 앞에 철 램프를 놓아두었는데 한 도둑이 그걸 훔쳤지. 그 철학자가 어떻게 했을까? 그는 도둑의 특성에 대해 생각한 끝에 그 다음 날 철 램프 대신 흙 램프를 사기로 했다네."

학장의 양초 토막에서 초 녹는 냄새가 스멀거리면서 올라왔고 양동이와 램프, 램프와 양동이라는 단어들은 스티븐의 의식 속에서 되풀이되면서 함께 울려 퍼졌다. 그 성직자의 목소리 역시 강렬하게 울렸다. 스티븐의 정신은 이상한 어조와 영상 때문에, 불 꺼진 램프 혹은 초점이 틀린 반사경처럼 보이는 성직자의 얼굴 때문에 본능적으로 주춤했다. 그 뒤쪽이나 그 내부에 무엇이 있는 걸까? 영혼의 따분한 무기력함 혹은 지성작용으로 충전되고 하느님의 우울함을 지닌 천둥의 둔감함일까?

"제가 말한 것은 다른 종류의 램프입니다만, 선생님." 스티븐이 말했다.

"물론 그렇지." 학장이 말했다.

"미학 토론에서 한 가지 어려움은, 언어가 문학적 전통에 따라 사용되었는가, 혹은 평범한 생활의 전통에 따라 사용되었는지 알아내는 것입니다. 저는 뉴먼의 문장을 기억합니다. 그는 성모마리아가 성인들에게 '붙잡혀 detained'있다고 했습니다. 평범한 생활에서의 단어 사용은 상당히 다릅니다. 제가 선생님을 '붙잡고'있는 것이 아니었으면 좋겠습니다." 스티븐이 말했다.

"전혀 그렇지 않다네." 학장이 정중하게 말했다.

"아니, 아닙니다." 스티븐이 미소를 지으며 말했다, "제 말은 ……"

"그래, 그래, 알겠네," 학장이 재빨리 말했다. "무슨 말인지 알겠네. '붙잡는다'는 의미 말이야."

그는 아래턱을 내밀고 마른기침을 했다.

"램프 이야기로 돌아가서," 그가 말했다. "램프에 기름을 넣는 것도 재미있는 문제라네. 자네는 순수한 기름을 골라야만 하고, 그것을 부을 때 넘치지 않도록 주의를 기울여야만 하지. 퍼넬(funnel)[63]이 담을 수 있는 것 이상을 넘기면 안 돼."

"퍼넬이라뇨?" 스티븐이 물었다.

"램프에 기름을 넣을 때 쓰는 깔때기 말이야."

"그거요?" 스티븐이 말했다. "그걸 '퍼넬'이라고 부르나요? '턴디시(tundish)'[64]가 아니고요?"

"'턴디시'가 뭔가?"

"그 …… '퍼넬'이요."

"그것을 아일랜드에서는 '턴디시'라고 부르나?" 학장이 물었다. "난생처음 듣는 단어로군."

"더블린의 로어 드럼콘드라에서는 '턴디시'라고 부릅니다," 스티븐이 웃으면서 말했다. "가장 훌륭한 영어를 사용하는 곳이지요."

"'턴디시'라," 학장이 다시 되뇌었다. "아주 재미있는 단어군. 한번 찾아봐야겠어. 꼭 그래야지."

예의 바른 그의 행동은 조금 거짓 같았고, 스티븐은 우화에 나오는 형이 방탕한 동생에게 보냈을 법한 시선으로 영국인 개종자[65]를 바라보았다. 대규모 개종의 뒤를 따른 겸손한 추종자, 아일랜드에 사는 불쌍한 영국인, 그는 음모와 고통, 부러움, 투쟁, 치욕의 낯선 연극이 거의 끝나갈 무렵 예수회의 역사 속으로 들어왔을 듯하니, 그는

---

63 깔때기.

64 쇳물을 부어 넣는 깔때기의 일종.

65 성공회를 가리킴.

지각자이며 지체된 정신이었다. 그는 어디 출신일까? 아마도 그는 진지한 비국교도들 사이에서 태어나고 자랐을 것이고 오직 예수의 구원만을 바라보며 체제의 화려함을 혐오했을 것이다. 만약 그가 소란스러운 파벌들과 6교리파 사람들, 선민파, 시드 앤 스네이크 침례교파, 원죄전(原罪前) 예정론자의 용어들 속에서 맹목적인 믿음의 필요성을 느꼈다면? 만약 그가 무명실 한 타래를 끝까지 감아올리듯 안수식에서의 바람 불기 혹은 성령의 발현에 대해 세세하게 추론하다가 갑자기 진실한 교회를 찾아낸 것이라면? 혹은 만약 그가 세관에 앉아있다가 사도가 된 사람처럼, 함석지붕을 얹은 성당 문 옆에 앉아 하품하면서 그의 교회 돈을 세고 있을 때, 주님이신 그리스도가 그에 손을 대면서 따라오라고 명령을 내린 것이라면?

학장은 그 단어를 다시 되뇌었다.

"'턴디시'! 좋아, 흥미롭군!"

"조금 전 제게 하신 질문이 제게는 더 흥미롭습니다. 예술가들이 흙 한 덩이로 표현하려고 몸부림쳤던 그 아름다움이란 무엇일지 말입니다." 스티븐이 냉정하게 말했다.

그 몇 마디의 단어는 공손하지만, 경계심 많은 적에게 겨누는 감수성의 칼날이 되는 것 같았다. 그는 자신과 이야기를 나누는 남자가 벤 존슨의 동포라는 사실에 낙담의 아픔을 느끼며 생각했다.

"우리가 말하는 언어는 내 것이기 전에 그의 것이었어. '가정' '그리스도' '에일 맥주' '주인'이라는 단어들은 그와 내가 말할 때 얼마나 다른지! 나는 영혼의 불안함 없이는 이 단어들을 말하거나 쓸 수 없어. 너무나 친근하고 너무나 낯선 그의 언어는 언제나 나에게 습득한 말일 거야. 나는 그 단어들을 만들거나 받아들이지 않았어. 나의 목소리는 그 단어들을 궁지에 가두고 있어. 내 영혼은 그의 언어가 만들어낸 그림자 속에서 안달하고 있지.

"그리고 그 아름다움과 숭고함을 구별하는 것은 도덕적 아름다움과 물질적 아름다움을 구별하는 것이지. 그리고 다양한 예술에 어떤 종류의 아름다움이 적당하냐고 묻는 것. 이런 것들이 우리가 받아들여야 할 흥미로운 점일세." 학장이 덧붙였다.

스티븐은 학장의 확고하고 메마른 말투를 듣고서, 갑자기 낙심하여 아무런 말을 하지 않았다. 침묵 속에서 구둣발 소리와 시끄러운 목소리가 계단을 통해 멀리서 들려왔다.

"그런 사색을 추구하는 것에" 학장은 결론을 내리듯 말했다. "무기력으로 도태하는 위험이 도사리고 있어. 우선 자네는 학위를 따내야만 하네. 그것을 첫 번째 목표로 삼아야 해. 그런 다음, 조금씩 조금씩, 자네가 가야 할 길을 찾을 거야. 모든 의미에서, 삶과 사유 속에서의 길을 말하는 거네. 처음에는 페달을 밟으며 오르막길을 가야 할수도 있어. 뉴먼 군을 보게나. 그는 정상에 도달하기 전에 시간이 오래 걸렸지. 하지만 그는 정상에 올라섰어."

"제게는 그와 같은 재능이 없어요." 스티븐이 조용히 말했다.

"그건 아무도 모른다네," 학장이 명쾌하게 말했다. "우리 내부에 무엇이 있는지 결코 말할 수 없지. 나는 분명히 낙담하지 않을 거네.

'페르 아스페라 아드 아스트라'[66]"

그는 재빨리 난로 옆을 떠나서 문과 1학년 반을 감독하기 위해 층계참으로 향했다.

난로에 몸을 기댄 채, 스티븐은 학장이 학생들에게 골고루 활기차게 인사를 건네는 소리를 들었고, 거친 학생들의 얼굴에 떠오른 솔직한 미소를 볼 수 있는 듯 했다. 상처 입기 쉬운 그의 심장 위로, 로욜라 성인의 충복을 위해, 예수회 내에서 형제 같은 사람을 위해, 언변은 그들보다 훨씬 진부했으나 훨씬 더 변치 않은 영혼을 지닌 그를 위해, 그가 결코 고해 신부라고 부르지 않을 사람을 위해 쓸쓸한 연민이 이슬처럼 내려앉았다.

그는 예수회 역사를 통틀어서 하느님의 정의의 법정에서 믿음이 느슨하거나 미온적이거나 깊은 자들의 영혼에 대해 수도자들뿐 아니라 속세인들을 위해 청원을 했기에, 이 남자와 그의 동료들이 어떻게 속물이라는 이름을 얻게 되었는지 생각했다.

어둑한 강당의 제일 위쪽 줄이자 거미줄이 처진 창문 아래에 앉은 학생들이 무거운 구둣발로 소리를 내어 교수의 입장을 알렸다. 출석을 부르기 시작했고 이름에 대해 제각기 다른 어조의 대답이 피터 번의 이름이 불릴 때까지 이어졌다.

"네!"

깊고 낮은 대답이 윗줄에서 들려왔고 다른 쪽에서는 기침 소리

---

66 다시 말해 험한 길을 뚫고 별을 따는 거야.

가 들려왔다.

교수는 읽던 것을 잠시 멈추었다가 다음 이름을 불렀다.

"크랜리!"

대답이 없었다.

"크랜리 군!"

스티븐은 친구의 학업에 대해 생각하며 싱긋 웃었다.

"레퍼즈타운 경마장에서 찾아보세요!" 뒷줄에서 누군가가 소리쳤다.

스티븐은 재빨리 위쪽을 보았으나 잿빛 햇살에 비쳐 윤곽선이 드러난 모이너한의 코가 큰 얼굴에는 아무런 표정도 드러나지 않았다. 공식 한 개가 학생들에게 주어졌다. 노트 종이가 바스락대는 가운데, 스티븐은 뒤쪽으로 몸을 돌린 채 말했다.

"내게 종이 좀 줘, 부탁이야."

"그 정도로 형편이 어려워?" 모이너한이 싱긋 웃으며 물었다.

그는 잡기장에서 종이를 찢어 건네주며 속삭였다.

"급할 때는 평신도이든 여자든 그렇게 할 수 있지."

그가 고분고분하게 종이에 쓴 공식은 꼬였다 풀었다 하는 교수의 계산이며, 힘과 속도의 유령 같은 기호들이 스티븐의 마음을 매료시키고 지치게 했다. 그 늙은 교수가 무신론자 프리메이슨의 일원이라고 누군가 말하는 소리를 그는 들었다. 오, 잿빛의 둔감한 날이여! 고통 없는 환자 의식의 림보에서 수학자의 영혼들이 방황하면서, 점점 사라지고 엷어지는 황혼의 한 면에서 한 면으로 길고 가느다란 섬유소를 비춰주고, 더 방대하고 더 멀고 더 미묘한 **빠른** 소용돌이들을 우주의 제일 가장자리까지 방출하는 것 같았다.

"따라서 우리는 타원형과 타원체를 구별해야만 합니다. 아마도 여러분 중 몇몇은 W.S. 길버트의 작품을 잘 알 거예요. 그는 자신의 운문에서 그렇게 운명지어진 당구의 명수에 대해 말합니다."

허위의 천 위에

뒤틀어진 큐와 더불어 있는

타원형 당구공들.

"그가 말한 것은 주축의 타원형 공을 의미하고, 그건 내가 지난번에 말한 적이 있지요."

모이너한이 몸을 수그리고 스티븐의 귀에 대고 속삭였다.

"타원형 공[67]이 무슨 상관이람! 숙녀들이여, 나를 따르라, 나는 기병대원이니!"

친구의 건방진 유머가 수도원처럼 고요한 스티븐의 마음속에서 돌풍처럼 휘몰아치면서 벽에 걸린 축 늘어진 사제복들에 즐거운 생명을 불어넣고, 혼란의 마녀집회에서 흔들거리며 뛰어놀게 하였다. 예수회의 얼굴들이 돌풍에 휘날린 제의에서 드러났다. 학장, 뚱뚱하고 얼굴이 발그레하고 회색 머리에 모자를 쓴 회계 담당자, 총장, 헌신적

---

67 'ball'에는 불알이라는 뜻도 있다.

으로 운문을 쓰는 가느다란 머리카락에다 몸집 작은 사제, 농부 같은 체격의 땅딸막한 경제학 교수, 학생들과 양심의 문제에 대해 층계 발치에서 토론할 때 보면 마치 영양 한 무리에 둘러싸여 높이 달린 잎을 따는 기린 같은 젊고 키가 큰 심리학 교수, 신중하고 늘 심각한 신심회 회장, 통통하고 동그란 얼굴과 장난기 가득한 눈을 지닌 이탈리아어 교수의 얼굴이 지나갔다. 그들은 천천히 걷고, 비틀거리고, 공중제비를 넘고, 깡충거리고, 등 짚고 뛰어넘기를 위해 옷자락을 걷어 올리고, 서로 등을 붙잡고, 거짓 웃음으로 포복절도하고, 서로 등을 때리고, 무례하고 사악한 농담을 하며 웃고, 서로를 친근한 별명으로 부르고, 가끔 난폭한 대접을 받으면 갑자기 위엄을 부리고, 손으로 입을 가린 채 속삭였다.

교수는 옆쪽 벽에 달린 유리 상자로 다가가 선반에서 코일 한 세트를 꺼냈고 여러 방향에서 불어 먼지를 날려 보낸 다음 조심스럽게 테이블로 가져와서 그 위에 손가락을 댄 채 강의를 이어나갔다. 그는 현대의 코일 속 전선은 F.W. 마르티노가 최근 발견한 플라티노이드라는 합성물로 이루어진 것이라고 설명했다.

그는 발견자의 머리글자와 성을 정확히 말했다. 모이너한이 뒤에서 소곤거렸다.

"정말 착한 프레시 워터 마틴이군!"

"질문해," 스티븐이 장난스럽게 속삭였다. "전기처형을 위한 대상을 원하는지 말이야. 나를 쓸 수 있어."

모이너한은 코일 위로 몸을 수그린 교수를 보면서 의자에서 일어나 손을 들더니 오른쪽 손가락에 딱 소리를 시끄럽지 않게 내고 부랑아 같은 목소리로 교수에게 외치기 시작했다.

"선생님! 얘가 방금 나쁜 말을 했어요, 선생님."

"플라티노이드는," 교수가 엄숙하게 말했다. "독일산 은보다 선호되는데, 그건 온도 변화에 의한 저항계수를 낮추기 때문입니다. 플라티노이드 전선은 절연처리가 되어있고, 절연을 해주는 실크 덮개는 지금 내가 손가락을 대고 있는 에보나이트 원통에 감겨 있습니다. 만약 한번 감기면 여분의 전류가 코일 속으로 유도되지요. 그 원통은 뜨거운 파라핀 왁스 속에서 포화되고……"

날카로운 얼스터 지방 사투리가 스티븐의 자리 아래쪽에서 들려왔다.

"응용과학 문제도 출제됩니까?"

교수는 엄숙하게 순수 과학과 응용과학이라는 용어를 비교하여 설명하기 시작했다. 금테 안경을 쓴 몸집 큰 한 학생이 질문자를 신기한 듯 빤히 바라보았다. 모이너한이 뒤에서 목소리를 죽이지 않은 채 중얼거렸다.

"매캘리스터는 1파운드의 살을 요구하는 악마 같지 않아?"

스티븐은 색깔이 뒤섞이고 헝클어진 머리카락으로 덮인 길쭉한 머리통을 차가운 시선으로 바라보았다. 질문자의 목소리와 말투와 마음이 그를 화나게 했고, 그 바람에 불만이 더욱 가중되었다. 그 학생의 아버지는 차라리 그를 벨파스트로 보내어 공부를 시키는 편이 더 나았고, 그러면 기차 삯이라도 절약할 수 있었을 테니까.

아래쪽 길쭉한 머리통이 돌아보지 않았기 때문에 생각의 화살을 맞지 않았으나 그 화살은 활시위로 되돌아갔다. 순간, 그가 그 학생의 창백한 얼굴을 보았기 때문이었다.

"그건 네 생각이 아니야." 그는 자신을 조용히 타일렀다. "그건 뒤쪽 의자에 앉아있는 희극적인 아일랜드 녀석에게서 나온 거야. 인내심을 가져야 해. 질문을 한 자와 조롱한 자 가운데 누가 네 민족의 영혼을 팔아넘기고 선출된 자를 배신했는지 자신 있게 말할 수 있어? 인내심을 가져. 에픽테토스를 기억해. 이런 순간에 그런 말투로 '과학'이라는 단어를 단음절로 빠르게 발음하며 질문을 하는 것은 아마 그의 성격 탓일 거야."

교수의 웅얼거리는 목소리가 코일 주변을 천천히 휘감았고, 코일이 옴 저항을 늘려가는 것처럼 졸음 에너지를 두 배, 세 배, 네 배 늘려가기 시작했다.

모이너한의 목소리가 멀리서 들려오는 종소리와 함께 뒤에서 울려 퍼졌다.

"수업 끝, 여러분!"

입구는 학생들로 북적거렸고 이야기로 시끄러웠다. 문 옆 테이블에는 틀에 넣어둔 사진 두 장이 놓여 있고, 그 사이에는 불규칙한 서명이 죽 적힌 기다란 종이가 놓여있었다. 맥칸이 학생들 사이를 재빠르게 오고 가며, 빠르게 이야기하고, 단호히 거절하고, 한 명씩 테이블로 데려갔다. 입구 안쪽에는 학장이 서서 어떤 젊은 교수와 이야기를 나누며 진지하게 턱을 쓰다듬고 고개를 끄덕거렸다.

스티븐은 문에서 사람들에게 잡힌 채 어쩔 줄 모르고 멈춰 섰다. 부드러운 모자의 넓은 챙 아래에서 크랜리의 검은 눈동자가 그를 보고 있었다.

"서명했니?" 스티븐이 물었다.

크랜리는 얇고 긴 입술을 다문 채 혼자 생각하다가 대답했다.

"에고 하베오(난 서명했어)"

"무엇을 위해서 하는 건데?"

"쿠오드(무엇 때문이냐고)?"

"그래, 무엇 때문인데?"

크랜리는 창백한 얼굴을 스티븐에게 돌리더니 온화하지만 쓸쓸한 어조로 대답했다.

"페르 팍스 유니베르살리스(세계 평화를 위하여)"

스티븐이 러시아 황제의 사진을 가리키며 말했다.

"마치 뭔가에 홀린 그리스도 같은 얼굴이군."

조롱과 분노에 찬 그의 목소리를 듣자 복도 벽을 침착하게 살피던 크랜리의 눈동자가 그에게 다시 향했다.

"너 화났니?" 그가 물었다.

"아니." 스티븐이 대답했다.

"기분이 나쁜 거야?"

"아니."

"크레도 우트 보스 산구이나리우스 멘닥스 에스티스(지독한 거짓말쟁이군)" 크랜리가 말했다. "쿠이아 판치에스 보스트라 몬스트라트 우트 보스 인 담노 말로 휴모레 에스티스(기분이 몹시 나쁘다고 얼굴에 쓰여 있는 걸)."

모이너한이 테이블로 다가오더니 스티븐의 귀에 대고 속삭였다.

"매캔은 기분이 최고야. 마지막 피 한 방울도 뿌릴 준비가 되어 있어. 새로운 신세계를 위해서. 술은 금지하고 암컷들에게 투표권을 주는 거지."

스티븐은 그 확신에 찬 행동 앞에서 미소를 지었고, 모이너한이 지나갔을 때 몸을 다시 돌려 크랜리를 바라보았다.

"아마도 내게 말해줄 수 있겠지," 그가 말했다. "그가 왜 내 귀에 대고 자유롭게 자신의 영혼을 쏟아놓는지 말이야. 말해줄 수 있지?"

크랜리가 이맛살을 찌푸렸다. 그는 모이너한이 서명을 하기 위해 몸을 수그린 테이블을 바라보다가 무뚝뚝하게 한마디 던졌다.

"아첨꾼 같으니!"

"쿠이스 에스트 인 말로 후모레(기분이 나쁜 건 누구야)." 스티븐이 말했다. "에고 아우트 보스(나야 아니면 너야)?"

크랜리는 비웃음을 그냥 받아넘겼다. 그는 자기 판단에 대해 곱씹어보면서 무뚝뚝하게 되풀이 말했다.

"빌어먹을 아첨꾼, 그게 바로 저 녀석이야!"

그것은 죽어버린 우정을 추모하는 그의 묘비명이었고, 스티븐은 자신의 기억에 대해서도 똑같은 말투로 말할 것인지 궁금했다. 무겁고 둔감한 그 문구는 수렁에 가라앉는 돌처럼 그의 귓가에서 천천히 가라앉으며 들리지 않게 되었다. 스티븐은 다른 많은 것들처럼 가라앉는 문구를 보면서 무거움이 마음을 짓누르는 것을 느꼈다. 다빈과는 달리, 크랜리의 말은 엘리자베스 왕조 시대의 진귀한 문구도 아니었고 아일랜드의 속담을 솜씨 좋게 바꾼 것도 아니었다. 느릿한 그 말투는 암울하고 부패한 항구에 울리는 더블린 부두의 메아리였고, 그 열정은 위클로 설교단에서 무덤덤하게 울리는 더블린의 신성한 웅변의 울림이었다.

크랜리의 얼굴에서 찡그린 표정이 사라졌을 때 매캔이 복도 저쪽에서 그들을 향해 재빨리 다가왔다.

"여기 있었군!" 매캔이 활기차게 말했다.

"나 여기었어!" 스티븐이 말했다.

"평소처럼 늦었네. 네 진보적 성향과 수업시간 엄수를 함께 겸할 수 없는 건가?"

"정리가 안 된 질문이야." 스티븐이 말했다. "또 뭐가 있지?"

미소 가득한 그의 눈동자가 선동자의 가슴주머니에서 살짝 삐져나온 은박지 포장 초콜릿을 빤히 바라보았다. 구경꾼들은 그들의 말싸움에 귀를 기울이기 위해 빙 둘러섰다. 가무잡잡한 피부와 볼품없는 검은 머리카락을 지닌 말라깽이 학생이 둘 사이로 고개를 쑥 집어넣고 말이 나올 때마다 두 사람의 얼굴을 번갈아 쳐다보았는데, 마치 날아다니는 문장들을 침이 묻고 헤벌어진 그의 입으로 잡아채기 위해 애쓰는 것 같았다. 크랜리는 작은 잿빛 공을 주머니에서 꺼내더니 빙글빙글 돌리면서 자세히 살펴보았다.

"뭐가 있느냐고?" 매캔이 말했다. "흠!"

그는 커다랗게 헛기침을 하더니 빙그레 웃으면서, 둔해 보이는 뺨에 매달린 엷은 색 염소수염을 두 번 잡아당겼다.

"다음 일은 성명서에 서명하는 거야."

"만약 서명하면 돈이라도 줄 건가?" 스티븐이 물었다.

"나는 네가 이상주의자라고 생각했는데." 매캔이 말했다.

그 집시 같은 학생은 주변을 둘러보더니 구경꾼들을 향해 웅얼거리는 우는 소리로 말했다.

"빌어먹을, 정말 이상한 표현이군. 그건 용병이나 쓰는 탐욕스러운 말인데."

그의 목소리 뒤로 침묵이 이어졌다. 아무도 그의 말에 주의를 기울이지 않았다. 그는 말처럼 생긴 가무잡잡한 얼굴을 스티븐을 향해 돌리면서 그에게서 나올 다음 말을 기다렸다.

매캔은 러시아 황제의 성명서에 대해, 평화운동가인 윌리엄 스테드에 대해, 국제분쟁 관련 전반적 군비축소 중재안에 대해, 시대의 조짐에 대해, 새로운 인간애와 새로운 삶의 복음에 대해 열정적으로 강변하기 시작했다. 그것을 통해 공동체의 안전을 유지하고 가장 적은 비용으로 가장 많은 다수에게 가장 커다란 행복을 안겨줄 수 있다고 말했다.

그 집시 학생이 문장의 끝에 반응을 보이며 소리쳤다.

"사해동포주의를 위해 만세 삼창을!"

"계속해봐, 템플," 그의 곁에 있던 통통하고 혈색 좋은 학생이 말했다. "나중에 술 한잔 살게."

"나는 사해동포주의를 굳게 믿어," 템플은 타원형 검은 눈으로 주변을 흘깃거리며 말했다. "마르크스는 고집쟁이일 뿐이야."

크랜리는 그에게 조심시키기 위해 팔을 꽉 잡고 어색하게 웃으면서 말했다.

"진정해, 진정해, 진정하라고!"

템플은 팔을 빼내려고 몸부림을 치면서 계속 말했다. 그의 입술에 침이 튀었다.

"사회주의는 아일랜드 사람들이 창시하였고, 유럽에서 사상의 자유에 대해 처음 설교한 사람은 콜린스야. 이백 년 전에 말이지. 그는 미들섹스 주 출신의 철학자이고 성직자의 정략을 맹렬히 비난했어. 존 앤소니 콜린스를 위해 만세 삼창을!"

빙 둘러싼 구경꾼들 사이에서 가느다란 목소리가 들려왔다.

"삐! 삐!"

모이너한이 스티븐의 귀 옆에서 중얼거렸다.

"존 앤소니의 불쌍한 여동생은 어때?"

로티 콜린스가 속옷을 잃어버렸네
그녀에게 너의 것을 빌려주지 않겠니?

스티븐은 웃음을 터뜨렸고, 그에 만족한 모이너한이 다시 중얼거렸다.

"우리는 존 앤소니 콜린스에 5실링씩 걸 거야."

"난 네 대답을 기다리고 있어." 매캔이 재빨리 말했다.

"나는 그 일에 조금도 관심이 없어," 스티븐이 피곤하다는 듯 말했다. "너도 잘 알 거야. 너는 왜 이런 일로 법석을 피우는 거지?"

"좋아!" 매캔이 입맛을 다셨다. "그렇다면 너는 반동분자구나?"

"나를 자극할 것으로 생각했구나?" 스티븐이 물었다. "네가 그 나무 칼을 흔들어댄다면 말이야."

"은유법을 사용하는군!" 매캔이 직설적으로 말했다. "알아듣기 쉽게 말하라고."

스티븐은 얼굴을 붉히며 옆으로 돌아섰다. 매캔은 똑바로 선 채 악의가 든 유머로 응수했다.

"하찮은 시인은 세계평화의 문제 같은 사소한 일에 신경 쓰지 않는다는 거겠지."

크랜리는 고개를 들었고 마치 평화조약을 맺으라는 듯 둘 사이로 손에 든 공을 내밀면서 말했다.

"팍스 수페르 토툼 상귀나리움 글로붐(피비린내 나는 이 땅에 평화를)"

스티븐은 둘러선 학생들을 밀치며 걸어가 러시아 황제의 사진을 향해 화난 어깻짓을 하며 말했다.

"네 우상을 잘 모셔. 우리에게 예수가 필요하다면 합법적인 예수를 가지게 해줘."

"빌어먹을, 그것 좋은 말이군!" 집시 학생이 말했다. "근사한 표현이야. 그거 맘에 드는걸."

그는 마치 그 표현을 삼켜버리기라도 하듯 침을 꿀꺽 삼켰고, 트

위드 천으로 만든 모자 끝을 만지작거리면서 스티븐을 향해 말했다.

"실례합니다만, 선생님, 방금 말씀하신 표현은 무슨 의미인가요?"

그는 근처의 학생들에게 밀려나는 것을 느끼면서 그들을 향해 말했다.

"난 지금 그가 말한 표현이 무슨 의미인지 궁금하다고."

그는 다시 스티븐을 보며 속삭이듯 말했다.

"너는 예수를 믿어? 난 사람을 믿어. 물론, 난 네가 사람을 믿는지 아닌지 모르지. 나는 그대를 존경해. 나는 모든 종교에서 독립한 인간의 이성을 존중한다고. 예수의 정신에 대한 그대 의견은 무엇이지?"

"계속해, 템플," 통통하고 혈색 좋은 학생이 말했다. 습관처럼, 그는 처음 생각으로 돌아갔다. "술이 너를 기다리고 있다니깐."

"그는 내가 얼간이라고 생각해." 템플이 스티븐에게 설명했다. "내가 이성의 힘을 믿고 있으니까 말이지."

크랜리가 스티븐과 그의 추종자의 손을 서로 이어주며 말했다.

"노스 아드 마눔 발룸 요카비무스(함께 공놀이하자)"

스티븐은 이끌려 가면서 매캔의 퉁명스럽고 상기된 얼굴을 보았다.

"내 서명은 중요하지 않아." 그는 정중하게 말했다. "네가 네 길을 가는 것이 옳아. 내가 나의 길로 가도록 내버려둬."

"디덜러스," 매캔이 활기차게 말했다. "나는 네가 좋은 녀석이라고 믿어. 하지만 너는 아직 이타주의의 품위와 인간 개인의 책임에 대해 배우지 못한 것 같군."

한 목소리가 말했다.

"괴짜 지성인은 이 운동에서 빠지는 게 더 나아."

스티븐은 그렇게 거칠게 말한 사람이 매캘리스터라는 사실을 깨달았지만, 그쪽으로 돌아보지 않았다. 크랜리는 마치 보좌신부를 대동하고 제단으로 나아가는 사제처럼 스티븐과 템플을 이끌고 단호하게 학생들을 헤치고 나아갔다.

템플은 크랜리의 가슴 위로 몸을 수그리며 말했다.

"매캘리스터가 하는 말을 들었어? 그 젊은 놈이 너를 질투하고 있어. 너 그거 봤어? 크랜리는 분명 그걸 보지 못했다고. 빌어먹을, 내 눈에 딱 걸렸지."

그들이 현관 안쪽을 가로질렀을 때, 학장은 그가 지금까지 이야기를 나누었던 학생에게서 벗어나려는 행동을 취했다. 그는 가장 낮은 계단에 서서 숙녀들이 계단을 오를 때처럼 가장자리가 닳은 사제복 자락을 손으로 모아쥐고 고개를 가끔 끄덕거렸다.

"의심할 여지가 없네, 해케트 군! 아주 좋아! 의심할 여지가 없어!"

현관 한가운데에는 학교 신심회 회장이 짜증 섞인 작은 목소리로 한 기숙 학생과 이야기를 나누었다. 그는 이맛살을 약간 찌푸리며 말했고, 중간중간 작은 연필을 깨물었다.

"나는 학생들이 모두 오길 바라고 있어. 문과 일 학년들도 분명 올 거야. 문과 이 학년도 그럴 거고. 우리는 신입생들이 모두 오도록 해야 해."

템플은 클렌리의 몸통 위쪽으로 다시 몸을 수그렸고, 그들이 문을 지나갈 때 재빨리 속삭였다.

"너는 그가 유부남이라는 것 알아? 개종하기 전에 결혼했대. 어딘가에 아내와 아이들이 있다는군. 맙소사, 내가 지금까지 들었던 것 중에 가장 해괴한 말이라니까! 응?"

그의 속삭임은 이내 교활한 웃음소리로 이어졌다. 그들이 문을 지나가는 순간 크랜리가 그의 목을 거칠게 잡고 흔들며 말했다.

"아무것도 모르고 날뛰는 바보천치 같으니! 이 바보스러운 세상에서 너보다 더 바보스러운 얼간이는 찾아낼 수 없을 거다!"

템플은 그의 손에 잡혀있으면서도 여전히 낄낄거렸고 크랜리는 거칠게 그를 흔들며 퉁명스럽게 쏘아붙였다.

"이 바보천치 같은 녀석!"

그들은 잡초투성이 정원을 지나갔다. 무겁고 넉넉한 망토를 두른 총장이 성무일과를 읽으면서 그들을 향해 걸어오고 있었다. 그 길 끝에서 돌아서기 전에 걸음을 멈추고 시선을 들었다. 학생들은 고개를 숙여 인사했고 템플은 아까처럼 모자 꼭대기를 만지작거렸다. 그들은 침묵 속에서 앞으로 걸어갔다. 그들이 경기장 근처에 갔을 때 스티븐은 선수들이 손을 마주치는 소리와 공이 맞는 소리와 그때마다 흥분한 다빈의 외침을 들을 수 있었다.

세 사람은 다빈이 게임을 보기 위해 앉아있던 장소 부근에서 멈춰 섰다. 잠시 후 템플은 게걸음으로 스티븐에게 다가왔다.

"실례합니다! 묻고 싶은 게 있는데, 그대는 장 자크 루소가 진실한 사람이었다고 믿나요?"

스티븐이 웃음을 터뜨렸다. 크랜리는 발아래 풀밭에서 부서진 상자의 조각을 집어 들면서 몸을 휙 돌리더니 엄중하게 말했다.

"템플, 살아계신 하느님에게 맹세코, 네가 만약 어떤 주제에 관해 아무에게 한마디만 더 한다면 널 죽여버릴 거야. 수페르 스포툼 (지금 당장)!"

"그는 너와 비슷한, 감성적인 사람이라는 생각이 들어." 스티븐이 말했다.

"망할 자식! 저주를 받아라!" 크랜리가 대담하게 말했다. "그와 이야기하지 마라. 분명한 건, 너도 알다시피 템플에게 말하는 것은 빌어먹을 요강한테 말하는 것 같아. 집으로 가, 템플. 제발 집으로 가라고."

"난 네게 관심 없어, 크랜리." 템플은 크랜리가 치켜든 나무 조각이 닿지 않도록 피하면서 스티븐을 가리켰다. "그는 이 대학에서 개성적인 정신을 지닌 단 한 사람이야."

"대학이라고! 개성적이라고!" 크랜리가 외쳤다. "집에 가버려, 망할 자식, 넌 정말 가망이 없는 자식이니까."

"난 감성적인 사람이야," 템플이 말했다. "상당히 정확한 표현이지. 그리고 내가 감성주의자라는 것이 자랑스럽다고."

그는 놀리는 듯 미소를 지으며 게걸음으로 경기장을 벗어났다. 크랜리는 무표정한 얼굴로 그를 바라보았다.

"서 녀석 좀 봐! 저런 겁쟁이 녀석을 본 적이 있니?"

그의 말이 끝나자마자 모자를 눈 아래까지 눌러쓴 채 벽 뒤쪽에 기대어 있던 학생의 웃음소리가 들려왔다. 고음인 데가 우람한 체격에서 나온 그 웃음소리는 마치 코끼리 울음소리 같았다. 그는 온몸을 흔들면서 마치 웃음을 억제하려는 듯 양손을 사타구니에 대고 문질렀다.

"린치가 깨어났군." 크랜리가 말했다.

린치는 대답 대신 똑바로 서서 가슴을 앞으로 내밀었다.

"린치가 앞가슴을 내밀었어." 스티븐이 말했다. "인생을 비관하면서 말이지."

린치는 자기 가슴을 소리 나게 치면서 말했다.

"내 허리둘레에 대해 말하는 사람이 누구야?"

크랜리는 그 말을 듣자마자 그에게 달려들었고, 두 사람은 엎치락뒤치락하기 시작했다. 몸싸움하느라 얼굴이 발갛게 달아올랐고, 두 사람은 서로 떨어져 숨을 가쁘게 몰아쉬었다. 스티븐은 다른 사람들의 말에는 전혀 주의를 기울이지 않고서 경기에만 열중한 다빈을 향해 몸을 수그렸다.

"길이 든 우리 꼬마 거위는 잘 지내나?" 그가 물었다. "너도 서명한 거야?"

다빈은 고개를 끄덕이며 말했다.

"넌, 스티비?"

스티븐은 고개를 가로저었다.

"넌 아주 형편없는 녀석이야, 스티비." 늘 혼자 지내는 다빈은 입술에서 작은 파이프를 떼어냈다.

"세계 평화를 위한 청원서에 서명했다는 거군," 스티븐이 말했다. "네 방에서 보았던 작은 복사 책을 태워버릴 것 같은걸."

다빈이 대답하지 않았을 때 스티븐은 복사된 책에 나온 문구를 인용하기 시작했다.

"대장정을 시작하자, 피니어 단원! 오른쪽으로 가, 피니어 단원! 피니어, 번호, 경례, 하나, 둘!"

"그건 다른 문제야." 다빈이 말했다. "나는 아일랜드 국가주의자야. 처음부터 끝까지 말이지. 하지만 너는 그 어떤 것도 아니지. 넌 타고난 냉소자니까, 스티비."

"네가 경기용 스틱을 들고 다음 반란을 일으킬 때, 꼭 필요한 밀고자를 원하면 나에게 말해. 이 대학에서 몇 명 찾아줄 수 있어." 스티븐이 말했다.

"널 이해할 수 없어." 다빈이 말했다. "네가 영국 문학에 대해 비판하는 말을 들은 적이 있어. 그런데 지금 아일랜드의 밀고자를 욕하다니. 네 이름이나 사상을 생각해보면, 도대체 너 아일랜드 사람이야?"

"지금 나와 문장(紋章) 기록보관소로 가자. 우리 집 가계도를 보여줄 테니." 스티븐이 말했다.

"그렇다면 우리처럼 되어야지," 다빈이 말했다. "아일랜드 어를 배우지, 그래? 첫 번째 수업 후에 그만둔 이유가 뭐지?"

"한가지 이유는 알고 있잖아." 스티븐이 대답했다.

다빈은 고개를 저으며 웃음을 터뜨렸다.

"오, 그만해." 그가 말했다. "그 젊은 여자와 모런 신부 때문이지? 하지만 그건 모두 네 생각일 뿐이야. 그들은 그저 이야기를 나누고 웃었을 뿐이라고."

스티븐은 잠시 말을 멈추고 다빈의 어깨에 친근하게 손을 올려놓았다.

"우리가 처음 알게 되었을 때, 기억하고 있니?" 그가 말했다. 우리가 처음 만났던 날 아침, 네가 입학식장으로 가는 길을 물었는데 첫 번째 음절을 아주 세게 발음했어. 기억해? 그런 다음 너는 예수회 사람들을 신부님이라고 부르곤 했어. 기억해? 나는 혼자 생각했지. 이 친구가 자신의 말만큼이나 순수할까?"

"난 단순한 사람이야," 다빈이 말했다. "너도 그걸 알아. 네가 그날 밤 하코트 거리에서, 네 사생활에 대해 말했을 때, 솔직히 말해서, 스티비, 나는 저녁을 먹을 수가 없었어. 정말 불편했어. 그날 밤에 늦게까지 잠을 잘 수 없었지. 왜 그런 이야기를 해준 거지?"

"고맙군," 스티븐이 말했다. "내가 괴물이라는 의미잖아."

"아냐," 다빈이 말했다. "하지만 그런 말을 내게 하지 않는 편이 나았다고 생각해."

스티븐의 우정이라는 평온한 표면 아래로 파문이 일기 시작했다.

"이 민족과 이 나라와 이 삶이 나를 만들어냈어," 그가 말했다. "나는 있는 그대로의 나를 표현해야 해."

"우리처럼 되려고 노력해봐," 다빈이 다시 말했다. "마음속으로, 넌 아일랜드 사람이지만 자존심이 너무 세단 말이야."

"내 조상들은 그들의 언어를 버리고 다른 것을 선택했어." 스티븐이 말했다. "한 줌도 안 되는 외국인들이 그들을 지배하게 내버려 두었어. 내가 그들이 진 빚을 갚느라고 나 자신의 인생을 쓸 것으로 생각해? 무엇을 위해서?"

"우리의 자유를 위해서." 다빈이 말했다.

"명예롭고 진실한 사람 가운데," 스티븐이 말했다, "너희에게 인생과 젊음과 애정을 넘겨준 사람은 없어. 톤의 시대부터 파넬의 시대까지 말이야. 그러나 너희는 그를 적에게 팔아넘기거나, 도움이 필요한 그를 실망시키고, 그를 매도하고, 다른 것을 위해 그를 떠났지. 그리고 나더러 너희처럼 되라고 해. 난 너희가 제일 먼저 지옥에 빠지는 걸 보고 싶어."

"그들은 이상을 위해 목숨을 내놓은 거야, 스티비," 다빈이 말했다. "우리의 날은 아직 오지 않았어. 내 말을 믿어줘."

스티븐은 잠깐 아무 말 없이 생각에 잠겼다.

"영혼은 태어나는 거야." 그가 모호하게 말했다, "내가 네게 말했던 처음 그 순간에 말이야. 느리고 어두운 출생이고 육신의 탄생보다 더 신비로워. 한 사람의 영혼이 이 나라에 태어났을 때 영혼이 날아가지 못하도록 그물을 던져 영혼을 붙잡아 놓지. 너는 나에게 조국과 언어, 종교에 대해 말하고 있어. 나는 그런 그물을 피해 날아가려고 노력할 거야."

다빈이 담배 파이프에서 재를 떨어냈다.

"너무 심오한 말이군, 스티비." 그가 말했다. "하지만 그 사람의 나라가 우선이야. 아일랜드가 먼저라고, 스티비. 그런 후에 시인도 될 수 있고 신비주의자도 될 수 있어."

"넌 아일랜드가 무엇인지 알아?" 스티븐이 냉정하고 가혹하게 물었다. "아일랜드는 자기 새끼를 잡아먹는 늙은 암퇘지라고."

다빈은 자리에서 일어나 선수들을 향해 걸어가더니 슬프게 고개를 가로저었다. 그러나 잠시 후 그는 슬픔을 떨쳐버렸고 크랜리와 방금 경기를 끝낸 두 선수와 함께 열띤 논쟁을 벌였다. 네 명이 경기하기로 했으나 크랜리는 자신의 공을 사용해야 한다고 주장했다. 그는 공을 두세 번 정도 자기 손에 튕겨본 다음 경기장을 향해 강하고 재빨리 걷어차면서 퍽 소리에 맞춰 큰소리로 대답했다.

"네 영혼이라고? 빌어먹을!"

스티븐은 경기 점수가 올라가기 시작할 때까지 린치와 함께 서 있었다. 그런 다음 그의 소매를 잡아끌며 가자고 재촉했다. 린치가 그에 응하며 말했다.

"우리도 가자, 크랜리처럼."

스티븐은 살짝 비꼰 농담에 미소를 지었다.

그들은 정원을 다시 가로질러 나이 많은 짐꾼이 현관 게시판에 게시물을 꽂고 있는 현관을 빠져나왔다. 계단 발치에서 그들은 멈춰 서서 스티븐은 주머니에서 담뱃갑을 꺼내 친구에게 권했다.

"네가 가난하다는 거 알아." 그가 말했다.

"빌어먹을, 건방진 자식 같으니." 린치가 대답했다.

린치의 배경을 증명해 주는 그 말투를 들으면서 스티븐은 다시 미소를 지었다.

"유럽문화를 위해 위대한 날이었어, 네가 그런 욕지거리를 하기로 마음먹었을 때 말이야." 그가 말했다.

그들은 담뱃불을 붙이고 오른쪽으로 향했다. 잠시 후 스티븐이 입을 열었다.

"아리스토텔레스는 동정과 공포에 대한 정의를 내리지 않았지. 내게는 ……"

린치가 멈춰 서서 불쑥 말했다.

"그만! 난 안 들을 거야! 나는 몸이 아프거든. 지난밤에 호란, 고긴스와 함께 고주망태가 되었어."

스티븐은 계속 말했다.

"동정심은 인간이 겪는 괴로움 중 그게 무엇이든 심각하고 거듭되는 것에 직면할 때 사람의 마음을 사로잡아서 그것을 고통을 겪는 자와 결합하는 감정이야. 공포심은 인간이 겪는 괴로움 중 그게 무엇이든 심각하고 거듭되는 것에 직면할 때 사람의 마음을 사로잡아 그것을 숨겨진 원인과 결합하는 감정이지."

"다시 말해줘," 린치가 말했다.

스티븐이 천천히 정의(定義)를 반복해 설명했다.

"한 소녀가 며칠 전 마차에 탔어. 런던에서 말이야." 그는 말을 이었다. "그 소녀는 몇 년 동안 만나지 못했던 어머니를 만나러 가는 길이었지. 어떤 길모퉁이에서 큰 짐 마차에 실려있던 막대가 소녀가 탄 마차의 창을 박살 내었어. 길고 날카롭게 깨진 유리가 소녀의 가슴에 박혔고, 그녀는 즉사했지. 기자는 그것을 비극적인 죽음이라고 불렀어. 그렇지 않아. 내가 내린 정의에 따르면 그건 공포나 동정심과 거리가 먼 거야."

"사실상, 비극이라는 감정에는 두 얼굴이 있고 두 방향을 바라보지. 공포를 향해, 그리고 동정심을 향해. 둘 다 그것의 단면들이야. 너는 내가 '사로잡다 arrest'라는 표현을 쓴 것을 봤지. 내 말은 비극적 감정은 정(靜)적이라는 의미야. 혹은 그것보다 더 극적인 감정이지. 부적절한 예술이 불러일으킨 감정은 욕망이든 혐오이든 모두 동적이거든. 욕망은 우리에게 어떤 것으로 가서 무엇인가를 소유하도록 부추기고, 혐오는 우리에게 어떤 것에서 벗어나 무엇인가를 내버리라고 부추기지. 따라서 그것을 자극하는 예술은 외설적이든 교훈적이든 모두 부적절한 거야. 그러니까 일반적인 의미에서의 아름답다는 감정은 정적인 것이지. 마음은 사로잡히고, 욕망과 혐오는 초월하는 거거든."

"너는 예술이 욕망을 부추기면 안 된다고 말하는 거구나." 린치가 말했다. "어느 날 내가 박물관에서 프락시텔레스의 비너스 뒤쪽에 연필로 내 이름을 썼다고 말한 적이 있지. 그건 욕망이 아니었을까?"

"나는 정상적인 본성에 대해 말하는 거야." 스티븐이 말했다. "네가 아이였을 때 카르멜 수도원 학교에서 마른 쇠똥 파이를 먹었다는 말도 했어."

린치는 다시 웃음을 터뜨렸고, 주머니에 손을 넣은 채 사타구니 위로 다시 문질렀다.

"오, 그랬지! 그랬어!" 그가 외쳤다.

스티븐은 몸을 돌려 친구를 바라보았고 한순간 대담하게 눈을 똑바로 바라보았다. 린치는 그에 대한 대답으로, 웃음을 그치고 순박하게 그를 바라보았다. 길고 뾰족한 모자 아래 길고 편편한 두개골을 보니 스티븐의 머릿속에 후드를 뒤집어쓴 파충류가 떠올랐다. 번득거리고 빤히 바라보는 그의 눈 역시 파충류와 비슷했다. 하지만 그 순간, 그 속에 든 겸손과 경고는 조그만 인간적인 점이자 가슴 아프고 자조적이며 시든 영혼의 창문에 비춰지며 반짝거렸다.

"그 점에 대해서는, 우리 모두 동물이지. 나 또한 동물이고." 스티븐이 예의 바르게 말했다.

"맞아." 린치가 말했다.

"그러나 우리는 지금 정신의 세계 속에 있어." 스티븐이 말을 이었다. 부적절한 심미적 수단에 의해 자극받은 욕망과 혐오는 진정한 심미적 감정이 아니야. 그 감정들은 특성상 동적일 뿐 아니라 육체적인 것 이상은 아니기 때문이지. 우리의 육신은 두려워하는 대상으로부터 물러나고, 신경계의 순전히 반사적인 행위에 의하여 욕망하는 대상의 자극에 반응하는 거야. 파리 한 마리가 우리 눈 속으로 들어온다는 것을 깨닫기도 전에 우리는 눈을 감잖아."

"항상 그런 것은 아니야." 린치가 냉소적으로 말했다.

"같은 방법으로 우리의 육체는 말이지," 스티븐이 말했다. "벌거벗은 조각상의 자극에 반응을 보여. 그러나 내가 말했듯이 그것은 단순히 신경의 반응일 뿐이야. 예술가에 의해 표현된 아름다움은 동적인 감정이나 순전히 신체적인 흥분을 불러일으킬 수 없어. 그것이 불러일으키는 감정 혹은 불러일으켜야 하거나 혹은 유도하거나 유도해야 하거나 하는 감정은 심미적이며 정적인 균형 상태, 이상적인 동정심이나 이상적인 공포, 불려 나와 유지되는 정적인 균형 상태, 마침내 내가 아름다움의 리듬이라고 부르는 것에 의해 흡수되지.

"그게 정확히 무엇인데?" 린치가 물었다.

"리듬은," 스티븐이 말했다, "그건 어떤 미학적인 전체 속에서의 부분과 부분, 혹은 미학적인 전체와 부분 및 부분들, 혹은 어느 부분과 그것이 한 부분을 이루는 미학적 전체와의 첫 번째 형식적인 미학적 관계야."

"만약 그게 리듬이라면," 린치가 말했다, "네가 아름다움이라고 부르는 것은 무엇인지 말해줘. 그리고 제발 기억해, 비록 한때 쇠똥 파이를 먹긴 했지만 나는 오직 아름다움을 존중한단 말이지."

스티븐은 깍듯하게 인사를 하듯 모자를 들어 올렸다. 그런 다음 약간 얼굴을 붉힌 채, 그는 린치의 두툼한 트위드 천 소맷자락에 손을 얹었다.

"우리가 옳아." 그가 말했다, "다른 사람들은 틀렸어. 그러한 것을 말하는 것, 그 본질을 이해하기 위해 노력하는 것 그리고, 그것을 이해하면서, 토지나 그것이 생산하는 전부로부터, 우리 영혼을 가두는 문의 역할을 하는 소리와 형태와 색채로부터, 우리가 이해하려는 아름다움의 이미지를 천천히 겸손하게 지속해서 표현하려고 노력하는 것, 다시 짜내는 것, 그게 예술이야."

그들은 운하 다리에 도착했고, 가던 길에서 벗어나 나무들 옆으로 갔다. 천천히 흐르는 물에 반사되는 자연 그대로의 잿빛 햇살과 그들의 머리 위 축축한 가지의 냄새가 스티븐의 사색의 길을 막아서는 것 같았다.

"넌 아직 내 질문에 대답하지 않았어." 린치가 말했다. "예술이란 무엇이지? 예술이 표현하는 아름다움이란 무엇이지?"

"내가 혼자서 그 문제를 생각해 내려고 노력하기 시작했을 때, 내가 너에게 말한 첫 번째 정의가 바로 그것이었어, 이 바보스러운 녀석아." 스티븐이 말했다. "그날 밤 기억하니? 크랜리가 화를 내고 위클로우 베이컨에 관해 이야기를 꺼냈었지."

"기억해." 린치가 말했다. "그는 우리에게 기름기 많은 돼지 지방에 대해 말했지."

"예술은," 스티븐이 말했다, "인간이 미학적 목적을 위해 감각적이거나 지성적인 문제를 다루는 것이야. 너는 그 돼지를 기억하고 잊어버렸어. 너와 크랜리는 정말 골치 아픈 한 쌍이라니까."

린치는 생경한 잿빛 하늘을 향해 이맛살을 찌푸리며 말했다.

"만약 내가 너의 미학 철학에 대해 듣는다면 결국 담배 한 대를 더 피워야 할 거야. 난 관심 없어. 심지어 나는 여자들에 관해서도 관심이 없다고. 너도, 모든 것도 다 빌어먹을 것들이야. 내가 바라는 건 연봉 5백 파운드짜리 직업이야. 넌 그것을 내게 줄 수 없잖아."

스티븐은 그에게 담뱃갑을 내밀었다. 린치는 남아있는 마지막 담배를 집어 들며 단순하게 말했다.

"계속해!"

"아퀴나스는," 스티븐이 말했다, "뭔가를 이해하는 것이 즐거움을 준다면 그것이 아름다움이라고 했어."

린치는 고개를 끄덕였다.

"나도 기억해." 그가 말했다, "폴크라 순트 쿠웨 비사 플라센트(눈에 즐거운 것이 아름답다)."

"그는 '비사 visa'라는 단어를 사용해서," 스티븐이 말했다, "모든 종류의 미학적인 이해를 포괄하기 위해서야. 보든지 듣든지 어떤 다른 이해의 방법을 통해서이든지. 비록 모호하긴 하지만 그 단어는 욕망과 혐오를 자극하는 선함과 악함을 멀리하기에 충분할 정도로 명백해. 그것은 분명히 동적인 것이 아니라 정적인 것을 의미하지. 진실은 어때? 그건 또한 정적인 마음을 생산해. 너는 직각삼각형의 빗변을 가로질러 연필로 네 이름을 쓰지 않을 거야."

"물론이지." 린치가 말했다, "프락시텔레스의 비너스의 빗변을 주면 모르지만."

"따라서 정적인 것이란," 스티븐이 말했다. "내가 믿는 바에 의하면, 플라톤은 아름다움이란 진리의 광채라고 말했어. 나는 그것이 어떤 의미를 지닌다고 생각하지 않지만, 진리와 아름다움은 서로 닮은 꼴이야. 진리는 예지적인 것[68]의 가장 만족스러운 관계에 의해 위로받는 지성이 바라보는 것이지. 아름다움은 감각적인 것의 가장 만족스러운 관계에 의해 위로받는 이미지가 바라보는 것이지. 진리로 들어가는 첫 관문은 지성 자체의 틀과 범위를 이해하는 것이고, 이는 사유작용 자체를 파악하는 거야. 아리스토텔레스의 전체 철학 체계는 그의 심리학책[69]에 근거를 두는데, 내 생각으로는 말이지, 그건 같은

---

68 the intelligible (감각이 아니라) 지성에 의해서만 이해할 수 있는 것, 가지적(可知的)인 것.↔ the sensible.

69 《영혼에 관하여(De anima)》를 말하는 것 같다.

속성[술어]이, 같은 주체[주어]에 동시적으로 그리고 같은 연결로, 속하면서 속하지 않을 수 없다는 그의 사고에 기반을 두고 있어. 아름다움으로 향하는 첫 관문은 이미지의 틀과 범위를 이해하는 것인데, 이는 미학적 이해라는 행동 자체를 파악하기 위해서야. 이제 알겠어?"

"하지만 아름다움이란 무엇이지?" 린치가 초조하게 물었다. "또 다른 정의를 들어봐. 뭔가 우리가 보고 좋아하는 것으로! 그것이 너와 아퀴나스가 할 수 있는 최선이야?"

"여자를 예로 들어보자," 스티븐이 말했다.

"그래!" 린치가 안달을 부리며 말했다.

"그리스인, 터키인, 중국인, 콥트인, 호텐토트인," 스티븐이 말했다, "모두 찬미하는 여성의 아름다움이 달라. 마치 우리가 빠져나올 수 없는 미로 같아. 하지만 내게 두 가지 출구가 있어. 하나는 이런 가설이야. 남자들이 찬미하는 모든 여성의 물리적 자질은 인류의 증식을 위한 여성의 다양한 기능과 직접 연관이 있지. 아마 그럴 거야. 이 세상은 심지어 너보다 더 따분한 듯해. 린치, 상상해봐. 나 자신은 그 출구를 좋아하지 않아. 그건 미학이 아닌 우생학으로 이어지는 길이야. 너를 미로에서 빼내어 화려한 강의실로 이끌어가는데 거기에는 맥켄이 한 손을 《종의 기원》에 얹고 다른 손은 《신약 성서》에 얹은 채 이렇게 말해. 네가 비너스의 옆구리를 찬미하는 이유는 그녀가 너의 자손을 많이 낳아줄 수 있고, 네가 비너스의 풍만한 가슴을 찬미하는 이유는 그녀가 너의 아이들에게 좋은 모유를 줄 수 있기 때문이라는 거지."

"그렇다면 매캔은 새빨간 거짓말쟁이야." 린치가 열을 내며 말했다.

"다른 출구가 하나 더 남아있어." 스티븐이 웃으면서 말했다.

"더 정확히 말하면?" 린치가 말했다.

"이런 가설이지." 스티븐이 시작했다.

고철을 실은 기다란 짐차가 성 패트릭 던스 병원의 모퉁이를 돌면서 거칠고 요란한 금속음을 내며 스티븐의 말꼬리를 덮어버렸다. 린치는 귀를 막았고 그 짐차가 지나갈 때까지 저주를 퍼부었다. 그런 다음 무례하게 몸을 획 돌렸다. 스티븐 또한 돌아서서 친구의 분노가 사그라들 때까지 조금 기다렸다.

"그 가설은," 스티븐이 다시 말했다, "또 하나의 출구야. 그건, 비록 같은 물체가 모든 사람에게 아름다운 것이 아닐 수 있지만, 아름다운 물체를 찬미하는 모든 사람이 물체 안에서 어떤 관계를 발견하는 거지. 그 관계란 모든 미적 인식의 상태 자체에 만족하고 일치하는 거야. 하나의 형태를 통해 너에게 보일 수 있고 또 다른 형태를 통해 나에게 보일 수 있는, 감각적인 것들의 이 관계들은 따라서 아름다움의 필수 자질이 되어야 해. 이제, 우리는 또 다른 지혜를 구하기 위해 우리의 오랜 친구인 토마스 성인에게 돌아갈 수 있어."

린치가 웃음을 터뜨렸다.

"뚱뚱한 수도사처럼 네가 가끔 그를 인용하는 것을 들으니, 정말 재미있군." 그가 말했다. "너도 몰래 비웃고 있는 거지?"

"매캘리스터는," 스티븐이 대답했다, "나의 미학적 이론을 '응용 아퀴나스 이론'이라고 부를 테지. 미학 철학의 이 부분이 확장되는 한 아퀴나스는 우리를 그 길 끝까지 데려갈 거야. 우리가 예술적 개념과 예술적 구상과 예술적 재생산의 현상으로 간다면, 새로운 용어와 새로운 개인적 경험이 필요할 거야."

"물론," 린치가 말했다. "무엇보다도 아퀴나스는 그의 지성에도 불구하고 착하고 뚱뚱한 성직자였어. 그 새로운 개인적 경험과 새로운 용어에 대해서는 다음에 이야기해줘. 얼른 서둘러서 첫 번째 이야기를 끝내보자고."

"누가 알겠어?" 스티븐이 미소를 지으며 말했다. "아마도 아퀴나스는 너보다 나를 더 잘 이해할 거야. 그도 시인이었어. 그는 세족식이 거행되는 성 목요일을 위한 운문을 썼어. 그 글은 '팡게 링구아 글로리오시(이제 언어로 찬양하리라)'라는 문구로 시작해. 최고의 찬송가라고도 하지. 섬세하고 마음을 달래주는 찬송가이고 나는 그것을 좋아해. 그러나 슬프고 장중한 찬송가인 베난티우스 포르투나투스의 〈왕의 깃발〉을 따라갈 찬송가는 없어."

린치는 묵직한 저음으로 부드럽고 엄숙하게 노래하기 시작했다.

임플레타 순트 쿠아이 콘키니트

다비드 피델리 카르미네

디켄도 나티오니부스

레그나비트 아 링노 데우스

다윗 왕의 예언이

진실의 노래로 성취되었네
그는 만백성 사이에서 노래했으니
십자가의 하느님이 통치하셨네.

"아주 좋은걸!" 기분이 좋아진 그가 말했다. "훌륭한 음악이야!"

그들은 로워 마운트 도로로 들어섰다. 모퉁이에서 몇 걸음 지난 뒤 실크 목도리를 한 뚱뚱한 젊은 남자가 그들을 향해 인사를 하며 멈춰 섰다.

"시험 결과 들었니?" 그가 물었다. "그리핀이 낙제했어. 핼핀과 오플린은 국내 문관 시험을 통과했지. 무넌은 인도 문관시험에서 5등을 했고 오쇼너시는 14등을 했다는군. 아일랜드인들이 클라크 주점에서 지난밤 그들에게 한턱냈다던데. 그들 모두 카레 요리를 먹었대."

그의 창백하고 부은 얼굴에 호의적인 척 하면서도 악의가 드러났고, 그가 친구들의 합격 소식을 줄줄이 읊어나갈 때, 살에 파묻힌 작은 눈은 시야에서 사라졌고 가느다란 목소리는 잘 들리지 않았다.

스티븐의 질문에 대답하면서, 숨어있던 그의 눈동자가 보이고 목소리가 다시 들려왔다.

"그래, 맥컬러와 나" 그가 말했다. "그는 순수 수학을 택했고, 나는 헌법사를 택했지. 과목 수는 스무 개야. 나는 식물학도 택했어. 너도 내가 야외수업 회원이라는 것을 알 거야."

그는 만족스럽다는 태도로 두 사람이 있는 곳에서 뒷걸음쳤고 통통하고 옹이진 손을 가슴 위에 올려놓더니 중얼거리는 듯 가느다란 웃음소리를 쏟아냈다.

"다음번에 밖에 나가면 순무 몇 개하고 양파를 가져다줘, 스튜를 만들 거니까." 스티븐이 시큰둥하게 말했다.

그 통통한 학생이 너그럽게 웃으면서 말했다.

"야외수업 클럽에서 우리는 모두 꽤 점잖은 사람들이야. 지난 토요일 우리는 글렌말루어로 갔어. 모두 일곱 명이었지."

"여자와 함께, 도노번?" 린치가 말했다.

도노번은 손을 다시 가슴 위에 올려놓고 말했다.

"우리의 목적은 지식의 습득이야."

그런 다음 그가 재빨리 덧붙였다.

"나는 네가 미학에 대해 논문을 쓰는 중이라고 들었어."

스티븐은 몸짓으로 그건 사실이 아니라고 대답했다.

"괴테와 레싱은," 도노번이 말했다, "그 문제에 대해 많은 것을 썼지. 고전주의와 낭만주의와 그 모든 것에서 말이야. 레싱의 예술 비평인 〈라오콘〉을 읽었는데 아주 흥미로웠어. 물론 독일적이고 이상주의적이며 너무 심오하긴 하지만 말이야."

모두 입을 다물었다. 도노번이 세련되게 작별 인사를 했다.

"나는 가봐야 해." 그가 애정을 담은 목소리로 부드럽게 말했다. "지금 거의 확신하건대, 내 여동생이 도노번 가족의 저녁 식탁을 위해 오늘 팬케이크를 만들 것 같아서 말이지."

"잘 가," 스티븐이 정신을 차리며 말했다. "나와 내 친구를 위해 순무를 잊지 마라."

린치는 그의 뒷모습을 빤히 바라보았다. 비꼬듯 천천히 위로 올라간 입술이 만들어낸 표정은 마치 악마처럼 보였다.

"빌어먹을 팬케이크를 먹고 똥 싸는 놈은 좋은 직업을 가질 수 있고," 그가 마침내 입을 열었다. "나는 싸구려 담배를 피워야만 하다니!"

그들은 메리언 광장 쪽을 보았고 아무 말 없이 조금 걸어갔다.

"아름다움에 대해 하던 말에 결론을 내려보자면," 스티븐이 말했다, "감각적인 것의 가장 만족스러운 관계는 예술적 인식을 위해 필요한 단면에 부합해야만 하지. 그것을 찾아내면, 너는 보편적 아름다움의 특질을 찾는 거야. 아퀴나스가 이렇게 말했어. '아드 폴크리투디넴 트리아 레퀴룬투르 인테그리타스, 콘소난티아, 클라리타스.' 이렇게 번역해. '아름다움을 위해서 세 가지가 필요해, 전체성, 조화, 광휘. 이들 요소가 인식의 단면에 부합하는 거야? 이해할 수 있어?"

"물론이지." 린치가 말했다. "만약 내가 똥 덩어리 같은 머리를 가졌다고 생각한다면, 도노번을 뒤쫓아가서 그에게 너의 말을 들어보라고 할 거야."

스티븐은 정육점 집 아이가 내던지고 간 바구니를 머리에 뒤집어쓰고 그것을 가리켰다.

"이 바구니를 봐." 그가 말했다.

"보고 있어." 린치가 말했다.

"이 바구니를 보려면," 스티븐이 말했다, "너의 정신은 제일 먼저 바구니가 아닌 가시적 세상의 나머지와 이 바구니를 분리해야 해. 인식의 첫 번째 단계는 인식되는 물체 주변에 윤곽선을 긋는 것이야. 심미적 이미지는 시간과 공간 속에서 우리에게 제시되지.

들을 수 있는 것은 시간 속에서 제시되고, 볼 수 있는 것은 공간 속에서 제시돼. 그러나 일시적 혹은 공간적일지라도, 심미적 이미지는 그것이 아닌 시간이나 공간이라는 측정 불가의 배경에 자체 윤곽적이고 자체 제한적인 것으로서 먼저 명백하게 이해가 되지. 너는 그것을 하나로 인식하게 돼. 너는 그것을 하나의 전체로서 봐. 그 전체성을 인식해. 그게 '인테그리타스(전체성)'이야."

"정곡을 찌르는군!" 린치가 웃으면서 말했다. "계속해봐."

"그다음엔," 스티븐이 말했다, "물체의 선을 따라 한 지점에서 한 지점으로 이동하는 거야. 물체를 그것의 한계 속의 부분과 대조하여 균형 잡힌 부분으로서 인식해. 너는 그 구조가 지닌 리듬을 느끼는 거야. 다시 말하자면 즉각적 인지의 통합이 일어난 다음에 인식의 분석이 이루어지는 거야. 그것이 하나라고 느꼈으니, 이제 그게 하나의 물체라고 알게 돼. 그것을 복잡하고, 다수이고, 나눌 수 있고, 분리될 수 있고, 부품으로 이루어지고, 부분과 총합의 결과이고, 조화로운 것으로 인식하게 돼. 바로 '콘소난티아(조화)'이지."

"다시 한 번 정곡을 찌르는군!" 린치가 재치있게 말했다. "이제 '클라리타스'가 무엇인지 말해줘. 그럼 시가를 한 대 줄게."

"그 단어 속에 함축된 의미는," 스티븐이 말했다, "좀 더 모호해. 아퀴나스가 사용한 용어는 정확하지 않은 것 같아. 오랫동안 나를 당황하게 했거든. 그 때문에 그가 상징주의 혹은 관념론을 마음에 품고 있었다고 믿어. 아름다움의 우월한 특질은 어떤 다른 세상에서 온 빛이고, 물질은 빛의 그림자일 뿐이라는 관념, 그것의 실재는 상징일 뿐이야. 나는 그가 말한 '클라리타스'는 어떤 것 안에서 신성한 목적의 예술적 발견과 표현을 의미한다고 생각해. 혹은 그 심미적 이미지를 보편적인 것으로 만들어주고, 본래의 조건보다 빛나게 만드는 일반화의 힘으로 말이지. 그러나 그건 문학적인 논의야. 나는 그렇게 이해해. 네가 그 바구니를 하나로 인식하고, 그런 다음 그 형태에 의해 그것을 분석하여 하나의 물체로서 인식했을 때, 너는 논리적으로나 심미적으로 허용 가능한 통합을 했을 뿐이야. 너는 그것을 다른 것이 아닌 바로 그것으로 보는 거야. 스콜라 철학 용어 '쿠이디타스'로 그가 말하는 광채는 사물의 '본질'이야. 예술가들이 심미적 이미지를 처음 떠올렸을 때 감지하는 우월한 특질이지. 그 신비스러운 순간에 대해, 셸리는 꺼져가는 석탄에 아름답게 비유를 했어. 그 속에서의 순간적 아름다움이 지닌 우월한 특질, 심미적 이미지의 명료한 광채가 전체성에 사로잡힌 마음에 의해 명백하게 인식되고 그 조화에 의해 매료되는 거야. 즉 심미적 즐거움이 조용히 빛나는 순간이야. 심장의 상태와 아주 비슷한 것인데, 이탈리아의 생리학자인 뤼기 갈바니가 셸리의 표현만큼이나 아름다운 문구를 사용하여 심장의 황홀경이라고 부른 영적인 상태를 의미해.

스티븐은 잠시 말을 멈추었다. 비록 자신의 친구가 말로 표현하지는 않았지만, 그의 말이 사색에 빠져든 침묵을 그들 주위로 불러들였다는 사실을 느꼈다.

"내가 말한 건," 그가 다시 입을 열었다, "그 단어가 지닌 넓은 의미에서, 문학적 전통 속에서 갖는 의미에서 아름다움을 말하는 거야. 일상에서는 또 다른 의미가 있지. 우리가 후자의 의미에서 아름다움이라고 말할 때, 우리의 판단은 우선 예술 그 자체와 그 예술의 형태에 의해 영향을 받아. 분명한 것은, 그 이미지가 예술가 자신의 정신이나 감각, 그리고 다른 사람들의 정신이나 감각 사이에 존재해야만 한다는 거지. 만약 네가 이것을 기억한다면, 너는 필연적으로 예술 자체를 하나의 형태에서 다음 형태로 진행하는 세 가지 형태로 나눈다는 사실을 보게 될 거야. 세 가지 형태는 이런 거야. 서정적인 형태란, 예술가가 자신과의 직접적 관계에 있는 자신의 이미지를 제시하는 형태야. 서사시적 형태란, 예술가가 자신과 다른 사람과의 중재적 관계에 있는 자신의 이미지를 제시하는 형태야. 극적인 형태란, 예술가가 다른 사람들과의 직접적 관계에 있는 자신의 이미지를 제시하는 형태이지.

"며칠 전 네가 나에게 말한 것이네," 린치가 말했다, "우리는 그 유명한 토론을 시작했지."

"집에 책이 한 권 있는데" 스티븐이 말했다, "나는 거기에 네가 했던 질문보다 더 흥미로운 질문들을 적어놓았어. 질문에 대답하는 과정에서 내가 설명하려고 노력한 미학 이론을 찾아낸 거야. 내가 자신에게 물어본 질문 중 일부는 이런 것들이야. 멋지게 만든 의자는 비극일까 희극일까? 내가 모나리자의 초상화를 보고자 하는 욕망이 든다면, 모나리자의 초상화는 선한 것일까? 만약 아니라면 왜 아닐까?"

"정말이지, 왜 아니야?" 린치가 웃으면서 말했다.

"만약 한 남자가 화가 나서 나무 조각 하나에 마구 난도질하다가," 스티븐이 말을 이었다, "거기에 소의 이미지가 만들어졌다면, 그 이미지는 예술 작품일까? 만약 아니라면 왜 아닐까?"

"사랑스러운 문제군." 린치가 다시 웃으면서 말했다. "거기에 진짜 스콜라 철학의 악취가 풍겨."

"레싱은," 스티븐이 말했다, "〈일군의 조상들〉[70]을 대상으로 글을 쓰지 말아야 했어. 예술이 열등해지면, 내가 말한 형태들을 다른 것과 분명하게 구별하여 제시하지 못해. 심지어 문학, 가장 높고 가장 영적인 예술인 문학에서도, 그 형태들이 종종 혼란스럽지. 서정적 형태는 사실상 즉각적 감정에 가장 단순한 형태의 말을 입혀놓은 것, 말하자면 수 세기 전 노를 젓거나 경사길에서 돌을 끌어올리던 사내들을 격려하기 위해 만든 가락이 있는 외침이야. 사람은 감정을 느낄 때보다 말할 때 감정의 순간을 좀 더 의식하고, 서정적 문학에서 가장 단순한 서사적 문학이 나오는데, 예술가가 서사적 사건의 중심에 서서 자신을 확장하여 품은 것이고 그 형태는 감정적 무게중심이 예술가 자신과 다른 사람들로부터 동일한 거리가 될 때까지 진행되는 거야. 이야기의 묘사는 더는 순수하게 개인적인 것이 아니지. 예술가의 개성은 서술 그 자체로 전해지고, 활력이 넘치는 바다처럼 개인과 행동 주변으로 흘러들어. 그러한 전개는 일인칭으로 시작해서 삼인칭

---

70 라오콘과 그의 아들들이 뱀에 휘감긴 모습을 담은 동상.

으로 끝나는 옛날 영국 담시 〈영웅 터핀〉에서 쉽게 볼 수 있어. 각 개인 주변에 흐르고 소용돌이치는 활력이, 그나 그녀가 고유하고 형체 없는 미학적 삶의 힘으로 모든 이들을 채울 때, 극적인 형태는 이루어지는 거지. 예술가의 개성은, 처음에는 외침이거나 억양이거나 분위기였다가 그런 다음 유동적이고 재치있는 서술이 되는데, 마침내 존재에서 빠져나와 자체를 정제하여, 말하자면 자신을 비인격적으로 만드는 거지. 극적인 형태에서의 미학적 이미지는 인간의 상상에서 정화하여 재투영하는 삶이야. 미학의 신비는 물질 창조의 신비로움처럼, 성취되는 거야. 예술가는 창조의 하느님처럼, 자신의 수공품 내부 혹은 뒤 혹은 넘어 혹은 위에서, 보이지 않은 채, 존재에서 정제되면서, 무관심하게 손톱을 깎으면서 남아있는 거지."

"손톱 다듬는 노력도 존재를 감추는 것이겠지." 린치가 말했다.

구름 드리운 하늘에서 가랑비가 내리기 시작했고, 그들은 비가 마구 쏟아지기 전에 국립 도서관에 도착하기 위해 '공작의 잔디밭'[71]으로 들어섰다.

"그렇다면," 린치가 무뚝뚝하게 물었다. "하느님도 내버린 이 비참한 섬에서 아름다움과 상상에 대해 수다 떠는 게 무슨 의미가 있을까? 예술가가 이 나라를 들쑤신 후에 자신의 작품 속이나 그 뒤쪽으로 숨어버리는 것도 전혀 이상하시 않아."

비가 더 많이 쏟아졌다. 그들이 킬데어 하우스 옆쪽 길을 지나갔

---

71 메리언 광장 서쪽 레인스터 공작 저택의 잔디밭을 가리킴.

을 때 많은 학생이 도서관 회랑 아래에서 비를 피하는 모습이 보였다. 기둥 하나에 기대어 있던 크랜리는 뾰족한 성냥으로 이를 쑤시면서 몇몇 친구들의 대화에 귀를 기울였다. 입구 근처에는 소녀 몇 명이 서 있었다. 린치가 스티븐을 향해 속삭였다.

"네 애인이 여기 있군."

스티븐은 한 무리의 학생들 아래쪽 계단에 조용히 자리를 잡고 서서 마구 쏟아지는 비도 상관없이, 가끔 그녀를 바라보았다. 그녀 역시 친구들 사이에 말없이 서 있었다. 그녀는 함께 시시덕거릴 사제도 없었다. 그가 그녀를 보았던 마지막 장면을 기억하자 쓰라린 의식이 밀려들었다. 린치가 옳았다. 이론도 용기도 사라진 그의 마음은 무기력한 평화 속으로 빠져들었다.

그는 학생들이 옹기종기 모여 나누는 이야기를 들었다. 그들은 최종 의학 시험을 통과한 두 친구에 관해, 선박회사에 취직할 기회에 관해, 돈벌이 여부에 관해 이야기를 나누었다.

"모두 거품이야. 아일랜드 시골에서 개업하는 것이 더 나아."

"하인스가 리버풀에서 2년 동안 지냈는데 똑같은 말을 했어. 끔찍한 함정, 그가 그렇게 말했지. 산파 일만 했대."

"그럼 그렇게 부유한 도시보다 이런 시골에서 직업을 가지는 것이 더 낫다고 말하는 거야? 내가 아는 한 친구는 …… "

"하인즈는 머리가 나빠. 아마 미친 듯이 해서 통과했을 거야."

"그가 말한 것에 신경 쓰지 마라. 대규모 상업도시에서는 벌어들일 수 있는 돈이 아주 많잖아."

"어떻게 하느냐에 달렸지."

"에고 크레도 우트 비타 파우페룸 에스트 임플리시테르 아트록스, 심플리키테르 상귀나리우스 아트록스, 인 리버풀리오(리버풀의 가난한 사람들은 정말 지독하게 가난하다고)."

그들의 목소리는 마치 멀리서 들려오는 불규칙한 맥박처럼 그의 귀속에서 펄떡거렸다. 그녀는 친구들과 함께 그곳을 떠날 준비를 하는 중이었다.

소나기가 그쳤고, 검은 대지에서 증기가 발산된 곳, 사각형 안뜰의 관목 숲에 반짝이는 이슬이 맺혔다. 여학생들은 돌기둥 계단에 서서 잘 손질된 구두로 발소리를 내면서 조용하고 즐겁게 이야기를 나누며, 구름을 흘끔거리고, 마지막 빗방울을 막아내기 위해 교묘한 각도로 우산을 들고, 다시 우산으로 접고, 치마를 얌전하게 잡았다.

그녀에 대한 그의 판단이 가혹했다면? 만약 그녀의 삶이 몇 시간 동안의 묵주기도와 같다면, 만약 한 마리의 새처럼 단순하고 낯설어서 아침에는 즐거이, 낮 동안에는 쉼 없이 움직이고, 해 질 무렵이 되면 피곤해진다면? 그녀의 심장이 새의 심장처럼 단순하고 고집스럽다면?

* * *

동이 틀 무렵 그는 잠에서 깨어났다. 오, 달콤한 음악이여! 그의 영혼은 아침이슬에 흠뻑 젖어들었다. 잠에 취한 그의 사지 위로 창백하고 시원한 햇살의 파도가 넘실대며 지나갔다. 그의 영혼이 차가운 물 한가운데에 누워있기라도 하듯, 조용하고 달콤한 음악을 인지하며 가만히 있었다. 그의 정신은 화려한 아침의 지식과 아침의 영감을 향해 천천히 깨어났다. 가장 깨끗한 물처럼 순수하고, 아침이슬처럼 달콤하고, 음악처럼 생동감 있는 영혼이 그를 가득 채웠다. 그러나 마치 치품천사가 그에게 불어넣는 숨결인 양, 얼마나 희미하게, 얼마나 열정 없이 몸속으로 흡수되었던가! 완전히 깨어나길 두려워하는 것처럼, 그의 영혼은 천천히 기지개를 켰다. 바람 한 점 없는 여명의 시간, 광기가 깨어나고, 이국적인 식물들이 햇살을 향해 몸을 활짝 열고 나방들이 소리 없이 날아다니는 시간이었다.

심장의 황홀경이여! 마법에 걸린 밤이었다. 꿈이나 환영에서, 그는 천사 같은 삶의 황홀함에 대해 알고 있었다. 그 황홀경은 순간에 불과했을까? 아니면 오랜 시간 혹은 몇 년 혹은 몇 세기의 황홀경이었을까?

영감의 순간이, 이미 일어났거나 일어날지 모를 여러 가지 모호한 상황들로부터 한순간에 모든 측면에서 이제 비추는 것 같았다. 그 순간은 발화점처럼 앞으로 번쩍했고, 이제 희미한 상황을 둘러싼 구름에서 혼란스러운 형태가 부드럽게 그 잔광(殘光)[72]을 가렸다. 오, 상상력이라는 동정녀의 자궁 속에서 말씀은 육화되었다. 치품천사 가브리엘이 동정녀의 방으로 왔다. 잔광은 그의 정신 속에서 깊어졌다, 깊어

---

72 깨달음 후의 편안한 느낌.

진 곳 거기에서부터 하얀 불길이 지나고, 더욱 깊어져 열정적인 붉은 빛이 되었다. 그 열정적인 붉은 빛은 동정녀의 남다르고 의지 깊은 심장이었다. 아무도 몰랐고 혹은 모를 정도로 남달랐고, 세상 시작 전부터 그 의지는 대단히 깊었으며, 그 열정적인 붉은 빛에 이끌려 치품천사의 합창단이 하늘로부터 내려왔다.

그대는 열렬한 방식, 타락한
치품천사의 유혹에 지치지 않았는가?
황홀한 나날에 대해 더는 말하지 마세요.

운문이 그의 마음에서 입술로 전해졌고, 입술로 중얼거리면서, 그는 입술을 통해 전해진 전원시[73]의 운율적 움직임을 감지했다. 진홍색 같은 빛이 운율의 광채를 발산했다. 길, 나날, 불길, 찬사, 일어남. 그 광휘는 세상을 태워버리고서 인간과 천사의 심장을 집어삼켰다. 장미의 후광은 의지 깊은 그녀의 심장이었다.

그대의 눈동자는 남자의 심장에 불을 질렀고,
그대는 그의 마음을 사로잡았네
그 열렬한 방식에 지치지 않았는가?

---

73 19행 2운체의 시형.

그리고 그 이후는? 그 음률이 사라지고, 그치고, 다시 시작해서 움직이고 박자를 맞춘다. 그리고 그 이후는? 연기가, 세상의 제단에서 향이 피어오른다.

> 불길 위로 찬미의 연기가
> 대양 끝에서 끝까지 피어오르고
> 황홀한 나날을 더는 말하지 마세요.

땅 전체에서, 수증기 가득한 대양에서 그녀를 찬미하는 연기가 피어올랐다. 땅은 흔들리고 또 흔들리는 향로, 둥근 구체의 향, 타원형의 낙하 같았다. 그 음률이 일시에 사라졌다. 심장의 외침이 산산조각이 났다. 그의 입술이 첫 번째 운문을 되풀이해서 중얼거리기 시작했다. 그런 다음 그 운문을 반쯤 읽다가 더듬으며 당황했고 그런 다음 멈추었다. 심장의 외침이 산산이 부서졌다.

구름 드리워진 무풍의 시간이 지나갔다. 드러난 유리창 뒤편으로 아침 햇살이 모여들었다. 희미한 종소리가 아주 먼 곳에서 들려왔다. 새 한 마리가 노래했고, 두 마리, 세 마리가 노래했다. 종소리와 새 소리가 그쳤다. 무딘 하얀빛이 동쪽 서쪽으로 퍼져, 세상을 뒤덮고, 그의 심장 속 진홍색 빛을 덮었다.

모든 것을 잃을 것 같은 두려움에, 그는 팔꿈치에 의지하여 순식간에 몸을 일으키고 종이와 연필을 찾았다. 테이블에서는 찾을 수 없었으니, 거기에는 그가 저녁으로 쌀밥을 담아 먹은 수프 접시와 촛농

이 휘감긴 촛대, 마지막 불꽃에 그슬린 종이 심지가 있을 뿐이었다. 지친 듯 침대 발치를 향해 팔을 뻗어서 거기에 걸려있는 코트 호주머니에 손을 넣어 더듬었다. 그의 손가락은 연필 한 자루를, 그런 다음 담뱃갑을 찾아냈다. 그는 벌러덩 누워서 담뱃갑을 찢어서 벌린 뒤, 창문 선반에 마지막 남은 담배를 올려놓은 다음 거친 판지 위에다 조그마하고 가지런한 글씨로 그 전원시의 각운을 적기 시작했다.

글을 모두 적어놓은 그는 털이 뭉친 베개를 베고 누워 그 시를 다시 중얼거렸다. 머리 아래쪽으로 느껴지는 뭉친 털은 그가 자주 앉았던 그녀의 응접실 소파의 뭉친 말 털을 떠올리게 했다. 그 소파에 앉아, 미소를 짓거나 심각한 표정으로 왜 이곳에 오는지 자신에게 묻고, 그녀와 그 자신에게 기분이 상하고, 비어있는 탁자 위 그려진 예수의 그림에 어리둥절하기도 했다. 그녀가 잠시 말을 멈추고 다가오는 것을 그는 보았고, 그녀는 그에게 외설적인 노래를 불러달라고 부탁했다. 그런 다음 그는 자신이 낡은 피아노 앞에 앉아서 얼룩진 건반으로 부드러운 음계를 치며 노래했고, 그 방에서 다시 시작된 대화 중에, 벽난로 옆에 기대어 선 여자에게, 슬프고 달콤한 이별 노래, 아쟁쿠르 전투의 승리노래, 그린슬리브스의 행복한 곡조, 엘리자베스 시대의 얌전한 노래를 불러주었다. 그가 노래하는 동안 그녀는 귀를 기울이거나 귀를 기울이는 척을 했는데, 그의 마음은 편했으나 그 기묘한 옛노래가 끝나면 방에서 목소리들이 들려와 그 때문에 자신의 뒤틀린 마음을 기억했다. 젊은 남자들이 너무 이른 나이에 세례명으로 불리는 집이었다.

어느 순간, 여자의 눈에 그를 향한 신뢰가 담기는 듯했지만, 그의 기다림은 헛되었다. 그녀는 가볍게 춤을 추면서 그의 기억을 가로질렀다. 카니발 무도회가 열렸던 그날 밤 그랬던 것처럼 하얀 드레스를 살짝 들어 올리고 하얀 머리 장식을 까딱거리면서 말이다. 그녀가 날아갈 듯 가볍게 춤추며 빙글빙글 돌았다. 그를 향해 춤을 추었고, 약간 시선을 피하면서도 희미하게 달아오른 얼굴로 그에게 다가왔다. 손을 잡은 채 잠시 멈추었을 때 순식간에 부드러운 여자의 손이 그의 손안에 머물렀다.

"네가 지금 낯선 사람 같아."

"그래. 나는 수도자가 되기 위해 태어났어."

"네가 이단자가 될 것 같아 두려워."

"많이 두려워?"

대답 대신 그녀는 그의 손을 잡은 채 춤을 추며 멀어지며, 가볍고도 신중하게 춤을 추면서 그 어떤 것에도 그녀 자신을 내어주지 않았다. 하얀 머리 장식이 춤을 출 때 끄덕거렸고, 그녀가 그림자 속으로 몸을 숨겼을 때 그 뺨에 물든 홍조는 더욱 깊어졌다.

수도승이라! 수도원의 신성을 더럽히는 자, 이단적 프란시스코회 수사, 섬기기도 섬기지 않으려고도 하며, 이탈리아의 이단적 사제인 게라르디노 다 보르고 산 도니오처럼 나긋나긋한 궤변의 거미줄을 자아내어 그 여자의 귀에 속삭이는 자신의 모습이 떠올랐다.

아니다, 그건 그의 모습이 아니었다. 그것은 그녀와 마지막으로 함께 시간을 보내던 젊은 사제의 모습과 비슷했다. 그때 여자는 비둘기처럼 순진한 눈으로 그를 보면서 아일랜드 관용어구 책의 페이지를 만지작거렸다.

"그래요, 그래. 숙녀분들이 우리를 지지합니다. 매일 그러한 것을 볼 수 있어요. 숙녀분들은 우리와 함께하죠. 우리 아일랜드 어에 든든한 후원자들이지요."

"그리고 교회는요, 모런 신부님?"

"그럼요. 교회도 지지합니다. 그 일 역시 잘 되어가고 있어요. 교회에 대해 우려하지 마세요."

하! 그가 경멸하며 그곳에서 나온 것은 잘한 짓이었다. 도서관 계단에서 그녀에게 인사를 하지 않은 것도 잘한 짓이었다! 그녀가 사제들과 시시덕거리도록, 모든 기독교 국가의 하녀였던 교회를 가지고 놀도록 그녀를 떠난 것은 잘한 짓이었다.

무례하고 거친 분노가 밀려들어와 그의 영혼에 마지막 순간까지 남아있던 황홀의 순간을 완패시켰다. 그녀의 고운 이미지가 산산이 부서지고 그 파편이 사방으로 튀었다. 왜곡되어 투영된 그녀의 이미지가 그의 기억에서 튀어나와 여기저기 흩어졌다. 말괄량이 얼굴과 축축하고 헝클어진 머리카락에 낡은 드레스를 입고서, 자신을 그의 '단골 소녀'라고 지칭하며 첫 번째로 꽃을 사달라고 애걸하던 꽃 파는 소녀였다. 옆집에 살던 식모 아이는 접시를 달그락거리며 느릿하게 민요 〈킬라니 호수와 폭포 옆에서〉의 첫 소절을 불렀다. 코크 언덕 근처 보도에서 쇠 살대가 찢어진 신발 바닥에 걸려 그가 비틀거리는 것을 보고 명랑하게 웃던 소녀, 조그맣고 무르익은 입술에 매혹되어 그가 흘깃 쳐다보았던 소녀, 그녀는 제이콥의 비스킷 공장에서 나와 지나갈 때 어깨너머로 그를 향해 외쳤다.

"생머리와 곱슬 거리는 눈썹을 지닌 나를 보고 싶나요?"

하지만 그가 그녀의 이미지를 매도하고 조롱할 수 있을지라도, 자신의 분노가 또한 존경심의 한 형태라는 것을 느꼈다. 그는 완전히 진지하지 않은 아일랜드어 수업을 경멸하며 교실을 떠났는데, 아마도 그녀가 속한 민족의 비밀이 검은 눈 뒤에, 그림자를 펄럭이는 긴 속눈썹에 둘러싸인 그 눈 뒤에 감추어져 있다고 느꼈다. 그는 길거리를 걸으면서 쓰라린 마음으로 자신에게 말했다. 그녀가 이 나라 여성의 모습이라고, 어둠과 비밀, 외로움 속에서 자신을 의식하기 위해 깨어있는 박쥐 같은 영혼이라고, 잠시 지체하며, 그녀의 온순한 애인과 함께 사랑 없이, 죄없이 있다가, 한 성직자의 귀에 대고 순진한 탈선을 속삭이기 위해 그를 떠난 여자라고 말이다. 그녀를 향한 그의 분노는 그녀 애인을 향한 거친 욕을 통해 분출구를 찾았고, 그 이름과 목소리, 모습은 당황한 그의 자존심에 상처를 입혔다. 더블린에는 경찰이 형제이고, 모이컬런에는 급사가 형제인, 신부가 된 농부. 그보다는 형식적 의례의 교육을 받은 자, 그를 향해 그녀는 영혼의 수줍은 나신을 드러냈다. 스티브는 일상적인 경험의 양식을 영원한 생명의 빛나는 육체로 바꾸는, 영원한 상상력의 사제였다.

성체의 빛나는 이미지가 그의 절망적이고 쓰디쓴 생각에, 감사의 노래 속에서 부서지지 않고 일어나는 그들의 외침에 다시 순식간에 결합했다.

산산이 부서진 우리의 외침과 애절한 노래
성체 성가 하나에서 솟아나니
그대는 그 열정적인 방식에 지치지 않나요?

양손을 높이 들어 올려
성수 가득한 성배를 바치니
황홀한 나날을 더는 말하지 마요.

그는 음악과 운율이 마음속으로 퍼져 고요하게 즐길 수 있을 때까지 운문의 첫 줄을 큰소리로 읽었다. 그런 다음 그 글자를 눈으로 봄으로써 더 잘 느낄 수 있도록 힘들게 그 운문을 베껴 썼다. 그리고 베개 받침 위로 똑바로 누웠다.

아침 햇살이 가득 들어왔다. 아무런 소리도 들리지 않았다. 하지만 주변의 모든 삶이 막 깨어나 일상의 소음, 거친 목소리, 졸린 기도가 될 거라는 사실을 알았다. 그는 그런 생활에서 물러나 벽을 향해 몸을 돌렸고, 담요를 뒤집어쓴 채 낡은 벽지에 그려진 커다란 진홍색 꽃들을 바라보았다. 그 진홍빛 광채 속에서 엷어지는 그의 즐거움에 온기를 불어넣으려고 했다. 자신이 누운 장소에서 하늘까지 진홍색 꽃들로 온통 수가 놓여 있는 장미의 길을 상상했다. 지쳤다! 지쳤다! 그는 열정적인 방식에 너무 많이 지쳤다.

점차 다가오는 온기, 나른한 피로가 담요를 두른 머리에서부터 등

줄기를 타고 흘러내러 갔다. 피로가 내려가는 것을 느꼈고, 누워있는 자신에게 미소를 지었다. 이제 곧 잠이 들것이다.

그는 십 년 만에 그녀를 위해 다시 한 번 시를 썼다. 십 년 전 그녀는 마치 고깔처럼 숄을 머리에 두르고, 따스한 입김을 밤하늘에 내쉬며, 유리처럼 반들거리는 도로 위를 또박또박 소리를 내며 걸어갔다. 그게 마지막 마차였다. 볼품없는 밤색 말은 그 사실을 알고, 맑은 밤하늘을 향해 경고하듯 목을 털며 종소리를 울렸다. 차장은 마부와 이야기를 나누며, 둘 다 가스등의 녹색 불빛 아래서 고개를 끄덕이곤 했다. 그들은 마차 계단에, 그는 위쪽에, 그녀는 아래쪽에 서 있었다. 그녀는 이야기를 나누면서 그가 있던 계단으로 여러 번 올라왔다가 다시 내려갔고, 한두 번은 내려가는 것을 잊은 듯 그의 곁에 남아있다가 다시 내려갔다. 잊어버려! 잊어버려!

어린아이의 지혜로부터 그의 어리석음까지 십 년. 만약 그 시들을 그녀에게 보냈다면? 그들은 아침 식탁에서 달걀 껍데기를 깨면서 그것들을 읽을 것이다. 정말로 어리석군! 그녀의 남동생들은 웃음을 터트리고 강인하고 거친 손가락으로 서로 그 종이를 빼앗아 들려고 할 것이다. 상냥한 사제인 아저씨는 자신의 안락의자에 앉아 그 종이를 가까이 들고 시를 읽고, 미소를 지으며 문학적 자질에 대해 인정해 줄 것이다.

아니, 아니다. 그것은 어리석었다. 그 시를 그녀에게 보냈다고 해도 그녀는 다른 사람들에게 시를 보여주지 않았을 것이다. 아니, 아니다, 그녀는 그렇게 할 수 없었다.

그는 그녀에게 잘못했다고 느끼기 시작했다. 그녀의 순수함이 그의 마음을 움직여 거의 동정심을 유발했는데, 그 순수함은 그가 죄를 통해 알게 될 때까지는 결코 이해하지 못했다. 그 순수함은 그녀가 순수한 동안 혹은 본성의 낯선 수치심을 처음 느끼기 전까지 그녀 자신도 이해하지 못했던 것이었다. 그런 다음 처음으로 그녀의 영혼은 마치 그가 처음 죄를 지었을 때 그의 영혼이 그랬던 것처럼 살아가기 시작했다. 그리고 여성의 어두운 수줍음에서 스며나온 겸손과 슬픔으로 약해지고 창백해진 얼굴과 눈을 떠올리자, 부드러운 연민이 그의 마음을 가득 채웠다.

그의 영혼이 황홀함에서 나른함으로 향하는 동안 그녀는 어디에 있었을까? 어쩌면 영적인 삶의 신비스러운 길에 있었을지도 모른다. 동일한 그 순간, 그녀의 영혼은 그가 품은 존경심을 의식하고 있었을까? 어쩌면 그럴지도 모른다.

욕망이 그의 영혼에 다시 한 번 불을 지피자 불길이 타올라 온몸을 가득 채웠다. 그의 욕망을 의식한 듯, 그의 전원시의 유혹하는 여자, 그녀가 향기로운 잠에서 깨어났다. 그녀의 검은 눈이 나른함을 담은 채 그의 눈을 향해 열렸다. 그녀의 벌거벗은 몸이 그에게 몸을 맡기니, 빛이 발산하고, 따스하고, 향기롭고, 사지는 풍만하고, 빛나는 구름처럼 그를 감싸며, 물처럼 유동적인 생명으로 그를 안아주었다. 증기의 구름처럼 혹은 우주를 순환하는 물처럼, 흘러가는 말의 글자들, 신비의 구성 요소의 상징들이 그의 두뇌에서 흘러넘쳤다.

그대, 불타는 열정에, 타락한

치품천사의 유혹에 지치지 않나요?

더는 황홀한 나날에 대해 말하지 마세요.

그대의 눈동자는 남자의 심장에 불을 지르고

남자는 그대의 의지대로 움직이니

그대는 불타는 열정에 지치지 아니한가요?

찬미의 연기, 그 불길 위로

대양의 끝에서 끝까지 치솟으니

황홀한 나날에 대해 더는 말하지 마세요.

산산이 부서진 우리의 외침과 애절함이

하나 된 성체 성가에서 솟아나니

그대는 그 열정에 지치지 않나요?

양손을 높이 들어 올려

성수 가득한 성배를 바치니

황홀한 나날을 더는 말하지 마세요.

그대는 아직 나른한 눈길과 풍성한 사지로

갈망하는 우리의 시선을 붙잡고 있어요!

그대, 불타는 열정에 지치지 않나요?

이제 황홀한 나날을 더는 말하지 마세요.

* * *

저것은 무슨 새일까? 그는 도서관 계단에 서서 물푸레나무 지팡이에 몸을 의지한 채, 새들을 바라보았다. 새들은 몰레스워드 거리에 있는 어떤 집 주변을 빙빙 돌며 날아다녔다. 늦은 3월의 저녁 공기라 비행하는 새들이, 가볍게 떨리는 검은 몸체들이 축 늘어진 연푸른 천과 같은 하늘을 배경 삼아 또렷하게 보였다.

그는 새들의 비행을 바라보았다. 한 마리에 또 한 마리. 검은 몸집, 탈선, 파닥거리는 날개. 그는 새들이 몸을 떨며 휙 지나가 버리기 전에 숫자를 세어보려고 노력했다. 여섯, 열, 열 하나. 숫자상으로 짝수일지 홀수일지 궁금했다. 열 둘, 열셋. 두 마리가 하늘 저 위에서 선회하며 하강했다. 그들은 높고 낮게 날았으나, 항상 직선과 곡선 속에서 돌고 돌았으며 항상 왼쪽에서 오른쪽으로 날면서 공기의 성전 주변을 맴돌았다.

그는 울음소리에 귀를 기울였다. 장두리 벽 판 뒤에서 찍찍거리는 생쥐의 울음소리처럼 날카로운 이중음이었다. 그러나 그 음들은 길고 날카롭고 윙윙거렸다. 야생 동물의 울음소리와 달리, 날아다니는 새의 부리가 대기를 가를 때 3도 혹은 4도가 내려간 음이었다. 새들의 울음소리는 빙글빙글 도는 실패에서 풀려나온 매끈한 광선의 실처럼 날카롭고 분명하고 가느다랗게 쏟아졌다.

인간의 것이 아닌 그 아우성은 어머니의 흐느낌과 비난이 고집스럽게 들려오는 그의 귀를 달래주었으며, 공기가 희박한 하늘의 성전 주변에서 선회하고 파닥거리며 방향을 바꾸는 연약하고 떨리는 검은 몸들은 여전히 어머니의 모습이 서려 있는 그의 눈을 달래주었다.

그는 왜 현관 계단에서 하늘을 응시하며 새들의 날카로운 이중음을 듣고 날아다니는 새들의 모습을 본 것일까? 선과 악의 조짐을 찾기 위해서? 독일의 신비학자이자 신학자인 코르넬리우스 아그리파가 쓴 구절이 머릿속에서 떠돌았다. 그런 다음 스웨덴의 철학자인 스베덴보리에게서 나온 형체 없는 생각들, 새들을 지능적인 피조물과 연관시키고 어떻게 대기의 피조물이 지식을 습득하여 시간과 계절을 아는가 하는 생각들이 머릿속 여기저기에서 흘러다녔다. 왜냐하면, 새들은 인간과 달리 생명의 질서 속에 있고, 이유를 대며 그 질서를 왜곡하지 않기 때문이었다.

그리고 몇 세기 동안 인간은 그가 하늘을 나는 새들을 응시하는 것처럼 하늘을 쳐다보았다. 위로 뻗은 기둥은 고대 신전을 떠올리게 했고, 지친 듯 몸을 의지한 물푸레나무 지팡이는 예언자의 구부러진 지팡이를 연상시켰다. 그의 권태로움 한가운데에서 움직이는 알 수 없는 공포, 상징 및 전조에 대한 공포, 고들버리로 엮은 날개를 타고 구속을 깨고 하늘로 치솟기 위해 태어난 매의 사내가 느끼는 공포, 명판 위에 한 가닥 갈대로 글을 쓰고 그의 좁은 따오기 머리에 초승달을 얹은 저술가의 신 토트의 공포가 전해졌다.

그는 신의 이미지를 떠올리며 미소를 지었다. 왜냐하면, 가발 쓴 주먹코 판사가 팔을 뻗어 멀찍이 든 문서에 쉼표를 찍던 것을 떠올렸고, 그가 아일랜드 어로 '맹세코'라는 의미를 지닌 'thauss ag Dhee (God knows!)'의 'thauss'의 발음과 비슷하지 않았더라면 그 신의 이름을 기억하지 못한다는 사실을 알았기 때문이다. 그건 어리석은 짓이었다. 그러나 그가 태어났던 기도의 집과 신중함에서, 그를 태어나게 했던 생명의 질서를 이 어리석음 때문에 영원히 떠나려고 하지 않는가?

저물어가는 하늘을 배경으로 검게 보이는 새들이 날카로운 울음소리를 내며 지붕 아래가 툭 튀어나온 그 집으로 돌아왔다. 무슨 새일까? 그는 남쪽으로부터 돌아온 제비가 틀림없다고 생각했다. 그런 다음 그 역시 멀리 떠날 것이다. 언제나 오고 가고, 언제나 사람들의 집 처마 아래 임시로 집을 짓고, 언제나 방황하기 위해 지은 그 집을 떠나는 새들처럼 말이다.

> 고개를 수그려요, 우나와 알리일!
> 거친 물결 위를 방황하기 전에,
> 제비가 처마 밑 둥지를 바라보듯
> 나는 그들을 바라보고 있으니.

부드럽고 유동적인 기쁨이 대양의 소리처럼 그의 기억 위로 흘러들었다. 그는 대양 위로 저물어가는 고요한 하늘 공간의 부드러운 평화를 마음으로 느꼈고, 황혼이 대양의 침묵과 흐르는 물을 살포시 감싸고 그 공간을 가르며 날아가는 제비의 평화를 느꼈다.

부드럽고 유동적인 기쁨이 언어를 관통하며 흐르고, 부드럽고 긴 모음이 소리 없이 돌진하다가 서서히 사라지는 곳에서, 철썩이고 다시 흐르다가 무언의 종소리와 무언의 굉음과 부드럽고 낮은 황홀의 외침 속에서 파도의 하얀 종을 항상 흔들었다. 그리고 빠르게 선회하는 새들과 저 위쪽에서 저물어가는 하늘에서 그는 자신이 찾던 조짐이 작은 탑에서 날아온 새처럼 조용하고 빠르게 그의 심장에서 불쑥 나오는 것을 느꼈다.

출발 혹은 외로움의 상징일까? 기억의 귓가에서 흥얼거리며 들려오는 그 운문이, 국립극장 개막날 밤의 홀의 장면을 추억하는 눈앞에서 천천히 펼쳐 보였다. 그는 발코니 측면에 홀로 앉아서 싫증 난 시선으로 특별석의 더블린의 문화, 화려한 무대 조명으로 번쩍거리는 무대의상과 인형 같은 사람들을 바라보았다. 건장한 경찰관 한 사람이 그의 뒤에서 땀을 흘렸는데 언제라도 행동에 돌입할 것처럼 보였다. 야유와 윗 소리, 조롱의 외침이 여기저기 흩어진 친구들에게서 나와 홀 주변으로 거세게 몰아쳤다.

"아일랜드에 대한 모독이야!"

"독일산이군."

"신성모독!"

"우리의 믿음을 절대 팔아넘기지 않을 거야!"

"아일랜드 여성들은 절대 그렇게 하지 않아!"

"우리는 아마추어 무신론자들을 원하는 게 아니야."

"우리는 애송이 불교도들을 원하는 게 아니야."

쉿 소리가 머리 위 창문에서 갑자기 들려왔을 때 그는 책 열람실에 전등이 켜진 것을 알았다. 그는 몸을 돌려 기둥이 늘어선 홀 안으로 들어갔고 이제는 평온하게 불이 밝혀진 그곳 계단을 올라가 삐걱대는 회전문을 통해 지나갔다.

크랜리가 사전을 모아놓은 책장 근처에 앉아있었다. 두꺼운 책이 펼쳐진 채, 그의 앞 나무 받침대 위에 놓여있었다. 그는 의자에 앉아 등을 기댄 채 마치 고해신부라도 된 것처럼 어떤 잡지에 실린 체스 문제를 읽어주는 의과 학생의 얼굴을 향해 귀를 기울이고 있었다. 스티븐은 그의 오른편에 앉았고, 테이블 맞은편에 있던 사제는 화난 몸짓으로 《태블릿》을 덮고서 일어섰다.

크랜리는 무심하게 그의 뒷모습을 바라보았다. 의과 학생은 좀 더 부드러운 목소리로 계속 말했다.

"왕 옆으로 네 번째 칸에 졸을 두어야 해."

"우리는 가는 게 좋겠어, 딕슨." 스티븐이 경고했다. "저 사람은 불만을 토로하러 간 거야."

딕슨이 잡지를 덮고 위엄있게 일어나며 말했다.

"우리 군은 질서정연하게 퇴각하노라."

"총과 가축과 함께," 스티븐이 덧붙이며, 속 표지에 《황소의 질병》이라고 적힌 크랜리의 책을 가리켰다.

그들이 테이블 사이를 빠져나왔을 때 스티븐이 말했다.

"크랜리, 네게 할 말이 있어."

크랜리는 대답을 하거나 돌아서지 않았다. 그는 카운터에 책을 놓고 지나갔고 손질이 잘된 그의 구두가 바닥 위에서 둔탁한 소리를 냈다. 계단에서, 그는 멈추어 서더니 멍한 표정으로 딕슨을 보며 되풀이 말했다.

"왕 옆으로 망할 놈의 네 번째 칸에 줄을 두지."

"그게 좋다면 그렇게 해." 딕슨이 말했다.

그는 조용하고 억양 없는 목소리를 지닌 세련된 도시 사람이었고 통통하고 깨끗한 손가락에 끼워진 인장 박힌 반지를 이따금 내보였다.

그들이 홀을 가로질렀을 때 난쟁이 같은 한 남자가 그들을 향해 다가왔다. 그가 쓴 조그만 모자의 둥근 챙 아래쪽으로 면도하지 않은 그의 얼굴은 기쁘다는 듯 미소 짓기 시작했고 무슨 말인가를 중얼거렸다. 그의 눈은 원숭이처럼 침울했다.

"안녕, 신사분들." 수염이 덥수룩하고 원숭이 닮은 얼굴이 말했다.

"3월 치고는 더운 편이야." 크랜리가 말했다. "위층에 창문을 열어 놓았더군."

딕슨은 미소를 지으며 손에 낀 반지를 돌렸다. 거무스름하고 원숭이처럼 주름진 얼굴이 부드러운 즐거움을 담아 인간의 입술을 오므리며 가르룽 거리는 목소리로 말했다.

"3월 치고는 좋은 날씨야. 그냥 즐거운걸."

"젊고 멋진 숙녀 두 분이 이 층에 있던데, 캡틴. 기다림에 지친 얼굴이었어." 딕슨이 말했다.

크랜리가 미소를 지으며 친절하게 말했다.

"주장이 사랑하는 건 오직 하나뿐이야. 월터 스콧 경. 그렇지 않아, 캡틴?

"지금 읽고 있는 게 뭐지, 캡틴?" 딕슨이 물었다. "《라마무어의 새 색시》?"

"나는 늙다리 스콧이 좋아." 유연한 입술이 말했다. "나는 그가 사랑스러운 무엇인가를 쓴다고 생각해. 월터 스콧 경을 능가할 작가는 없다니까."

그는 찬사에 알맞게 얇고 늙은 밤색 손을 허공에서 부드럽게 움직였으며 그의 얇은 눈꺼풀은 슬픈 눈동자 위에서 가끔 빠르게 깜박였다.

스티븐의 귀에는 그가 하는 말이 더욱 슬프게 들렸다. 고상한 척하는 말투와 낮고 촉촉한 목소리에다, 문법에 맞지 않는 실수를 저질렀다. 그 말을 들으면서, 그는 그 이야기가 사실인지 궁금했다. 쭈그러든 몸속에 가늘게 흐르는 피는 고귀한가? 근친상간에서 나온 것인가?

공원의 나무들은 비를 머금고 무겁게 늘어졌다. 여전히 호수에 내리는 비가 방패처럼 회색 막을 드리웠다. 백조의 무리가 헤엄을 쳤고 그 물과 아래쪽 기슭은 새들의 회백색 배설물로 얼룩졌다. 비가 내려 회색으로 물든 햇살, 고요히 젖어있는 나무들, 장막처럼 지켜보는 호수, 백조 무리에 고무된 채, 두 사람은 부드럽게 포옹했다. 그들은 즐거움이나 열정 없이 포옹했고 그의 팔로 누이의 목을 감쌌다. 회색 울 망토가 그녀의 어깨부터 허리까지 감쌌고, 그녀의 금발 머리는 기꺼이 받아들인 부끄러움으로 수그러들었다. 그는 늘어진 적갈색 머리카락을, 부드럽고 강인한 주근깨 손을 가졌다. 얼굴은? 얼굴이 보이지 않는다. 오빠의 얼굴은 비 냄새를 머금은 그녀의 금발 머리카락 위로 수그러들었다. 주근깨가 박힌 손, 강하고 튼실하고 어루만지는 그것은 다빈의 손이었다.

그는 자기 생각에, 또한 그런 생각을 불러들인 난쟁이같이 쪼그라든 남자에게 화가 나서 얼굴을 찌푸렸다. 파넬의 반대파인 밴트리 일당에 대한 아버지의 조롱이 불쑥 떠올랐다. 그는 아버지가 조롱했던 말을 잠시 밀어두고 다시 자기 생각에 대해 불안한 마음으로 곱씹어보았다. 왜 크랜리의 손이 아니었을까? 다빈의 단순함과 순진함이 자신도 모르는 사이에 그를 자극한 것일까?

그는 일부러 난쟁이 사내에게서 벗어나려고 크랜리를 남겨놓은 채 딕슨과 함께 홀을 가로질러 걸었다.

주랑 아래에서 템플이 몇몇 학생들 가운데에 서 있었다.

"딕슨, 이리 와서 들어봐. 템플이 연설을 하고 있어."

템플은 집시 같은 그의 검은 눈을 돌렸다.

"너는 위선자야, 오키프." 그가 말했다. "그리고 딕슨은 '항상 웃는 얼굴'이야. 빌어먹을, 나는 그게 좋은 문학적 표현이라고 생각해."

그가 수줍게 웃으면서 스티븐의 얼굴을 들여다보며 되풀이 말했다.

"빌어먹을, 그 이름 마음에 드는걸. 웃는 얼굴이라."

통통한 한 학생이 아래쪽 계단에 서 있다가 말했다.

"첩 이야기나 계속해줘, 템플. 우린 그게 듣고 싶다고."

"그는 정말 믿음을 가지고 있었어." 템플이 말했다. "그리고 유부남이기도 했지. 모든 성직자가 그곳에서 식사하곤 했어. 빌어먹을, 나는 그들 모두가 관여했다고 생각해."

"우리는 그걸 '사냥 말을 아끼느라 승용마 말을 타는 셈'이라고 부르지." 딕슨이 말했다.

"말해 줘, 템플." 오키프가 말했다. "맥주를 얼마나 마시고 온 거야?"

"그 말을 들으니 네 지능을 알 수 있을 것 같군, 오키프." 템플이 드러내놓고 비꼬았다.

그는 발을 질질 끌면서 사람들을 에둘러 걸어가 스티븐에게 말했다.

"너는 포스터 일가가 벨기에 왕가라는 사실을 알아?" 그가 물었다.

크랜리는 모자를 목 뒤로 넘겨 쓰고 조심스레 이를 쑤시면서 현관문을 통해 밖으로 나왔다.

"그리고 여기 모든 것을 아는 척하는 친구가 오는군." 템플이 말했다. "너는 포스터 일가에 대해 알고 있어?"

그는 잠시 말을 멈추고 대답을 기다렸다. 크랜리는 조잡한 이쑤시개로 이에서 무화과 씨를 파낸 다음 그것을 자세히 살펴보았다.

"포스터 일가는," 템플이 말했다. "플랜더스의 왕 볼드윈 1세의 후손이야. 그는 포리스터라고 불렸지. 포리스터와 포스터는 같은 이름이

거든. 볼드윈 1세의 후손인 프랜시스 포스터 선장은 아일랜드에 정착해서 마지막 클랜브라실 족장의 딸과 결혼했어. 그리고 블레이크 포스터 일가도 있는데 그건 다른 일족이야."

"플랜더스의 왕, 볼드헤드의 후손이야." 크랜리는 반들반들한 이를 일부러 다시 드러내고 다시 쑤시기 시작했다.

"그런 역사적인 내용은 어디서 알게 된 거지?" 오키프가 물었다.

"난 우리 가족사에 대해서도 모두 알고 있어." 템플이 말하면서 스티븐을 보았다. "너는 기럴더스 캠브렌시스가 네 가문에 대해 무슨 말을 했는지 알고 있어?"

"그 역시 볼드윈의 후손이야?" 검은 눈에 키가 크고 폐병 환자 학생이 물었다.

"볼드헤드." 크랜리가 이빨 사이 틈으로 공기를 쭉 빨아들이면서 다시 말했다.

"페르노빌리스 에트 페르베투스타 파밀리아(고귀하고 오래된 가문)" 템플이 스티븐에게 말했다.

계단 아래쪽에 서 있던 그 통통한 학생이 짧게 방귀를 뀌었다. 딕슨은 그를 향해 몸을 돌리고 부드러운 목소리로 말했다.

"천사의 음성인가?"

크랜리 역시 몸을 돌리고 열을 내며 말했지만, 화를 낸 것은 아니었다.

"고긴스, 너처럼 지저분한 녀석은 처음이야."

"나도 알아." 고긴스가 단호하게 대꾸했다. "하지만 해를 입은 사람은 아무도 없잖아, 그렇지 않아?"

"우리가 바라는 건," 딕슨이 점잖게 말했다, "그 소리가 과학계에 '파울로 보스트 풀투룸(곧 닥칠 상황의 조짐)'으로 알려진 것이 아니었으면 해."

"그가 항상 웃는 얼굴이라고 내가 말하지 않았던가?" 템플은 좌우를 둘러보며 말했다. "내가 그 이름을 그에게 붙여주지 않았나?"

"그랬지. 우리는 귀머거리가 아니야." 키 큰 폐병 환자가 말했다.

크랜리는 아직도 그의 아래쪽에 서 있는 통통한 학생을 향해 얼굴을 찌푸리고 있었다. 그런 다음 혐오스럽다는 듯 콧방귀를 뀌면서, 거칠게 그를 계단 아래로 밀어버렸다.

"여기서 꺼져." 그가 무례하게 말했다. "가버리라고, 스컹크 같은 자식아. 넌 정말 냄새가 지독해."

고긴스는 자갈로 내려섰다가 넉살 좋게 원래 서 있던 곳으로 올라섰다. 템플은 스티븐을 보면서 물었다.

"넌 유전의 법칙을 믿니?"

"취한 거니 혹은 무슨 말을 하는 거니 혹은 무슨 말을 하려는 거니?" 크랜리가 몸을 빙글 돌려 호기심 가득한 얼굴로 그를 보며 물었다.

"지금까지 쓰인 문장 중 가장 심오한 것은," 템플이 열정적으로 말했다. "동물학책 제일 마지막 문구야. 재생산은 죽음의 시작이라."

그는 팔꿈치로 스티븐을 살짝 찌르면서 물었다.

"너는 시인이니까 그 심오함을 느낄 수 있겠지?"

크랜리가 기다란 집게손가락으로 가리켰다.

"그를 봐!" 그가 비웃듯이 다른 이들에게 말했다. "아일랜드의 희망을 보라고!"

그들은 그의 말과 몸짓에 웃음을 터뜨렸다. 템플은 용감하게 그를 향해 몸을 돌리며 말했다.

"크랜리, 너는 항상 나에게 비꼬듯이 말해. 난 그걸 알 수 있지. 하지만 나는 너에게 뒤지지 않아. 나와 비교해 보았을 때 지금 네가 어떻다고 생각하는지 너 알아?"

"친애하는 친구여," 크랜리가 세련되게 말했다. "너도 알다시피 너는 그렇게 할 수 없어. 넌 생각할 능력이라곤 전혀 없으니까."

"하지만 그거 알아?" 템플이 계속 말했다, "너와 나를 비교했을 때 내가 무슨 생각을 하는지?"

"말해 봐, 템플!" 건장한 학생이 계단에서 소리쳤다. "모두 말해보라고!"

템플이 좌우를 번갈아 보았고, 갑자기 힘 빠진 몸짓을 하면서 말했다.

"나는 '형편없는 놈 ballocks'이야." 그는 절망적으로 고개를 흔들면서 말했다. "난 그런 놈이고, 나를 알아. 나는 내가 그런 놈이라는 것을 인정해."

딕슨은 그의 어깨를 가볍게 토닥이며 부드럽게 말했다.

"그런데 그게 너의 장점이기도 해, 템플."

"하지만 저 인간은," 템플이 크랜리를 가리키며 말했다, "저 인간도 형편없는 놈이라고. 나처럼 말이지. 단지 그는 그 사실을 모를 뿐이야. 그게 유일하게 다른 점이라고."

웃음소리가 터져 나와 그의 목소리를 삼켰다. 그러나 그는 다시 스티븐에게 돌아서더니 갑자기 열정적으로 말했다.

"정말로 흥미로운 단어로군. 형태는 복수지만 단수취급을 하는 유일한 영어 단어일 거야. 그거 알아?"

"그런가?" 스티븐이 모호하게 대답했다.

그는 크랜리의 고통스럽고 굳은 표정을, 억지로 참으면서 거짓 미소를 짓는 그의 얼굴을 지켜보았다. 오랫동안 아픔을 참으며 서 있던 낡은 석상 위로 쏟아진 지저분한 물처럼, 그 무례한 별명이 얼굴 위로 쏟아진 듯했다. 그리고 그를 보았을 때, 그는 모자를 살짝 들어 경례했고, 철로 만든 왕관처럼 이마를 덮은 뻣뻣한 검은 머리카락이 드러났다.

그녀는 도서관 현관에서 나와 걸어갔고, 크랜리의 환영에 대한 대답으로 스티븐의 몸 너머로 고개를 수그렸다. 그 역시? 크랜리의 뺨이 약간 물든 게 아니었을까? 혹은 템플이 했던 말 때문에 붉어진 것일까? 햇살이 저물어갔다. 그는 제대로 볼 수 없었다.

친구의 무기력한 침묵, 거친 비판, 스티븐의 열렬하고 겉잡을 수 없는 고백을 그토록 자주 부숴버린 툭 던지는 무례한 말을 그것으로 설명할 수 있을까? 스티븐은 자신도 무례하다는 사실을 알았기 때문에 기꺼이 그를 용서했다. 그리고 그는 어느 날 저녁 맬러하이드 근처 숲에서 하느님께 기도하기 위해 삐걱대는 빌린 자전거에서 내린 것을 기억했다. 그는 자신이 신성한 시간에 신성한 땅 위에 서 있다는 사실을 알고는, 팔을 들어 올리고 나무의 칙칙한 밑동을 향해 환희의 말을 외쳤다. 하지만 경찰관 두 명이 어둑한 길모퉁이에서 모습을 드러내었을 때 그는 기도를 멈추고 최신 무언극에서 나온 노래를 휘파람으로 커다랗게 불었다.

그는 물푸레나무 지팡이의 낡은 끝 부분으로 기둥 아래쪽을 툭툭 치기 시작했다. 크랜리는 그의 말을 듣지 못했을까? 하지만 그는 기다릴 수 있었다. 그에 관한 이야기는 잠시 멈추었고 부드러운 쉬익 소리가 위쪽 창문에서 들려왔다. 하지만 다른 소리는 들려오지 않았으며, 그가 나른한 눈으로 좇던 제비들은 잠드는 중이었다.

그녀가 황혼을 가르며 지나갔다. 그러므로 위에서 내려오는 쉬익 소리를 제외하곤 대기는 고요했다. 그러므로 그에 관해 재잘대던 혓바닥들도 잠잠해졌다. 어둠이 내려앉았다.

어둠이 하늘에서 내려온다

떨리는 기쁨이 희미한 빛처럼 부드럽게, 마치 요정처럼 그의 주변에서 뛰놀았다. 하지만 왜? 어둑한 대기를 가로질러 걸어가는 그녀 때문일까? 혹은 현악기처럼 풍성한 음으로 시작한 컴컴한 모음의 운문 때문일까?

그는 주랑 제일 끝 깊어가는 그림자를 향해 천천히 걸어가며, 곁을 떠난 친구들에게서 자신의 몽상을 숨기기 위해 지팡이로 돌기둥을 쳤다. 그리고 도울랜드와 버드와 내쉬의 시대로 되돌아가는 회상에 빠져들었다.

욕망의 어둠으로부터 열리는 눈, 해 뜨는 동녘을 흐릿하게 하는 눈. 그 눈에 깃든 나른한 우아함이 남녀 간의 부드러움이 아니고 무엇이랴? 그 흐리멍덩함은 방탕한 스튜어드 왕조의 불결함을 덮은 지저분한 물의 흐릿함이 아니고 무엇이랴? 그리고 그는 기억의 언어 속에서 호박 향 와인과 사라져 가는 달콤한 선율을, 당당한 파반 무도곡을 맛보았고, 기억의 눈으로는 코벤트 가든의 난간에서 입술을 자근거리며 구애하는 친절한 숙녀들과 성병에 걸린 여관 계집들과 젊은 겁탈자들에게 시시덕대며 굴복하여 안기고 또 안기는 젊은 아내를 보았다.

그가 떠올린 환영들은 즐거움을 안겨주지 못했다. 비밀스럽고 격앙된 환영 속에서도 그녀의 모습은 선명하게 드러났다. 그것은 그녀를 떠올리는 좋은 방법이 아니었다. 심지어 그가 그녀를 생각하는 방법도 아니었다. 그렇다면 그의 마음도 신뢰할 수 있을까? 낡은 구절들은 크랜리가 반짝거리는 이에서 빼낸 무화과 씨처럼 파낼 때의 달콤함 만큼만 달콤할 뿐이었다.

도시를 가로질러 집으로 향해 걸어가는 그녀의 모습이 희미하게 보이긴 했지만, 그것은 머릿속 생각이나 환영이 아니었다. 처음에는 희미하게, 그런 다음 좀 더 강하게 그녀의 체취가 느껴졌다. 의식적인 불안함이 그의 피 속에서 들끓었다. 맞다, 그녀의 체취, 야성적이고 나른한 체취, 욕망에 찬 그의 음악이 흘러가던 열정 없는 육체 그리고 부드럽고 비밀스러운 리넨 속옷 아래로 향기와 촉촉함이 배어 나오는 그녀의 육체였다.

머릿니 한 마리가 그의 드러난 목덜미 위로 기어갔을 때 그는 느슨해진 옷깃 아래로 엄지와 검지를 교묘히 넣어 그것을 잡았다. 말랑거리지만 쌀알처럼 부서지기 쉬운 몸통을 엄지와 검지 사이에서 굴려보았고, 순간 그것을 땅바닥으로 떨어뜨리면 살 수 있을 것인지 혹은 죽을 것인지 궁금했다. 머릿니는 인간의 땀에서 태어난 것이지, 여섯째 날 하느님에 의해 다른 동물들과 함께 창조된 것이 아니라고 했던 신학자인 코르넬리우스 아 라피데의 말이 떠올랐다. 그러나 목덜미의 근질거림 때문에 그의 마음이 벌겋게 벗겨졌다. 육체의 생명, 제대로 입지 못하고 먹지 못하고 이가 갉아먹는 육체, 갑작스레 찾아온 절망에 그는 눈을 감았고, 어둠 속에서 그는 반짝이며 부서지기 쉬운 머릿니의 몸들이 허공에서 낙하하는 것을, 떨어지면서 몸을 자주 뒤집는 것을 보았다. 맞다, 하늘에서 떨어지는 것은 어둠이 아니었다. 그건 밝음이었다.

밝음이 하늘에서 내려오네.

심지어 그는 내쉬의 시 구절을 잘못 기억했었다. 그 구절이 불러일으킨 이미지도 모두 잘못되었다. 그의 마음이 벌레를 키운 셈이었다. 그의 생각들은 나태함의 땀에서 탄생한 머릿니였다.

그는 학생들이 모인 곳으로 기둥을 따라 황급히 되돌아왔다. 그런 다음 그녀를 잊기로 했다. 빌어먹을 여자 같으니! 그녀는 어쩌면 매일 아침 허리까지 씻는 그리고 가슴에 검은 털이 있는 어떤 깔끔한 운동선수를 사랑할 수 있겠지. 그녀를 잊어버리자.

크랜리는 주머니 속에서 마른 무화과를 또 하나 꺼내서 소리를 내며 천천히 먹고 있었다. 템플은 졸린 눈 위까지 모자를 눌러 쓰고, 기둥 위 삼각 지붕에 앉아 몸을 뒤로 기댔다. 땅딸막한 젊은 남자가 겨드랑이에 가죽 서류가방을 낀 채 현관 밖으로 나왔다. 그는 모여 있는 학생들을 향해 무거운 우산과 신발 뒤꿈치로 판석을 툭툭 치며 당당하게 걸어왔다. 그런 다음 우산을 들어 모두를 향해 인사하며 말했다.

"안녕하신가, 신사분들."

그는 다시 판석을 치면서 살짝 신경질적으로 머리까지 흔들면서 낄낄댔다. 키 큰 폐병 환자 학생과 딕슨, 오키프는 아일랜드 어로 이야기를 나누면서 그에게 대답하지 않았다. 그는 크랜리를 보며 말했다.

"안녕, 특별히 네게 하는 인사야."

그는 우산으로 가리키며 다시 낄낄거렸다. 크랜리는 무화과를 씹느라고 턱을 크게 움직이며 대답했다.

"안녕하냐고? 그렇지, 안녕한 저녁이지."

땅딸막한 학생이 심각한 표정으로 그를 살펴보았고 부드럽게 나무라듯 그의 우산을 흔들었다.

"내 생각에는," 그가 말했다, "네가 너무나 뻔한 말을 늘어놓을 것 같아."

"음." 크랜리가 대답하며, 반쯤 남은 무화과를 마치 그가 먹어야 한다는 것처럼 땅딸막한 학생의 입을 향해 불쑥 내밀었다.

땅딸막한 학생은 그것을 먹지 않았으나, 유별난 유머감각에 푹 젖었고 근엄하게 말했다. 하지만 아직도 낄낄거리면서, 우산으로는 자신의 말에 용기를 북돋웠다.

"네 의도는 …… ?"

그는 말을 멈추더니 우적우적 먹고 남은 무화과를 무뚝뚝하게 가리키며 큰 소리로 말했다.

"그거 말이야."

"음." 크랜리가 아까처럼 말했다.

"무슨 의도야?" 땅딸막한 학생이 말했다, 입소 팍토(실제로) 말이야. 혹은 그러니까, 말하자면?"

딕슨이 서 있던 무리에서 몸을 돌리며 말했다.

"고긴스가 널 기다리고 있어, 글린. 그가 너와 모이너한을 찾으러 아델피 호텔로 갔어. 여기에 뭐가 있는 거지?" 그가 글린의 팔 아래 껴있는 서류가방을 톡톡 치며 물었다.

"시험지들이야." 글린이 대답했다. "내가 가르친 아이들이 얼마만큼 실력이 늘었나 보기 위해 매달 시험을 보거든."

그 역시 서류가방을 톡톡 쳤고, 부드럽게 기침을 하며 웃었다.

"가르친다고!" 크랜리가 무례하게 말했다. "너 같은 빌어먹을 유인원에게 배우는 망나니들을 말하는 거로군. 애들만 불쌍해!"

그는 남은 무화과를 모두 베어먹고 꼭지를 내버렸다.

"내게 오는 아이들을 그대로 두노라." 글린이 상냥하게 말했다.

"빌어먹을 유인원 같으니," 크랜리가 강조하며 되뇌었다. "불경스러울 정도로 빌어먹을 유인원!"

템플이 일어나서 크랜리를 밀어내며 글린에게 말했다.

"지금 말한 구절은," 그가 말했다. "신약성서에서 나온 말이구나. 내게 오는 아이들을 그대로 두어라."

"가서 다시 잠이나 자, 템플." 오키프가 말했다.

"좋아 그렇다면," 템플은 아직도 글린을 가리키며 말을 이었다. "만약 예수가 자신에게 오는 아이들을 막지 말라고 했다면, 교회는 왜 세례를 받지 않고 죽은 아이들을 지옥으로 보내는 거지? 이유가 뭐야?"

"넌 세례 받았니, 템플?" 폐병 환자 학생이 물었다.

"하지만 예수는 그들에게 모두 오라고 말했는데 왜 그들이 지옥에 가야 하는 거냐고?" 템플은 글린의 눈을 살피면서 말했다.

글린은 기침을 하고, 목소리에 숨어있는 웃음을 애써 참으며 점잖게 말했고, 말을 할 때마다 우산을 이리저리 움직였다.

"그리고 네가 말한 것처럼, 만약 그게 그렇다면, 나도 이 이유를 묻고 싶군."

"그건 교회가 늙은 죄인들처럼 잔인하기 때문이야." 템플이 말했다.

"넌 그 점에선 상당히 정통적이겠지, 템플?" 딕슨이 점잖게 말했다.

"아우구스투스 성인은 세례를 받지 않은 아이들은 지옥으로 간다고 말했어." 템플이 대답했다. "그 역시 잔인하고 늙은 죄인이었기 때문이지."

"실례지만,"딕슨이 말했다. "그런 경우를 위해 림보(limbo)가 존재한다고 생각했어."

"그와 논쟁하지 마라, 딕슨." 크랜리가 퉁명스럽게 말했다. "그와 이야기를 하지도 말고 그를 쳐다보지도 마라. 네가 우는 염소를 끌고 가듯, 밧줄로 그를 묶어서 집으로 끌고 가."

"림보라고!" 템플이 소리쳤다. "그럴싸한 발명품인걸, 마치 지옥처럼 말이지."

"하지만 불편함은 없는 곳이지." 딕슨이 말했다.

그는 다른 사람들을 보면서 미소를 지으며 말했다.

"여기 있는 모든 사람의 의견을 대변하기에 이렇게 말을 많이 한다고 생각해."

"그래." 글린이 단호하게 말했다. "그런 점에서 아일랜드는 하나야."

그는 우산 끝으로 기둥의 석재 바닥을 탁탁 쳤다.

"지옥 말인데," 템플이 말했다. "악마의 어두운 반려자의 발명을 나는 존중할 수 있어. 지옥은 로마적이야. 로마의 담장처럼 튼튼하고 보기 흉해. 하지만 림보는 대체 뭐야?"

"저 녀석을 유모차 속으로 다시 돌려보내, 크랜리." 오키프가 소리쳤다.

크랜리는 템플 쪽으로 재빨리 다가서서, 마치 새에게 하듯 발을 세게 굴렀다.

"휘이!"

템플이 재빨리 물러섰다.

"림보가 무엇인지 알아?" 그가 소리쳤다. "아일랜드 서부의 로스코 먼 주에서 그와 같은 곳을 어떻게 부르는지 알아?"

"휘이! 망할 놈 같으니!" 크랜리가 손바닥을 마주치며 소리쳤다.

"이도 저도 아닌 곳이야!" 템플이 경멸조로 외쳤다. "그게 바로 내가 림보라고 부르는 곳이야."

"그 지팡이 좀 내놔." 크랜리가 말했다.

그는 스티븐의 손에서 물푸레나무 지팡이를 거칠게 잡아챈 다음 계단 아래로 뛰어 내려갔다. 그러나 템플은 그가 쫓아오는 소리를 듣더니 야생동물처럼 재빠르고 날렵하게 황혼을 가르며 도망쳤다. 크랜리의 무거운 장화가 사각 안뜰을 가로질러 달려가며 육중한 소리를 내더니, 다음 순간 다시 무거운 소리를 내며 돌아왔고, 걸을 때마다 자갈을 걸어찼다.

화가 난 걸음걸이였고, 화가 난 몸짓으로 스티븐의 손에 지팡이를 던지듯 다시 쥐여주었다. 스티븐은 그의 분노에 다른 원인이 있다는 것을 느꼈지만, 인내심을 가장한 체, 그의 팔을 살짝 건드리며 조용히 말했다.

"크랜리, 너에게 할 이야기가 있다고 했잖아. 가자."

크랜리는 잠시 그를 바라보다가 물었다.

"지금?"

"그래, 지금." 스티븐이 말했다. "여기서는 이야기 못 해. 가자."

그들은 아무 말 없이 사각 안뜰을 함께 가로질러 걸어갔다. 현관 계단 쪽에서 누군가가 바그너의 가극 〈지크프리트〉에 나오는 새소리를 휘파람으로 불렀다. 크랜리가 몸을 돌렸고, 휘파람을 부른 장본인인 딕슨이 소리쳤다.

"너희 어디로 가는 거야? 경기는 어떻게 해, 크랜리?"

그들은 고요한 대기를 가로질러 가면서, 아델피 호텔에서 진행되는 당구 경기에 대해 큰 소리로 이야기를 나누었다. 스티븐은 혼자 킬데어 거리의 고요함 속으로 걸어 들어가, 메이플 호텔 반대편에 서서 다시 한 번 참을성 있게 기다렸다. 그 호텔의 이름과 윤기 흐르는 무색의 나무판, 색깔 없는 건물 정면은 정중하지만, 경멸을 담은 눈길로 그를 노려보았다. 그는 부드러운 불빛으로 둘러싸인 호텔 객실을 화가 난 듯 바라보며 그곳에서 조용히 살아가는 아일랜드 귀족의 부유한 인생을 상상했다. 그들은 군대의 장교이거나 토지 관리인이었다. 농부들은 시골 길을 따라 그들을 환영했다. 그들은 프랑스 요리의 이름에 대해 알았고 마부들의 거친 피부를 뚫을 만큼 억센 억양과 날카로운 목소리로 마부들에게 명령을 내렸다.

그가 어떻게 그들의 양심을 자극할 수 있었을까? 혹은 대지주들이 농부의 딸들에게 아이를 낳도록 하기 전에, 어떻게 그 딸들의 이미지 위로 그의 그림자를 드리울 수 있었을까? 자신들보다 덜 무시당하는 종족을 낳을지도 모르는 데 말이다. 그리고 점점 깊어가는 황혼 아래, 그는 어떤 민족의 사고방식과 욕망을 느꼈다. 그는 그 민족에 속해, 박쥐처럼 어두운 시골 길을 지나가며, 시냇물 가장자리의 나무 아래서 그리고 물이 고인 늪지 근처에서 날갯짓을 해대었다. 다빈이 밤에 그곳을 지나갈 때 한 여자가 문가에서 기다리며 그에게 우유 한 잔을 주고 그를 자신의 침대로 꾀어 들이려고 했다. 다빈의 눈매가 온화했고 비밀을 간직할 수 있었기 때문이었다. 그러나 어떤 여자의 눈도 스티븐을 유혹하지 못했다.

누군가가 그의 팔을 억세게 잡았고, 크랜리의 목소리가 들려왔다.

"우리도 가자."

그들은 아무 말 없이 남쪽으로 걸었다. 그런 다음 크랜리가 말했다.

"완전 멍청이 같은 녀석, 템플! 내가 모세에게 맹세하건대, 언젠가는 저 녀석을 죽을 만큼 두들겨 팰 거야."

하지만 더는 화가 난 목소리는 아니었다. 그리고 그녀가 현관 아래쪽에서 그에게 인사하는 것을 크랜리가 생각하는지 스티븐은 궁금했다.

그들은 왼쪽으로 돌아섰고 아까처럼 계속 걸었다. 그들이 어느 정도 걸어갔을 때 스티븐이 말했다.

"크랜리, 난 오늘 저녁에 불쾌한 말싸움을 했어."

"가족하고?" 크랜리가 물었다.

"어머니하고."

"종교 때문에?

"응." 스티븐이 대답했다.

잠시 후 크랜리가 물었다.

"어머니 연세가 어떻게 되셔?"

"그리 많지는 않아." 스티븐이 말했다. "어머니는 내가 부활절 영성체를 하길 원하셔."

"그리고 너는?"

"난 하고 싶지 않아." 스티븐이 말했다.

"왜 싫다는 거야?" 크랜리가 말했다.

"하느님을 섬기지 않으니까." 스티븐이 대답했다.

"전에도 그런 말을 했어." 크랜리가 침착하게 말했다.

"지금도 그래." 스티븐이 열을 올렸다.

크랜리가 스티븐의 팔을 지그시 누르며 말했다.

"진정해, 이 친구야. 네가 자주 성질을 낸다는 거 알아?"

그는 그 말을 할 때 긴장한 듯 웃었고, 따뜻한 우정이 담긴 눈동자로 스티븐의 얼굴을 보면서 말했다.

"너 흥분 잘하는 거 아느냐고?"

"정말 그래." 스티븐도 웃으면서 말했다.

최근에 멀어졌던 그들의 마음이 갑자기 조금 가까워진 듯했다.

"넌 영성체에 대해 믿니?" 크랜리가 물었다.

"아니." 스티븐이 말했다.

"그렇다면 안 믿는 거야?"

"나는 믿는 것도 아니고 믿지 않는 것도 아니야." 스티븐이 대답했다.

"많은 사람이 의심해. 심지어 성직자들도 말이야. 하지만 그들은 그런 의심을 극복하거나 그냥 옆으로 밀어놓아." 크랜리가 말했다. "그

점에 대해 네가 너무 강하게 의심하는 것은 아닐까?"

"내가 극복하기를 원하는 건 아니야." 스티븐이 대답했다.

잠시 당황한 크랜리가 주머니에서 무화과를 또 하나 꺼내 먹으려고 할 때 스티븐이 말했다.

"먹지 마, 제발. 입에 무화과를 한가득 넣고 있으면 이런 문제를 토론할 수 없어."

크랜리는 멈춰선 곳에서 램프 불빛에 무화과를 비춰보았다. 그런 다음 코로 냄새를 맡고, 조금 베어 물더니 곧 뱉어버리고 그 무화과를 배수로 속으로 거칠게 던져버렸다.

그 속에 떨어진 과일을 가리키며, 그가 말했다.

"내게서 멀어지거라, 너, 저주받은 과일아. 영원한 불길 속으로 들어가라!"

그는 스티븐의 팔을 잡고 계속 말을 이었다.

"심판의 날에 그런 말을 듣게 되는 게 무섭지 않아?"

"그 대신에 나에게 주어지는 게 뭘까?" 스티븐이 물었다. "학장과 함께 누리는 영원한 은총?"

"기억해," 크랜리가 말했다. "그는 영광스럽게 될 테니까."

"그래." 스티븐이 쓰디쓴 말투로 대답했다. "그는 밝고, 날렵하고, 고통을 느끼지 않고, 무엇보다도 교활하잖아."

"궁금한 게 있어." 크랜리가 냉정하게 말했다. "어떻게 해서 네 마음은 스스로 믿지 않는다고 말하는 그 종교로 가득 찬 것인지. 학교 다닐 때는 믿었던 거니? 그럴 거로 생각해."

"믿었지." 스티븐이 대답했다.

"그 당시에는 더 행복했니?" 크랜리가 부드럽게 물었다. "말하자면, 지금의 너보다 더 행복했니?"

"행복했던 적이 자주 있었지." 스티븐이 말했다. "행복하지 않은 적도 자주 있었고. 그때는 지금과는 다른 사람이었어."

"어떻게 달랐는데? 그 말의 의미가 무엇이니?"

"내 말은," 스티븐이 말했다. "지금의 나처럼 내가 아니었어. 그렇게 돼야만 했던 사람이었던 거지."

"지금의 네가 아니라 네가 되어야만 했던 사람이라." 크랜리가 되풀이 말했다. "하나만 물어볼게. 너는 네 어머니를 사랑하니?"

스티븐은 천천히 고개를 흔들었다.

"무슨 의미로 묻는 건지 모르겠어." 그가 솔직하게 대답했다.

"누구를 사랑해본 적이 없는 거야?" 크랜리가 물었다.

"여자 말이니?"

"그런 의미로 말한 게 아니야." 크랜리가 냉정하게 말했다. "누군가 혹은 무엇인가를 향해 사랑을 느낀 적이 있느냐고 묻는 거야."

스티븐은 친구 곁으로 걸어가서 우울한 시선으로 오솔길을 빤히 바라보았다.

"나는 하느님을 사랑하려고 노력했어." 그가 마침내 말했다. "인제 보니 실패한 것 같지만 말이야. 정말 어려웠어. 나의 의지와 하느님의 의지를 순간순간 일치시키려고 했지. 그런 점에서는 항상 실패한 건 아니었어. 아마도 아직은 가능할 …… "

크랜리가 그의 말을 가로막으며 물었다.

"네 어머니는 행복하게 사셨니?"

"내가 어떻게 알아?" 스티븐이 말했다.

"아이를 몇 명 낳으셨니?"

"아홉이던가 열이던가." 스티븐이 대답했다. "몇 명은 죽었어."

"네 아버지는…… " 스탠리는 잠시 말을 멈추었다가 다시 말했다. "나는 네 가족에 대해 캐묻고 싶지 않아. 하지만 네 아버지가, 말하자면 부유하게 사셨니? 네가 어릴 때 말이야."

"그래." 스티븐이 말했다.

"무슨 일을 하셨는데?" 크랜리가 잠시 후 물었다.

스티븐은 아버지에 대해 줄줄이 늘어놓기 시작했다.

"의과 대학생, 보트 선수, 테너 가수, 아마추어 배우, 고함지르는 정치가, 소규모 지주, 소규모 투자자, 술고래, 좋은 친구, 이야기꾼, 누군가의 비서, 양조장에서 일하기, 세금 징수원, 파산자, 현재는 자기 자신의 과거에 대한 찬미자."

크랜리가 웃음을 터뜨리며 스티븐의 팔을 잡은 손에 힘을 주며 말했다.

"양조장은 정말 좋은데."

"또 알고 싶은 게 있니?" 스티븐이 물었다.

"지금 네 환경은 좋은 편이니?"

"그렇게 보여?" 스티븐이 퉁명스럽게 되물었다.

"그렇다면," 크랜리는 여전히 생각에 잠긴 채 말을 이었다. "너는 금수저를 물고 태어났구나."

그는 은유적인 표현을 사용할 때 자주 그랬던 것처럼 큰소리로 담담하게 말했다. 마치 그러한 표현이 비난의 의미 없이 사용되었다는 사실을 이해해주길 바라는 것 같았다.

"네 어머니는 분명히 많이 힘드셨을 거야." 그가 말했다. "어머니가 고통에서 벗어날 수 있도록 노력하지 않았니? 혹은 그렇게 해봤니?"

"만약 내가 그럴 수 있다면," 스티븐이 말했다. "그건 그리 힘든 건 아닐 거야."

"그렇다면 그렇게 해봐." 크랜리가 말했다. "어머니가 원하는 대로 해보렴. 그게 너와 무슨 상관있겠어? 너는 종교를 믿지 않아. 그냥 형식일 뿐이야. 그뿐이라고. 그리고 어머니는 안심하게 될 거야."

그는 말을 멈추었고, 스티븐은 아무런 대답을 하지 않기에 침묵이 이어졌다. 그런 다음 마치 생각하는 과정을 언어로 표현하듯 다시 말했다.

"이 망할 놈의 세상에서 다른 것은 모두 불확실하지만, 어머니의 사랑은 그렇지 않아. 네 어머니는 너를 이 세상으로 보냈고, 몸속에 너를 품고 계셨어. 어머니가 무엇을 느꼈는지 우리가 알겠니? 하지만 어머니가 무엇을 느꼈든, 적어도 그건 참된 것이야. 분명히 그래. 우리의 생각 혹은 야망이 무엇이지? 그저 장난이야. 생각이라고! 저런, 그 빌어먹을 메에 우는 염소인 템플도 생각이라는 것을 하지. 매캔도 생각을 해. 길거리의 모든 바보도 자신들의 생각이라는 것을 하지."

스티븐은 그 말에 담긴 의미에 귀를 기울이다가 일부러 아무렇지도 않게 말했다.

"파스칼[74]은, 만약 내가 제대로 기억한 것이라면, 어머니의 '여성성'과 접촉하는 것을 두려워한 나머지 어머니에게 키스조차 고통스러워했다더군."

"파스칼은 돼지 같은 자식이야." 크랜리가 말했다.

"알로이시우스 곤자가[75]도 같은 생각이었어, 내가 알기엔 말이지." 스티븐이 말했다.

"그렇다면 그도 돼지 같은 자식이야." 크랜리가 말했다.

"교회는 그를 성인이라고 불러." 스티븐이 반론을 제기했다.

"나는 누가 어떻게 부르는지에 대해서는 눈곱만큼도 관심 없어." 크랜리가 무뚝뚝하게 말했다. "난 그를 돼지라고 불러."

스티븐은 마음속으로 할 말을 가지런히 정리한 다음 말을 이었다.

"예수 역시, 공식 석상에서 자신의 어머니를 깍듯이 대하지 않았던 것 같아. 하지만 예수회 신학자이자 스페인 귀족, 수아레즈는 그를 위해 변명을 했지."

"혹시 이런 생각 해본 적 있어?" 크랜리가 물었다. "예수는 겉으로 보이는 그런 인물이 아니라는 것 말이야."

"그런 생각을 제일 먼저 한 사람은," 스티븐이 대답했다, "예수 자신이었어."

---

74 프랑스의 물리학자이자 철학자.

75 예수회 출신 성인.

"내 말은," 크랜리가 단호하게 말했다, "그가 의식적인 위선자였다고 생각해본 적이 있어? 그의 시대에 그가 유대인을 회칠한 무덤이라고 부른 것처럼 말이야. 혹은 좀 더 간단히 말해 그가 무례한 자라고 말이야."

"그런 생각은 한 번도 안 해본걸." 스티븐이 대답했다. "하지만 지금 나를 개종시키고 싶은 건지 혹은 너 스스로 배교자가 되려는 것인지 궁금한걸?"

그는 몸을 돌려 친구의 얼굴을 바라보고, 애써 중요한 의미를 부여하려는 듯 어색하게 지은 미소를 보았다.

크랜리가 갑자기 단조로운 말투로 물었다.

"사실대로 말해줘. 내가 한 말을 듣고 충격받은 거니?"

"약간은 그래." 스티븐이 말했다.

"왜 충격을 받은 건데?" 크랜리가 똑같은 말투로 물었다. "우리의 종교가 가짜이고 예수가 하느님의 아들이 아니었다고 그토록 확실하게 믿으면서 말이야."

"그렇게 확신하는 건 절대 아니야." 스티븐이 말했다. "그는 성모마리아의 아들보다는 하느님의 아들에 더 가까워."

"그리고 그것이 네가 영성체를 하지 않는 이유인 거야?" 크랜리가 물었다, "그걸 확신하지 않기 때문에 말이야. 그 성찬이 그저 빵조각이 아니라 성자의 몸과 피일지 모른다고 느끼기 때문에 그런 거니? 그리고 그것 때문에 두려워하는 거야?"

"그래." 스티븐이 조용히 말했다. "그렇게 생각해. 그리고 나 역시 그게 두려워."

"알았어." 스탠리가 말했다.

스티븐은 대화의 끝을 알리는 말투에 자극을 받았고, 그 대화를 다시 이어가기 위해 입을 열었다.

"나는 많은 것이 두려워. 개, 말, 총, 바다, 폭풍우, 기계, 한밤중의 시골 길 등등."

"하지만 왜 빵조각을 두려워하는 거지?"

"내 상상으로는," 스티븐이 말했다, "내가 두려워한다고 말하는 것들 이면에 악의에 찬 현실이 있는 것 같아."

"그렇다면 말이야," 크랜리가 물었다, "로마가톨릭의 하느님이 너를 죽음으로 몰고 저주할 것 같아 두려운 거니? 만약 네가 불경스럽게 영성체를 한다면 말이야."

"로마가톨릭의 하느님은 지금 당장 그렇게 할 수 있어." 스티븐이 말했다. "내가 그 무엇보다도 두려워하는 것은 스무 세기 동안 권위와 존경을 모두 받은 상징을 향해 거짓으로 경의를 표한다면 내 영혼에 무엇인가가 화학적 반응이 일어날 것 같다는 거야."

"그렇다면 너는," 크랜리가 물었다, "예를 들어 네가 형벌의 시대에 살고 있다면 극단적인 위험 속에서 특정한 신성모독을 저지를 거니?"

"과거에 대해선 대답할 수 없어." 스티븐이 대답했다. "아마 아니겠지."

"그렇다면," 크랜리가 말했다. "신교도가 될 의향은 없어?"

"나는 믿음을 잃었다고 말했어." 스티븐이 대답했다, "하지만 내 자존감을 잃은 것은 아니야. 논리적이고 일관적인 부조리를 버리고 비논리적이고 비일관적인 부조리를 받아들인다면 그게 무슨 자유겠어?"

그들은 펨브로크 마을을 향해 걸어갔고, 천천히 길을 따라 걸어가는 그 시간에 나무들과 마을 사이로 흩어진 빛들이 그들의 마음을 달래주었다. 주변에 스며든 부유함과 휴식의 공기가 그들의 궁핍함을 위로했다. 월계수 덤불 뒤쪽으로 한 줄기 빛이 부엌 창문 안에 퍼져나가고 나이프 날을 세우면서 〈로지 오그레이디〉를 노래하는 하녀의 목소리가 들려왔다. 짧게 끊어지는 소절이었다.

크랜리가 멈춰 서서 귀를 기울이며 말했다.

"물리에르 칸타트(여인이 노래한다)."

라틴어의 부드러움과 아름다움이 매혹적인 감촉으로 어둑한 저녁을 어루만졌다. 음악이나 여성의 손길보다 더 미묘하고 설득력이 있었다. 그들의 마음속에 자리 잡았던 불협화음이 사그라들었다. 성당 의식에 참가한 한 여인의 모습이 어둠 속에서 소리 없이 지나갔다. 소년처럼 작고 호리호리했으며 하얀 옷에 허리띠를 늘어뜨린 모습이었다. 어린 소년처럼 높고 가냘픈 그녀의 목소리가 멀리 있는 성가대로부터 들려왔고 그 첫 번째 소절이 예수의 수난을 담은 첫 성가의 음울함과 소란을 뚫고 읊조리듯 들려왔다.

"에트 투 쿰 예수 갈릴라이오 에라스(당신도 갈릴리야 사람 예수와 함께 있었도다)."

모든 심장이 감동하였고 그녀의 목소리로 향했다. 세 번째 모음을 강하게 발음하며 곡조가 끝날 때 더욱 가냘파진 목소리가 어린 별처럼 깨끗하게 빛났다.

노래가 끝났다. 그들은 함께 걸어갔고, 크랜리는 후렴 끝 부분의 리듬을 강조하며 노래를 계속 불렀다.

> 우리가 결혼할 때,
> 오, 얼마나 행복할지
> 나는 아름다운 로지 오그라디를 사랑하고
> 로지 오그레이디는 나를 사랑한다네

"너를 위한 진정한 시야." 그가 말했다. "진정한 사랑이란 존재한다고."

그는 야릇한 미소를 지으며 스티븐을 흘깃 보면서 말했다.

"너는 이것을 시라고 생각하니? 혹은 그 단어의 의미를 알아?"

"나는 우선 로지를 보고 싶어." 스티븐이 말했다.

"찾기 쉬울 거야." 크랜리가 말했다.

그의 모자가 이마 아래쪽으로 내려왔다. 그가 모자를 뒤로 밀어냈을 때 나무 그늘에서 어둠을 배경으로 그의 창백한 얼굴을, 크고 검은 눈을 스티븐은 보았다. 맞다. 그는 잘 생겼고 몸은 강인하고 단단했다. 그는 어머니의 사랑에 대해 말했다. 그런 다음 여자의 고통, 육체와 영혼의 연약함을 느꼈다. 그는 강하고 확고한 팔로 여자들을 보호하고 마음으로 경의를 표시할 것이다.

그렇다면 떠나야지. 가야 할 시간이다. 목소리 하나가 스티븐의 외로운 심장을 향해 부드럽게 속삭였다. 그에게 가라고 애원했고 그의 우정이 끝날 때가 되었다고 말했다. 맞다. 그는 떠날 것이다. 다른 사람과 싸울 수 없었다. 그는 떠날 것을 알고 있었다.

"아마도 난 떠나게 될 거야." 그가 말했다.

"어디로?" 크랜리가 물었다.

"내가 갈 수 있는 곳으로." 스티븐이 말했다.

"그래." 크랜리가 말했다. "넌 지금 이곳에 사는 것이 힘들지도 몰라. 하지만 그것 때문에 가는 거니?"

"나는 가야만 해." 스티븐이 대답했다.

"너는 말이지," 크랜리가 말을 이었다. "떠나고 싶지 않다면 떠날 필요가 없고, 혹은 스스로를 영웅이거나 무법자로 여길 필요도 없어. 믿음이 충실한 사람들 가운데 너처럼 생각하는 사람이 많아. 그게 놀라운 일이니? 교회는 돌 건물이 아니야, 심지어 성직자나 교리도 아니야. 그 속에서 태어난 모든 것의 집합이지. 나는 네가 인생에서 무엇을 원하는지 몰라. 그날 밤 하코트 스트리트 역 밖에 서 있었을 때 나에게 말해주었던 것을 원하니?"

"그래." 스티븐이 장소와 연관 지어 기억하려는 크랜리의 습관을 떠올리며 미소를 지었다. "그날 밤 너는 샐리갭에서 랄라스로 가는 지름길에 대해 반 시간 동안이나 도허티와 논쟁을 벌였어."

"멍청이!" 크랜리가 조용히 비꼬았다. "그가 샐리갭에서 랄라스로 가는 길에 대해 뭘 알아? 혹은 그런 문제에 대해 아는 게 있기라도 한 거야? 빨래통 같은 머리를 가진 덩치 큰 멍청이 같으니!"

그는 큰소리로 한참 동안 웃었다.

"그래서?" 스티븐이 말했다. "그 나머지는 기억하니?"

"네가 말한 것 말이야?" 크랜리가 물었다. "그래, 기억하지. 삶의 방식이나 예술의 방식을 찾아내겠다는 거였지. 네 영혼이 자유롭게 영혼 자체를 표현할 수 있도록 말이야."

스티븐이 인정한다는 듯 모자를 들어 올렸다.

"자유!" 크랜리가 되풀이 말했다. "하지만 너는 신성모독을 저지를 만큼 매우 자유롭지 않아. 강도질은 할 것 같아?"

"먼저 구걸부터 할 거야." 스티븐이 말했다.

"만약 아무것도 얻지 못하면 강도질할 거니?"

"네가 듣고 싶은 말은," 스티븐이 대답했다, "소유권은 일시적인 것이며 어떤 상황에서 강도질은 불법이 아니라는 것이겠지. 모든 사람이 그렇게 믿으면서 행동할 거야. 그러니까 나는 네게 그 대답을 하지 않을 거야. 예수회 신학자인 후안 마리아나 데 탈라베라에게 물어보면, 그는 어떤 상황에서 합법적으로 너의 왕을 죽일 수 있는지, 네가 독이 든 잔을 그에게 건네는 것이 나을지, 가운이나 안장에 독을 칠하는 것이 나을지에 대해 설명해줄 거야. 나에게는 말이야, 다른 사람들이 내게 강도질을 하도록 내버려두는 것이 나은지, 혹은 만약 그들이 그랬을 경우, 내가 소위 말하는 세속적인 응징을 그들에게 할지 물어보는 것이 나을걸?"

"그렇게 할 거야?"

"내 생각으로는," 스티븐이 말했다, "강도질을 당하는 것만큼 고통스러울 거야."

"그래." 크랜리가 말했다.

그는 성냥을 꺼내어 이빨 틈새를 파내기 시작했다. 그런 다음 가볍게 말했다.

"말해봐. 예를 들면 처녀를 범할 수 있겠어?"

"실례합니다만," 스티븐이 예의 바르게 말했다, "그건 젊은 신사들의 야망이 아니었나?"

"그렇다면 네 의견은 무엇인데?" 크랜리가 물었다.

그의 마지막 말은 숯의 연기처럼 시큼한 냄새처럼 열이 오른 스티븐의 뇌를 자극하고 그 연기로 가득 채우는 것 같았다.

"여길 봐, 크랜리." 그가 말했다."너는 내가 무엇을 하게 될 지와 무엇을 하지 않게 될지를 물었어. 나는 내가 무엇을 할지와 무엇을 하지 않을지를 너에게 말할 거야. 내가 더 이상 믿지 않는 것을 섬기지 않을 거야. 그 자체가 내 고향이든, 내 고국이든, 내 교회이든 말이지. 그리고 할 수 있는 한 자유롭게, 할 수 있는 한 전적으로 삶이나 예술의 양식을 찾아내어 자신을 표현하도록 노력할 거야. 나는 내가 사용할 수 있는 무기들—침묵, 망명, 계략"—만으로 나를 방어할 거야."

크랜리는 그의 팔을 움켜잡더니 리슨 공원 쪽으로 가도록 돌려세웠다. 그는 거의 수줍은 듯 웃었고 마치 연장자인 것처럼 다정하게 잡은 손에 힘을 주었다.

"정말 계략적이군!" 그가 말했다. "그렇지? 이 불쌍한 시인 같으니!"

"그리고 너는 내가 고백하도록 만들었잖아." 스티븐이 말했다, "그전에도 많은 것을 너에게 말한 것처럼, 그렇지 않니?"

"그래, 이 친구야." 크랜리는 여전히 밝게 말했다.

"너는 내가 가진 두려움에 대해 고백하도록 했어. 하지만 내가 두려워하지 않는 것도 말할 거야. 나는 외롭거나 다른 사람을 위해 쫓겨나거나 내가 떠나야만 하는 것에서 떠나는 것을 두려워하지 않아. 그리고 실수를 하는 것도 무섭지 않아. 심지어 아주 엄청난 실수이거나 일생일대의 실수라고 해도 그래. 아마도 영원처럼 길게 이어지겠지."

크랜리는 다시 심각한 표정으로 걸음을 늦추며 말했다.

"홀로, 진실로 홀로. 너는 그것이 두렵지 않다고 말하지. 그게 무슨 의미인지 알아? 다른 모든 사람에게서 분리될 뿐 아니라 심지어 친구가 한 명도 없다는 거야."

"나는 그 위험을 감수할 거야." 스티븐이 말했다

"그리고 어떤 한 사람도 가지지 않는다," 크랜리가 말했다. "한 명의 친구 이상이고, 한 사람이 만날 수 있는 가장 고귀하고 진정한 친구라고 해도 말이지"

친구의 말이 스스로의 본질 저 깊은 곳을 자극하는 것 같았다.

만약 그가 자신에 관해 이야기하는 것이라면? 과거의 자신 혹은 그렇게 되길 원하는 자신에 관해 말하는 것이라면? 스티븐은 한동안 아무 말 없이 친구의 얼굴을 바라보았다. 차가운 슬픔이 깃든 얼굴이었다. 만약 그가 스스로에 대해 말하는 것이라면, 그가 두려워했던 자신의 외로움에 대해 말하는 것이라면.

"지금 누구에게 이야기하는 거지?" 스티븐이 마침내 물었다.

크랜리는 대답하지 않았다.

* * *

3월 20일. 나의 반항에 대해 크랜리와 오랜 시간 대화를 나눔.

그는 의젓했다. 나는 유연하고 상냥했다. 그는 어머니의 사랑을 들먹이며 나를 공격했다. 그의 어머니를 상상하려고 했으나 그럴 수 없었다. 한때 그가 아무 생각 없이 내게 말해 준 것이 있다. 그가 태어났을 때 아버지가 예순한 살이었다고. 그를 보자. 튼튼한 농부 타입이다. 희끗희끗 거리는 양복. 네모난 발. 헝클어진 반백의 수염. 아마도 사냥에 참가한 듯했다. 라라스의 드와이어 신부에게 헌금을 규칙적으로 내지만 넉넉하게 내지는 않는다. 때때로 밤에 소녀들과 이야기를 한다. 그리고 그의 어머니는? 아주 젊거나 아주 늙었을까? 아주 젊을 리는 없다. 만약 그렇다면 크랜리는 그가 했던 것처럼 말하지 않았을 것이다. 그렇다면 나이가 많다. 아마도, 그리고 무시당했을 것이다. 따라서 크랜리 영혼의 절망. 지친 아랫배에서 태어난 아이.

3월 21일, 아침. 지난밤 침대에서 생각했지만, 너무 게으르고 자유로운 탓에 덧붙이지 못함. 맞다, 귀찮다. 지친 아랫배란 엘리자베스와 스가리아의 것이었다. 그렇다면 그는 선도자이다. 자세히 보자. 그는 주로 돼지 뱃살로 만든 베이컨과 말린 무화과를 먹는다. 메뚜기와 야생 꿀에 대해 읽어서 알고 있다. 또한, 그를 생각할 때마다 떠오르는 것은 잿빛 커튼 혹은 베로니카 천을 배경으로 놓인 잘린 머리이거나 데스마스크다. 그들이 성도 참수라고 부르는 것. 로마의 라티나문에서 성 요한이 보인 기적으로 한동안 어리둥절했다. 내가 무엇을 보았나? 자물쇠를 잡아채려고 노력하는 참수당한 선지자.

3월 21일 밤. 자유롭다. 자유로운 영혼 그리고 자유로운 공상. 죽은 자들이 죽은 자들을 매장토록 하라. 아. 그리고 죽은 자들이 죽은 자들과 혼인하게 하라.

3월 22일. 린치와 함께 몸집 큰 간호사를 따라갔다. 린치의 생각. 마음에 안 든다. 바싹 마르고 배고픈 그레이하운드 두 마리가 어린 암소 뒤를 쫓아감.

3월 23일. 그날 밤 이후 그녀를 보지 못함. 아픈 것일까? 어쩌면 엄마의 숄을 어깨에 두르고 벽난로 앞에 앉아있을지도 몰라. 하지만 짜증 내지 않을 테지. 맛난 귀리죽 한 사발? 지금 먹지 않을 거니?

3월 24일. 어머니와 논의를 시작함. 주제는 동정녀 마리아. 내가 젊은 남자이기 때문에 불리함. 이를 피하려고 마리아와 아들과의 관계보다는 예수와 아버지의 관계에 대해 말함. 종교는 산과 병원이 아니라고 말함. 어머니는 관대했다. 내가 이상한 생각을 가졌으며 책을 너무 많이 읽은 탓이라고 말함. 그건 사실이 아님. 나는 별로 읽지 않았고, 이해한 것도 적다. 그러자 어머니는 내가 마음이 불안하여 종교로 돌아올 것이라고 말함. 죄의 뒷문을 통해 교회에서 빠져나갔다가 회개의 채광창을 통해 다시 들어온다는 의미이다. 회개할 수 없음. 어머니에게 그렇게 말했고 6펜스를 달라고 했음. 3펜스 받음.

그런 다음 학교에 갔다. 작고 둥근 머리에 악한 눈을 가진 게지 신부와 또 말씨름. 이번에는 놀라노의 브루노[76]에 대한 것. 이탈리아어로 시작해서 혼성 영어[77]로 끝남. 그는 브루노가 끔찍한 이단자라고 말했다. 나는 그가 끔찍하게 화형을 당했다고 말했다. 그는 약간 슬픈 표정으로 내 말에 동의했다. 그런 다음 그가 '리소토 알라 베르가마스카'라고 부르는 음식의 요리법을 내게 주었다. 그가 부드럽게 '오' 발음을 할 때면 마치 그 모음에 키스라도 하듯 육감적인 입술을 불쑥 내밀었다. 그는 키스한 적이 있을까? 회개했을까? 맞다. 그는 할 수 있다. 각각의 눈에서 악한의 눈물을 한 방울씩 흘리며 회개했을 것이다.

이름이 비슷해서 '나의 정원'이라고 부르는 성 스테반스 공원을 가로질렀고, 어느 날 밤 크랜리가 우리 종교를 발명한 이들은 우리 민족이 아니라 게시 신부의 민족이라고 했던 것을 기억했다. 네 명씩 짝을 지은 97연대 군인들은 십자가 발치에 앉았고, 십자가형을 받은 이의 겉옷을 가지기 위해 주사위를 던졌다.

---

76 철학자이며 도미니크 수도회 수사.

77 pidgin English : 피진[혼성] 영어: 동남아시아 · 멜라네시아 · 서아프리카 · 서인도 등에서 통상에 사용되는 혼합 영어.

도서관에 갔다. 비평 세 개를 읽으려고 노력했다. 소용없다. 그녀는 아직 나오지 않았다. 내가 우려하는 것일까? 무엇에 관해서? 그녀가 절대로 다시 나오지 않을 것이라는 사실에 대해서.

블레이크는 이런 시를 썼다.

> 윌리엄 본드는 세상을 뜬 것일까
>
> 그가 몹시 아프다는 것은 확실하니.

오호라, 불쌍한 윌리엄!

나는 로턴다 극장에서 디오라마[78]를 본 적이 있다. 끝날 때는 귀족들의 초상화가 나왔다. 그들 가운데 영국의 정치가인 윌리엄 유어트 글래드스톤이 있었다. 그 당시 죽은 지 얼마 되지 않았을 때였다. 오케스트라는 〈오, 윌리, 그대가 그리워요〉를 연주했다.

촌뜨기들의 민족!

3월 25일. 악몽의 밤. 내 가슴에서 떨쳐버리기 원함.

길게 곡선을 이룬 복도. 바닥으로부터 기둥처럼 치솟는 검은 증기. 화려한 왕들의 모습이 돌에 새겨져 있다. 지쳤다는 듯 손을 무릎 위에 올려놓았고, 그들의 눈은 그들의 잘못으로 인해 눈앞에서 영원토록 솟아오르는 검은 증기처럼 어둡다.

기묘한 모습들이 동굴에서 나오는 것처럼 나온다. 그들은 사람처

---

78 디오라마. 투시화(透視畵); 소형 입체 모형에 의한 실경(實景).

럼 크지 않다. 하나가 다른 하나와 많이 떨어져 있는 것 같지 않다. 그들의 얼굴이 검은 줄무늬가 있는 인광의 빛을 낸다. 그들은 나를 들여다보고, 그들의 눈은 내게 뭔가를 묻는 것 같다. 그들은 말을 하지 않는다.

3월 30일. 이날 저녁 크랜리가 도서관 현관에 서 있고, 딕슨과 그녀의 오빠에게 문제를 제시했다. 한 어머니가 자신의 아이를 나일 강에 던졌다. 아직도 어머니 타령이다. 악어가 아이를 낚아챘다. 어머니는 아이를 돌려달라고 부탁했다. 악어는 만약 자신이 아이를 어떻게 할지, 잡아먹을 것인지 혹은 잡아먹지 않을 것인지를 그녀가 알아맞힌다면 아이를 돌려주겠다고 했다.

레피두스[79]는 이렇게 말할 것이다. 이런 정신상태는 당신 태양의 작용에 따라 당신의 진흙에서 정말 생겨나는 것이라고.

그리고 나의 정신은? 그것 역시 그렇지 않을까? 그러면 그런 정신은 나일 강의 진흙 속으로!

4월 1일. 마지막 구절에 대해 인정할 수 없음.

4월 2일. 존스턴 무니 앤 오브라이언스 상점에서 차를 마시고 케이크를 먹는 그녀를 보았다. 오히려, 눈이 날카로운 린치가 우리가 지나갈 때 그녀를 보았다. 그는 내게 말하길, 그녀의 오빠가 크랜리를 그곳에 초대했다고 했다. 그는 악어 이야기를 했을까? 그는 이제 타오르는 등불인가? 글쎄, 나는 그가 누군지 알아냈다. 내가 했다고 말할 수

---

79 로마의 정치가.

있다. 위클로우 왕겨 한 바가지 뒤에서 조용히 빛난다.

4월 3일. 핀들레터의 교회 반대편 담배 가게에서 다빈을 만났다. 그는 검은 스웨터를 입고 헐링 막대를 들고 있었다. 나에게 떠나는 것이 사실인지, 왜 떠나는지 물었다. 그에게 타라로 가는 지름길은 홀리헤드를 통하는 길이라고 말했다. 바로 그때 아버지가 들어왔다. 소개. 아버지는 예의 바르고 관찰력이 있다. 그는 다빈에게 음료수를 권했다. 다빈은 모임에 가는 길이기 때문에 괜찮다고 했다. 우리가 나왔을 때 아버지는 나에게 그가 선하고 정직한 눈을 가졌다고 말했다. 나에게 왜 보트 클럽에 가입하지 않느냐고 물었다. 나는 그에 대해 생각하는 척했다. 그런 다음 그는 자신이 페니피터를 어떻게 놀려주었는지 말했다. 내게 법학 공부를 권함. 나에게 소질이 있다고 말함. 진흙이 많을수록 악어도 많다.

4월 5일. 몰아치는 봄. 질주하는 구름. 오, 인생이여! 소용돌이치는 습지의 검은 강물과 그 위로 낙하하는 섬세한 사과나무 꽃들. 이파리 사이로 보이는 소녀들의 눈동자. 얌전하거나 즐겁게 뛰노는 소녀들. 모두 금발이거나 적갈색 머리카락이며 검은 머리카락은 없다. 발갛게 달아오른 얼굴이 아름답다. 별꼴이군!

4월 6일. 분명히 그녀는 과거를 기억한다. 린치는 모든 여자가 그렇다고 말한다. 그런 다음 그녀는 어린 시절을 기억한다. 그리고 내 어린 시절도. 만약 내게 그런 시절이 있었다면 말이다. 과거는 현재 속으로 사라지고, 현재를 살아가는 이유는 오직 미래를 불러오기 때문이다. 만약 린치가 옳다면 여자들의 동상은 항상 천으로 완전히 둘러쳐져야 하고, 한 손으로 자신의 뒷부분을 유감스럽다는 듯 만져야 한다.

4월 6일 후반부. 마이클 로바티스는 잊어버린 아름다움을 기억하고, 그의 팔이 그녀를 감쌀 때 그는 세상으로부터 오랫동안 희미해진 사랑스러움을 꼭 껴안았다. 이게 아니다. 조금도 아니지. 나는 아직 세상에 생겨나지 않는 그 사랑을 내 팔에 꼭 안고 싶다는 욕망을 느낀다.

4월 10일. 희미하게, 무거운 밤 아래서, 어루만져주지 않는 지친 연인처럼 꿈에서부터 꿈꾸지 않는 잠으로 돌아선 도시의 적막을 뚫고, 길을 따라 들리는 말발굽 소리. 다리 가까이 다가왔을 때 그렇게 희미하지 않음. 그리고 얼마 안 가서 말발굽 소리가 어두운 창문을 지나가고, 고요함은 화살 같은 경고음에 의해 갈라진다. 이제 저 멀리 들린다. 무거운 밤 한가운데 보석처럼 빛나는 말발굽 소리. 잠자는 들판을 뒤로하고 어떤 여행의 끝을 향해 서둘러 달려간다. 무슨 마음으로, 무슨 소식을 담고서?

4월 11일. 내가 지난밤 썼던 것을 읽다. 애매한 감정을 향한 애매한 표현들. 그녀가 이걸 좋아할까? 나는 그렇다고 생각한다. 그렇다면 나는 또한 이걸 좋아해야만 한다.

4월 13일. '턴디시'라는 단어가 오랫동안 내 마음에 남아있다. 사전을 찾아보고, 나는 그것이 영어이며 오래된 영어라는 사실을 알아냈다. 빌어먹을 학장과 그의 '퍼넬' 같으니! 그가 우리에게 자신의 언어를 가르치기 위해 혹은 우리로부터 배우기 위해 온 것일까. 여러 가지로 빌어먹을 사람이라니까!

4월 14일. 존 알포서스 멀레넌이 아일랜드 서부에서 방금 돌아왔다. 유럽과 아시아의 신문들이 베껴주길 바란다. 그는 한 산장에서 노인을 만났다고 말했다. 노인은 붉은 눈동자와 짧은 파이프를 가졌다. 노인은 아일랜드 어로 말했다. 멀레넌은 아일랜드 어로 말했다. 그런 다음 노인과 멀레넌은 영어로 말했다. 멀레넌은 그에게 우주와 별에 대해 말했다. 노인은 앉아서 귀를 기울이고 담배를 피우고 침을 뱉었다. 그런 다음 말했다.

"아, 세상의 마지막 끝에는 끔찍하고 기이한 생물체가 분명히 있을 거야."

나는 그가 두렵다. 나는 가장자리가 붉은 그의 흐릿한 눈동자가 두렵다. 그와 함께 내가 몸부림쳐야만 하는 것일까? 이 밤 내내 날이 샐 때까지, 그 노인 혹은 내가 죽을 때까지, 힘줄 솟은 그의 목을 죄면서, ······ 언제까지? 그가 나에게 굴복할 때까지? 아니다. 나는 해를 끼치지 않아.

4월 15일. 오늘 그라프턴 거리에서 그녀와 딱 마주쳤다. 군중들에 밀려 만났다. 둘 다 멈춰 섰다. 그녀는 나에게 왜 한 번도 오지 않느냐고 물었고, 나에 대한 이야기를 모두 들었다고 말했다. 이는 오직 시간을 벌기 위한 것이다. 나더러 시를 쓰느냐고 물었다. 누구에 관해서 쓰나요? 나는 그녀에게 대답했다. 그녀는 더욱 혼란스러워했고, 나는 미안함과 비열함을 느꼈다. 당장 밸브를 잠가 버리고 정신적이고 영웅적인 냉방장치를 가동했다. 그건 단테 알리기에리가 발명하여 여러 나라에서 특허를 낸 장치였다. 나에 대해, 나의 계획에 대해 재빨리 말했다. 그 가운데에서, 불행히도 나는 갑자기 혁명적인 몸짓을 해 보였다. 분명히 한 주먹의 콩을 허공으로 던지는 놈처럼 보였을 것이다. 사람들은 우리를 쳐다보기 시작했다. 그녀는 잠시 후, 손을 흔들었고, 떠나가면서 내가 말한 대로 하길 바란다고 말했다.

이제 나는 그것을 우정이라고 부른다. 그렇지?

맞다. 나는 오늘 그녀를 좋아했다. 조금 혹은 많이? 잘 모르겠다. 나는 그녀를 좋아했고, 그건 마치 새로운 감정처럼 느껴졌다. 그런 다음, 그 경우에, 나머지 모든 경우에서, 내가 생각했다고 생각했던 모든 것에서. 내가 느꼈다고 느끼는 모든 것에서, 지금 이전의 모든 것에서, 사실은…… 오, 포기하라고! 잠이나 자!

4월 16일. 떠나자! 떠나자!

팔과 목소리의 마법. 하얀 팔처럼 뻗은 길은 내게 따뜻한 포옹을 약속하고 검은 팔 같은 큰 배들은 달을 배경으로 서서 먼 나라 이야기를 한다. 그 팔들이 앞으로 나오며 말한다. 우리뿐이니, 어서 오려무나. 그리고 더불어 목소리가 말한다. 우리는 너와 동족이란다. 텅 빈 하늘이 동지들로 가득할 때, 그들은 나를 동족이라고 부르면서 떠날 준비를 하고, 의기양양하고 끔찍스런 젊음의 날개를 흔든다.

4월 26일. 어머니는 새로 구매한 중고 옷을 정리했다. 어머니는 지금 기도한다. 집과 친구들에게서 멀리 떨어져 지내는 동안 내가 인생을 통해 심장이 무엇인지 그 느낌이 어떤 것인지 배우게 되길 기도한다고 하신다. 아멘. 그냥 두어야지. 어서 오시게, 오 나의 인생이여. 나는 현실의 경험과 수백만 번 부딪히고, 내 영혼이라는 대장간 속에서 내 민족의 창조되지 않은 양심을 만들어내기 위해 가노라.

4월 27일. 나이 든 아버지, 늙은 명장이여, 지금처럼 영원히 옆에서 저를 지켜주세요.

더블린, 1904

트리에스트, 1914

번역자의 변명

제임스 조이스의 《젊은 예술가의 초상》은 많은 사람이 알고 있는 소위 '유명한' 책이다. 만약 읽어보지 않았다고 해도 적어도 작가의 이름이나 책 제목만큼은 한 번쯤 들어본 적이 있을 것이다. 지금까지 수십 권은 번역되어 나왔고 원본에 대한 연구도 많이 이루어진 것으로 안다. 그런 상황에서, 저 높은 곳에 있을 것 같은 이 책을 번역하자는 제의를 받았을 때 항상 그랬던 것처럼 조심스러울 수밖에 없었다. 기존의 번역본이 많다는 사실은 약이 될 수도 있고 독이 될 수도 있다. 배경지식에 대해 좀 더 쉽게 알 수 있다는 장점도 있고, 기존의 번역문장을 보는 순간 거기에 사로잡히는 단점도 있기 때문이다. 게다가 번역본들이 제임스 조이스의 변화무쌍한 문장 변화를 제대로 반영하지 못했다는 비판도 심심찮게 나오고 있는 상황에서 우려하지 않을 수 없었다.

일단 첫 장부터 작가의 생각은 이리 튀고 저리 튀는 조그만 공 같았다. 이 상념에서 저 상념으로, 현재에서 과거로, 학교에서 집으로,

마치 학생 시절에 교과서마다, 공책 여백마다 끄적거려놓은 낙서처럼 전개되었다. 그다음부터는 시기별로 되어 있어서 줄거리를 따라가기가 힘든 것은 아니었으나 작가 특유의 장황한 묘사법이나 줄줄이 이어서 써놓은 문장들을 따라잡기가 쉬운 것도 아니었다. 그래도 재미있었던 것은, 오래 전에 영화 〈센스 앤 센서빌리티〉 혹은 〈오만과 편견〉을 보면서 '저 시대에는 남녀가 저렇게 사귀었고 사람들은 저런 생각을 하면서 살았구나'라고 생각했던 것처럼 이 책을 읽고 번역하면서 한 시대를 살고 그 속에서 성장했던 한 소년의 감정 및 생각, 배경이 되는 사회적 환경을 상당히 '생생하게' 느낄 수 있었고, 지금과 비교해 볼 때 그 원인과 증상을 다르겠지만 20세기 초반에도 젊은이들은 여전히 아파했다는 것을 알 수 있었다. 아무리 과학과 문명이 발달한다고 해도 그건 변치 않을 것 같다. 한편으로는 현대에 살아가는 우리가 잃어버린 순수한 감수성도 느낄 수 있었다.

그렇게 조금씩 읽어가면서, 나는 이 책을 '번역쟁이'답게 번역하겠다고 마음먹었다. 완전할 리는 없겠으나 원작자의 생각과 의도를 가능한 많이 이해해서 독자들이 쉽게 읽고 그 의미를 받아들일 수 있도록 번역하고 싶었다. 너무 큰 소망이라는 것도 잘 안다. 그래도 그러한 소망이 아주 조금이나마 이루어졌기를 바란다.

2016. 봄. 이영욱

젊은 예술가의 초상

초판 1쇄 인쇄 2016년 5월 6일
초판 1쇄 발행 2016년 5월 10일

지은이 제임스 조이스
옮긴이 이영욱
발행인 신현부
발행처 부북스

주소 서울시 중구 동호로17길 256-15
전화 02-2235-6041
팩스 02-2253-6042
이메일 boobooks@naver.com

ISBN 979-11-86998-37-3 (04840)

이 도서의 국립중앙도서관 출판예정도서목록(CIP)은 서지정보유통지원시스템 홈페이지
(http://seoji.nl.go.kr)와 국가자료공동목록시스템(http://www.nl.go.kr/kolisnet)에서
이용하실 수 있습니다.(CIP제어번호: CIP2016010549)